Le secret de la nuit

DÉJÀ PARUS DU MÊME AUTEUR

Juste après minuit
La maison du passé
Le repaire du mal
Le secret des marais
La poupée brisée
N'oublie pas que je t'attends

Dans la série THE GRAVEYARD QUEEN :

Le secret du tombeau
Les secrets d'Asher Falls

AMANDA STEVENS

Le secret de la nuit

BestSellers

Collection : BEST-SELLERS

Titre original : THE PROPHET

Publié par MIRA®

Traduction française de PHILIPPE CORNU

Réalisation graphique couverture : C. ESCARBELT (Harlequin SA)

ÉDITIONS HARLEQUIN

83-85, boulevard Vincent Auriol, 75646 PARIS CEDEX 13.

Service Lectrices — Tél. : 01 45 82 47 47

www.harlequin.fr

ISBN 978-2-2803-0972-1 — ISSN 1248-511X

1

Il me suivait depuis des jours. Un humain, un fantôme, peut-être… Ou une entité intermédiaire. Je l'avais tout juste entraperçu. Un bref éclat lumineux, une ombre fuyante. Rien de plus. Mais il était là, et je le devinais du coin de l'œil. Une noirceur nébuleuse qui me talonnait en épousant mon rythme. Tournant lorsque je tournais, ralentissant lorsque je ralentissais.

Malgré mon cœur battant, je m'efforçai de maintenir une allure régulière. Quelle idiote ! Je n'aurais jamais dû m'éloigner autant d'une terre sanctifiée. J'étais venue flâner entre les étals de mon marché préféré. Mais je m'étais trop attardée. Et maintenant, il rôdait à la lisière de la ville. Le crépuscule… Ce moment de tous les dangers, où le voile s'affine, où ces entités avides et hargneuses passent la frontière de notre monde, convoitant ce qu'elles ne pourront plus jamais posséder.

Depuis mes neuf ans, mon père m'avait appris à me protéger des fantômes et de leur nature parasitique. Mais j'avais transgressé une à une chacune de ses règles. J'étais tombée amoureuse d'un homme hanté, et une porte avait été ouverte, une brèche par laquelle se faufilaient les Autres à la moindre occasion. L'esprit du mal m'avait retrouvée. Il était désormais à mes trousses.

Une voiture déboula dans la rue. Ma nuque se raidit et mes poings se contractèrent dans mes poches. Pourtant, ce bruit mécanique et familier avait quelque chose de réconfortant. Mais, déjà, les pétarades du moteur s'estompaient dans les rues adjacentes, et un silence pesant s'abattit de nouveau, telle une menace planant sur la ville. Le trafic des heures de pointe s'était dissipé depuis longtemps. La rue était anormalement vide. Pas une voiture ni un piéton. Pas le moindre joggeur. J'avais pour ainsi dire le trottoir pour moi toute seule. Une sensation étrange m'envahit. Comme si la ville tout entière disparaissait derrière moi à chacun de mes pas. Comme si mon petit monde s'était soudain réduit aux claquements de mes semelles sur l'asphalte et aux battements de mon cœur dans ma poitrine.

Mon cabas pesait à mon bras. Tout en le changeant de main, je risquai un coup d'œil sur la gauche. Le soleil déclinant venait de plonger dans l'Ashley River. Le ciel écaillé de braises rougeoyait dans la lumière d'or, au-dessus des flèches et des clochers qui ponctuaient l'horizon de la ville des églises.

Retrouver mon Charleston adoré avait été un réel bonheur. Mais, depuis mon retour, mes nerfs à vif ne m'avaient laissé aucun répit. Sans doute était-ce dû en partie au contrecoup de ma dernière mission. Un cimetière perdu dans le piémont des Blue Ridge Mountains. Un chantier qui m'avait épuisée physiquement et émotionnellement. Mais mon manque d'appétit et mon sommeil chaotique avaient une autre origine. Un mal-être plus profond qui me faisait faire les cent pas à toute heure du jour et de la nuit…

Je pris une inspiration tremblante.

Devlin.

Devlin, l'inspecteur de police que je ne parvenais toujours pas à m'ôter de la tête — et du cœur. La moindre évocation de son souvenir me galvanisait à la manière d'une caresse défendue, d'un baiser interdit. Il me suffisait de fermer les yeux pour entendre le murmure de sa voix aux accents traînants du vieux Sud. Cette lente cadence, charmeuse et troublante. Je sentais sur mes lèvres les suppliques embrasées de sa bouche de velours. Le miel de sa langue mêlée à la mienne. Ses mains gracieuses et insatiables…

M'arrachant à mes rêveries, je m'efforçai de concentrer mon attention sur la rue et jetai un coup d'œil par-dessus mon épaule. Celui qui m'avait suivie jusque-là avait maintenant disparu. Peut-être avait-il fini par abandonner, ou par battre en retraite ? Quoi qu'il en soit, ma peur s'estompa, comme toujours à l'approche d'un sanctuaire.

Tout à coup, un oiseau se mit à chanter dans les branches hautes. Sa mélodie si particulière me fit m'arrêter net. J'avais déjà entendu ces notes, mais il y avait si longtemps… Dans la pénombre vespérale d'une arrière-cour parisienne. Une sérénade qui ne ressemblait à aucune autre. Délicate et rêveuse, comme la douceur d'un bain chaud à la lueur d'une bougie. C'était un rossignol, je l'aurais juré. Mais les rossignols vivent en Europe et, à cette saison, ils font route pour l'Afrique, où ils migrent chaque hiver. Que ferait un rossignol à Charleston, perdu en Caroline du Sud ?

Au même moment, une fragrance m'enveloppa, capiteuse et exotique. Un parfum qui, comme ce chant d'oiseau, ne semblait provenir ni de cette ville, ni peut-être de ce monde. Un picotement me parcourut le cuir chevelu, comme un avertissement.

Un murmure me fit alors me retourner. Je m'attendais presque à trouver Devlin émergeant de l'ombre, tel qu'il m'était apparu, surgissant de la brume, le soir de notre rencontre. Je le revoyais encore distinctement, nimbé de mystère. Un inconnu énigmatique et taciturne, à la beauté si ténébreuse que je l'aurais cru tout droit sorti de mes rêveries d'adolescente.

Mais Devlin n'était pas derrière moi. A cette heure, il devait être encore au bureau central. Non, je n'avais rien entendu. Rien de plus que le bruissement des feuilles. L'illusion d'un chuchotement née de mon imagination. L'expression détournée de mon désir.

Cependant, j'entendis au loin éclater un rire d'enfant,

suivi d'une mélopée, légère et cristalline. Etrangement, j'eus la troublante sensation de reconnaître cette voix, même si je ne l'avais jamais entendue auparavant. Et, peu à peu, l'image de la fille décédée de Devlin se forma dans mon esprit, aussi clairement que si elle s'était tenue devant moi.

S'il avait été là, mon père m'aurait répété une fois de plus ses sempiternels préceptes. Machinalement, je me les récitai à moi-même, tout en sondant lentement du regard le crépuscule naissant.

« Ne regarde pas les morts, ne t'écarte jamais des sanctuaires, détourne-toi des âmes hantées, et surtout, surtout, ne t'avise jamais de provoquer le destin. »

La voix spectrale de la fillette résonna de nouveau à mon oreille.

Amelia ! Viens me chercher !

Il m'aurait suffi de l'ignorer, de passer mon chemin, comme j'avais si bien appris à le faire pendant toutes ces années. Mais, à ce moment précis, je dus être la proie de quelque envoûtement, car aucune autre circonstance n'aurait pu expliquer ma réaction inattendue et totalement irrationnelle.

Guidée par le chant du rossignol, je quittai subitement le trottoir et m'engouffrai dans une étroite impasse barrée d'un portail richement décoré. Derrière lui s'ouvrait l'élégant jardin clos d'une maison d'habitation. Inconsciente que j'étais ! La nuit tombée, les Charlestoniens ont la gâchette facile. Et, de jour comme de nuit, ils ne plaisantent guère avec la notion de propriété privée. Un seul pas à l'intérieur et je risquais de me faire tirer dessus comme un vulgaire cambrioleur. Mais, oublieuse du danger et des règles de mon père, j'avançai sans réfléchir, hypnotisée par cet étrange enchantement.

Quelques mois plus tôt, lorsque j'avais vu Shani pour la première fois, elle flottait au côté de Devlin. Dès le premier soir, elle avait tenté d'établir un contact. Elle m'avait suivie jusque chez moi et avait déposé un minuscule grenat dans la pelouse de mon jardin. Une bague en guise de message, tout comme le cœur qu'elle avait dessiné dans la buée, sur la vitre de mon salon. Elle voulait me dire quelque chose…

Par ici. Vite ! Avant qu'elle n'arrive…

Un mauvais pressentiment me glaça le dos. Le danger guettait de tous côtés. Je le sentais approcher, se refermer sur moi. Mais qu'importait… Je continuai et passai le portail, suivant le chant du rossignol et cet irrésistible effluve, qui me guidaient maintenant à travers un dédale de buis et de palmiers nains, mêlés de massifs d'onagres et de passiflores. Le clapotis d'une fontaine se mêla au rire éthéré de Shani, et mes cheveux se dressèrent sur ma nuque lorsqu'elle se mit à fredonner :

Le père Dicky Dilvor
Avait une femme en or
Il prit un gros gourdin
Pour lui briser les reins
Puis la vendit à un meunier
Mais le meunier n'en voulut guère
Il la jeta dans la rivière.

Une horrible comptine, que je n'avais pas entendue depuis des années, et dont les vers semblaient plus affreux encore dans la bouche innocente de Shani.

Face à cette sinistre réminiscence, je fis volte-face, bien décidée, cette fois, à rebrousser chemin en direction du portail, mais Shani était apparue dans mon dos, au milieu de l'allée. Une lueur informe tremblota dans la pénombre. Puis le contour d'une silhouette d'enfant se matérialisa peu à peu, tandis qu'une brise fraîche se leva sur le jardin. La peur s'empara de moi. Je m'aventurais sur un terrain miné, je le savais pertinemment. Non seulement je répondais à l'appel d'un mort, mais, surtout, je défiais le destin.

Pourtant, à cet instant, rien de tout cela ne semblait plus avoir la moindre importance à mes yeux. Impossible de faire demi-tour. Impossible d'arracher mon regard de ce spectre délicat qui me barrait la voie.

Elle portait une robe bleue assortie d'un ruban noué dans ses cheveux. Un brin de jasmin était glissé dans un écrin de fine dentelle cousue à sa taille. Sa crinière frisottante encadrait une minuscule frimousse et lui donnait une beauté saisissante qui me coupa le souffle. Une aura vaporeuse l'illuminait, diaphane et argentée, rehaussant ses traits dans la demi-pénombre. Des pommettes hautes, des yeux sombres, un teint café au lait. Son héritage créole. Je crus entrevoir, un instant, un peu de sa mère dans ce visage. Mais rien de Devlin. L'empreinte Goodwine avait largement pris le pas sur ses racines paternelles.

D'un geste sûr, le fantôme de la petite fille tira de sa taille le brin de jasmin et me le tendit.

Je savais parfaitement que je ne devais pas le prendre. La seule façon de traiter avec les fantômes était de les ignorer, de faire semblant de ne pas les voir.

Mais il était trop tard. Comme si elle avait été mue par sa propre volonté, ma main se leva et mon bras se tendit vers la fleur.

Le fantôme s'approcha encore un peu — beaucoup trop —, et je sentis la froideur de la mort émaner de sa minuscule silhouette. Mes doigts frôlèrent les fleurs blanches qu'elle m'offrait. Les pétales me semblèrent bien réels au toucher, aussi chauds et souples que ma propre peau. Comment était-ce possible ? Je n'en avais aucune idée. Elle les avait apportées avec elle depuis l'autre côté. Les boutons auraient pourtant dû faner.

Elle ne remua pas les lèvres, mais je l'entendis distinctement.

C'est pour toi.

L'écho de sa voix résonnait dans ma tête, lyrique et mélodieux, comme le tintement angélique d'une clochette de cristal. Portant le jasmin à mon nez, j'en respirai une profonde bouffée, m'enivrant de son parfum entêtant.

M'aideras-tu ?

— T'aider… ? Mais comment ? m'entendis-je lui répondre.

Ma propre voix semblait distante et creuse, comme un écho lointain.

Elle leva son minuscule index à sa bouche.

— Il y a un problème ? insistai-je.

Il me sembla la voir s'effacer et, d'un coup, l'air qui baignait le jardin frissonna, et quelque chose changea dans l'atmosphère. Mon cœur continuait de cogner dans ma poitrine. La buée blanche qui s'échappait de ma bouche se fondait dans la vapeur laiteuse mêlée à la pénombre. Un étrange goût de cuivre m'envahit la bouche, comme si je m'étais mordu la langue. Pourtant, je ne ressentais aucune douleur. A vrai dire, je ne ressentais rien, hormis une terreur glaciale qui me figeait la poitrine, se propageait à l'extrémité de mes membres et me paralysait.

Le brin de jasmin glissa entre mes doigts gourds. Soudain, le duvet de ma nuque se hérissa. Un silence de mort envahit la nuit. Le jardin tout entier s'immobilisa. Seule une torsade de brume tournoyait devant moi. Les yeux écarquillés, comme hypnotisée, je la regardai s'approcher, ondulant à la manière d'un cobra. Une tension insoutenable tambourinait le long de mes terminaisons nerveuses. Il aurait suffi de me toucher pour que je m'effondre.

Le contact fut rapide et brutal. Une force me poussa en arrière avec une telle puissance que j'en perdis l'équilibre. Trébuchant contre un chérubin en céramique, je m'affalai sur le sol. La statuette de jardin vola en éclats contre les pavés de pierre. L'instant suivant, des voix étouffées s'élevèrent depuis l'intérieur de la maison. Une part de moi savait que les habitants devaient avoir entendu le bruit que je venais de causer en tombant, mais je ne pouvais me résoudre à arracher mon regard de l'allée. Une autre entité y était apparue et flottait maintenant au-dessus de moi, me fusillant de ses yeux morts dans le crépuscule noircissant.

Mariama… La mère du fantôme de la fillette. L'épouse décédée de Devlin.

Pétrifiée, j'embrassai d'un coup d'œil le drapé vaporeux de sa robe, ses pieds nus, les torsades voluptueuses de sa crinière qui s'enroulaient sur son dos. Et ce sourire moqueur, terrifiant de séduction. La mystique de Mariama avait fait fi de la mort. Elle était restée identique, pénétrante et palpable. Tout comme sa ruse.

Devlin m'avait assez peu parlé d'elle, mais quelques-uns de ses mots me revinrent à la mémoire. Dans la croyance gullah, le trépas ne diminuait en rien le pouvoir d'un être. Une mort malheureuse ou soudaine pouvait déchaîner la colère d'un esprit, et le pousser à rassembler suffisamment de forces pour revenir parmi les vivants et interférer dans leur existence, allant parfois jusqu'à les réduire en esclavage. Je m'étais toujours demandé si telle était aussi l'intention de Mariama. Garder Devlin enchaîné à elle, menotté par son chagrin et sa culpabilité. Elle persistait de ce côté du voile, se nourrissant de la chaleur et de l'énergie de l'homme qui avait été son époux. Mais, le jour où il la laisserait partir, le jour où il commencerait à l'oublier, accepterait-elle de s'effacer sans réagir ?

Pelotonnée dans ma veste, je me morigénai en silence. Pourquoi avoir suivi cet étrange chant d'oiseau ? Pourquoi avoir écouté la voix de Shani ? N'avais-je donc rien dans la tête ? Jamais je n'aurais dû me laisser attirer jusque dans ce jardin. Une femme et une seule pouvait se cacher derrière un tel stratagème : Mariama. Tout était clair, à présent. Elle faisait irruption dans ma vie pour m'enjoindre de rester à distance de Devlin.

Une piqûre me fit baisser la tête. Ma main était couverte de fourmis. Je la secouai vivement pour m'en débarrasser et me remis tant bien que mal sur mes jambes. Je ne les avais quittés des yeux qu'un court instant, mais pendant ce bref intermède, les fantômes avaient disparu, ne laissant derrière eux qu'une trace de givre qui persistait dans leur sillon.

La porte s'ouvrit alors. Une femme s'avança d'un pas sous le porche.

— Qui est là ? lança-t-elle, interrogeant les ténèbres.

Loin d'être effrayée, elle semblait simplement agacée.

Ne sachant quelle explication donner à ma présence sur sa pelouse, j'attrapai mon cabas et plongeai en toute lâcheté derrière un buisson d'azalées. Je la vis qui enfilait un gilet tout en scrutant la pénombre.

Sans le choc de la rencontre avec les deux fantômes, j'aurais certainement agi autrement — c'est-à-dire en individu civilisé. Je me serais signalée plutôt que de me dissimuler bêtement dans les arbustes comme une misérable voleuse. J'aurais bien réussi à improviser un bobard. J'aurais prétendu être à la recherche de mon chat qui s'était faufilé sous le portail. J'aurais proposé de payer pour la statue cassée. C'était d'ailleurs ce que je m'apprêtais à faire lorsque j'aperçus la silhouette d'un homme s'encadrer derrière elle dans l'embrasure de la porte.

— Je crois que j'ai entendu quelque chose, dit la femme par-dessus son épaule.

Il sortit la rejoindre sous le porche.

C'est alors que je le reconnus. L'homme. Son compagnon. Mon cœur se contracta, comme sous l'effet d'un puissant coup de poing. C'était Devlin. *Mon* Devlin.

Maintenant, je comprenais pourquoi j'avais été attirée jusque dans ce jardin. Pour que je les voie ensemble, tous les deux.

Mariama apparut au côté de Devlin, et je sentis son regard glacial posé sur moi, railleur et hypnotique. Ses cheveux voletaient dans la brise. L'ourlet diaphane de sa robe dansait sur ses jambes à la manière d'un serpent. Malgré sa silhouette translucide, elle semblait à cet instant aussi vivante que ses hôtes.

Portant une main au visage de Devlin, elle lui caressa la joue d'un geste lent et possessif, tout en me fixant du regard. Je n'entendis pas sa voix résonner dans ma tête comme celle de Shani, mais son message était tout aussi clair. Jamais elle ne le laisserait partir.

Un éclair de douleur me déchira alors la poitrine. Une main invisible avait transpercé ma cage thoracique et tenaillait mon cœur avec rage. Je pris une courte inspiration, tentant de calmer mon pouls affolé, mais mes jambes tremblantes se mirent à flageoler. Quelque chose de terrible était en train de m'arriver dans ce jardin. Je me sentais partir, me vider de mes forces, inexorablement. Une entité m'avait prise pour ennemie et me vidait de ma chaleur et de mon énergie.

Papa m'avait mise en garde plus d'une fois. « Les morts feraient n'importe quoi pour rejoindre notre monde. Ce sont des parasites. Ils se nourrissent de notre énergie et se repaissent de notre chaleur. S'ils s'aperçoivent que tu les vois, ils s'accrocheront à toi comme la misère sur le pauvre monde. Jamais tu ne parviendras à t'en débarrasser. Ils finiront par te dérober ta vie. »

Le fantôme de Mariama partit d'un éclat de rire, comme si elle avait entendu, elle aussi, l'avertissement de mon père.

Shani apparut de l'autre côté de son père et lui tapota la jambe pour attirer son attention. Mais il ne lui adressa pas un seul regard. Il était incapable de percevoir ses appels et n'avait aucune idée de sa présence. Son attention était entièrement focalisée sur la femme aux cheveux bruns. Il s'avança jusque derrière elle et glissa ses bras autour de sa taille élancée. La tête de la femme se blottit contre son épaule et le murmure intime de leurs voix entremêlées se propagea dans le jardin jusqu'à l'endroit où je me cachais, accroupie dans l'ombre.

Il ne l'embrassa pas, ne la caressa pas comme un amant l'aurait fait. Au lieu de cela, il resta planté là, la tenant dans ses bras, flanqué de ses deux fantômes.

capable du moindre mouvement. A peine à respirer. Et, bien que ce moment fût ment le pire de toute mon existence, je ne pouvais détourner le regard de ces deux silhouettes qui ne faisaient plus qu'une.

Devlin finit par rentrer dans la maison, et ses fantômes disparurent. Mais la femme s'attarda, explorant le crépuscule comme si elle percevait ma présence. Je n'osai esquisser le moindre geste, de peur d'attirer son attention, mais je brûlais d'envie de voir de plus près à quoi elle ressemblait. De son physique, je n'apercevais guère plus qu'une silhouette aux formes avantageuses et une chevelure sombre et soyeuse, qui retombait sur ses épaules. Pourtant, je savais que c'était une belle femme. Elle dégageait quelque chose de spécial. Une sorte de vibration commune à toutes les femmes d'une grande beauté.

Elle resta sous le porche pendant de longues minutes avant de rentrer à son tour. J'attendis un moment, le souffle court. Lorsque je fus à peu près certaine que ni l'un ni l'autre n'allait ressortir, je bondis hors de ma cachette et me ruai dans l'allée pour rejoindre l'impasse, sans plus penser à cet inconnu qui m'avait traquée dans la rue.

La vue de Devlin en compagnie de cette femme m'avait à ce point bouleversée que, l'espace d'une minute, je baissai ma garde, ce qui ne me ressemblait pas. Vivre avec les fantômes requérait une vigilance de chaque instant, mais, tandis que je me précipitais vers la rue, mon esprit ébranlé s'attardait dans ce jardin onirique. Une faiblesse d'un instant dont je n'allais pas tarder à payer le prix fort. Surgissant de nulle part, une ombre s'abattit sur moi à la vitesse de l'éclair. L'homme m'attrapa brutalement, me plaqua contre le mur de pierres et, de son avant-bras, me bloqua la gorge.

La pression sur ma trachée me fit suffoquer. Un cri

s'étouffa dans ma gorge, mais, déjà, c'était te[illegible]
Tandis que je fouillais ma poche à la recherche de ma bombe lacrymo, mon assaillant eut un mouvement de recul. Son bras libéra ma gorge meurtrie et je m'entendis prendre une puissante inspiration. Une voix incrédule s'agita dans la nuit.

— Amelia ?

C'était Devlin.

J'étais à ce point ébahie par son extrême proximité que j'en restai muette d'émotion. Cela faisait des mois que je ne l'avais pas vu, mais il avait hanté les rêves de chacune de mes nuits depuis que nous nous étions quittés. Depuis des mois, ces rêves obscurs et licencieux donnaient vie à mes fantasmes les plus secrets, mais je me rendais compte, à présent, combien ces visions nocturnes n'avaient été que de pâles succédanés. Il était là, campé devant moi, sur ses gardes, me dévisageant avec incrédulité, et je n'avais qu'une idée en tête. Ce contact qui m'avait tant manqué… Ses baisers…

— Tout va bien ? demanda-t-il rapidement.

Et cette voix ! Grave et soyeuse. L'accent traînant du vieux Sud qui ne manquerait jamais de me faire chavirer.

Je déglutis avec peine.

— Oui… je crois.

— Mais qu'est-ce que tu fichais dans ce jardin ? Et pourquoi n'as-tu rien dit ? J'aurais pu te faire mal…

Lui aussi semblait un peu ébranlé.

— Tu ne m'en as pas laissé le temps, rétorquai-je, sur la défensive. Tu sautes toujours sur les gens comme ça, sans raison ?

— J'avais une bonne raison. Je rendais visite à une amie et nous avons cru entendre quelqu'un dans le jardin.

— Un rôdeur ? demandai-je, feignant la parfaite innocence.

Il eut une étrange hésitation.

— Oui, un rôdeur. Je suis ressorti par-devant pour le prendre de court.

Il jeta un coup d'œil derrière moi dans l'impasse.

— Tu n'as vu personne sortir de là ?

Je fis non d'un signe de tête, tandis que mon cœur continuait de tambouriner contre ma poitrine.

— Et dans la rue ? insista-t-il. Tu n'as vu personne traîner dans les environs ?

— Je n'ai rien vu.

Son regard était planté sur moi, sombre et inquisiteur.

— Et toi ? dit-il. Qu'est-ce que tu fais ici ?

— Je… je revenais du marché… Je rentrais chez moi.

Penaude, je levai mon cabas.

— Tu t'es un peu égarée, non ? Comment t'es-tu retrouvée là ?

— Dans l'impasse, tu veux dire ? demandai-je en humectant mes lèvres asséchées. C'est que… j'ai entendu quelque chose, moi aussi. Alors j'ai décidé de venir voir.

Il releva la tête, et je perçus en lui une soudaine tension.

— Entendu quoi ?

— Ça l'air complètement idiot, à présent, répondis-je à contrecœur.

Il me prit le bras. Un frisson me parcourut, entre alerte et désir.

— Dis-le-moi.

— J'ai entendu un oiseau chanter.

— Un oiseau ?

En d'autres circonstances, la grimace que lui inspira sa perplexité aurait pu prêter à rire.

— On aurait dit un rossignol, poursuivis-je.

Sa poigne se raffermit sur mon avant-bras. J'aurais juré voir une onde altérer un instant ses traits si réguliers. Mais c'était impossible, évidemment. Le crépuscule était maintenant tombé, et c'était à peine si je distinguais l'éclat de ses yeux. Néanmoins, j'eus la nette impression que mes paroles avaient trouvé en lui un écho.

— Il n'y a pas de rossignols sur le continent américain, dit-il. C'est un moqueur que tu as dû entendre. Ils sont capables d'imiter n'importe quels autres oiseaux.

— Je sais. J'y ai pensé. Mais lorsque j'étais à Paris, des rossignols venaient chanter presque tous les soirs dans la cour de mon hôtel. On les reconnaît entre mille. Ils ont un chant très spécial.

Son ton se durcit.

— Je sais à quoi ressemble le chant de ces fichus oiseaux. Je les ai entendus plus d'une fois, quand j'étais en Afrique.

Encore un détail que j'ignorais.

— Tu as vécu en Afrique ?

— Il y a longtemps, murmura-t-il en inclinant la tête, le regard perdu dans les arbres.

— Un rossignol ou un moqueur, quelle importance ? lançai-je.

— Ça n'a rien à voir. Parce que si tu as entendu un rossignol à Charleston…

Il se tut, et tourna la tête en entendant le grincement léger d'un portillon. Puis il me tira à lui, et nous plongea l'un et l'autre dans l'obscurité de la haie. Surprise, je n'eus pas le temps de protester. Et je n'en avais aucune envie. L'adrénaline pulsait dans mes veines, enivrante. Ma main remonta le revers de sa veste et se cramponna un instant à lui, jusqu'à ce qu'une voix féminine s'invite dans notre paradis.

— John ? Tu es là ?

Il ne répondit pas immédiatement. Intriguée, je levai la tête. Nos visages étaient tout proches. Si proches qu'il m'aurait suffi de me hisser sur la pointe des pieds pour poser ma bouche sur la sienne…

— Je suis là, lança-t-il.

— Tout va bien ? s'enquit-elle avec inquiétude.

— Oui, tout va bien. J'arrive dans une minute.

— Dépêche-toi.

Le portillon claqua derrière elle. Puis la porte du porche. Mais Devlin et moi n'étions pas seuls. Bien au contraire. Une brise naissante se faufila à travers les feuillages, et je sentis la froideur surnaturelle de ses fantômes. Je ne s pas à les distinguer, mais ils étaient bien là, elque part dans la pénombre, s'insinuant entre aussi sûrement que la voix rauque de cette femme.

Devlin me tenait toujours, mais une distance s'était creusée entre nous. Un abîme qui me fit battre en retraite.

— Il faut que j'y aille.

— Je te ramène en voiture. Il fait presque nuit.

— C'est gentil, mais non, merci. Je ne suis qu'à quelques pâtés de maisons, et le quartier n'est pas dangereux.

— On ne sait jamais. Le danger n'est pas toujours où on le croit.

Vraiment ? Malheureusement, je venais d'en faire l'amère expérience.

— Ne t'inquiète pas pour moi. Ça va aller.

Déjà, je m'éloignais. Il articula mon nom, d'une voix si douce que je fus tentée de l'ignorer, de peur de me rendre compte ensuite que je n'avais fait que l'imaginer. Je me retournai.

— Oui ? demandai-je dans un souffle.

Ses yeux noirs luisaient dans la lumière faiblissante.

— C'est un moqueur que tu as entendu. Pas un rossignol. C'est impossible.

Mon cœur s'emballa et j'acquiesçai d'un signe de tête.

— Si tu le dis…

2

Devlin me laissa partir sans me rappeler ni tenter de me retenir, et je ne me retournai pas non plus. Mais la chaleur de son toucher me suivit dans la rue, et, avec elle, le froid de ses fantômes. J'avais passé tant de nuits sans sommeil, à me convaincre que tant que je garderais mes distances, ses fantômes ne représenteraient pour moi aucune menace… Mais cette soirée venait de mettre une fin brutale à mes illusions. Je n'avais pourtant rien fait qui ait pu les attirer de nouveau dans ma vie. Ils étaient revenus malgré tous mes efforts, et je n'avais pas la moindre idée de la façon dont je pourrais m'y prendre pour m'en débarrasser une fois pour toutes.

Shani m'avait suppliée de l'aider, et l'écho de sa voix dans mon esprit suffisait déjà à ébranler ma résolution. Non, je devais coûte que coûte garder mes distances, maintenir le cap que je m'étais fixé. Quelle que soit sa demande, je ne disposais pas des moyens nécessaires pour répondre à ses attentes. Je n'étais pas en mesure de l'aider. Je n'étais ni un médium, ni un intermédiaire capable de communiquer avec les morts. Encore moins un guide aiguillant les esprits dans les méandres de l'au-delà. Les fantômes n'étaient pour moi rien d'autre qu'un danger. Des parasites affamés et voraces. D'ailleurs, Mariama ne venait-elle pas de le prouver une fois de plus avec fracas ?

Ma raison me dictait d'ignorer les fantômes de Devlin tout comme j'avais ignoré les centaines de manifestations spectrales croisées au fil des années. Je devais me cramponner à ce qui restait encore des principes de mon père, car, sans eux, j'étais dépourvue de toute protection face aux créatures qui traversaient le voile au crépuscule.

Mieux valait oublier purement et simplement cet épisode, si troublant fût-il.

Cela dit… même si je parvenais à oublier ses fantômes, je savais que l'image de Devlin en compagnie de cette femme ne cesserait de me tourmenter. Et pourtant, ce sentiment de trahison était parfaitement illégitime. C'était moi qui avais rompu avec Devlin, qui plus est sans lui fournir le début d'une explication. Mais comment aurais-je pu sérieusement lui annoncer que notre passion avait ouvert un passage vers un royaume terrifiant, habité de spectres plus froids et plus avides que tous ceux que j'avais croisés jusque-là ?

Dans une tremblante inspiration, je tentai de m'apaiser. Il avait rencontré quelqu'un et j'aurais dû m'en réjouir. Plus vite il tournerait la page, plus vite il serait en sécurité. Et moi aussi, par la même occasion. Après tout, n'avais-je pas tenté de faire exactement la même chose avec Thane Asher ?

Mais aucun raisonnement, si logique fût-il, ne pouvait soulager la douleur qui m'accablait. Même la vue de ma maison, au coin de la rue, ne m'inspirait pas le réconfort qu'elle m'apportait d'habitude. Pourtant, c'était beaucoup plus qu'un simple lieu d'habitation. C'était un sanctuaire, le seul et unique lieu dans tout Charleston où je pouvais me dérober à l'œil des fantômes et m'isoler du reste du monde.

Erigée sur les ruines de la chapelle d'un orphelinat, la maison étroite avait été construite tout en profondeur, avec un balcon à chaque niveau et un double jardin à l'avant et à l'arrière, dans la pure tradition charlestonienne. J'avais pour moi le rez-de-chaussée, avec un accès direct au jardin de derrière et à l'ancienne cave. Un étudiant en médecine, Macon Dawes, occupait l'étage. Il était momentanément absent, ce qui était parfait pour Angus, le chien abandonné que j'avais ramené de mon séjour dans les montagnes. Ainsi, Angus aurait tout le temps de s'acclimater à son nouvel environnement, avant de faire la connaissance d'un étranger.

Il avait dû sentir mon retour, car j'entendis des aboiements de bienvenue s'élever depuis le jardin de derrière. Tout en refermant le portail derrière moi, je l'appelai dans la nuit et m'arrêtai un instant, me laissant envahir par la fragrance des oliviers de Chine. Plus tard, nous irions tous les deux nous asseoir à l'arrière, regarder mon jardin éclore à la lueur de la lune, qui s'élevait déjà au-dessus de la cime des arbres. C'était devenu un véritable rituel nocturne. Le seul moment, à vrai dire, où j'appréciais l'obscurité. J'avais toujours aimé les jardins clos de Charleston, mais j'affectionnais particulièrement le mien, où les mousses s'illuminaient au clair de lune, sous les vols en rase-mottes des chauves-souris. J'aurais pu y rester des heures, rêvassant à ma vie, à ce qu'elle aurait pu être… A ce qu'elle pourrait encore être…

Les vieux cimetières du Sud que je restaurais m'inspiraient une fascination comparable, avec leurs langues de mousse espagnole qui tombaient des branches des chênes verts, leur lierre rampant et, au printemps, la mélancolie mauve de leurs buissons de lilas. L'été arrivait avec ses roses sucrées, l'hiver avec ses daphnés aux boutons délicats. En toute saison, la mort porte un parfum. Chacun est unique, chacun évoque une émotion différente ou un souvenir particulier, mais nous renvoie toujours au passé, à la fuite du temps et de la vie.

J'ignore combien de temps j'étais restée là, les paupières closes, à ressasser mes regrets tout en m'enivrant des odeurs du soir. Plus qu'un vague à l'âme, un abattement tenace maintenait sur moi sa poigne de fer. C'est peut-être pourquoi je ne l'avais ni vu ni senti. Du moins pas immédiatement.

Lorsque enfin je distinguai sa silhouette, il n'était guère

qu'une ombre plus dense que la nuit contre la verrière. Pourtant, je savais qui c'était. Ou *ce que* c'était. Une folle envie me prit alors de tourner les talons et sauter le portail, mais mes muscles refusèrent d'obéir, et je restai là, suspendue dans une frayeur paralysante.

Durant toutes ces années que j'avais passées à côtoyer les fantômes, jamais je n'en avais rencontré un semblable à Robert Fremont. Il réussissait à émerger du voile avant le crépuscule ou après le lever du soleil, et il était capable de converser avec moi. Ou, du moins, il communiquait d'une manière qui me laissait croire qu'il parlait. Il n'était pas simplement dans ma tête, à la manière de Shani. J'entendais véritablement sa voix. Je voyais ses lèvres remuer. Comment y parvenait-il ? Je n'en avais pas la moindre idée. J'ignorais aussi comment il pouvait être assis là, sur les marches de mon sanctuaire, que nul autre fantôme n'avait jamais pénétré.

D'ailleurs, c'était peut-être ce qu'il y avait de plus effrayant en lui. Aucune des règles habituelles ne semblait s'appliquer au spectre de cet homme. Dépourvue de toute armure, j'étais livrée à sa merci.

Le moment de son apparition ne pouvait être une coïncidence. Rien de cette soirée n'avait été laissé au hasard. Le rossignol, ma rencontre avec Devlin. Même la comptine de Shani, aux vers si singuliers. Pris séparément, chacun de ces événements pouvait passer pour fortuit, mais ensemble, ils prenaient un sens. C'était beaucoup plus qu'une simple concomitance. Une synchronicité.

Et tandis que j'étais plantée là, observant dans la nuit tombante ce policier mort, je me sentis tout à coup happée par une force obscure et mystique, comme si j'étais soudain plongée dans un puzzle qui ne connaissait peut-être aucune solution. Du moins terrestre.

Lentement, je traversai le jardin baigné de l'effluve crépusculaire des brugmansias. Leur parfum capiteux avait quelque chose de farouche. Arrivée au pied des marches, je marquai une halte et levai les yeux sur son visage.

Il était exactement tel que je l'avais vu la première fois. Avec sa tenue passe-partout de flic infiltré qui devait se fondre à merveille dans les bas-fonds criminels de Charleston. Comme toujours, ses yeux étaient dissimulés derrière des lunettes sombres, mais je percevais sans mal l'intensité de son regard de mort à travers ses verres fumés. Une sensation glaciale.

— Amelia Gray.

La résonance de mon nom dans sa bouche me fit l'effet d'une aiguille glacée contre ma colonne vertébrale.

— Pourquoi êtes-vous là ? demandai-je.

— Vous le savez. Le moment est venu.

Le duvet de ma nuque se hérissa.

— Le moment de quoi ?

— De faire le bien.

Sa voix, tel le gouffre d'un puits, était profonde et sonnait creux. Il me fixait intensément derrière ses lunettes. Un frisson me parcourut. Je tentai de détourner le regard, mais sa présence m'hypnotisait.

J'avais oublié combien il était beau. Et combien il débordait de charisme — un paradoxe, pour un fantôme. Malgré son teint hâlé — et le fait qu'il soit mort —, il m'avait toujours fait penser à Devlin. L'un comme l'autre dégageait ce même charme brûlant, cette même allure dangereuse. Ils avaient été amis, à une époque, et j'avais le pressentiment que c'était ma proximité avec Devlin qui avait permis à Robert Fremont de pénétrer dans mon propre monde.

— Nous devons discuter de beaucoup de choses, dit-il.

— Ah bon ?

— Oui. Vous devriez peut-être vous asseoir. Vous n'avez pas l'air bien stable sur vos jambes.

Vraiment ? Pourtant, tout allait bien. Hormis, peut-être, le sol qui se dérobait sous mes pieds.

Mais je n'avais aucune envie de m'asseoir. Je voulais

…n aille, qu'il disparaisse. Qu'il soit banni à jamais du monde des vivants et retourne de l'autre côté, avec Shani et Mariama. L'idée m'effleura de me ruer dans la maison, dans mon sanctuaire, mais rien ne me garantissait que, face à ce fantôme-là, j'y trouverais une quelconque protection. Il pouvait tout aussi bien me suivre à l'intérieur, et pour rien au monde je ne voulais perdre la quiétude, même illusoire, de ce refuge.

Je gravis les marches une à une, les jambes flageolantes, ployant déjà sous le fardeau des demandes qu'il s'apprêtait à formuler. A mon approche, il ne se leva pas. Remarque idiote, songeai-je. Comment pouvais-je raisonnablement attendre d'un fantôme les marques de politesse généralement dévolues aux humains ? Surtout face au spectre d'un homme dont la vie sur terre avait été brutalement écourtée par un meurtre.

Je m'assis sur la terrasse, à bonne distance, plaçant mon cabas entre nous. Une légère fraîcheur émanait de sa présence. Rien de plus. Et même ce signe, pourtant si caractéristique des fantômes, relevait peut-être de mon imagination.

— Je vous ai dit une fois que j'avais besoin de vous comme intermédiaire avec la police, dit-il.

— Oui, je m'en souviens.

— J'ai bien peur d'avoir besoin de plus que ça, désormais.

Peur ? Sûrement pas autant que moi. J'étais terrifiée.

— Vous allez devoir être mes yeux et mes oreilles dans ce bas monde. Le monde des vivants.

— Pourquoi ?

— Parce que vous pouvez aller dans certains lieux auxquels je n'ai pas accès. Vous pouvez parler à des gens qui ne me voient pas.

— Mais… dans quel but ?

— Au risque de paraître ridiculement banal, j'ai besoin que vous m'aidiez à démasquer mon assassin.

Je le dévisageai en silence.

— Comment se fait-il que vous puissiez faire tout ça — je veux dire, discuter avec moi, pénétrer mon sanctuaire, m'apparaître comme si vous étiez encore vivant — et ignorer qui vous a tué ? Vous devriez le savoir, non ? Vous m'avez confié une fois que vous aviez un don. Que c'était pour cette raison qu'on vous surnommait le Prophète.

— Je n'ai jamais prétendu être omniscient.

Il semblait soudain agacé. Peut-être parce que je remettais en question ses aptitudes ? Ou parce qu'il se sentait réellement limité dans son champ d'action ? Difficile à dire.

— Je n'ai jamais pu contrôler mes visions, poursuivit-il.

Cela, je le comprenais aisément. Moi non plus, je n'avais jamais eu le moindre contrôle sur le don qui m'avait été offert — ou plutôt imposé.

— Vous ne savez donc rien des circonstances de ma mort ? Vous n'avez rien lu à ce propos ? demanda-t-il.

— Pas grand-chose.

— Voilà qui est plutôt décevant. Je m'étais imaginé qu'après notre dernière entrevue, vous auriez été curieuse d'en savoir davantage sur moi. Vous m'aviez pourtant fait une forte impression. Je me suis peut-être trompé sur votre compte.

Bizarrement, il m'avait piquée au vif.

— Il se trouve que j'ai été un peu occupée depuis ce soir-là. J'ai moi-même failli me faire tuer, vous vous souvenez ? Et, accessoirement, je dois aussi gagner ma vie. J'ai une entreprise à faire tourner. Cela dit…

Je marquai une pause, puisant une longue inspiration.

— J'ai en effet effectué quelques recherches, il y a quelque temps. Mais je n'ai pas trouvé grand-chose sur internet, et je ne vois plus Devlin. Dans ces conditions, je ne vois pas comment je pourrais apprendre quoi que ce soit sur vous…

Il soupira.

— J'avais l'espoir que vous seriez un peu plus inventive. Un peu plus débrouillarde.

Moi non plus, je n'étais pas particulièrement ravie de le voir. En réalité, je ne désirais qu'une chose… qu'il fiche le camp !

— Dans ce cas, vous devriez peut-être songer à chercher quelqu'un d'autre pour vous aider.

— Il n'y a personne d'autre. J'ai cherché longtemps avant de vous trouver.

Cette réponse-là, je ne l'avais pas vue venir.

— Et comment m'avez-vous trouvée ?

— Ce ne sont pas vos affaires.

— Pas mes affaires ?

Ma voix se durcit.

— L'idée ne vous a jamais effleuré que si je ne m'étais pas davantage renseignée sur vous, c'était pour la bonne et simple raison que je ne voulais plus avoir affaire avec vous ?

Attention, me murmura une petite voix. *Attention*. Un peu plus tôt dans la soirée, j'avais déjà éveillé le courroux d'un fantôme. Il était déraisonnable d'en provoquer un deuxième.

Sa réponse se fit attendre.

— Au moins, on ne peut pas dire que vous manquiez de cran. J'avoue que ça me plaît. Ça pourrait s'avérer utile, le moment venu.

— Merci. Sur ce point, j'imagine que vous avez raison.

— Je vous ai peut-être jugée un peu vite. Vous devez savoir que j'ai misé beaucoup sur cette relation.

Cette « relation » ? Nous avions donc une relation, tous les deux ? Cette simple idée me donna le frisson.

Une voisine passa dans la rue. Elle jeta un coup d'œil intrigué en direction de la maison et pressa le pas. La pauvre avait dû me prendre pour une folle, assise là, dans la nuit, à me quereller avec moi-même. Et je pouvais difficilement l'en blâmer. Si mon père n'avait pas été comme moi, s'il n'avait pas été là pour me rassurer et m'expliquer, j'aurais moi-même douté depuis longtemps de ma santé mentale.

— Que vous est-il arrivé ? m'enquis-je avec une curiosité empreinte de réticence. Je sais que vous avez été tué en service, mais…

J'hésitai un instant.

— Ça ne vous dérange pas si je parle aussi crûment de votre…

— Il n'y a pas deux façons d'en parler.

Un bon point. Je n'avais aucune envie de prendre des gants avec lui.

Mais, une fois de plus, je me trouvai coupée dans mon élan. La petite voix qui murmurait à mon oreille commençait à me ficher la frousse. Comment Robert Fremont avait-il réussi à s'insinuer dans ma vie si facilement ? Comment en étais-je venue à l'accepter si spontanément ?

C'est un fantôme. Un fantôme. Un fantôme, me répétai-je comme un mantra, tandis qu'il continuait de me faire la conversation.

— On m'a tiré dans le dos, lâcha-t-il. Je n'ai pas eu le privilège de voir le visage de mon meurtrier. Mon cadavre a été trouvé le lendemain dans le cimetière de Chedathy. Dans le comté de Beaufort.

Sous l'effet du choc, mon regard, jusque-là rivé sur la rue, se fixa soudain sur lui. Et pour une bonne raison. Mariama et Shani étaient enterrées dans le cimetière de Chedathy.

— Vous étiez dans la police de Charleston, lui dis-je. Que faisiez-vous tout là-bas, dans le comté de Beaufort ?

— Je… je n'en suis pas certain.

— Comment ça, *pas certain* ?

Aucune réponse.

Un mauvais pressentiment commençait à me nouer l'estomac.

— Je n'ai toujours pas bien compris ce que vous attendiez de moi.

— Je vous ai déjà dit ce dont j'avais besoin.

— Je sais, mais…

— Contentez-vous d'écouter ce que je vous dis. Nous

devons agir vite. Vous comprenez ? C'est maintenant ou jamais.

L'urgence qui vibrait dans sa voix me frappa.

— Pourquoi maintenant ? Cela fait plus de deux ans que vous avez été tué…

Il leva les yeux vers le ciel.

— Les étoiles sont enfin alignées. Tous les acteurs sont en place.

Difficile de faire plus énigmatique, comme réponse.

— Moi y compris ?

— Oui.

Mon regard dériva vers le jardin, se perdit dans la pénombre.

— Et si je refuse d'y prendre part ?

A noter que je ne savais toujours pas de quoi il retournait…

— Il vous est arrivé de croiser un miroir, ces derniers temps ? lança-t-il.

Maintenant, c'était moi qui gardais le silence.

— Avez-vous remarqué les cercles sombres sous vos yeux ? Vos joues creusées ? Vos kilos en moins ? Vous ne mangez plus. Vous ne dormez plus. Votre énergie se tarit peu à peu. Là, pendant que nous parlons…

Je le fixai avec horreur.

— Vous êtes en train de me *hanter* ?

3

Mon cœur s'emballa tandis que je mesurais une à une les implications des paroles de mon visiteur nocturne. Je repensai à mon poursuivant. A celui qui me traquait depuis des semaines. Maintenant, je comprenais l'origine de cette léthargie qui me plombait, de ces insomnies quotidiennes. La seule présence de Fremont suffisait à me vider de ma force de vie, tout comme Mariama m'avait vidée de mon énergie, un peu plus tôt. A moins que ce ne fût déjà Fremont ?

— Vous devez m'aider à le retrouver, martela-t-il.

Mon regard tomba sur mes mains tremblantes.

— On dirait que je n'ai pas le choix.

— Dès que nous aurons mis la main dessus. Dès que justice aura été rendue, je vous laisserai en paix.

— Vous me donnez votre parole ?

La parole d'un fantôme… Il ne manquait plus que ça !

— Pour quelle raison m'attarderais-je parmi vous ? se défendit-il.

Pourquoi ? Je ne voulais même pas y penser.

— Vous avez dit : *le* retrouver. Mais si on vous a tiré dans le dos, comment pouvez-vous être certain que votre meurtrier est un homme ?

— Je ne suis sûr de rien, admit-il.

Et, pour la première fois, je sentis une pointe de doute s'insinuer en lui. Peut-être même un soupçon de peur.

— Je ne sais même pas ce que je fichais dans ce satané cimetière, cette nuit-là.

— Vous souffrez d'amnésie ?

Un fantôme amnésique… De mieux en mieux !

— A propos des circonstances de cette nuit ? demanda-t-il. Il semble que oui.

Son regard dériva vers la rue. J'en profitai pour étudier son profil. Malgré la nuit, le clair de lune donnait une visibilité étonnante. Je distinguais sans mal le contour puissant de sa mâchoire et de son menton, ses pommettes aiguës, le dessin de ses lèvres. En dépit de tout ce que je savais maintenant, il m'était encore difficile d'accepter l'idée que celui que j'avais en face de moi était bel et bien un mort.

— Je suppose que c'est normal, répondis-je en arrachant mon regard à son visage. J'ai lu que les victimes d'accidents oublient souvent les détails qui ont directement précédé le choc. C'est la même chose. Vous avez subi un traumatisme sévère.

— Ça, on peut le dire, murmura-t-il.

— Quelle est la dernière chose dont vous vous souvenez ? Je veux dire… avant de mourir.

Il resta un moment silencieux. Il me sembla alors percevoir en lui une sorte de tourment, comme un conflit intérieur.

— Je me rappelle avoir rencontré quelqu'un.

— Au cimetière ?

— Peut-être. Je ne sais pas. La seule chose dont je me souvienne est son parfum. L'odeur était encore imprégnée dans mes vêtements lorsque la mort m'a trouvé.

— Donc, il se peut que le meurtrier soit une femme.

— C'est possible. J'ai le vague souvenir d'une dispute.

— Savez-vous qui était cette femme ?

De nouveau, une hésitation.

— Je n'arrive pas à me rappeler son nom.

— A quoi ressemblait-elle ?

Alors qu'il s'apprêtait à répondre, je crus le voir frissonner. Mais un fantôme pouvait-il vraiment se laisser affecter d'une manière aussi terrienne ? Cette idée me paraissait impossible. Je ne faisais probablement que projeter sur lui mes émotions humaines.

— Je ne sais pas, dit-il. Mais son parfum…

— Continuez.

— L'odeur est incrustée dans mes vêtements, répondit-il. Je la sens encore aujourd'hui.

Je repensai à la fragrance exotique qui avait flotté jusqu'à moi un peu plus tôt, poussée par la même brise que la mélodie du rossignol. Si Fremont me suivait à ce moment, le parfum venait peut-être de lui.

Puis une autre idée me vint. Avait-il vu les fantômes de Mariama et de Shani ? Etait-ce pour cette raison qu'il avait subitement disparu ?

Les fantômes étaient-ils capables de se voir les uns les autres ? Avaient-ils le pouvoir d'interagir ?

Ma tête bouillonnait de questions, mais les poser à un fantôme avait quelque chose de profondément perturbant. Pourtant, ma peur s'était complètement dissipée, ce qui était peut-être encore pire. Et si j'étais toujours sous l'emprise d'un sortilège ?

Une fois de plus, je courais tête baissée vers des sables mouvants. Foulant aux pieds les avertissements de mon père, je filais droit vers la catastrophe. Une porte avait déjà été ouverte à cause de mon mépris inconsidéré des règles. Ce nouveau contact avec un fantôme allait-il en ouvrir une autre ?

— A quoi est-ce que ça ressemble ? m'entendis-je demander. Je veux dire… derrière le voile.

— On l'appelle le Gris. Le lieu entre les Ténèbres et la Lumière.

Le *lieu*, avait-il dit. Et non pas le temps. Une distinction qui semblait avoir son importance.

— Vous avez toujours mal, à l'endroit où on vous a tiré dessus ?

— Je ne ressens aucune douleur. En fait, je ne ressens rien. Rien du tout.

— Mais vous éprouvez bien quelque chose. C'est

forcé… Si vous êtes là, c'est parce que vous cherchez à vous venger, ce qui veut dire que vous êtes toujours capable d'émotions humaines.

— Je suis là parce que je ne peux pas…

Sa voix s'étouffa.

— Vous ne pouvez pas quoi ?

— Trouver le repos, répondit-il avec lassitude. Quelque chose me retient ici.

— Et vous pensez que si nous révélons au grand jour le nom de votre meurtrier, vous serez enfin délivré ?

— Oui.

Intéressant. Ce souci pressant de retrouver l'identité de son tueur corroborait ce que j'avais toujours suspecté. Tous les fantômes n'étaient pas attirés de notre côté du voile uniquement à cause de leur appétit de chaleur humaine ou de leur insatiable désir de rejoindre les vivants. Certains se retrouvaient liés à la terre pour des raisons indépendantes de leur volonté. Apparemment, Robert Fremont était l'un d'entre eux. Shani aussi, peut-être ? Il ne faisait aucun doute que Mariama maintenait Devlin enchaîné à elle à travers sa culpabilité et son chagrin. Mais qu'en était-il des sentiments qui retenaient Shani auprès de son père ? La question restait malheureusement sans réponse.

— Vous les voyez ? demandai-je.

— Qui ?

— Les autres fantômes. Il y en a partout. Vous n'avez pas pu les manquer…

— Je préfère garder mes distances.

— Pourquoi ?

— Ils sont sournois, répondit-il avec mépris. De vraies sangsues, qui se collent sur le dos des vivants parce qu'ils refusent d'accepter la mort. Moi, je ne suis pas comme ça.

— Mais n'est-ce pas exactement ce que vous êtes en train de faire avec moi ?

— C'est différent. Je n'ai pas le choix. J'ai besoin de votre aide. Je dois bien me nourrir jusqu'à ce que je trouve un moyen de poursuivre mon chemin. Je ne suis pas heureux d'être ici. Pas plus que vous ne l'êtes de m'avoir dans vos pattes.

— Bon. Alors ? Par où commence-t-on ?

Il se leva, remuant l'air, et je sentis un léger frisson remonter ma colonne vertébrale. Je ne devais pas oublier que, malgré notre singulier accord, il restait un fantôme, et demeurait donc éminemment dangereux pour moi.

— Le mieux est de nous laisser guider par les indices, dit-il. Peut importe où ils nous mènent. Compris ?

— Je…

— *Compris* ?

Il faillit me faire sursauter.

— Oui. Compris.

Il fit un signe de tête et se détourna.

— Quelqu'un se trouvait dans le cimetière, ce soir-là, après qu'on m'a tiré dessus. Une troisième personne. Nous devons la retrouver et la faire parler.

Sceptique, je le dévisageai.

— Vous avez vu quelqu'un ?

— Non. Mais j'ai senti une présence.

Une *présence* ?

— Si vous étiez si proche de la mort, comment pouvez-vous être certain que vous n'étiez pas en plein rêve, ou victime d'une hallucination ?

— J'ai senti quelqu'un me faire les poches. Je vous assure que c'était bien réel. Mais si vous ne me croyez pas, lisez le rapport de police. Lorsque mon corps a été retrouvé, mon téléphone portable avait disparu.

— Comment voulez-vous que je mette la main sur le rapport de police ?

— Vous avez dit que vous saviez être créative lorsque la fin le justifiait. A vous de trouver.

Une peur diffuse commençait de nouveau à s'insinuer en moi. C'était de loin la nuit la plus étrange qu'il m'ait été donné de connaître. Et pourtant, en matière d'étrangeté, la vie ne m'avait guère épargnée.

Mais qu'un fantôme me fasse du chantage… la situation était pour moi inédite. S'attendait-il vraiment à me voir mener une véritable enquête pour meurtre ? Moi toute seule ? Et si j'échouais, si je ne réussissais pas à démasquer son meurtrier, allait-il me hanter pour le reste de ma vie ? Allait-il continuer de consumer mon énergie jusqu'à ce que je ne sois plus qu'une coquille vide ?

Je pris sur moi pour tenter de garder mon calme.

— Admettons que nous parvenions à retrouver ce… ces personnes. Quelles qu'elles soient. Comment comptez-vous les faire parler ? Je vous rappelle que ne suis pas de la police. Je n'ai jamais assisté à un interrogatoire. Je ne connais pas les ficelles du métier. Et, franchement, votre idée est extrêmement dangereuse. Mais ça, évidemment, vous vous en moquez. Vous n'avez plus rien à craindre, vous.

— Je ne suis pas là pour vous envoyer à l'abattoir, dit-il.

— Il en faudra plus pour me rassurer.

— Tant que vous ferez ce que je vous dis, vous serez en sécurité.

Et, bien sûr, j'étais censée le croire sur parole.

Pourtant, malgré l'appréhension, une excitation inattendue courait dans mes veines. J'avais passé une grande partie de ma vie recluse, à l'abri non seulement des fantômes, mais aussi du monde qui s'étendait par-delà le portail et les murs de mon cimetière. Fut un temps, je m'étais cramponnée de toutes mes forces à ce confinement, à cette sécurité, et même à ma solitude. Mais les secrets que j'avais découverts sur moi-même à Asher Falls m'avaient amenée à reconsidérer mes capacités et le sens même de mon existence. Je voulais croire qu'il existait un objectif à ma vie, et que si je voyais les fantômes, c'était pour une raison précise. Qu'il ne s'agissait pas seulement d'un dangereux héritage. J'avais reçu un don et je me devais de l'exploiter. J'en étais de plus en plus convaincue.

Et voilà qu'un fantôme m'offrait l'opportunité d'accomplir une véritable mission, de servir une cause supérieure.

N'était-ce pas l'occasion ou jamais d'embrasser pleinement ce don, plutôt que de lui tourner le dos en restant cachée à l'abri de mon sanctuaire ?

Si je pouvais aider le Prophète à avancer, peut-être pourrais-je en faire de même avec Shani et Mariama ? Et alors, Devlin serait à moi…

La direction de mes pensées me dérouta quelque peu. Non, je ne m'engouffrerai pas dans cette voie. Ce chemin était beaucoup trop périlleux. Il fallait être idiote pour imaginer un instant que Devlin et moi pourrions un jour être ensemble. D'autant que, d'après ce que j'avais pu voir, il était déjà passé à autre chose avec cette femme brune. Peut-être même avait-il fait le deuil de notre histoire ?

Mais, dans ce cas, pourquoi m'avait-il envoyé un message, le jour de mon départ d'Asher Falls ?

Pourquoi ses fantômes m'avaient-ils attirée jusque dans le jardin de cette femme ? Pourquoi Mariama se sentait-elle si menacée par moi ?

Non, à bien y réfléchir, rien n'était définitivement terminé avec Devlin. Une part de moi le savait. Quoi qu'il puisse arriver, peu importaient le temps ou les kilomètres qui nous sépareraient, notre histoire ne serait jamais vraiment terminée. Devlin était mon destin. Et tant pis si l'homme que je désirais plus que tous les autres était précisément celui que je ne pourrais jamais conquérir.

A moins que je ne trouve un moyen de fermer à jamais la sinistre porte que notre passion avait ouverte.

Le regard fixé sur le fantôme de Fremont, je tentai de m'accrocher à cette timide lueur d'espoir.

— Si je vous aide, nous serons quittes, n'est-ce pas ? Ma dette envers vous sera entièrement apurée ?

Il m'adressa un sourire.

— Gardez-vous bien de conclure des marchés avec les morts. Nous autres n'avons rien à perdre.

4

Fremont s'était volatilisé depuis longtemps, et je restais plantée là, grelottant dans la nuit tombante, malgré la douceur de la soirée. Soudain, Angus se mit à aboyer à l'arrière de la maison. Bizarrement, il avait gardé le silence pendant toute la visite de Fremont. Mais, de toute évidence, quelque chose venait d'éveiller son attention. J'eus beau l'appeler, ma voix ne fit rien pour le calmer.

Attrapant mon cabas, je me précipitai vers l'arrière de la maison, tout en repensant aux conséquences de l'entretien avec mon visiteur. En l'espace de quelques minutes, ma vie avait radicalement changé. J'étais sciemment entrée en relation avec un fantôme, balayant d'un coup les immuables préceptes de mon père. Ne pas répondre aux morts, ne pas provoquer le destin… Je n'osais imaginer ce que papa aurait pensé de cette alliance.

D'ailleurs, lui était-il déjà arrivé de rencontrer une entité telle que Robert Fremont ?

Je me mis à repenser au fantôme du vieil homme aux cheveux blancs que j'avais vu au cimetière de Rosehill, au cœur du sanctuaire de mon enfance. Il avait été ma première apparition et, depuis ce jour lointain, je ne l'avais revu qu'une fois. Mon père m'avait récemment confié que, depuis cette première apparition, il avait toujours craint que ce vieillard ne soit envoyé par une entité maléfique retenue de l'autre côté du voile. Afin de me surveiller. Mais je commençais à me demander si mon père ne me cachait pas lui-même certaines informations. Malgré tout ce qu'il m'avait révélé sur ma naissance et mon héritage, je ne pouvais m'ôter de l'esprit l'impression qu'il avait sciemment omis certains éléments. Qu'il gardait encore des secrets.

Poussant le portillon de bois, je me faufilai dans le jardin arrière. Une lumière diffuse persistait dans le ciel, mais la lune n'était pas encore levée. Campé sur ses quatre pattes au milieu du carré de pelouse, Angus regardait fixement la balançoire. La planchette de bois glissait lentement, d'avant en arrière.

Shani ? songeai-je.

Inutile, de toute façon, de prononcer son nom à voix haute.

Pas de réponse. Hormis le tintement du carillon à vent et le bourdonnement de mon cœur dans mes oreilles, aucun bruit ne venait troubler la quiétude du crépuscule.

Mais la balançoire continuait de flotter dans la brise.

Il y avait bien quelqu'un. Une soudaine froideur glaça l'atmosphère, et, tandis que je restais là, les pieds rivés au sol, une senteur fleurie m'enveloppa. Cette fois, ce n'était pas le parfum exotique de l'impasse, mais celui du jasmin, qui indiquait immanquablement la présence de Shani. Une fois de plus, elle m'avait suivie jusque chez moi. Mais pour une raison que j'ignorais, elle ne voulait pas ou ne pouvait pas apparaître. Avait-elle peur de Mariama ?

Moi, oui, j'en avais une peur bleue, et ce depuis notre toute première rencontre. Mais qu'un enfant — tout fantôme soit-il — puisse être effrayé par sa propre mère me semblait inconcevable, et je me refusais à en envisager les implications.

— Shani ?

Son nom m'échappa dans un souffle.

Aucune réponse. Le silence complet.

Un œil sur la balançoire, j'imaginais sa chevelure voleter dans l'air, sa robe bleue se gonfler à chaque mouvement, l'innocence de ses éclats de rire résonner dans le jardin.

Combien de fois Devlin avait-il ainsi ressassé le souvenir de sa fille ? Combien de fois s'était-il éveillé au beau milieu de la nuit, pris du désir éperdu et farouche de serrer son enfant dans ses bras… avant de se rappeler la douloureuse réalité ? Inlassablement, il avait dû revivre sa mort, encore et encore, chaque jour des deux années qui s'étaient écoulées depuis sa mort tragique. Et chaque matin, le même désespoir avait dû guetter son réveil.

— Je sais que tu es là, dis-je à voix basse.

Je savais qu'en cherchant à provoquer un contact avec Shani, je ne faisais que jouer davantage avec le feu, et j'entendais mentalement les réprimandes de mon père. « Que fais-tu, mon enfant ? Pourquoi t'entêter à enfreindre les règles ? N'as-tu pas retenu la leçon, cette fois ? Les Autres sont là. Le Mal est à nos trousses. En répondant aux appels des morts, tu invites dans notre monde des forces dont tu ne sais rien. Une fois qu'elles seront là, tu seras leur esclave. Ta vie ne t'appartiendra plus… »

Tout comme moi, Angus regardait, pétrifié, la balançoire se mouvoir en silence. Pourtant, il ne grogna pas, comme il le faisait d'habitude en présence de fantômes. A la vérité, il avait l'air subjugué. Hypnotisé.

Comment s'appelle-t-il ?

J'entendis sa question aussi distinctement que si elle l'avait posée à voix haute. Pourtant, les seuls sons audibles dans le jardin étaient la douce mélodie du carillon et le bruissement des feuilles dans les chênes verts.

— Angus, répondis-je.

Ma voix sembla rompre le sort, et Angus vint se poster à mon côté, gémissant d'un air penaud tout en poussant ma main de son museau froid. Malgré la pénombre, je distinguais les horribles cicatrices qui lacéraient son museau et les moignons charnus de ses oreilles coupées. Je promenai ma main dans son pelage brun, le long de son échine hérissée.

C'est le méchant monsieur qui l'a blessé ?

Etait-ce une pointe d'appréhension que j'avais cru

déceler dans sa voix ? Ou ne faisais-je qu'attribuer mes propres peurs à Shani ?

— Le méchant monsieur ? répétai-je, interrogeant le silence.

Les arbres semblèrent frissonner, et j'entendis un geignement parmi les feuillages. Feignant l'indifférence, je continuai de caresser la fourrure d'Angus, mais ce n'était pas lui qui avait gémi. J'en étais quasiment certaine.

— Qui est ce méchant monsieur ? demandai-je avec précaution.

De nouveau, un gémissement.

— Ça va aller, dis-je pour me rassurer autant que pour apaiser Angus et Shani. Tout va bien se passer.

Du moins me plaisais-je à l'espérer.

Une ligne venait d'être franchie, et si papa disait vrai, je ne pourrais jamais revenir en arrière. Malgré mes hautes et nobles espérances, je n'avais aucune idée de l'endroit où je mettais les pieds, ni des créatures que j'invitais dans ma vie. Etais-je prête à accepter les conséquences d'une transformation aussi dangereuse ?

Tu m'aideras ?

Sa question fusa comme l'écho de mes angoisses et de mes doutes. De mes terreurs nocturnes.

— Que veux-tu que je fasse ?

La balançoire se figea soudain, et il me sembla que l'esprit de Shani commençait déjà à reculer vers l'au-delà.

Viens me chercher.

5

Le lendemain, Angus et moi allâmes nous promener dans le quartier où j'avais vu Devlin et la femme. En toute mauvaise foi, je parvins même à me persuader que j'avais pour cela un motif parfaitement légitime.

J'avais cassé une statue dans son jardin, avant de prendre la fuite sans dire un mot. Le moins que je puisse faire était de présenter des excuses et de proposer une indemnisation, même si les explications qui accompagneraient ma pieuse démarche devaient être un mensonge. Un mensonge sans conséquence, certes, mais un mensonge quand même. Que faire d'autre ? Je me voyais mal lui confesser que j'avais été attirée dans son jardin par un fantôme, avant d'y être accostée par un deuxième. Et pas n'importe quels fantômes, mais les esprits de l'épouse et de la fille décédées de Devlin. Je n'osais imaginer l'impact que cette nouvelle aurait sur cette femme, quelle que soit la nature de ses rapports avec Devlin.

Mais évidemment, le plus gros mensonge était celui que je me servais à moi-même. Ma petite échappée vers ce quartier avait peu à voir avec une prétendue mauvaise conscience. Pour être honnête, je voulais surtout retrouver la maison de cette femme, et jauger cette dernière en pleine lumière afin d'assouvir ma curiosité.

Si je manquais de discernement sur ce point ? Probablement que oui. J'en avais même parfaitement conscience. En revanche, je m'exemptais de toute responsabilité, préférant mettre mon aveuglement sur le compte de la fatigue. Toutes ces visites de l'au-delà m'avaient mis les nerfs à vif, et je n'avais pas fermé l'œil de la nuit. En l'espace d'une seule soirée, j'avais été happée par deux énigmes aussi troublantes l'une que l'autre. Le meurtre de Robert Fremont et l'appel à l'aide de Shani. Dieu sait ce que ces deux mystères me réservaient de surprises, et quels efforts ils exigeraient de moi. Moi qui, déjà, me sentais physiquement et émotionnellement exténuée… Mais tandis que je déambulais sur le trottoir au côté d'Angus, je me fis un devoir de ne plus penser à ces troublantes rencontres. Ni même à la supplique désespérée de Shani. Pas aujourd'hui. Il faisait un temps splendide, et la journée s'annonçait si belle que la froideur des ténèbres de la veille ne semblait plus qu'un mauvais souvenir. Ce matin-là, j'avais attaché Angus à une laisse, probablement plus par discipline que par précaution, car il ne s'éloignait jamais de moi et obéissait docilement à mes instructions, de sorte que, la plupart du temps, je le laissais aller à sa guise, et lui laissais tout le temps d'explorer chaque nouveau territoire et chaque nouvelle odeur qui s'offrait à lui.

Quant à moi, je mettais à profit ces fréquents interludes pour admirer les jardins à travers les clôtures en fer forgé. Le parfum sucré des clématites d'automne s'élevait des treillis et se mêlait çà et là à l'arôme épicé des hedychium, dont les fleurs orange commençaient tout juste à éclore. Prenant une profonde inspiration, je m'emplis tout entière de la senteur matinale de Charleston.

Je venais de m'arrêter pour admirer le jaune électrique d'un noyer du Japon lorsque la femme brune de la veille apparut soudain à l'angle de sa maison. Bien qu'elle m'apparût assez différente en plein jour, je la reconnus immédiatement. Elle était un peu plus petite que dans mon souvenir, et ne présentait nul embonpoint, mais plutôt des formes avantageuses. Son visage rond et avenant dégageait une distinction empreinte de gentillesse, qui évoquait des images d'ombrelles délicates et de roses-thé à l'anglaise.

A mille lieues de l'impression première qu'elle m'avait laissée la veille au soir.

Je remarquai aussi les reflets auburn de ses cheveux et le rose de ses pommettes, que je n'avais pu discerner dans la lumière faiblissante de son jardin. Elle portait un pantalon de velours côtelé délavé et un gilet dont les pans retombaient sur ses hanches généreuses. Malgré l'heure matinale, elle avait déjà entamé une séance de jardinage, me dis-je en avisant les taches qui lui marquaient les genoux et la cisaille qu'elle tenait à bout de bras. Si elle n'avait pas eu un air aussi angélique, l'éclat de cette paire de longues lames qui étincelait dans ses mains aurait pu me sembler un tantinet sinistre.

— Bonjour ! lança-t-elle.

Le timbre rauque de sa voix me prit par surprise. Pourtant, je l'avais entendue parler, la veille au soir.

— Je peux vous aider ?

Inconsciemment, je l'avais fixée depuis la rue, et, dans mon embarras, je lui répondis la première banalité qui me traversa l'esprit.

— J'admirais votre jardin.

— Oh ! merci ! Malheureusement, j'ai bien peur de n'avoir aucun mérite. Je viens tout juste d'emménager.

Une pancarte « *A VENDRE* » était placardée sur la façade, avec un autocollant « *VENDU* » en lettres rouges, apposé en diagonale.

— Je n'avais même pas remarqué que cette maison était à vendre.

Evidemment, puisque je ne venais pour ainsi dire jamais dans le quartier.

— Tout s'est fait très vite, à vrai dire. Elle n'est restée sur le marché que quelques jours. J'ai eu la chance de passer par là au bon moment. Le vendeur avait besoin de déménager rapidement, et me voilà !

Elle mit de côté sa cisaille et s'avança jusqu'au portail.

Elle avait les cheveux attachés sur la nuque, mais la brise faisait flotter sur son visage quelques mèches libres qui lui donnaient un air amusant.

— Vous habitez dans le quartier ?

— A quelques pâtés de maisons, sur Rutledge Avenue, répondis-je avec un vague geste du bras.

Elle se débarrassa de ses gants et passa une main par-dessus la clôture.

— Clement*aillne* Perilloux, dit-elle à l'américaine.

— Amelia Gray.

Nous nous serrâmes la main, puis elle se mit à genoux et tendit sa main à mon chien.

— Et lui, comment s'appelle-t-il ?

— Angus.

Elle répéta son nom à voix basse et il s'approcha pour lui renifler la main. Apparemment convaincu par ce qu'il avait flairé, il la laissa lui caresser la tête et le grattouiller derrière les oreilles. Il eut même l'air d'y prendre un certain plaisir, et une pointe de jalousie vint me titiller.

— Comme tu es beau, toi ! Regardez-moi ces yeux !

Elle me jeta un coup d'œil.

— Que lui est-il arrivé ? Si ce n'est pas indiscret…

— On m'a dit qu'il avait été utilisé comme chien d'appât.

Sa bonne humeur s'évapora d'un coup.

— C'est bien ce qu'il m'avait semblé… J'ai été bénévole dans un refuge animalier, quand j'étais étudiante. Nous avions régulièrement affaire à ce genre de cicatrices et de mutilations. Ils leur coupent les oreilles pour éviter des blessures inutiles.

— C'est ce que j'ai lu.

— Quelle horreur… Mais Angus a l'air d'être dans de bonnes mains, à présent.

Elle le gratifia de quelques papouilles puis se releva.

— Où l'avez-vous trouvé ?

— Oh ! c'est plutôt lui qui m'a trouvée…

— C'est encore mieux comme ça.

Elle avait les yeux noisette, remarquai-je, aussi doux et limpides que ceux d'Angus. Après ce que j'avais vu la veille, je m'étais préparée à la détester au premier regard, mais je me trouvai maintenant incapable de lui vouer la moindre animosité. Elle était si sincère et si charmante… Si… saine. Jamais je n'aurais pensé que Devlin puisse s'intéresser à ce type de femme, mais après tout, si Mariama devait être la référence, j'étais moi aussi hors jeu d'office.

— Vous savez quoi ? lança-t-elle brusquement tout en s'essuyant les mains sur son pantalon gris. Je crois que vous et Angus devriez me suivre derrière et partager avec moi un petit déjeuner improvisé !

— Sûrement pas, protestai-je. Nous ne voulons pas vous déranger…

— Mais vous ne me dérangez pas du tout ! En fait, vous me feriez une immense faveur. Je ne connais encore personne ici, et j'adorerais avoir une amie dans le quartier. Toute ma famille est à Charleston, mais ils ont tendance à être un peu trop présents, si vous voyez ce que je veux dire…

A dire vrai, je n'avais aucune idée de ce que pouvait être une famille « un peu trop présente ». Mes parents s'étaient toujours montrés distants. Maman à cause des circonstances de ma naissance, papa à cause de ses secrets. Nous n'avions jamais été une famille très soudée, même si je n'avais à aucun moment douté de leur affection.

Clementine Perilloux ouvrit le portail avec un air radieux.

— Je vous en prie, dit-elle d'un ton enjoué. J'ai fait des scones. Et il y a un pot de gelée de vigne toute fraîche que ma grand-mère m'a donné.

Son sourire était irrésistible, et je n'avais aucune excuse valable pour décliner son invitation, de sorte que je me contentai d'acquiescer d'un signe de tête et lui emboîtai le pas sans penser un seul instant à la statue cassée.

6

Quelques secondes plus tard, j'étais confortablement assise dans le patio, attendant le retour de Clement*aillne* Perilloux. Elle avait déjà apporté une carafe de jus d'orange fraîchement pressé et une cafetière fumante, et à présent une délicieuse odeur s'échappait de la porte de la cuisine et embaumait le jardin.

— Vous êtes sûre que vous n'avez pas besoin d'aide ? insistai-je.

— J'ai presque terminé. Détendez-vous et profitez du jardin.

Angus, lui, ne s'était pas fait prier. Il avait exploré, inspecté et reniflé chaque recoin, et s'intéressait maintenant au buisson d'azalées qui m'avait servi de cachette pas plus tard que la veille.

A l'instar de Clementine, le jardin m'apparut très différent de la première impression qu'il m'avait laissée. Dans la nuit tombante, je l'avais vu comme un lieu d'ensorcellement, peuplé de dangers ; je constatais maintenant que la jeune femme avait fourni un travail titanesque pour restaurer les massifs de fleurs laissés à l'abandon et redonner forme aux buissons envahis de mauvaises herbes. La maison était une charmante bâtisse sur deux niveaux, coiffée d'un toit pointu orné de chiens-assis. Mais un examen plus attentif révélait ici et là des cloques de peinture éparses et plusieurs moustiquaires manquantes. Le bâtiment tout entier dégageait, à vrai dire, une impression générale de laisser-aller.

Les éclats du chérubin brisé jonchaient encore le sol pavé de pierres grises. Clementine les avait-elle seulement remarqués ? Et moi… Qu'attendais-je pour aborder le sujet ? Plus j'attendais, plus mes aveux et mes excuses sonneraient faux.

Au fond de moi, bien sûr, je savais exactement les raisons de ma procrastination. Et je n'en étais pas particulièrement fière.

Mais, déjà, Clementine sortait de la maison, les bras chargés d'un plateau de scones frais et d'un pot de gelée translucide, dont la couleur profonde évoquait celle d'un grenat ancien.

— Ma grand-mère en prépare une énorme marmite chaque année, dit-elle en tirant une chaise en face de moi. C'est une tradition de famille. Quand j'étais petite, à l'automne, nous prenions la voiture et nous partions à la campagne pour aller cueillir des raisins. Cette excursion avec ma grand-mère était toujours un grand moment que j'attendais avec impatience.

— Vous me disiez que votre famille vit à Charleston ? demandai-je en acceptant un scone.

— Exactement.

Elle attrapa un morceau de bacon grillé.

— C'est pour Angus… Je peux ? demanda-t-elle.

J'acquiesçai d'un signe de tête.

Elle l'appela et il rappliqua aussitôt, gobant avec appétit la tranche croustillante qu'elle lui tendait. J'aurais pu me sentir quelque peu trahie par son enthousiasme, mais, pour être honnête, j'étais moi-même tombée sous le charme de cette extraordinaire Clementine. A tel point que je me demandais si elle n'était pas un peu trop parfaite pour être vraie. Inviter des inconnus à prendre le petit déjeuner, faire du bénévolat dans un refuge animalier… Une part de moi se plaisait à croire qu'elle n'était peut-être pas aussi « saine » qu'elle le semblait. J'aurais tellement préféré la détester… Mais je devais bien avouer que son exubérance enfantine avait eu raison de mes préjugés.

Mon regard s'en alla errer du côté de la véranda. Maintenant que j'avais en face de moi cette fameuse brunette, il m'était difficile de l'imaginer dans les bras de Devlin. Et tout aussi difficile de ne pas y penser.

Elle donna à Angus le dernier morceau de bacon, puis se redressa.

— Où en étions-nous ?

— Vous me parliez de votre famille.

— Ah oui… Ma grand-mère possède une vieille maison magnifique sur Legare Street, juste au nord de Broad Street, près de la cathédrale St-John. Elle appartient à la famille depuis des générations. Une vaste demeure séculaire, faite de coins et de recoins, avec des galeries et des jardins somptueux. Mon père est décédé quand j'avais dix ans. A sa mort, nous nous sommes retrouvées sans ressources. Ma grand-mère, Dieu la bénisse, nous a alors accueillies chez elle.

Elle me tendit la gelée.

— Merci.

J'en tartinai un scone que je m'empressai de goûter. La pâte encore tiède était moelleuse et savoureuse. Cette femme était donc *aussi* un véritable cordon-bleu.

— Elle a fait des pieds et des mains pour me persuader de revenir m'installer chez elle après… je veux dire, lorsque j'ai décidé de m'installer à Charleston.

Une imperceptible ride se creusa entre ses sourcils.

— D'un point de vue pratique, ça aurait certainement été la meilleure solution, mais j'avais besoin de prouver à moi-même — et aux autres — que j'étais capable de me débrouiller par mes propres moyens. J'avais quelques économies, et j'ai toujours rêvé de retaper une de ces vieilles bicoques. Alors…

— Alors vous voilà !

Elle puisa une profonde inspiration qu'elle expulsa lentement.

— Oui.

Je ne pus m'empêcher de remarquer le léger tremblement de sa main lorsqu'elle porta sa tasse à ses lèvres. Et quelque chose dans ses yeux, aussi. Cette femme se résumait-elle vraiment à la charmante façade qu'elle offrait aux regards des passants et de ses visiteurs ?

— C'est une maison ravissante, lui dis-je, sentant planer un malaise momentané.

Elle promena autour d'elle un regard empreint de fierté.

— Je suis si impatiente d'entamer les travaux ! Ma sœur m'a proposé son aide, mais je tiens à faire tout ce que je peux par moi-même. Cela dit, je ne suis pas complètement autonome, n'allez pas croire ça. Ma grand-mère m'a proposé un travail, que je n'ai pas refusé.

— Ah oui ? Quel genre de travail ? m'enquis-je avec curiosité.

— Dans son magasin. Elle tient une librairie qui fait aussi boutique de thés. Une toute petite échoppe sur King Street. Le Jardin secret. Vous connaissez ?

— J'y suis allée il n'y a pas si longtemps, répondis-je, un peu surprise. C'est une boutique extraordinaire. Le choix de thés est époustouflant.

— C'est peut-être pour ça que votre visage m'est aussi familier, murmura-t-elle en me regardant. J'ai la nette impression de vous avoir déjà rencontrée quelque part.

Une brise soudaine me fit frissonner. Je plongeai les yeux dans mon assiette.

— Je ne vois pas… Mais il est possible que vous m'ayez croisée à la boutique. Ou peut-être dans la rue.

A moins que vous m'ayez aperçue cachée dans votre jardin ?

— Oui, vous avez probablement raison.

— Depuis quand votre grand-mère tient-elle cette boutique ?

— Oh ! depuis toujours ! Quand elle a débarqué de sa Roumanie natale, elle n'était encore qu'une jeune fille. A cette époque, elle s'était aménagé une petite arrière-salle, où elle lisait l'avenir dans les feuilles de thé. Mais elle est aussi une chiromancienne très réputée. Certains de ses clients comptent parmi les familles les plus riches et les plus influentes de Charleston. C'est d'ailleurs comme ça qu'elle a rencontré mon grand-père.

— Elle lui a prédit son avenir ?

Un large sourire lui fendit le visage.

— A son avantage, sûrement. Grand-mère est loin d'être sotte. C'est une petite coquine.

— Et aujourd'hui, elle est toujours en activité ? Je veux dire, elle lit toujours l'avenir ?

— De temps en temps, mais plus pour de l'argent. Elle a tout arrêté le jour où elle a épousé mon grand-père. A l'époque, la bonne société considérait ces pratiques d'un mauvais œil. Les cercles que mon grand-père fréquentait y voyaient des relents de satanisme, même si beaucoup de ses amis étaient eux-mêmes clients. Cela dit, elle a tout fait pour garder sa boutique. Elle répétait toujours qu'il était non seulement stupide mais suicidaire pour une femme de se soumettre au bon vouloir et à la générosité d'un homme, si riche et amoureux soit-il, ce qui était le cas de mon grand-père, soit dit en passant. Elle était assez moderne, je dois dire. Une avant-gardiste, en quelque sorte.

— Elle m'a tout l'air d'être une femme passionnante — et passionnée.

— Je ne vous le fais pas dire ! Venez donc faire un saut à la boutique, à l'occasion. Je vous la présenterai.

Elle m'offrit une autre scone, mais je n'avais pas encore terminé le premier.

— Allons, pour me faire plaisir ! m'encouragea-t-elle. Tout ce que vous ne mangerez pas ira directement sur mes hanches !

Je pris un autre biscuit que je déposai dans mon assiette.

— Quelle pipelette je fais ! reprit-elle. Je ne suis pourtant pas toujours comme ça.

Elle marqua une pause.

— Je crois que c'est vous qui me faites cet effet-là. Il est facile de vous parler.

— Moi ?

Je ne l'aurais jamais cru. J'avais passé le plus clair de ma vie en tête à tête avec moi-même.

— Vous respirez la gentillesse, et il y a quelque chose d'apaisant dans votre façon d'être.

Elle me tendit une main, à présent parfaitement assurée.

— Je peux ?

Spontanément, j'eus un mouvement de retrait.

— Oh ! je ne sais pas. Je ne suis pas très… Enfin, je n'ai jamais voulu savoir de quoi serait fait mon avenir.

— Ne vous en faites pas. Je ne connais guère plus que les bases. Donnez-moi vos deux mains, s'il vous plaît. Le futur se lit dans la gauche. Le passé dans la droite.

Je posai mes mains sur la table, paumes vers le haut. Elle les examina sans les toucher.

— Que faites-vous comme travail, Amelia ?

— Je suis restauratrice de cimetières.

Elle leva les yeux.

— *Vraiment* ? C'est très intéressant. Ça consiste en quoi, exactement ?

De nouveau, elle se pencha sur mes mains.

— Pour faire simple, disons que je réhabilite de vieux cimetières qui ont été abandonnés ou négligés pendant longtemps.

— Des cimetières familiaux, par exemple ?

— Ou publics. Passé une ou deux générations, les cimetières sont vite oubliés et rarement visités. Sans entretien, le temps fait rapidement son œuvre. Les sols s'affaissent. Les stèles se fissurent. Des cimetières entiers se retrouvent envahis par les ronces.

Je m'interrompis soudain.

— Maintenant, c'est moi qui parle trop !

— Mais pas du tout ! J'adore les vieux cimetières. Mais je n'avais jamais réfléchi à leur entretien. J'imagine que les actes de vandalisme causent aussi beaucoup de torts.

— Le vandalisme, les pluies acides, la mousse, le lichen… Tout dépend du cimetière. Chaque site est unique. Le temps et l'attention nécessaires à leur remise en état diffèrent d'un endroit à l'autre et d'une tombe à l'autre. Pour ma part, je fais surtout attention à ne rien endommager. C'est ma devise.

— Votre serment d'Hippocrate, en quelque sorte. Je dirais que c'est un principe de vie que chacun d'entre nous devrait s'appliquer.

— Je crois, oui.

— Lorsque j'étais petite, ma grand-mère et moi passions souvent les dimanches après-midi à courir les églises de Charleston, avec leurs jardins paroissiaux et leurs cimetières. Mon préféré était celui de l'église unitarienne. J'adorais toutes ces fleurs sauvages et l'histoire tragique d'Annabel Lee. On dit que c'est elle qui aurait inspiré à Edgar Poe son célèbre poème. Mais je ne vous apprends rien, évidemment. Et, à chaque visite, je harcelais ma grand-mère pour qu'elle me raconte son histoire. Pourtant, j'étais terrifiée à l'idée de me trouver nez à nez avec son fantôme. Grâce à Dieu, ça n'est jamais arrivé !

Tout en scrutant les lignes de mes mains, elle eut un léger frisson.

— Mmm… c'est intéressant.

— Intéressant en bien ou intéressant en mal ? demandai-je avec un brin d'appréhension.

— Vous avez des mains d'eau, dit-elle. Alors que j'aurais plutôt dit de terre…

— A cause de mon métier ?

— Entre autres choses.

Repliant mes doigts, je ramassai mes mains sur mes cuisses. Elle ne tenta rien pour me retenir.

— Vous avez des lignes inhabituelles, reprit-elle d'un ton méditatif, tout en sirotant son café. Mais je ne m'y connais pas suffisamment pour vous donner une interprétation digne de ce nom. Vous devriez les montrer à ma grand-mère, à l'occasion. Ou à ma sœur. Elle est très douée. Peut-être la plus douée d'entre nous toutes.

— C'est gentil, mais comme je vous l'ai dit, je préfère ne pas savoir ce que l'avenir me réserve.

Elle se pencha vers moi.

— Je vais vous dire un secret. La chiromancie n'a pas grand-chose à voir avec un prétendu sixième sens. C'est à la fois un art et une science. Une diseuse de bonne aventure est plus un psychologue qu'un prophète. Elle fonde ses prédictions sur un ensemble d'indices, et ne fait que suggérer un éventail d'hypothèses. Mais si j'en crois ma sœur, tout le monde se moque de la véritable méthode. Les gens qui vont consulter les chiromanciennes sont avant tout attirés par leur mystique. Ils veulent du show, en quelque sorte, et Isabel leur rend service en répondant à leurs attentes. Pour eux, elle est Madame Je-Sais-Tout.

Madame Je-Sais-Tout… Pourquoi ce nom me disait-il quelque chose ?

— Elle exerce en tant que professionnelle ?

— Elle a ouvert un salon à la limite du quartier historique. Près de Calhoun Square.

Un vague pressentiment s'empara de moi.

— Ce ne serait pas en face de l'Institut d'études de parapsychologie, par hasard ?

Clementine ouvrit des yeux ronds comme des soucoupes.

— Ne me dites pas que vous y êtes allée ? *Ça*, ce serait vraiment une coïncidence.

Non, pas une simple coïncidence, songeai-je, tout à coup mal à l'aise. *Une synchronicité.*

— Le directeur de l'Institut est un ami, répondis-je. Je passe devant le salon de votre sœur chaque fois que je m'y rends. Il y a une main en forme de néon sur la façade.

— Oui. C'est exactement ça ! Mais ne vous méprenez pas. Malgré son nom un peu fantaisiste, Isabel prend son travail très au sérieux.

La dernière fois que j'étais ressortie de l'Institut, j'avais aperçu Devlin sur le seuil de sa porte, en compagnie d'une femme brune dont j'avais pensé qu'elle était la fameuse

Madame Je-Sais-Tout. A présent, cela ne faisait plus aucun doute. Et j'étais également certaine que la femme que j'avais vue avec lui la veille n'était pas Clementine Perilloux, mais sa sœur Isabel.

Nous terminâmes notre café en silence. Au vu de ce nouvel élément, il était peut-être plus judicieux de remercier poliment mon hôtesse et de prendre congé. Et d'oublier définitivement la statue cassée. Mon petit jeu avait assez duré. J'avais attendu trop longtemps. Un aveu aussi tardif serait affreusement gênant. Mais Clementine avait été si charmante… Je lui devais bien la vérité, ainsi qu'un dédommagement.

— Je vois que votre statue a été cassée, lançai-je en faisant un signe de tête en direction du jardin.

Elle suivit la trajectoire de mon regard.

— Oh ! Isabel m'a dit qu'elle et John avaient entendu quelqu'un dans le jardin, hier soir.

Mon cœur tressaillit dans ma poitrine.

— John ?

— Un inspecteur de police. Isabel et lui…

Pendue à ses lèvres, je me penchai en avant.

— … sont des amis très proches.

Amis ? J'espérais et redoutais à la fois la suite de l'histoire. Mais vu qu'aucun détail ne vint, je finis par expulser une inspiration contenue.

— Dommage pour la statue.

Elle cligna des yeux.

— Il y en avait une très ressemblante à… là où j'habitais avant. Mais je n'aimais pas cet endroit, donc je suis ravie d'en être débarrassée.

Je sentis une pointe de gêne me gagner. Un léger titillement me remonta la colonne vertébrale.

— J'ai passé un moment délicieux, mais Angus et moi devons vraiment y aller, dis-je avec empressement.

— Je vous raccompagne. Promettez-moi de revenir. La prochaine fois, j'inviterai Isabel. J'aimerais beaucoup vous la présenter. Je ne suis pas objective, évidemment, mais elle est… Bah ! Vous verrez par vous-même. Je crois que vous deux vous entendrez à merveille. Vous avez beaucoup de choses en commun, à mon avis.

7

Ce soir-là, je me contentai d'un dîner léger. Une fois ma vaisselle terminée, je fis infuser une verveine et me mis au travail. J'avais installé mon bureau à l'arrière de la maison, dans une ancienne véranda. De jour, la lumière du jardin baignait la pièce d'une clarté chaleureuse et relaxante, mais, de nuit, ses larges vitres noires stimulaient l'imagination, en particulier les soirs comme celui-là, où je percevais la présence d'esprits agités.

Mais, cette fois, j'étais bien décidée à ne pas écouter ce titillement qui courait en zigzag sur ma nuque. Non, je n'irais pas vérifier ce qui se tramait à l'extérieur. Je n'irais pas scruter les ténèbres du jardin à la recherche de cette lueur annonciatrice d'une apparition. Au lieu de cela, j'allumai mon ordinateur portable et ouvris un nouveau document.

J'avais délaissé mon blog pendant des semaines, mais maintenant que mon activité principale m'offrait un peu de temps entre deux restaurations, l'argent supplémentaire généré par les annonceurs d'*Au coin de la tombe* constituait une source de revenus que je ne devais pas négliger. D'ailleurs, j'avais déjà trouvé mon nouveau sujet : « Broussards de cryptes et communion avec les morts ». L'idée consistait à revenir sur la popularité des cimetières sous l'ère victorienne. Et, compte tenu du temps que j'avais passé dernièrement à converser avec des fantômes, cette idée prenait des airs de prophétie.

Après avoir rédigé péniblement un premier jet, je

sauvegardai le document et me connectai à internet pour effectuer quelques recherches. Si je décidais d'aider Robert Fremont à retrouver son meurtrier, j'allais devoir tirer parti du moindre indice que je pourrais glaner. Je n'étais pas encore très à l'aise à l'idée d'endosser le costume de détective, mais j'avais toujours adoré les énigmes, et les recherches constituaient une composante primordiale de la restauration de cimetières. Dans mon travail, je n'avais pas mon pareil pour découvrir les détails les plus infimes mais, en l'occurrence, mes premières cyber-recherches ne me rapportèrent malheureusement que peu de détails sur le meurtre. Fremont avait mené son enquête en infiltration, ce qui compliquait grandement la tâche. Même après sa mort, les dossiers et les indicateurs restaient sous le sceau du secret. Quelques mentions de son nom sur un site d'archives de presse dédié à la police de Charleston, voilà en somme tout ce que j'avais à me mettre sous la dent. Et aussi un article relatant brièvement son assassinat, accompagné d'une nécrologie succincte.

Fremont avait trente ans lorsqu'il avait été fauché par la mort. Devlin et lui avaient à peu près le même âge. Je le savais car les deux hommes avaient intégré l'école de police en même temps. Je les avais vus tous deux sur une photo de promotion, en compagnie d'un troisième homme. Un certain Tom Gerrity, qui officiait à présent en tant que détective privé, dans une banlieue mal famée de Charleston. Devlin et lui se vouaient une haine féroce et ne s'en cachaient pas. Leur animosité avait quelque chose à voir avec la mort de Fremont, mais je n'en savais pas plus, et l'article posté en ligne ne faisait mention ni de l'un ni de l'autre.

Aucun témoin de la scène de crime ne s'était jamais présenté aux autorités, et aucune information relative au mobile ou à d'éventuels suspects n'avait filtré dans la presse. De toute évidence, l'affaire avait été traitée avec la plus grande discrétion par le bureau du shérif du comté de Beaufort et le département de police de Charleston.

Toutefois, deux détails de l'article et de la nécrologie retinrent mon attention. D'abord, Fremont, avait grandi non loin de Hammond, une petite bourgade des plaines côtières de Caroline du Sud, où Mariama avait été élevée. Ensuite, l'assassinat était survenu le lendemain de l'accident de Mariama. L'heure de la mort de Fremont avait été située quelque part entre 2 heures et 4 heures du matin, soit une poignée d'heures seulement après que la voiture de Mariama fut passée par-dessus la glissière de sécurité d'un pont, les piégeant, elle et sa fille Shani, à l'intérieur de leur véhicule.

J'avais croisé la tombe de Robert Fremont, au printemps précédent, lorsque j'avais restauré le cimetière de Coffeeville. Mais, vu qu'à l'époque je ne le connaissais pas, la date de sa mort ne m'avait pas interpellée. En revanche, maintenant que j'avais appris les liens qui le rattachaient à Devlin, et peut-être à Mariama, la proximité de leurs morts ne manquait pas de m'intriguer.

Attrapant un bloc-notes et un crayon, je griffonnai un petit schéma, reliant quelques prénoms à l'aide de flèches : Devlin > Shani > Mariama > Fremont.

Puis j'y ajoutai une autre suite : Clementine > Isabel > Devlin.

Tandis que je considérais ces enchaînements de noms couchés sur le papier, une certitude se fit jour dans mon esprit. La certitude que les récents événements n'avaient rien d'une coïncidence. Ni les assauts de Mariama, ni les suppliques de Shani, et encore moins l'irruption de Fremont. Ces trois fantômes étaient tous revenus dans ma vie pour une raison et à un moment bien précis. Tout était lié, et les pièces du puzzle avaient d'ores déjà commencé à s'ordonner.

« Les étoiles sont enfin alignées, avait affirmé Fremont. Tous les acteurs sont en place. »

Je poursuivis mes recherches jusqu'à ce que les mots se brouillent sur l'écran et qu'une douleur aiguë me lance entre les omoplates. Engourdie, je me levai, et m'étirai.

Le mieux était d'en rester là pour aujourd'hui et de me coucher tôt. J'étais exténuée, vidée, et Dieu sait ce qui m'attendait dans les jours à venir… Sans parler de ces nuits d'insomnie. Cette simple idée me terrifiait, et j'osais à peine y songer.

Mais, après tous les événements de la journée, comment pouvais-je espérer trouver le sommeil ? J'étais à cran, sur les nerfs, certaine qu'une menace noire m'avait prise pour cible et cheminait dans ma direction. Devlin, lui aussi, était impliqué. Je le sentais. Voilà pourquoi il avait tenté de reprendre contact. Et pourquoi je ressentais de nouveau son irrésistible attraction.

Je sentais les murs de mon sanctuaire se resserrer sur moi, et, une fois de plus, je me pris à détester cet héritage qui me tenait prisonnière des terres sacrées. Toute ma vie, j'avais suivi les règles de mon père, recluse dans ma solitude, mais je sentais à présent une rébellion inédite gonfler en moi. Le souffle d'une impulsion irrationnelle qui n'avait rien d'une noble cause ni d'un appel supérieur.

Je voulais voir Devlin.

Mais pas en coup de vent, comme la veille, et encore moins en compagnie d'une autre. C'était ici que je voulais le voir, à l'abri de mon havre de paix, où ses fantômes n'avaient pas droit de cité. Je brûlais de le toucher, de sentir sa chaleur, d'entendre mon nom effleurer ses lèvres.

Je me levai brusquement, m'avançai à la fenêtre et pressai mon visage contre la vitre glacée. Et pourquoi ne pas aller jusqu'à lui ? Au diable ces années de prudence… Ça ne serait pas la première fois, après tout, que j'irais au-devant du danger. Les règles avaient déjà été brisées. La porte avait été ouverte en grand. J'avais vu le pire. Que pouvait-il m'arriver d'autre ?

Pauvre inconsciente que j'étais…

Mon regard se posa sur Angus. Il s'était déjà pelotonné dans son panier et semblait assoupi. Le voir endormi avait toujours quelque chose de rassurant. Malgré mes terribles craintes, tout devait être en ordre dedans comme dehors. Ses moignons d'oreille se mirent à remuer d'un mouvement sec et convulsif. A quoi rêvait-il ? A son triste passé ? A l'époque du chenil, où il servait de chien d'appât ? Avec le temps, lui et moi réussirions peut-être à oublier nos démons et nos cauchemars…

Comme s'il avait perçu mon regard, il ouvrit les yeux et me considéra d'un air mélancolique.

— Désolée, murmurai-je. Moi non plus, je n'aime pas qu'on me regarde quand je dors.

Le museau calé sur ses pattes, il se rencogna dans son panier et sombra de nouveau dans le sommeil. Je me retournai vers les vitres, scrutant des yeux le jardin inondé du clair de lune. Le vent s'était levé. La mousse espagnole qui pendait des chênes verts se gonflait en volutes, ressemblant à des rideaux de tulle.

Le ciel limpide s'était brouillé de nuages bas. Un orage couvait au loin. Pour je ne sais quelle raison, je repensai à la colère rageuse de Mariama. Devais-je voir dans ce ciel tourmenté l'expression de son courroux ? Jusqu'où s'étendait le pouvoir qu'elle exerçait depuis sa tombe ?

Ma main se porta à ma poitrine soudain oppressée. Plus d'une fois, j'avais expérimenté le contact d'un spectre. Mais il s'était jusque-là limité à un souffle glacial sur ma nuque ou à des doigts de glace plongés dans ma chevelure. Avec Mariama, c'était différent. Je me sentais physiquement menacée. Elle me terrifiait bien au-delà de la crainte viscérale que m'inspiraient les fantômes.

Cette femme voulait à tout prix m'écarter de Devlin. C'était évident. D'après ce que je m'étais laissé dire, elle avait été, de son vivant, une femme explosive. Passionnée et tempétueuse. Je n'avais qu'une seule crainte : que la mort n'ait fait qu'intensifier sa rage.

Alors que je me détournais de la fenêtre, je surpris mon reflet sur la vitre. Un visage blême, aux joues creusées, me fixait de ses yeux caves. Rien de comparable au souvenir exotique et ensorceleur que Devlin devait avoir conservé de Mariama. Rien qui ressemble non plus à la mystérieuse Isabel Perilloux.

En regardant de plus près, je discernai les cicatrices que j'avais ramenées de mon séjour à la montagne. Les dizaines d'écorchures qui me lacéraient le visage avaient laissé place à de fines lignes blanches. J'avais bien failli mourir, à Asher Falls, mais j'étais maintenant de retour à Charleston et, tout comme ces égratignures, le souvenir de cette ville à l'agonie commençait à s'estomper.

Mon épisode avec Thane Asher n'était plus qu'un rêve passé, lointain et flou. Il m'arrivait certains jours de repenser à lui, tout à coup. D'éprouver soudain une bouffée de remords. Il me manquait, mais je ne souffrais pas de son absence comme je souffrais de celle de Devlin. Je ne le désirais pas jusqu'au milieu de mes nuits. Je ne m'éveillais pas au murmure de sa voix à mon oreille, ni sous la caresse de ses doigts sur mes reins. Mon passé avec Devlin me hantait aussi sûrement que lui-même était hanté par ses fantômes.

Obstinée, je me remis au travail, sans toutefois parvenir à me concentrer. Mes pensées se dispersaient en tous sens. La maison me faisait l'effet d'une cloche, hermétique et oppressante. Non, vraiment, il serait stupide de sortir dans le noir alors que j'étais à l'abri pour la nuit.

Mais un peu d'air frais me ferait peut-être du bien. Un petit tour en voiture le long d'Ashley River m'aiderait peut-être à m'apaiser, et à trouver enfin le sommeil.

Quelques minutes plus tard, continuant à me mentir, je m'engageai dans la rue où habitait Devlin.

8

Depuis que nous avions pris nos distances, je n'étais jamais retournée du côté de chez Devlin, ni à pied ni en voiture. Pas une fois je ne m'étais aventurée dans un lieu où je risquais de le croiser, et jamais je n'avais tenté de composer son numéro. Pas même pour raccrocher en l'entendant décrocher. A vingt-sept ans, j'avais passé depuis belle lurette l'âge de ces enfantillages, et, pour dire vrai, ces tactiques m'avaient toujours été parfaitement étrangères.

Mon enfance et mon adolescence avaient compté très peu d'amis, et encore moins de petits amis. J'avais passé mon temps libre à aider mon père à entretenir les tombes, ou recluse dans le sanctuaire du cimetière de Rosehill, à l'abri des fantômes, seule avec mes bouquins. Livrée à moi-même, j'avais fait mes premiers pas dans le monde des adultes à travers le prisme des grands classiques. *Jane Eyre, Orgueil et Préjugés, Rebecca.*

Dans ces conditions, il n'était guère surprenant qu'un Devlin surgissant de la brume, sombre et ténébreux, avec ses airs de héros romantique, ait fait voler en éclats mon cocon si tranquille. Je n'avais aucune chance de lui résister.

Mais je n'avais aucune expérience réelle des personnages romanesques dont j'avais dévoré les aventures et vécu par procuration les affres amoureuses. Mon amie Temple m'avait une fois fait remarquer que, jusqu'à Devlin, j'avais été attirée exclusivement par des hommes rassurants. Des cérébraux et des intellos. Des chiffes molles, comme elle disait avec son air blasé. Elle m'avait mise en garde. « Lève le pied, ma jolie. Avec un homme comme Devlin, je te conseille d'y aller mollo. Fais-moi plaisir, ménage tes arrières. » D'après elle, de son vivant, Mariama avait su exactement comment jouer de ses artifices pour amener son époux où elle le souhaitait, mais une fille comme moi aurait tôt fait de se brûler les ailes, et s'en tirerait à coup sûr avec le cœur brisé.

Sur ce point, elle avait eu le nez fin, mais je ne pouvais pas rejeter la faute sur Devlin. Certes, il était hanté par son épouse et sa fille décédées, mais qu'y pouvait-il ? Certes, il n'était pas prêt à les laisser partir, mais comment l'en blâmer ?

Alors pourquoi être venue jusque-là ? Qu'espérais-je y trouver ? Notre situation n'avait pas évolué d'un iota. Les fantômes de Devlin étaient toujours là, et l'avertissement de Mariama avait été on ne peut plus clair. « Ne vous approchez pas. »

Une mise en garde que j'aurais été bien inspirée de suivre à la lettre.

Mais déjà l'adrénaline affluait dans mes veines tandis que je stationnais le long du caniveau, en contrebas de la maison de Devlin. Les nuages poussés par la marée éclipsaient la lune par intermittences. Le quartier somnolait dans une morne pénombre.

A pas pressés, je remontai le trottoir. Par chance, je n'y aperçus aucun fantôme. Il était un peu plus de 22 heures. Une heure qui n'était guère tardive pour les vivants. Un peu plus loin, les catadioptres d'un vélo lancèrent un flash furtif. Un jeune couple de promeneurs me murmura un « Bonsoir » en passant. Tout semblait si normal…

Mais rien de cette soirée n'était normal. A commencer par mon comportement si singulièrement impulsif. Je n'osais imaginer ce que ma mère aurait dit en me voyant me faufiler dans la nuit. « Aucune femme ayant reçu un début d'éducation n'aurait l'idée de se présenter chez un homme à une pareille heure sans s'être annoncée. Je t'ai élevée mieux que ça, je crois ! »

Oui, évidemment. Mais il n'empêche que j'étais là.

Pauvre maman... Elle avait bien d'autres préoccupations, en ce moment. Sa bataille contre le cancer l'avait durement éprouvée, et même si les médecins l'avaient assurée que le pire du traitement était derrière elle, de longs mois de combat l'attendaient encore.

Les soirs comme celui-là, lorsque je me sentais seule et perdue, j'aurais tellement aimé aller la trouver, poser ma tête sur ses genoux et lui ouvrir mon cœur... J'aurais voulu lui parler de Devlin, sentir sa main apaisante sur mes cheveux et l'entendre me murmurer que tout finirait par s'arranger.

Mais, même avant son diagnostic, même pendant mon enfance, ces moments de réconfort avaient été rares. J'aimais de tout mon cœur ma maman adorée, mais elle m'avait toujours tenue à distance. Les circonstances de mon adoption avaient érigé entre nous un mur de verre, qu'elle n'avait jamais eu le courage de briser. Par peur. Et puis, il y avait les fantômes. Ma mère ne les voyait pas. Ce don obscur n'était l'affaire que de mon père et moi. C'était notre croix à porter, et le fardeau de notre secret m'avait, lui aussi, éloignée d'elle.

Mais ce soir, j'avais déjà fort à faire avec mes propres problèmes. Les fantômes avaient envahi ma vie, un oiseau invisible m'avait attirée jusqu'au fond d'une impasse, et les pièces du puzzle de Robert Fremont tournoyaient encore dans ma tête. J'avais longtemps vécu dans un monde étriqué et méticuleusement ordonné, mais ma petite bulle était maintenant livrée à un véritable chaos.

Tandis que j'allongeais le pas dans la rue bordée d'ombres, quelque chose de très étrange se produisit. La nuit se fit soudain plus sombre et plus froide. Toutefois, une intuition me disait que ce que je percevais n'était pas la réalité. Non, rien de tout cela n'était réel. Ni le rossignol, ni les fantômes, ni même ma petite escapade malavisée chez Devlin. J'étais à la maison, en sécurité, pelotonnée dans mon lit, plongée en plein rêve. Comment expliquer, autrement, cette soudaine léthargie ? Ce souffle court, ce poids qui lestait mes membres, comme dans chacun de mes cauchemars ? Comment expliquer que la rue m'ait semblé soudain sans fin, comme un tunnel glacial creusé dans les ténèbres ?

Une terreur blanche explosa dans ma poitrine. Mes pas ralentirent, plombés par une force invisible. Des milliers d'yeux me fixaient dans la nuit, tandis que des bras s'étiraient, surgissant de nulle part, pour m'attraper.

Mais cette sensation ne dura que le temps d'un battement de cœur. Déjà, les bras reculaient, se fondant dans les branchages, et les yeux disparaissaient. J'expulsai lentement mon souffle. Que s'était-il passé ? Devais-je y voir un avertissement ?

Tremblante, je rasai les murs. L'air avait un léger mordant que je n'avais pas remarqué jusqu'alors. Mais cette froideur n'avait rien à voir avec les conditions météorologiques. Les deux premières semaines d'octobre avaient été anormalement clémentes, avec des après-midi presque chauds et des nuits d'une douceur estivale. Ces courants d'air glacés venaient d'ailleurs. Le monde des esprits était aux aguets. Plus proche que jamais.

Prudente, je hasardai un coup d'œil d'un côté, puis de l'autre. Rien. La pénombre était trop épaisse. Mais ils étaient là. Je le savais. J'étais cernée d'entités qui glissaient dans les ruelles et les allées obscures, flottant dans les jardins clos et les demeures centenaires. Elles détectaient mon énergie aussi sûrement je percevais leur froideur.

Une bourrasque fit frissonner les feuilles mortes dans le caniveau. Un éclair illumina le ciel par-delà les cimes des arbres. La maison de Devlin était la prochaine. Un ravissant pavillon de style Reine Anne qu'il avait acheté pour Mariama. Mes jambes se mirent à faiblir à mesure que j'approchais. De nouveau, je me sentis la proie d'une sorte d'enchantement. C'était entre ces murs que j'avais finalement succombé au désir, laissant libre cours à mes sentiments pour Devlin. Entre ces murs que la porte s'était ouverte sur les Autres.

Je devais faire demi-tour tant qu'il était encore temps. Mais je ne pouvais m'y résoudre. Pas encore. Et, déjà, les sensations fulgurantes de cette nuit avec Devlin affluaient dans mon esprit. Sa façon de me serrer si fort. Son baiser si profond. Celui que je lui avais rendu, tout aussi profond, comme si je ne parvenais pas à me rassasier de lui. Je me souvenais distinctement du rythme africain qui baignait sa chambre, de la chaleur de sa peau lorsque j'avais posé ma main sur son cœur… glissant mes lèvres plus bas, plus bas encore. Puis ce coup d'œil que j'avais jeté par-dessus mon épaule, vers le miroir, où j'avais vu Mariama qui me fixait, le regard implacable.

Traversant la rue, je chassai avec effort cette image troublante. Un coup de tonnerre roula au loin sur le port. L'air charriait une moiteur lourde depuis la côte. Un picotement me parcourut la ma nuque. Comme une série d'étincelles d'électricité statique. Un orage approchait. Les signes étaient là et ne présageaient rien de bon.

Malgré cela, je persistai à ne pas vouloir faire demi-tour.

Aurais-je eu le cran de gravir les marches qui menaient au perron ? Aurais-je eu le courage de sonner à la porte ? Je ne le saurai jamais. Car, tandis que je me faufilais le long de l'allée, mes cheveux voletant dans cette brise irréelle, la porte s'ouvrit et j'entendis des voix résonner dans le vestibule.

Et, pour la deuxième fois en deux soirs, n'écoutant que mon instinct, je plongeai tête la première derrière les buissons.

9

— Le temps est à l'orage, lança Devlin tandis que je me recroquevillais dans les arbustes avec la maestria d'une apprentie espionne.

— Logique, répondit un deuxième homme. Mauvais ciel, mauvais présage.

— Pour celui qui y croit, peut-être.

— Evidemment. Comment aurais-je pu oublier ? Il n'existe rien au-delà de nos cinq bon vieux sens, n'est-ce pas, John ?

— J'ai appris à me fier à mon instinct. C'est déjà pas mal comme ça.

Comme toujours, le son de la voix de Devlin avait sur moi un puissant effet. Le cœur battant, je me blottis encore davantage dans l'ombre qui baignait les alentours de la véranda. Mais je ne pus résister à la tentation de scruter à travers les feuilles frémissantes dans l'espoir de saisir un fragment de lui.

Jusqu'à la veille, je n'avais pas revu Devlin depuis que nous nous étions quittés, à l'entrée du cimetière de Chedathy. Plusieurs mois s'étaient déjà écoulés. Plusieurs longs mois pendant lesquels j'avais méticuleusement ignoré ses appels et ses e-mails. Je savais qu'il n'existait qu'une seule façon de le faire sortir de mon esprit. Le rayer purement et simplement de ma vie. Pendant mon court séjour à Asher Falls, j'avais même réussi à me convaincre que j'étais prête à passer à autre chose. A tourner définitivement la page. J'avais rencontré un homme que j'avais aimé, un homme qui m'attirait. Avec qui j'aurais pu être heureuse, un jour.

Maintenant, je le savais, je n'avais fait que me fourvoyer. Devlin était le seul homme qui comptait pour moi. Mais tant que la porte resterait ouverte, tant qu'il serait hanté, il n'y avait aucun espoir.

Alors pourquoi, simplement, ne pas accepter mon destin et le laisser partir ? J'étais bien parvenue à garder mes distances pendant des mois. Pourquoi m'était-il tout à coup si difficile de me tenir à l'écart ?

Parce que je l'avais vu avec une autre femme. Parce que j'avais peur que *lui* ne m'ait déjà reléguée aux oubliettes. Voilà pourquoi.

A moins que Mariama n'ait été derrière tout cela. Qu'elle ne m'ait leurrée une fois de plus pour parvenir à ses fins. Après tout, accuser un fantôme était plus facile qu'assumer la responsabilité de mes actes.

Mais qu'importait la raison. Pour le moment, j'étais là, pliée en quatre dans un buisson, coincée jusqu'à ce que l'inconnu s'en aille et que Devlin rentre chez lui. Si jamais il me trouvait tapie dans ses arbustes, c'est certain, je ne m'en remettrais pas.

Avec mille précautions, j'ajustai ma position pour obtenir une meilleure vue. Campé sous la véranda, il était éclairé de dos par le lustre de l'entrée. Son visage m'échappait, mais c'était égal. Chacun de ses traits était profondément imprimé dans ma mémoire. Ses yeux sombres, sa bouche sensuelle… Je pouvais même dessiner mentalement le contour de cette cicatrice creusée juste au-dessous de sa lèvre inférieure. Cette petite imperfection qui m'avait toujours fascinée.

La seconde voix m'était familière, mais l'homme me tournait le dos, et je ne le reconnus qu'au moment où il se retourna pour scruter la pénombre où je m'étais recroquevillée. La lumière du vestibule lui tomba alors en plein visage, et je dus retenir mon souffle.

C'était Ethan Shaw, un anthropologue légiste avec qui

j'avais travaillé, quelque mois plus tôt. J'avais d'abord connu Ethan par l'intermédiaire de son père, le Dr Rupert Shaw, directeur de l'Institut d'études de parapsychologie de Charleston. Mon amitié avec le Dr Shaw remontait à mon installation en ville. Il avait été intrigué par une vidéo de mon blog où apparaissait un soi-disant fantôme, et m'avait contactée par e-mail pour me rencontrer. C'était d'ailleurs grâce à lui que j'avais trouvé mon appartement, suite au déménagement précipité de son assistante, partie poursuivre son cursus en Europe.

Tétanisée, je regardais Ethan fouiller la nuit du regard dans ma direction. Au bout d'un moment, il se retourna vers Devlin.

— Je croyais avoir entendu quelque chose, expliqua-t-il.

— Le vent, probablement.

— Ou mon imagination.

— Oui, ça, c'est possible. Tiens. Prends plutôt ça.

Il tendit une bière à Ethan, et j'entendis un bref chuintement tandis qu'ils ouvraient chacun leur canette.

Devlin avança sous le porche, les épaules carrées, les jambes légèrement écartées, comme s'il se préparait à affronter une épreuve désagréable. C'était un homme grand et mince, presque maigre. Mais qui ne l'aurait pas été, après avoir été hanté tout ce temps ? Cependant, il émanait de lui une puissance extraordinaire, et sa façon d'inspecter la nuit d'un air maussade avait quelque chose de presque menaçant.

— Je t'avoue que je suis encore un peu tendu, dit Ethan avec un petit rire gêné.

Il se pencha sur la rambarde, facè à Devlin, adossé contre le mur de la terrasse.

— Franchement, poursuivit-il, jamais je n'aurais imaginé tomber sur Darius Goodwine. Il était là, en pleine rue, à me dévisager sans un mot. Je t'assure, John, c'était vraiment flippant. Tu parles d'une fichue coïncidence !

— Tu ne crois quand même pas que c'était une coïncidence ?

— Quoi d'autre ? Je ne vais jamais dans ce quartier. Pas même en voiture. J'ai reçu un appel ce matin pour aller examiner des ossements déterrés sous la galerie d'une vieille maison, sur Nassau Street. Et quand je suis sorti de ma voiture, il était là. Remarque, il avait des lunettes et un chapeau… Je me suis peut-être trompé…

— Tu ne t'es pas trompé, coupa Devlin. C'était lui.

— Qu'est-ce que tu en sais ? Tu n'y étais pas.

— Il y a des choses qui se passent dans cette ville.

— Comment ça ?

Devlin observa un silence. Son regard s'éleva dans les arbres et, je ne sais pourquoi, je repensai alors au rossignol. Devlin avait lourdement insisté pour me convaincre que c'était un oiseau moqueur que j'avais entendu.

— Une femme a été retrouvée morte à l'est de la ville, il y a quelques jours, lâcha-t-il. L'analyse toxicologique a révélé la présence de substances chimiques intéressantes dans son sang. Une vraie soupe d'hallucinogènes, à en croire le coroner. Avec, en prime, un élément que personne n'a été capable d'identifier.

— Quel rapport avec Darius ?

— Peut-être aucun. Sauf si cette substance inconnue s'avère être de la poussière grise.

— De la *poussière grise* ? Bon sang !

De nouveau, Ethan balaya la nuit du regard. Il était pâle et tendu, dans la lumière crue que laissait passer la porte entrouverte, et il me sembla percevoir un soupçon de peur dans sa voix.

— Je pensais que cette saleté avait disparu de la circulation depuis des années, reprit-il.

— Apparemment, elle aurait refait surface. Précisément au moment où Darius Goodwine revient d'un long congé sabbatique en Afrique, dit Devlin d'un air sombre. Il n'existe qu'une seule source de poussière grise. Seule une poignée de personnes y ont accès. Et Darius en fait partie.

— Oui, mais il n'est pas le seul.

— Sérieusement, Ethan… Ouvre les yeux, reprit Devlin

avec impatience. Ce qui s'est passé aujourd'hui était tout sauf une coïncidence. Il s'est arrangé pour que tu le voies, tout comme il s'est arrangé pour que ces rumeurs de poussière grise remontent jusqu'à moi. Et pour que ce cocktail de produits chimiques soit retrouvé dans le sang de cette fille, afin de créer un écran de fumée. Ce type ne laisse rien au hasard.

A ces mots, Devlin inclina la tête, comme pour prêter l'oreille à un bruit lointain. Tétanisée, je levai les yeux.

— Quoi ? demanda Ethan, inquiet.

— Rien. Je crois que, moi aussi, je me mets à entendre des voix.

— C'est l'effet Darius, fit remarquer Ethan en se frottant la nuque. J'ai du mal à croire qu'un homme dans sa position prenne de tels risques. Ce n'est pas comme s'il avait besoin d'argent, désormais.

— L'argent n'a jamais été sa motivation. La poussière grise lui donne le pouvoir de jouer les dieux tout-puissants.

— Celui qui détient le droit de vie et de mort, murmura Ethan. C'était bien sa devise, non ?

Devlin s'avança jusqu'aux marches, le regard noyé dans la nuit qui figeait le jardin. Si son œil tombait juste dans le bon angle, il me repérerait sans l'ombre d'un doute. J'aurais voulu m'enfoncer davantage dans les feuillages, mais je craignais que le moindre bruit n'éveille son attention. Me faire prendre serait la dernière des humiliations, mais leur conversation me captivait et je ne voulais pas en perdre un mot. Goodwine était le nom de jeune fille de Mariama. Il y avait donc fort à parier qu'elle ait eu un lien avec ce Darius. Et, bizarrement, la simple évocation du nom de ce Darius suffisait à me donner la chair de poule. L'air sembla soudain frissonner, et mon cœur se mit à palpiter.

— Je croyais que cette histoire de poussière grise n'était qu'un mythe, dit Ethan. Je me suis toujours moqué de papa et de Mariama quand ils en parlaient en prenant leurs grands airs. Moi, je continue à croire que ce n'est qu'un puissant hallucinogène. Rien de plus.

— C'est plus que ça, objecta Devlin. Ce truc arrête le cœur, et les gens meurent. Et ceux qui reviennent…

Tout en descendant les marches, il tourna la tête et sa voix s'étouffa dans la nuit, de sorte que la fin de sa phrase m'échappa.

— Tu en as déjà vu ? s'enquit Ethan.

— Ils sont toujours dehors, si tu sais où regarder. Va te promener dans les quartiers de l'est, si tu n'as rien à faire. Du côté d'America Street. Si tu cherches bien, tu les repères facilement, parmi les camés et les toxicos. Ils se traînent, le regard vide, comme des cadavres vivants. Comme s'ils avaient rapporté quelque chose de l'enfer avec eux.

Ethan garda le silence un moment.

— Mon père les appelle des zombies.

— Ce ne sont pas des zombies, répliqua Devlin. Juste des tarés qui ont gobé les boniments de Darius Goodwine.

Ethan se leva et descendit les marches. Je ne voyais plus leurs visages, désormais. Mais leurs voix portaient clairement jusqu'à ma cachette.

— Qu'est-ce que tu vas faire ? demanda-t-il à Devlin.

— Il va falloir l'arrêter.

— Tu ne comptes pas t'y coller, j'espère ? Ce type est puissant, John… J'ai entendu dire qu'il avait des disciples aux quatre coins de la ville. Certains très haut placés.

— Je n'ai pas peur de lui.

Quelque chose dans la voix de Devlin, un soupçon d'excitation, me fit frémir. Comme un avertissement.

— Peut-être que tu devrais, répliqua Ethan.

— Et pourquoi ça ?

— Tu le sais très bien.

— Non, je n'en ai aucune idée. Mais j'ai le sentiment que tu vas me le dire.

Un silence tendu s'ensuivit. Mon pouls battait si fort que je craignais qu'il ne me trahisse. Je n'avais pas la moindre idée de ce dont ils parlaient. Je n'avais jamais entendu parler de poussière grise, mais le nom de cette mystérieuse substance me rappela les propos de Robert Fremont. Un lieu entre la Lumière et les Ténèbres : « On l'appelle le Gris .»

— Je parle du soir de l'accident… après que tu as appris la nouvelle, pour Mariama et Shani, dit Ethan. Tu es allé voir mon père à l'Institut. Tu t'en souviens ?

— Et alors ?

La voix de Devlin était tendue et méfiante. Presque suspicieuse.

— Tu lui as demandé de t'aider à entrer en contact avec l'autre côté pour les revoir une dernière fois. Pour leur dire adieu. Lorsque mon père t'a dit qu'il ne pouvait rien pour toi, tu es devenu extrêmement agité. Violent, même.

— J'étais encore sous le choc, répondit Devlin, exaspéré. J'étais dévasté. J'avais perdu la tête. C'est la seule raison qui m'a poussé à aller là-bas. Tu sais parfaitement que je n'accorde aucun crédit aux sornettes de ton père.

— Et toi et moi savons aussi qu'à une époque, tu y croyais dur comme fer. Tu étais même devenu le protégé de mon père. Un million de fois, je l'ai entendu dire que tu étais le meilleur chercheur qu'il ait jamais eu.

Etait-ce une pointe de jalousie qui venait de percer dans la voix d'Ethan ?

— C'était il y a longtemps, se défendit Devlin. Je cherchais un moyen d'asticoter mon grand-père, et le baratin de Rupert était pour moi une totale nouveauté.

— C'était plus que ça. Même lorsque tu as laissé tombé… je ne pense pas que tu aies complètement cessé d'y croire. Tu as épousé Mariama, quand même. Ce n'est pas rien.

— Où veux-tu en venir ? demanda sèchement Devlin.

— Je crois que des vestiges de ces croyances sont restés en toi. Le chagrin et le choc ne peuvent pas expliquer à eux seuls que tu aies couru à l'Institut, ce soir-là.

— Crois ce que tu veux. Mais je ne vois pas pourquoi tu ressors tout ça maintenant.

— Une fois que tu es sorti de chez lui comme un fou en claquant la porte, mon père m'a envoyé te chercher, mais tu étais introuvable. Evaporé dans la nature. Où es-tu allé, cette nuit-là ?

Devlin ne répondit pas.

— Tu es allé voir Darius, n'est-ce pas ? Tu lui as demandé de la poussière grise.

Devlin garda le silence.

— Je t'ai attendu des heures sur cette galerie pour m'assurer que tu allais bien. Tu n'es rentré que le lendemain. Tu avais l'air d'un moribond. Comme si…

— Je venais de perdre ma femme et ma fille, coupa Devlin. Dans quel état espérais-tu me trouver ?

— En tout cas, je ne m'attendais pas à ce que j'ai vu. Tu n'étais pas simplement en proie au chagrin. Tu étais terrifié. Tu tremblais comme une feuille. Je ne t'avais jamais vu comme ça. C'est pour ça que je t'ai donné un alibi quand la police est venue et a commencé à poser des questions sur le meurtre de Robert Fremont.

— Je ne t'ai jamais demandé de mentir pour moi.

— J'avais peur pour toi, répondit Ethan. Tu tenais à peine sur tes jambes. Alors, un interrogatoire…

— Un interrogatoire ? Tu parles comme si j'avais été l'un des suspects.

— Tu aurais bien pu l'être, s'ils avaient découvert tes allées et venues, cette nuit-là. Ils étaient au courant, pour Robert et toi. Ils savaient que vous étiez brouillés. Quelqu'un vous a entendus vous disputer la veille de sa mort.

Devlin avait recouvré son calme.

— Fais attention à ce que tu dis, Ethan.

— Je ne fais que tirer des conclusions logiques. Si Robert avait su que Darius t'avait fourni de la poussière grise, il aurait pu te mettre des bâtons dans les roues, à la police. Un flic surpris en train d'utiliser ce truc…

Il se tut.

— Donc, tu penses que je l'ai tué, dit Devlin sur le ton de l'affirmation.

— Non, bien sûr que non. Mais tu avais un mobile.

— Et toi ? riposta Devlin avec un calme glacial.

— Comment ça, *et moi* ?

— Tu as déclaré à la police que tu avais passé toute la nuit avec moi. Tu n'as pas fait que *me* donner un alibi. Tu t'en es donné un, *à toi aussi*.

— *Quoi* ? s'écria Ethan, estomaqué. Pourquoi aurais-je eu besoin d'un alibi ?

— C'est ce que je me suis toujours demandé.

Un chien aboya dans une cour voisine. J'entendais au loin le murmure assourdi du trafic sur Beaufain Avenue. Mais, dans le jardin de Devlin, tout était calme et silencieux. L'air était si tendu que je peinais à respirer.

— Tu ne peux pas croire sérieusement que j'aie quoi que ce soit à voir avec la mort de Robert Fremont.

Cette fois, Ethan semblait plus blessé que stupéfait.

— Pourquoi aurais-je fait ça ? insista-t-il.

— Oublie ce que j'ai dit, répliqua Devlin. Nous devons rester concentrés.

J'entendis Ethan expirer avec force.

— Tu as raison. Nous ne devons pas nous disperser. Même après tout ce temps, on pourrait encore venir nous poser des questions sur cette nuit.

— Les questions, je m'en chargerai s'il y en a. Quant à toi, appelle-moi si tu revois Darius, dit Devlin. Quelle que soit l'heure.

Leurs voix faiblirent tandis que Devlin raccompagnait Ethan jusqu'au trottoir. Un instant plus tard, j'entendis claquer une portière. Un moteur démarra. J'allais enfin pouvoir déguerpir sans me faire détecter. Mais, au lieu de rentrer, Devlin s'assit sur les marches pour terminer sa bière, le regard perdu dans la pénombre.

Les épaules ramassées, les coudes sur les genoux, il semblait porter le poids du monde sur ses épaules. L'envie me prit d'aller jusqu'à lui, mais comment expliquer ma soudaine apparition ? Quelle excuse aurais-je pu avancer pour avoir rôdé dans son jardin et espionné une conversation privée ? Une conversation très troublante, d'ailleurs. J'étais encore abasourdie par ces révélations et ces sous-entendus. Comme si tout convergeait invariablement vers Robert Fremont. « Les étoiles sont enfin alignées. »

En outre, un terrible pressentiment me disait qu'à la seconde où je sortirais de ma cachette, Mariama apparaîtrait.

A la simple pensée de cette dernière, l'air se refroidit soudain. Frissonnant dans la fraîcheur nocturne, je serrai mes bras autour de mon corps pétrifié.

Je dus alors faire un geste involontaire, car la tête de Devlin pivota brusquement d'un quart de tour, et je vis sa main glisser sous sa veste, où devait se trouver l'étui de son revolver.

A cet instant précis, un chat providentiel jaillit d'un buisson et piqua un sprint à travers la pelouse pour disparaître dans le jardin voisin. La main de Devlin retomba. Lentement, il se leva et promena un regard circulaire sur le jardin, avant de tourner les talons pour s'engouffrer dans le vestibule.

La porte se ferma sur lui. Sans attendre une seconde de plus, j'entrepris de m'extirper de ma cachette, mais un froid glacial me paralysa soudain et, au même moment, Shani apparut juste à côté de moi.

Sa main était glissée dans la mienne, et la froideur de son corps m'envahit instantanément. Elle m'agrippait, le regard fixe, la tête tournée vers l'autre côté du jardin.

Son contact m'emplit d'horreur, et mon premier réflexe fut de retirer ma main. Déjà, je sentais mes forces m'abandonner. Mais, fantôme ou pas, elle était la fille de Devlin. Je ne pouvais lui tourner le dos.

Elle baissa le regard, et lorsqu'elle fut certaine d'avoir capté mon attention, elle tendit sa main minuscule en direction des buissons d'où avait déboulé le chat. Je m'attendais presque à voir Mariama fondre sur moi.

Mais, au lieu de cela, j'entrevis l'éclat d'une paire d'yeux humains qui luisaient dans la pénombre.

10

Je n'étais pas seule. Quelqu'un observait la maison.

Je devais avertir Devlin, le prévenir, mais comment faire ? Un seul mouvement, une seule parole, et je serais découverte. L'espion serait alerté de ma présence. Piégée, je restai là sans un bruit, osant à peine respirer, grelottant comme une feuille dans l'aura glaciale du fantôme de Shani.

Dans la nuit d'encre, je ne distinguais guère plus qu'une silhouette sombre. Mais, tout à coup, la lune filtra à travers une trouée dans les nuages et, l'espace d'un instant, je le vis très distinctement. Il était noir de peau et très grand. Son regard pénétré semblait transpercer la maison de Devlin. Et, tandis que je l'observais, j'entendis de nouveau le rossignol chanter. Sa mélodie était douce et veloutée, comme dans un rêve. En l'entendant, l'homme inclina la tête. Et j'aurais juré l'avoir vu sourire.

Puis il se retourna vers la maison et porta une main à sa bouche. Déroulant ses doigts, il souffla dans le creux de sa paume. Des particules irisées se dispersèrent dans l'air, restèrent un instant en suspens, puis retombèrent une à une au sol avant de disparaître, ne laissant derrière elles qu'une vague odeur de souffre.

Rompant le sort de ces étincelles, j'arrachai mon regard à ce spectacle évanescent et reportai mon attention sur les buissons. L'homme était parti. Quelques secondes plus tard, j'entendis résonner le claquement d'une portière dans la rue, puis vrombir un moteur. J'attendis que le véhicule soit à bonne distance avant de m'extraire enfin des arbustes. Et ce ne fut qu'à ce moment que je m'en rendis compte. Shani avait disparu, elle aussi.

Tout en quittant ma cachette, j'eus un moment d'hésitation. D'un côté, je ne désirais rien tant que filer droit chez moi, et retrouver au plus vite la protection de mon sanctuaire. Oublier cette nuit, oublier les fantômes, oublier les troublantes informations que j'avais découvertes sur le meurtre de Robert Fremont.

Mais, d'un autre côté, je ne pouvais m'en aller sans prévenir Devlin, même si je devais pour cela lui révéler ma présence. Il courait peut-être un terrible danger. Sa conversation avec Ethan m'avait profondément ébranlée. Que devais-je en penser ? Une chose était sûre : une fois seule, je ruminerais chacune de leurs paroles, disséquant leurs propos en essayant d'insérer ces nouveaux éléments dans le puzzle complexe du meurtre de Robert Fremont.

N'écoutant que mon instinct, je me précipitai en haut des marches de la galerie, jetant un regard prudent par-dessus mon épaule. Le vent s'était levé, agitant les frondes des palmiers nains, et déjà je sentais cet air irréel et glacé émaner de la maison de Devlin. Non, je ne voulais pas y entrer. Des fantômes avaient élu domicile entre ces murs. D'abord Shani et Mariama, bien sûr, mais aussi des entités d'un autre royaume qui s'étendait par-delà le Gris.

Plusieurs minutes s'écoulèrent. Devlin finit par répondre. Lorsqu'il ouvrit la porte, un cri aigu s'étouffa dans ma gorge. Il devait être sur le point de se coucher, car sa chemise était à moitié déboutonnée, et ses cheveux étaient en bataille, comme si une main les avait ébouriffés. La sienne ou celle d'une autre…

Comment n'y avais-je pas pensé ? Il n'était peut-être pas seul. Nous avions peut-être interrompu sa soirée. D'abord Ethan, puis moi.

— Amelia ?

Il posa une main contre le chambranle de bois de la porte.

— Qu'est-ce que tu fais là ?

— Je… Il fallait que je te voie.

Je risquai un coup d'œil derrière lui, mais ne vis rien au-delà de l'entrée. Mon regard accrocha le sien, puis, malgré tous mes efforts, tomba un peu plus bas. A travers les pans béants de sa chemise, j'aperçus une partie de son torse et, sur sa peau blafarde, l'éclat de son médaillon en argent. Le talisman de l'Ordre des Serres et de la Crypte, une société secrète dont les membres étaient triés sur le volet parmi les familles les plus anciennes et les plus influentes de la ville. Devlin s'était dérobé depuis longtemps aux contraintes de son pedigree et avait tourné le dos aux attentes et à l'héritage de son grand-père, mais il continuait de porter ce symbole. A plus d'un égard, il demeurait lié à son passé.

En une fraction de seconde, une foule de souvenirs rejaillit dans ma mémoire. Anxieuse, je jetais un nouveau coup d'œil par-dessus mon épaule en direction de la rue.

Il dut percevoir mon angoisse.

— Qu'est-ce qui ne va pas ? me demanda-t-il de but en blanc.

— Rien. J'ai vu quelque chose. Je ne sais pas… J'ai peut-être eu tort, mais j'ai eu peur.

— Ne reste pas là.

Il fit un pas en arrière pour me laisser entrer.

Dès que j'eus passé le seuil de la porte, une nouvelle vague de souvenirs m'assaillit. Mon regard alla immédiatement vers la cage d'escalier. Je me revis gravissant lentement les marches, Mariama m'effleurant à son passage, m'effrayant de son air glacial, me narguant d'un œil narquois dans le miroir. Tout était là. Jusqu'au roulement des tambours et aux battements de mon cœur. Je traversais le palier pour rejoindre la chambre. Celle de Mariama.

— Qu'as-tu vu ? demanda Devlin. Raconte-moi.

M'arrachant à mes pensées, je me retournai brusquement vers lui.

— Il y avait quelqu'un dans ton jardin. Là, il y a un instant.

Reculant d'un pas vers la porte, je tendis un doigt en direction des buissons où l'homme s'était caché.

— Juste là.

En une fraction de seconde, Devlin se métamorphosa.

— Reste ici, m'ordonna-t-il.

Il ouvrit le tiroir d'une console, dans le vestibule, et en tira un revolver. J'entendis une suite de cliquetis, après quoi il jeta de nouveau un coup d'œil par la porte grande ouverte. Mais il ne sortit pas par celle-ci. Il disparut par le large passage en arcade qui ouvrait sur le salon. Lui emboîtant le pas, je m'arrêtai à l'entrée de la pièce et le vis se glisser par la porte-fenêtre qui donnait sur le côté du jardin.

A l'intérieur de la maison, la température fraîchit brusquement. Les fantômes de Devlin n'étaient pas loin. Je sentais leur proximité. Soudain, une peur farouche me fit tressaillir.

Un courant d'air éparpilla une pile de papiers sur la console derrière moi et, au même moment, la lumière du hall se mit à clignoter. L'orage était pourtant loin, mais une étrange pesanteur plomba l'atmosphère. Une succession de minuscules décharges électriques se mit à titiller mes terminaisons nerveuses. Lentement, j'inspectai le salon, explorant un à un ses coins sombres.

J'étais déjà entrée dans cette pièce, lorsque j'étais venue voir Devlin au printemps. Les lourds meubles aux dorures ostentatoires n'étaient pas son style. Je m'étais déjà fait cette réflexion à ma première visite, mais je me la fis de nouveau. Non, cette surenchère baroque était bien la patte de Mariama. J'en étais certaine. Et ce décorum luxuriant tranchait avec la senteur de verveine citronnée que portait ce courant d'air venu de nulle part.

Au-dessus du manteau de la cheminée était suspendu

un portrait de Mariama. Elle posait dans une robe noire toute simple qui lui couvrait les bras et la gorge. Mais la sobriété de sa tenue ne devait certainement rien au hasard, songeai-je. Aucun accessoire ne détournait l'attention de ses yeux en amande, de ses pommettes et, surtout, de son sourire ensorceleur.

L'unique source de lumière de la pièce provenait du lustre de l'entrée. Il se balançait tout en douceur, projetant des ombres qui s'allongeaient sur les murs et sur le portrait, de sorte que le visage de Mariama alternait entre ombre et lumière. Sa cadence répétée renvoyait une onde hypnotique, et ce fut avec effort que je parvins à m'arracher à son attraction.

A l'une des extrémités du salon s'élevait une large fenêtre qui donnait sur la rue. C'était là que se tenait le fantôme de Shani, immobile, scrutant la nuit. Guettant Devlin. Attendant son retour comme elle l'avait fait le jour de l'accident.

Ethan m'avait confié que Mariama et Devlin avaient eu ce jour-là une violente dispute. « Je revois Shani tirant le pantalon de John pour attirer son attention. Je crois qu'elle voulait le consoler, mais il était trop en colère… trop emporté pour la remarquer. Il a fini par claquer la porte et monter dans sa voiture. Shani lui disait au revoir à la fenêtre. C'est la dernière fois qu'il l'a vue vivante. »

Aujourd'hui encore, elle était à la fenêtre, à l'attendre, tentant désespérément d'attirer son attention. Elle dut percevoir ma présence ou sentir ma chaleur, car elle me regarda par-dessus son épaule, un doigt sur les lèvres.

Ma respiration s'accéléra. Je me retournai vers le haut de l'escalier, où lévitait le fantôme de Mariama, dans un courant d'air glacial qui soulevait sa chevelure et l'ourlet de sa robe de tulle. Elle était blafarde et froide, mais dans ses yeux couvait une flamme intérieure. Elle descendit l'escalier, ses pieds glissant à quelques centimètres au-dessus des marches. Les papiers tourbillonnèrent sur la console, la lumière tremblota et l'air devint si froid que mon souffle haletant se mit à givrer sur mes lèvres.

Abaissant le regard, je trouvai Shani à mon côté, presque transparente dans le reflet diaphane de son aura. Elle agrippa ma main, et je sentis bouillir la rage de Mariama tandis qu'elle s'approchait.

Une terreur glaciale me pétrifia les veines. Mon cœur se mit à tambouriner dans ma poitrine. J'aurais voulu battre en retraite, mais j'étais tétanisée, incapable d'arracher mon regard à la beauté irréelle du spectre de cette femme. De quoi était-elle capable ? Quelle force obscure puisait-elle dans l'au-delà ? L'image de Devlin se forma dans mon esprit. Un Devlin prisonnier de cette maison et de son fantôme, exsangue, sans énergie, sa jeunesse volée par une femme qui avait prétendu l'aimer.

Et qui, à l'évidence, l'aimait encore.

Elle tendit les bras en direction de Shani. Malgré ma peur, mon premier réflexe fut de m'interposer entre elles. Et je m'apprêtais à le faire lorsque l'aura de la fillette faiblit et disparut, comme si quelqu'un l'avait brusquement rappelée.

Mais Mariama, elle, était toujours là. Une fois Shani volatilisée, elle parut redoubler de force, de froideur et d'avidité. Face à elle, je commençais à faiblir. Ma poitrine, où siégeait ma force de vie, semblait creuse et vide.

Rassemblant le peu d'énergie qui me restait, je m'arrachai à l'escalier et me retournai pour m'enfuir. Devlin était rentré en silence par la porte entrouverte. Tournant les talons, je me jetai en plein contre lui. Il m'attrapa les bras pour m'empêcher de tomber.

— Tout va bien ?

— Oui… je… j'ai cru entendre quelque chose, bredouillai-je dans un souffle.

— A l'intérieur ?

— Oui… Non… Juste mon imagination, sûrement.

Il balaya du regard la cage d'escalier et le hall derrière moi.

— J'ai laissé une fenêtre ouverte en haut. Le vent a dû faire tomber quelque chose.

— C'est sûrement ça, répondis-je, grelottante. Tu as trouvé quelque chose, dehors ?

— Rien du tout. Je ne sais pas qui tu as vu, mais il doit déjà être loin, à l'heure qu'il est.

— J'ai entendu une voiture démarrer et s'éloigner. C'était peut-être lui.

— Tu pourrais me le décrire ?

— Je ne l'ai aperçu qu'un instant, lorsque la lune a filtré entre deux nuages. Il était noir. Très grand et mince, bien que…

Les mains de Devlin se raidirent sur mes bras. Une lueur brûlait dans ses yeux.

— Grand comment ?

— Difficile à dire. Les ombres déformaient sa silhouette…

J'eus un temps d'arrêt, soudain prise d'une sourde appréhension.

— Pourquoi ? Tu sais qui c'était ?

— Non.

Il mentait, pensai-je. J'aurais voulu le questionner à propos de Darius Goodwine, mais comment faire sans me trahir ?

— J'ai encore entendu le rossignol. Ce n'était pas un moqueur. J'en suis certaine.

— Il n'y a pas de rossignols à Charleston, insista-t-il.

— Dans ce cas, comment se fait-il que j'en entende un ? Et qui était cet homme, John ? Pourquoi refuses-tu de me le dire ?

— Je ne l'ai même pas vu. Comment pourrais-je savoir qui c'est ?

— Il a soufflé sur quelque chose en direction de la maison. Comme une sorte de poudre bleutée. Tu ne trouves pas ça bizarre ?

Il ne répondit rien. Relâchant sa prise, il laissa retomber ses mains et resta planté là, tout près de moi, son regard plongé dans le mien. Une envie folle me prit alors. Porter ma main à son visage, toucher de mon pouce la cicatrice qui lui creusait la peau sous la lèvre inférieure, m'assurer qu'il était bien là, que cette soirée était bien réelle, que je ne rêvais pas. Mais nous n'étions pas seuls. Mariama était à son côté, lui caressant le bras, me souriant par-dessus son épaule virile. Elle prenait plaisir à me narguer, car elle possédait ce que je ne pourrais jamais avoir.

N'en pouvant plus, je détournai le regard.

— Pourquoi es-tu venue ici ce soir ? demanda Devlin. Ne me dis pas que tu passais par hasard.

— J'étais venue te voir.

Il jeta un coup d'œil dans la rue.

— Comment es-tu venue ? Je n'ai pas vu ta voiture dehors.

— J'ai stationné plus loin.

— Parce que tu as vu que quelqu'un surveillait la maison ?

La réponse m'échappa :

— Je ne voulais pas que tu me voies. Je n'étais pas sûre d'avoir le cran de frapper à ta porte.

— Parce qu'il faut du cran pour frapper à ma porte ?

J'eus un court soupir.

— Oui. Et tu sais pourquoi.

Sa présence était si magnétique que j'ignore encore comment je réussis à me retenir de lui sauter au cou. Mon regard errant s'attarda de nouveau sur lui. Il avait reboutonné sa chemise pour sortir. La coupe, comme toujours, lui seyait à la perfection. Il avait le coup d'œil pour choisir ses vêtements, et disposait de moyens à la hauteur de ses goûts raffinés. Mais il y avait plus que du bon goût dans sa façon de s'habiller. J'y voyais une manifestation de sa nature rebelle et indomptable, une facette trouble de sa personnalité qui l'avait poussé à rompre les ponts avec sa bonne éducation et l'avait jeté dans les bras de Mariama Goodwine.

— Alors ? Pourquoi voulais-tu me voir ? demanda-t-il prudemment.

Il lançait toujours des coups d'œil à travers le vitrail percé dans la porte d'entrée. Mon regard effleura son profil. Un frisson me parcourut.

— J'ai reçu tes messages. Je n'ai pas eu le temps de t'en parler, hier soir.

Lentement, il ramena son visage vers moi.

— Quels messages ?

— Ceux que tu m'as envoyés lorsque j'étais partie. J'ai reçu ton SMS à mon retour d'Asher Falls.

— Asher Falls ?

— C'est une petite ville dans le piémont des Blue Ridge Mountains, près de Woodberry. J'avais un chantier de restauration, là-bas. Mais j'ai dû rentrer précipitamment, et j'étais sur le ferry lorsque j'ai reçu ton message.

Une ombre voila son visage.

— Je ne t'ai jamais envoyé de SMS.

— Mais... le message provenait de ton téléphone. J'en suis certaine.

— Ce n'est pas moi qui l'ai envoyé, insista-t-il.

— Alors qui ?

— Aucune idée. Tu l'as conservé ?

— Non. Mon téléphone est tombé en panne récemment. J'ai perdu toutes mes données. Mais le message avait été envoyé depuis ton numéro. J'en suis sûre. Et auparavant, j'avais aussi reçu un e-mail de toi. Je suppose que ce n'est pas toi qui l'as pas envoyé, celui-là, non plus ?

— Non.

— Bon... C'est vraiment bizarre.

Pour ne pas dire *franchement troublant.*

— Je ne sais pas quoi dire..., bredouillai-je. Ce n'est pas moi qui ai inventé toute cette histoire. Je te le jure.

Il esquissa un sourire.

— Je n'ai jamais pensé ça.

Une incontrôlable envie de pleurer me prit soudain. J'avais été certaine que ces messages venaient de lui.

Me rendre compte, à présent, qu'il n'avait pas tenté de me contacter me brisait le cœur…

J'étais stupide de me laisser affecter à ce point. Et pourtant, je me sentais dévastée.

— Qui aurait pu les envoyer ?

— Je n'en sais rien, répéta Devlin. Mais j'ai bien l'intention de le découvrir.

Tandis que je le regardais, le cœur dans la gorge, retenant mes larmes, Mariama flottait entre nous. Je tentai comme je pus de l'ignorer.

Mais lui, comment pouvait-il ne pas sentir le froid glacial qu'elle irradiait ? Comment pouvait-il ne pas tressaillir à son contact ?

Fiche le camp ! ordonnai-je en silence.

Le rire narquois de Mariama résonna dans ma tête.

Toi d'abord ! Fiche le camp !

Etais-je en train de sombrer dans la folie ? Toutes ces années de cohabitation avec les fantômes avaient-elles fini par avoir raison de ma santé mentale ? L'idée me traversa l'esprit. Depuis Asher Falls, non seulement je voyais les fantômes, mais en plus, je les entendais.

— Qu'est-ce qui ne va pas ? demanda Devlin.

— J'étais juste en train de me demander qui aurait pu se donner la peine de me faire croire que ces messages venaient de toi. Celui ou celle qui a fait ça devait avoir accès à ton téléphone, à ta boîte mail…

Les paroles énigmatiques de Fremont me revinrent à la mémoire, et me coupèrent dans mon élan.

— Il y a peu de chance, remarqua Devlin.

Peu de chance, sûrement… Mais était-ce pour autant impossible ?

Fremont avait-il lui-même envoyé ces messages, dans l'espoir de me faire revenir à Charleston ?

« Nous devons agir vite, avait-il dit. Vous comprenez ? C'est maintenant ou jamais. »

Devlin me dévisageait avec intensité.

— Tu trembles. Tu es sûre que tout va bien ?

— Oui. Je suis toujours un peu sous le choc. Et puis, il fait si froid, dans cette maison. Tu n'as pas remarqué ?

Il haussa les épaules.

— Elle a toujours été pleine de courants d'air.

Toujours ? Vraiment ? Ou seulement depuis l'arrivée de ses fantômes ?

— Et ces messages, que disaient-ils ?

Il me coûtait de lui révéler mon interprétation intime du contenu des messages en question, surtout maintenant que je savais qu'ils n'avaient pas été envoyés par lui.

— Dans l'e-mail, tu me demandais où j'étais.

— Et tu as répondu ?

— Non.

— Pourquoi ?

— Je ne sais pas vraiment, répondis-je en toute franchise. Comme je n'étais pas ici, j'ai pensé que mes allées et venues n'avaient pas vraiment d'intérêt.

— Et le SMS ?

— Il disait : « J'ai besoin de toi.»

Il plongea son regard dans le mien. Une bouffée de chaleur me monta au visage.

Puis il se pencha sur moi, le regard sombre et perplexe.

— « J'ai besoin de toi », articula-t-il d'une voix lente.

— Euh… Oui, c'est ce qu'il disait.

— Et c'est tout ?

Je secouai la tête.

Il prit un air pensif et maussade.

— Quand as-tu dit que tu avais reçu le SMS ?

— Il y a quelques semaines.

— Et ce n'est que maintenant que tu viens m'en parler ?

Je pouvais difficilement expliquer mes hésitations sans en révéler plus que je ne voulais sur mes sentiments.

— Je n'ai pas pu venir tout de suite… J'ai eu besoin de temps pour récupérer, après mon retour. Je n'étais pas en forme.

— Comment ça, pas en forme ?

Il prit mes épaules dans ses mains et me tourna vers la lumière.

— Il s'est passé quelque chose. Je le vois sur ton visage. Et dans tes yeux.

Il hésita un instant, puis reprit d'une voix grave.

— Qu'est-ce qui t'est arrivé, Amelia ?

Non, me dis-je, pitoyable. *Ne prononce pas mon nom. Ne me fais pas ces yeux-là. Je ne suis qu'un être humain. Comment pourrais-je ne pas fondre lorsque tu me regardes comme ça ?*

— Ça va mieux, articulai-je.

Il attrapa mon menton et me pencha délicatement la tête.

— Qu'est-ce que c'est que toutes ces marques sur ton visage ? Qui t'a fait ça ?

L'accent sombre et meurtrier de sa voix me fit frémir.

— Tu n'y es pas, balbutiai-je en affectant un air léger. Je me suis pris les pieds dans un buisson de ronces. Accident de travail. Ce n'est rien du tout.

— Rien du tout ? Je ne trouve pas.

Je m'étais reculée par mégarde, et maintenant je sentais le mur dans mon dos. Devlin avait suivi mon mouvement, et une soudaine panique me prit. Il avait de nouveau ce regard. Non, il n'allait pas tenter de m'embrasser… Pas après la façon dont je m'étais enfuie de chez lui la dernière fois.

Mais il se penchait lentement sur moi, le regard brillant d'une émotion que je me refusais à nommer.

Il murmura alors mon prénom. « Amelia. » Comme un souffle. Et mes forces m'abandonnèrent. Malgré toute ma volonté, j'aurais bien pu céder et lui tomber dans les bras, mais Mariama était là, comme toujours. Flottant entre nous. Touchant Devlin. Me touchant, moi aussi.

Je pris une tremblante inspiration et tournai la tête.

— Je ferais mieux d'y aller. Si ce n'est pas toi qui m'as envoyé ces messages, il n'y a rien à ajouter.

— Au contraire, je crois que nous avons beaucoup de choses à nous dire.

— Il est tard, je dois me lever tôt…

Il porta une main à mes cheveux, les fit glisser entre ses doigts.

— Ne t'en va pas.

Je fermai les yeux en soupirant.

— Il le faut.

Il plaqua une main sur le mur, au-dessus de mon épaule, faisant de moi sa captive. Même s'il ne me touchait pas, je sentais la chaleur de sa peau se mêler à la froideur qui émanait de la présence de Mariama. Elle s'était laissé dériver, mais elle n'était pas loin. Tapie quelque part dans l'ombre, elle nous observait.

— Me diras-tu un jour ce qui s'est passé cette nuit-là ?

Il désigna d'un coup d'œil la cage d'escalier, et un torrent de souvenirs m'assaillit sans crier gare. *Ses lèvres pressées contre mon pouls, ses doigts remontant le long de ma cuisse…*

— S'il te plaît, laisse-moi partir, murmurai-je.

— Je ne te retiens pas. Je voudrais simplement savoir ce qui s'est passé cette nuit-là. Ton regard quand tu t'es enfuie de la chambre en courant… Cette image n'a pas cessé de me hanter. J'y ai repensé un million de fois. Qu'est-ce que j'ai fait pour t'effrayer ainsi ? Quelque chose qui t'a blessée ?

— Non ! Non ! Tu n'as rien fait. Il faut que tu me croies, je t'en prie… Ce n'était pas le moment. Et tu l'as dit toi-même. Tu n'étais pas prêt à laisser le passé derrière toi. Tu ne voulais pas *les* laisser partir…

Ces mots involontaires restèrent en suspens un instant.

— Je suis désolé, repris-je. Je n'ai pas réussi à m'expliquer, sur le coup. Je ne l'ai compris moi-même que plus tard. Après y avoir repensé à tête reposée…

Le sort ne me laissa pas le temps de terminer mes plates excuses. Un énorme fracas provenant du salon nous fit sursauter tous les deux. Devlin attrapa le revolver qu'il avait glissé dans son dos, à la ceinture de son pantalon. Il le pointa face à lui et me fit signe de garder le silence, tandis qu'il avançait avec précaution à travers le vestibule en direction du salon. Je le suivis de près. Il jeta un regard circulaire dans la pièce sombre, puis abaissa son arme et actionna l'interrupteur.

Le portrait de Mariama gisait face contre terre sur le plancher.

— Que s'est-il passé ?

— Si je le savais ! Ça ne peut pas être un courant d'air. Ce truc pèse une tonne.

— Alors qu'est-ce qui a pu le faire tomber ?

Question idiote. Je connaissais parfaitement la réponse.

— Le crochet a dû casser.

— La vitre s'est brisée, ajoutai-je bêtement, ne sachant quoi dire d'autre.

Le message de Mariama était limpide.

— C'est réparable, dit Devlin. De toute façon, ça fait un moment que je devais le décrocher. Mais je n'ai jamais trouvé le temps de le faire. Je ne viens jamais dans cette pièce. Il fait trop froid, même en été. Je n'ai jamais compris d'où venait ce courant d'air.

Il leva les yeux sur le lustre qui oscillait dans l'air.

— Tu vois ?

Debout dans l'embrasure de l'arcade, je sentis le courant d'air dévaler l'escalier. Dirigeant mon regard jusqu'en haut des marches, je pensai y trouver Mariama, mais au lieu de cela, la pénombre qui enveloppait le palier grouillait et palpitait de reflets luisants, comme de minuscules stroboscopes. Les Autres étaient là et tentaient de se frayer un passage à travers le voile.

Epouvantée, je fixai avec terreur ces lumières clignotantes qui s'intensifiaient. Je devais quitter cette maison, quitter Devlin et fuir ces émotions qui attiraient les entités avides comme la flamme attire les papillons de nuit.

— Il faut que j'y aille.

— Amelia… Attends !

J'avais déjà traversé le hall et descendu les marches de la galerie lorsqu'il me rattrapa. Il me saisit le bras et me fit tourner, face à lui, scrutant mon visage dans la pénombre.

— Qu'est-ce qui ne va pas ? Pourquoi t'enfuies-tu comme ça ?

— Laisse-moi partir… S'il te plaît.

Je tentai de me dégager, mais sa main se serra davantage.

— Qu'est-ce qui t'effraie à ce point ? C'est cette maison ? C'est moi ?

Mon regard dériva vers la maison qui se dressait derrière lui. Shani était à la fenêtre et Mariama flottait dans l'entrée. Peut-être n'était-ce que mon imagination, mais il me sembla distinguer d'autres visages à chacune des fenêtres.

— Tu le sais très bien, lâchai-je, haletante.

— Mais de quoi parles-tu ?

— Tu le sais, John. Seulement, tu refuses de l'admettre.

Il me lâcha et fit un pas en arrière. Malgré la nuit, je vis une expression d'horreur lui figer le visage.

11

De retour à la maison, je fis d'abord sortir Angus dans le jardin. Puis je me versai un verre de vin, l'avalai d'un trait, et m'en versai un deuxième que j'avalai aussi sec, regrettant de ne rien avoir de plus fort sous la main. Le troisième verre, je l'emportai dehors avec moi et le sirotai à petites gorgées en attendant qu'Angus ait fini son petit tour. Comme toujours, il prenait tout son temps, et malgré mon envie furieuse de courir allumer mon ordinateur, je n'avais pas le cœur à le presser. Le pauvre avait passé le plus clair de sa vie enchaîné dans une cage, séquestré dans un chenil, à endurer des horreurs que je n'osais imaginer. Le moins que je pouvais faire était de laisser libre cours à sa curiosité.

Une brise modérée agitait le carillon, mais je ne percevais aucune présence spectrale dans le jardin. Dieu merci, ce soir, Shani ne m'avait pas suivie jusque chez moi.

Un frisson me parcourut. Je remontai la fermeture Eclair de ma veste jusqu'à mon menton. La nuit avait fraîchi, mais au moins, l'orage semblait nous avoir épargnés. A moins que les nuages ne se soient massés qu'au-dessus de la maison de Devlin. Ici, à quelques pâtés de maisons seulement, la lune était claire et les roulements de tonnerre s'étaient tus. J'apercevais même quelques étoiles qui trouaient çà et là le firmament.

Un anneau de brume s'enroulait autour de la lune. Peut-être un présage ? J'attrapai le talisman que je portais autour du cou et, du plat du pouce, me mis à en frotter la surface lisse. La petite pierre polie provenait de la terre sanctifiée du cimetière de Rosehill, le terrain de jeu de mon enfance. Combien d'après-midi avais-je passés, abritée dans l'ombre d'un vieux chêne vert ou adossée contre le granite chaud d'un ange pleureur, dévorant les pages de mes romans gothiques préférés, alimentant une imagination rendue déjà fertile par la proximité des fantômes… A l'époque, j'avais souvent rêvé de quelqu'un comme Devlin. D'un homme sombre et charismatique, dissimulant d'obscurs secrets. L'adolescente solitaire que j'étais ne trouvait rien de plus romantique que les amours impossibles, rien de plus sublime et mélancolique que la passion non partagée.

Quelle idiote j'avais été ! Quelle naïveté de ma part ! Il n'y avait rien de beau ni d'enviable à se voir refuser l'amour de sa vie, comme on venait de me le rappeler si cruellement. Car, même sans la menace des Autres, Mariama trouverait toujours un stratagème pour nous séparer, Devlin et moi.

Le vin ne tarda pas à me monter à la tête, me rendant légèrement hystérique, presque sentimentale. Plantée sur le seuil de la porte, je regardais Angus arpenter le jardin, tandis que des images fulgurantes traversaient mon cerveau éprouvé. Le quasi-baiser, la chute du portrait… Mariama dans sa splendeur funeste…

Et Shani agrippant ma main.

D'une certaine manière, le plus troublant de ces derniers événements était peut-être l'attachement que me manifestait le fantôme de cette enfant. Elle ne m'effrayait pas à proprement parler — du moins pas comme Mariama —, mais elle me rappelait que j'avais une fois de plus violé les règles de mon père, et franchi par mégarde un seuil de non-retour.

Et à qui pouvais-je m'en prendre ? A moi et à moi seule. Combien de fois mon père m'avait-il mise en garde ? En laissant un homme hanté entrer dans ma vie, j'avais ouvert la porte à ses fantômes. Et ces fantômes en avaient attiré d'autres. En baissant ma garde, je m'étais rendue vulnérable à une invasion. Pas seulement de Shani, de Mariama et de Robert Fremont, mais peut-être, aussi, d'une horde d'esprits que je n'allais pas tarder à découvrir.

Bien sûr, il était tout à mon honneur de rêver d'une cause supérieure, mais lorsque la désillusion prenait les traits d'une atroce réalité, je me retrouvais désemparée et ne savais plus vers qui me tourner. Je n'avais aucune idée de ce qu'on attendait de moi, ni de ce qui m'attendait. Clementine Perilloux n'avait pas pu lire mon avenir, et c'était beaucoup mieux ainsi. Plus que jamais, je redoutais de savoir de quoi il serait fait.

Puisant du courage dans une gorgée de vin, je m'efforçai de mettre de l'ordre dans mes pensées. Il y avait d'abord les fantômes et leurs assauts de plus en plus pressants, mais, surtout, cette conversation que j'avais surprise entre Devlin et Ethan. L'enquête sur le meurtre de Robert Fremont avait pris ce soir un tour inattendu, et l'implication de Devlin entraînait une complication supplémentaire. Tout à coup, une phrase de Fremont resurgit dans ma mémoire. « Laissons-nous guider par les indices. Peu importe où ils nous mènent. Compris ? »

Même si ces indices convergeaient vers Devlin ? Etait-ce ce qu'il avait voulu insinuer ?

Je me repassai à l'infini le film de cette conversation. Evidemment, il était plus facile de me concentrer sur ce que j'avais appris en espionnant Devlin que sur ce qui s'était produit plus tard dans sa maison.

Enfin, Angus termina son inspection, et nous pûmes rentrer. Il erra de pièce en pièce pendant un moment, puis se carra dans son panier. Quant à moi, je filai prendre une douche, passai un pyjama et m'installai à mon bureau.

Mon verre de vin à portée de main, j'ouvris mon ordinateur portable, ignorant les vitres sombres de la galerie. Je tapai le nom de Darius Goodwine dans le moteur de recherche, m'attendant à récolter une moisson de résultats aussi maigre que lors de ma tentative avec

Robert Fremont. Mais, au lieu de cela, une douzaine d'articles surgirent instantanément à l'écran. Excitée par la perspective de ce nouveau projet, je me mis à surfer de page en page à coups de clics frénétiques.

Quelles qu'aient pu être mes attentes au sujet de ce Darius Goodwine, elles ne ressemblaient sûrement pas à ce qui s'afficha à l'écran. La façon dont les deux hommes avaient parlé de lui avait suscité en moi l'image d'un dangereux criminel vivant en marge de la société. Mais Darius Goodwine possédait un CV impressionnant. Pour commencer, il était titulaire d'un doctorat de l'Université de Miami en biologie moléculaire, avec une spécialisation en ethnobotanique. N'ayant qu'une vague idée de ce que cela désignait, j'en vérifiai la définition sur Wikipédia — « étude de la façon dont la population d'une culture et d'une région données fait usage des plantes indigènes. »

Le Dr Goodwine avait réalisé la plus grande partie de son travail de terrain en République du Gabon, où il avait passé plusieurs années à étudier en qualité d'apprenti d'un chaman *bwiti*. Son séjour en Afrique de l'Ouest lui avait inspiré plusieurs ouvrages qui exploraient les relations complexes entre culture et plantes, et notamment celles qui sont utilisées dans la divination. Après avoir démissionné à la fois de sa chaire de professeur en Caroline du Nord et de son poste au conseil d'administration d'un grand groupe pharmaceutique d'Atlanta, il passait désormais la plus grande partie de son temps en Afrique occidentale, où il se consacrait à l'écriture et à la recherche.

Lui aussi avait grandi dans le comté de Beaufort, au sein d'une petite communauté gullah implantée non loin de Hammond, ce qui venait conforter l'hypothèse d'un lien de parenté avec Mariama. Je savais qu'elle avait été élevée par sa grand-mère avec l'un de ses cousins.

Darius approchait la quarantaine et n'avait que quelques années de plus qu'elle. Bizarrement, la seule photo que je pus trouver de lui fut un cliché assez flou, pris au Gabon. Il y apparaissait particulièrement grand, mais cela ne suffisait pas à me certifier qu'il était bien l'homme que j'avais vu surveiller la maison de Devlin.

J'allai voir ensuite ce que cachait cette fameuse poussière grise. Cette fois, je me heurtai à un mur. Seuls deux liens apparurent. Un premier vers l'université de Cornell, à propos des quasars, et un deuxième vers un jeu fantastique en ligne. Pas une ligne concernant un puissant hallucinogène qui ferait s'arrêter le cœur et entraînerait les gens vers la mort.

Contrainte d'abandonner la poussière grise, je retournai à Darius Goodwine, et m'employai à parcourir le reste des articles dans l'espoir de tomber sur une photo de meilleure qualité. Tout en papillonnant de site en site, je pris d'abondantes notes sur mon bloc et complétai mon organigramme :

Devlin > Shani > Mariama > Fremont
Darius > Mariama > Devlin > Ethan
Clementine > Isabel > Devlin

De toute évidence, Devlin était lié à tous les acteurs, mais il m'était difficile d'imaginer qu'il ait pu un jour se retrouver impliqué dans un trafic de drogue ou une histoire de sciences occultes. Au contraire, il n'avait jamais fait mystère de son mépris pour les travaux du Dr Shaw, et avait même tenté de me dissuader de m'associer d'une façon ou d'une autre avec ce dernier ou avec l'Institut.

Pourtant, fut un temps, il avait été le protégé du Dr Shaw. Ethan avait même parlé de lui comme d'un chercheur paranormal très talentueux. Et Devlin avait épousé une femme qui entretenait des liens forts avec son héritage gullah. Sans compter qu'il semblait très proche d'une certaine Isabel Perilloux, chiromancienne professionnelle. Et si la véritable nature de leurs rapports restait à élucider, ces éléments venaient me rappeler à quel point je connaissais peu le véritable John Devlin. A bien des égards, il n'était pour moi qu'un étranger. Mais, loin de décourager mon admiration, le secret qui l'entourait ne faisait que stimuler mes fantasmes.

Je m'étais à ce point laissé absorber par mes recherches que je n'avais pas senti la fraîcheur de la nuit s'installer dans le bureau. Depuis que les températures commençaient à fraîchir en soirée, j'avais coupé l'air conditionné, et je ne m'étais pas encore décidée à allumer le chauffage. Après tout, il ne faisait qu'un peu plus frais. Un pull était bien suffisant.

Je me levai pour aller en chercher un, et c'est en traversant le couloir qui menait à ma chambre qu'un bruit lointain mais singulier me fit m'arrêter net. Depuis quelques semaines, sans les allées et venues de mon voisin du premier étage, la maison était plongée dans un calme absolu. Peut-être était-il rentré ? Non, le goutte-à-goutte que j'avais maintenant identifié venait bien de mon appartement. Malgré l'âge vénérable de la maison, je n'avais jamais eu à faire réparer un seul tuyau défectueux ni colmater la moindre fuite d'eau. A moins que je n'aie mal refermé un robinet ? Peu importait… Je devais en avoir le cœur net.

Suivant le bruit à l'oreille jusqu'à la salle de bains, j'allumai et promenai autour de moi un regard circulaire. Le parfum de romarin de mon gel douche flottait encore dans la pièce. J'avançai jusqu'à la douche, vérifiai les robinets, puis ceux du lavabo. Le miroir suspendu était encore couvert de buée. Spontanément, je tendis le bras pour attraper une serviette et l'essuyer, mais ma main s'arrêta net.

Une forme se dessinait dans la buée. Le contour d'un cœur.

Shani. En gullah, le prénom traditionnel de la fille de Devlin signifiait « mon cœur ».

Par le passé, elle avait déjà une fois recouru à ce mode de communication pour entrer en contact avec moi. Elle avait tracé un cœur sur la vitre de mon bureau, afin de manifester sa présence et me faire comprendre qui elle était.

Tétanisée, je restai plantée là, le regard vissé sur ce cœur, tandis qu'une effroyable terreur se répandait en moi. Il ne m'était encore jamais arrivé de voir un fantôme à l'intérieur de ma maison, dans mon sanctuaire. Jusqu'à présent, les terres sanctifiées avaient toujours été pour moi des refuges.

Etait-elle toujours là ?

Je dus me faire violence pour ne pas me retourner et fouiller le couloir sombre qui se déroulait dans mon dos. Non, je devais rester calme. C'était la seule façon de traiter avec les fantômes. Lorsque j'étais petite, mon père m'emmenait chaque dimanche après-midi au cimetière, afin que je m'habitue à la présence des spectres qui traversaient le voile à l'heure du crépuscule. Il avait toujours insisté sur l'importance de garder son sang-froid et de contrôler ses réactions. « Ne leur montre pas que tu as peur, mon enfant, même lorsqu'ils viennent tout près de toi. Ne réponds jamais aux appels des morts, même s'ils te touchent. »

Au fil des années, j'avais ainsi développé un sens aigu de l'indifférence, y compris lorsqu'il leur arrivait d'apparaître juste sous mon nez, ou de glisser leurs doigts de glace dans mes cheveux ou le long de ma colonne vertébrale. J'avais appris à réprimer mes frissons et à regarder à travers les fantômes sans les fixer.

Mais cette fois, c'était différent. Aucun d'entre eux n'avait jamais pénétré dans la sphère sacrée de mon espace protégé.

Affichant une feinte désinvolture, je laissai retomber ma main et me retournai, tout en me préparant au pire. Mais rien. Ni Shani ni aura. Pas même une vague lueur égarée.

Toutefois, tandis que je regagnais le couloir, j'eus la nette impression d'être suivie. Je passai en revue les pièces, l'une après l'autre, vérifiant portes et fenêtres. Un verrou ne pouvait certes pas arrêter un fantôme, mais je devais faire quelque chose, car si mon sanctuaire avait effectivement été violé…

Mentalement, je tâchai de me reprendre. Je ne devais plus y penser. Le cœur dessiné sur le miroir était peut-être là depuis des mois, et n'était apparu que sous l'effet de la buée. Certes, je ne l'avais jamais remarqué jusqu'alors, mais après tout, son contour n'était pas très net. L'hypothèse tenait la route. Sauf qu'évidemment, ce miroir avait été nettoyé plus d'une fois depuis que j'avais emménagé dans cette maison…

Résistant à la tentation de regarder par-dessus mon épaule, je regagnai mon bureau. Angus avait émergé de son panier et grognait devant l'une des fenêtres. Je l'avais déjà entendu deux fois pousser ce râle guttural et sinistre. La première en présence d'un fantôme. La deuxième face à l'esprit du mal.

Les vitres étaient tellement embuées que je ne voyais rien au-dehors, ni le jardin, ni l'entité qui y rôdait. Pourtant, tout comme Angus, je percevais une présence surnaturelle.

Il grogna de nouveau et vint se poster à mon côté. Penchée sur lui, je lui caressai le dos, plongeant ma main dans la chaleur réconfortante de sa fourrure.

Une odeur de jasmin parvint alors à mes narines. Si forte que j'aurais presque cru avoir laissé une fenêtre ouverte. Mais à cette saison, les petites fleurs blanches étoilées qui poussaient sous mes fenêtres avaient fané depuis longtemps. Le parfum ne venait pas du jardin, mais du fantôme de Shani. Elle voulait me faire savoir qu'elle était là.

— Tu es là, murmurai-je. Que veux-tu ?

L'écran de mon ordinateur projetait un reflet bleuté sur la vitre recouverte de givre, et, pendant une fraction de seconde, je crus apercevoir quelqu'un dehors. Un visage informe qui regardait par la fenêtre. Mais il disparut aussi vite qu'il était apparu, et une autre odeur masqua celle du jasmin. Un relent de souffre.

Mon cœur se mit à battre si vite que je peinai à respirer. Ma main se figea sur l'échine d'Angus tandis qu'une terrible révélation se faisait brusquement jour dans mon esprit.

Shani n'était pas seule. Elle avait été suivie jusque chez moi. Par quelqu'un ou par quelque chose. Une entité sombre et malveillante. Je la sentais, là, dehors, dans l'enclos du jardin.

Angus, poussant un gémissement, se blottit contre moi. J'aurais voulu pleurer, moi aussi, mais je refoulai mes sanglots et restai là, sans bouger, pressant au creux de ma main la pierre polie que je portais au cou, le regard rivé sur la fenêtre. C'est alors qu'un message apparut. Et cette fois, ce n'était pas un cœur, ni une requête ou une prière, mais une injonction, directe et furieuse, qui se répétait encore et encore dans le givre :

A L'AIDE A L'AIDE A L'AIDE A L'AIDE A L'AIDE A L'AIDE

12

Inutile de préciser que, cette nuit-là, mon sommeil fut plus que léger. Longtemps après que le givre eut fondu, j'étais restée prostrée dans mon bureau, sous le choc de cette nouvelle tournure prise par les événements. Jamais je ne m'étais sentie menacée par un fantôme chez moi. Jamais les frontières de mon sanctuaire n'avaient été violées par une entité de l'au-delà, et pourtant, d'une façon ou d'une autre, Shani avait dessiné un cœur sur le miroir de ma salle de bains.

Pourquoi, d'ailleurs, sur le miroir plutôt que sur une vitre ? Pour me faire comprendre qu'elle avait trouvé un moyen d'infiltrer mon refuge ? Devais-je y voir une stratégie qu'elle avait imaginée pour s'assurer que je ne l'oublierais pas ?

Et cette autre présence ?

Je voulais croire de toutes mes forces que le visage que j'avais entraperçu à ma fenêtre n'était autre que le fruit de ma peur, ou peut-être une hallucination à mettre sur le compte du vin. Cela faisait des jours que je négligeais mon sommeil et mon alimentation. Et Fremont l'avait reconnu lui-même : il était venu me hanter. Sans compter que ma visite chez Devlin m'avait laissée dans un état de nerfs extrême. Dans de telles conditions, il était tout à fait possible que mon imagination se mette à me jouer des tours.

Mais que dire d'Angus ?

Incapable de me résoudre à quitter mon bureau, je

veillai de longues heures, bien après minuit. Mais l'épuisement finit par me pousser au lit, et je passai le reste de la nuit à tourner et me retourner entre mes draps sans pouvoir fermer l'œil.

Malgré le manque de sommeil, j'ouvris l'œil le lendemain matin à mon heure habituelle et me levai. Je n'avais aucune restauration prévue avant le mois suivant, et hormis quelques pierres tombales à réparer, mon agenda était à peu près vierge. Mais entre mes économies personnelles et les extra que me rapportait mon blog *Au coin de la tombe*, je savais que j'avais de quoi tenir un moment.

A vrai dire, je pouvais même faire plus que tenir un moment. Un legs inattendu m'avait assuré un joli pactole, mais cet argent était placé en sécurité jusqu'à ce que je décide comment et quand je l'utiliserai. Au vu des circonstances de ma naissance, j'avais d'abord refusé de toucher quoi que ce soit en héritage des Asher, ma famille biologique. Mais la maladie de ma mère avait probablement dilapidé ses économies, ainsi que celles de mon père, et, après mûre réflexion, j'avais résolu que si je pouvais leur apporter un soutien financier, tout ce que j'avais subi à Asher Falls trouverait peut-être son utilité.

M'habillant pour ma promenade matinale, j'enfilai une veste de survêtement par-dessus un T-shirt de l'UNC, l'Université de Caroline du Nord, et fis sortir Angus dans le jardin de derrière. L'horizon rougeoyait tandis que je descendais Rutledge Avenue en direction du port. Après quelques rapides échauffements, j'accélérai le pas. L'air du matin était clair et vivifiant, et ma veste me fut bien utile jusqu'en bas de Broad Street, où je dus finalement la retirer.

Tout en la nouant autour de ma taille, je bifurquai dans Meeting Street, avec sa parade historique d'églises et d'anciennes demeures majestueuses. Encore à gauche et je m'enfonçais dans Tradd Street, la plus animée de toutes les avenues de la ville. C'était la seule rue de Charleston où le promeneur pouvait embrasser d'un seul coup d'œil l'Ashley River et la Cooper River. Mais, ce matin-là, je ne regardai ni à droite ni à gauche, filant d'un pas pressé vers East Bay Street, où une brume tenace nimbait de gris les enfilades de maisons multicolores et les imposants manoirs.

Quelques rares oiseaux matinaux fendaient le ciel ici et là au-dessus de la promenade de la Battery. Arrivée à mon belvédère préféré, je me postai face au port, où le soleil émergeait de l'océan, embrasant d'un coup l'horizon. Jamais je ne m'étais lassée de ce spectacle, et jamais je ne m'en lasserais.

Au-delà de Fort Sumter, un vol de pélicans coupa la baie, à l'affût du moindre reflet d'argent à la surface de l'eau. L'endroit était paisible. Les mouettes criardes s'égosillaient dans le port, et les voix des touristes sortis aux aurores pour admirer le lever du soleil se mélangeaient en un murmure assourdi et lointain.

Quelqu'un apparut à côté de moi contre la balustrade. Bien qu'hypnotisée par le spectacle de lumières au ras de l'eau, je savais exactement de qui il s'agissait. Un coup d'œil en coin me suffit. C'était bien lui, le fantôme de Fremont. Là, en plein milieu de la Battery, où je l'avais vu pour la première fois quelques mois plus tôt. A ceci près qu'à cette époque, je l'avais pris pour un homme de chair et de sang. Peut-être même un meurtrier.

— Vous n'avez pas l'air en grande forme, fit-il remarquer.

— J'ai marché depuis chez moi. Je suis un peu essoufflée.

— Non, ce n'est pas ça. Vous avez l'air malade. Quelque chose ne va pas ?

Je lui décochai un regard peu amène.

— Oh ! je ne sais pas… Se pourrait-il que vous me hantiez ? rétorquai-je avec sarcasme.

Les verres fumés de ses lunettes dissimulaient ses yeux, mais je sentais la froideur de son regard. Une sensation singulière et troublante.

— Pas moi, non, dit-il.

— Vraiment ? Car si mes souvenirs sont bons, vous avez reconnu puiser dans mon énergie pour assurer votre présence parmi les vivants. C'est bien ce que vous avez dit, n'est-ce pas ?

— Ça, c'était avant. Je devais trouver un moyen d'attirer votre attention. Je devais m'assurer que vous accepteriez de m'aider. Mais maintenant que nous avons passé un accord, j'ai lâché du lest.

Je ne répondis rien, me contentant tout juste de lever un sourcil.

— J'ai volontairement pris mes distances pour vous permettre de reconstituer vos forces, reprit-il.

Il marqua une pause. Je sentis de nouveau son regard glacial.

— Vous en aurez besoin, croyez-moi.

— Dois-je le prendre comme une prédiction ?

— Si vous voulez.

Ignorant le ton menaçant de sa voix, je me penchai contre la balustrade.

— Si ce n'est pas vous qui me videz de mon énergie, qui est-ce ?

— Au hasard, un autre fantôme, je dirais…

Un *autre* fantôme. J'ignore pourquoi, mais cette idée qu'il se prenne lui-même pour un fantôme malgré son apparence humaine me choqua. Il n'avait nul désir de rester dans le monde des vivants et ne se faisait aucune illusion à cet égard. Bien au contraire, il ne voulait qu'élucider les conditions de sa mort et reprendre sa route au plus vite.

Je repoussai une mèche de cheveux derrière mon oreille.

— Vous ne ressemblez pas aux autres fantômes que je vois. Vous n'avez pas d'aura. Vous n'êtes pas transparent. Comment faites-vous pour apparaître après l'aube et avant le crépuscule ? Vous n'avez pas besoin d'attendre que le voile s'affine ? Comment faites-vous pour être ici, là, alors que le soleil est déjà levé ?

— L'exercice requiert beaucoup d'énergie et de concentration.

— Si vous ne puisez pas dans mes réserves, où trouvez-vous votre énergie ?

— Quelle importance ? rétorqua-t-il sèchement. Ça ne vous regarde pas.

— Tout ce qui a trait à notre arrangement me regarde. C'est vous qui êtes venu à moi, vous vous souvenez ? Et, ce faisant, vous avez peut-être attiré dans votre sillage une entité qui me prend toutes forces.

L'image de cette ombre rôdant derrière ma vitre me revint à la mémoire et me donna le frisson.

— Je sais que vous en avez certainement par-dessus la tête de répondre à mes questions, mais c'est important. Il se trouve que ma maison est construite sur une terre sanctifiée, et pourtant, je vous ai trouvé assis sur ma galerie. Vous avez réussi à violer les limites de mon sanctuaire, et maintenant, un autre l'a fait à son tour.

— Je vous ai dit que ce n'était pas moi.

— Je sais, je ne suis pas sourde. Mais en imaginant que vous en ayez l'envie, seriez-vous capable d'apparaître à l'intérieur de ma maison ?

— Non, pas à l'intérieur.

Dans un premier temps, sa réponse me soulagea. Puis le doute s'insinua dans mon esprit.

— C'est la vérité, ou vous ne faites que me dire ce que j'ai envie d'entendre ?

— Vous voulez la vérité ? Je n'ai jamais essayé.

— Et pourquoi ?

— Parce que, que vous le croyiez ou non, je n'ai aucune intention de vous importuner davantage qu'il n'est strictement nécessaire.

M'importuner ? Moi ? Non, sans blague !

— J'apprécie vos scrupules mais, malheureusement, il se trouve que mon sanctuaire a été violé pas plus tard que cette nuit. Un cœur a été dessiné dans la buée, sur le miroir de ma salle de bains. Je ne vois pas comment ça a pu se produire à moins qu'un fantôme ait pénétré ma maison.

— Psychokinésie, lâcha-t-il.

— Vous savez faire ça ?

— A mes heures. Si vous avez peur d'être visitée, essayez de brûler de la sauge dans votre maison. Et frottez vos miroirs et vos fenêtres avec les cendres.

— Ça marche vraiment ? De la sauge ? Pour vous faire fuir ?

Un sourire effleura ses lèvres.

— Moi ? Non, mais ça pourrait décourager un fantôme moins déterminé.

— Comme celui d'un enfant ?

Il haussa les épaules.

— Si ce n'est pas vous qui puisez dans mon énergie, alors ce doit être Shani, songeai-je à voix haute.

Sa voix se durcit.

— Shani ?

— La fille de John Devlin. Il semble qu'elle s'accroche à moi.

— Elle s'est noyée, dit-il.

Surprise, je me tournai vers lui.

— Vous l'avez vue ?

Une passante me lança un regard perplexe. Je me retournai vers le port en baissant la voix.

— Vous avez déjà vu Shani Devlin ?

— Je vous ai déjà dit que je gardais mes distances avec les autres fantômes.

— Dans ce cas, comment savez-vous qu'elle s'est noyée ?

— Quelqu'un a dû me le dire.

Je gardai le silence un instant.

— Vous affirmez n'avoir aucun souvenir du moment où on vous a tiré dessus ni des heures qui l'ont précédé. Vous ne vous rappelez même pas ce que vous faisiez dans le cimetière, ni l'identité de cette femme dont vous gardez toujours le parfum. Pourtant, vous connaissez les circonstances d'une mort intervenue tout juste quelques heures avant la vôtre. L'accident s'est produit à la tombée de la nuit. La voiture dans laquelle se trouvait Shani a fait une sortie de route et a plongé dans une rivière, en les piégeant, sa mère et elle, à l'intérieur. Quant à vous, vous avez été tué entre 2 et 4 heures du matin. Pendant cet intervalle de temps, vous avez appris la mort de Shani. Ce détail pourrait s'avérer important. Il pourrait nous aider à établir une chronologie des événements. Quelqu'un vous a-t-il appelé pour vous informer de l'accident ?

— Je ne me souviens de rien.

— Faux. Vous vous souvenez qu'elle s'est noyée. Ce n'est pas anodin. Ça doit vouloir dire quelque chose.

— J'étais flic. Vous n'avez tout de même pas oublié ça ? Il est normal que j'aie été informé de l'accident. D'autant que celui-ci impliquait l'enfant d'un autre inspecteur.

Un homme s'approcha de la balustrade pour admirer l'aube rouge sang qui flamboyait sur l'horizon.

— Féerique, n'est-ce pas ?

— Oui, sublime, murmurai-je.

— Des levers du soleil, j'en ai vu aux quatre coins du monde, poursuivit-il. Aucun n'est aussi extraordinaire que celui du port de Charleston.

Je lui adressai un sourire évasif tout en suivant du regard un pélican qui plongeait, émergeant de la mer un instant plus tard, quelque chose d'argenté en travers du bec.

— Bonne journée, me lança-t-il avant de s'éloigner.

D'un coup d'œil oblique, je vérifiai que Fremont était toujours là.

— Il y a un truc à propos de la mort de cette enfant, marmonna-t-il.

— Quoi ? demandai-je avec empressement.

— Je ne sais pas. Parlez-moi de son fantôme. Vous dites qu'elle s'accrocherait à vous ?

— Tout comme vous. Elle ne peut pas avancer. Elle

me demande mon aide, mais je ne suis pas certaine de ce que je dois faire.

Il se mit à murmurer d'une voix presque inaudible :

— Vous ne savez donc toujours pas qui vous êtes ? Vous ne comprenez toujours pas pourquoi c'est à vous que nous nous adressons ?

Les inflexions glaciales de sa voix me firent frissonner.

— Je ne sais pas. Parce que je vous vois, peut-être ?

Et parce que j'ai enfreint les règles de mon père.

Il hocha vaguement la tête tout en se détournant vers le port.

— Cette gamine, pourquoi n'arrive-t-elle pas à avancer ?

Je pris une profonde inspiration, tâchant de balayer le mauvais pressentiment qui venait de poindre dans un coin de mon esprit.

— Je ne suis pas sûre. Elle n'avait que quatre ans lorsqu'elle est morte. Elle ne me parle pas comme vous me parlez. Mais elle parvient à communiquer.

— Vous faites référence à ce cœur ?

— Et il arrive que je l'entende dans ma tête. Je crois qu'elle ne peut pas s'en aller parce que son père refuse de la laisser partir.

— Logique. Je les ai vus ensemble plusieurs fois. Ils étaient très proches.

— Sa mère aussi s'est retrouvée piégée dans la voiture. Et je doute qu'elle soit prête à partir, elle aussi. Et puis, en restant là, elle garde Devlin à sa merci.

— Du Mariama tout craché, dit-il, le regard accroché à la ligne d'horizon.

Entendre prononcer son nom suffit à me faire tressaillir.

— Vous la connaissiez ? demandai-je en me tournant vers Fremont.

— Nous avons grandi ensemble, répondit-il de sa voix creuse et surnaturelle.

— Et vous étiez amis ?

— Amis ? Pas exactement…

— Amants ?

— Tous les hommes qui ont croisé le chemin de Mariama sont tombés amoureux d'elle.

— Y compris vous ?

— A une époque, oui. Ensuite, je suis parti à Charleston, et j'ai découvert que le monde ne tournait pas autour de Mariama Goodwine.

— Et comment a-t-elle vécu cette prise de conscience ?

— Mal. Très mal.

— C'est pour vous qu'elle est venue à Charleston ?

— Elle est venue parce qu'une opportunité s'est présentée et qu'elle l'a saisie. Un dénommé Rupert Shaw lui a proposé de financer ses études.

— Je connais le Dr Shaw. C'est un ami.

Fremont observa un silence, et je sentis une fracture dans l'air, comme si une créature invisible s'était interposée entre nous.

— Il allait souvent dans le comté de Beaufort, dit-il.

— Pour y faire quoi ?

— Des recherches. Il s'intéressait de près à Essie Goodwine, la grand-mère de Mariama… La guérisseuse la plus connue de toute la région. Il voulait se former à la conjuration à base de plantes médicinales. Mais connaissant Essie, elle n'a dû lui enseigner que quelques incantations et des sortilèges inoffensifs. Elle n'aurait pas compris que quelqu'un se serve des plantes à des fins maléfiques.

— Maléfiques ? Je n'aurais pas associé ce qualificatif au Dr Shaw, protestai-je.

Ce disant, je me remémorai ma visite chez Essie Goodwine. Elle m'avait confié un sachet de Vie éternelle et une amulette pour éloigner les mauvais esprits.

Elle m'avait également dit qu'un jour viendrait où je devrais parler à Devlin du fantôme de Shani, parce qu'il lui faudrait choisir entre les vivants et les morts. Lui révéler un tel secret m'avait alors paru inimaginable. Mais hier soir, j'avais été très près de le faire.

« Il sait, m'avait affirmé Essie en portant sa main sur son cœur. Dedans, il sait. »

En effet, il savait probablement. D'une certaine façon, du moins. Les courants d'air, ce froid inexplicable dans son salon… Les bruits étranges au milieu de la nuit…

M'arrachant à mes pensées, je reportai mon attention sur le fantôme qui se tenait à mon côté.

Robert Fremont me fixa, si intensément que je crus le voir lire dans mes pensées. Ce fantôme avait le pouvoir de se faire passer pour un humain… Mais jusqu'où pouvait-il aller ? De quoi d'autre était-il capable ?

— Avez-vous des connaissances en science des racines ? demanda-t-il.

— Seulement ce que j'ai lu ici et là. Vous ne pouvez pas grandir en Caroline du Sud sans entendre parler de ces pratiques. Je sais qu'elles viennent d'Afrique de l'Ouest, c'est bien ça ?

Ce qui, évidemment, nous ramenait une fois de plus à Darius Goodwine.

— Pour les fidèles, toutes les choses ont une essence spirituelle, ou une âme, si vous préférez. A leurs yeux, un guérisseur traditionnel peut puiser dans ce pouvoir universel à travers le royaume des esprits, et l'utiliser à bon ou à mauvais escient. Mariama a été élevée dans le sillage de ses ancêtres. Elle était censée prendre la relève d'Essie. Je crois que c'est pour cette raison que Shaw l'a prise sous son aile et l'a amenée à Charleston.

— Pour qu'elle l'aide à accéder au monde des esprits ? demandai-je. Effectivement, c'est probable. Le Dr Shaw a toujours montré un vif intérêt pour la vie après la mort, mais pas pour son intérêt personnel ni pour le pouvoir. Sa femme a été longtemps malade, avant de mourir. Il a essayé d'établir le contact avec elle à travers des séances, mais d'après Devlin, Mariama refusait d'y prendre part. Elle était effrayée par ce que le Dr Shaw essayait d'accomplir.

— Sa peur des morts était tout à fait justifiable, compte tenu de sa culture.

— Parce que le pouvoir d'une personne n'est en rien diminué par la mort ?

— Parce qu'elle savait qu'on ne peut pas toujours contrôler ce qu'on ramène de là-bas, murmura-t-il à mi-voix.

Un frisson remonta le long de ma colonne vertébrale.

— Après l'installation de Mariama en ville, vous l'avez souvent revue ?

— De temps en temps, mais elle n'a pas mis longtemps a rencontrer quelqu'un d'autre.

— John ?

— Il était tabou, ce qui le rendait d'autant plus irrésistible à ses yeux.

— Pourquoi était-il tabou ?

— Les vieilles rancœurs ont la peau dure, par ici, vous savez… La méfiance à l'égard des blancs est encore bien réelle. Une union avec John Devlin représentait pour certains une véritable trahison. Et puis, il n'était pas seulement blanc. Il était surtout riche. Issu d'une vieille famille fortunée. Et tout le monde sait d'où viennent les vieilles fortunes de Charleston.

— Donc, la famille de Mariama désapprouvait leur relation ?

— C'était plus qu'une désapprobation. Et certainement beaucoup plus compliqué que ça.

Evidemment, je brûlais d'envie d'en savoir davantage sur la relation entre Devlin et Mariama, mais je préférai passer à un autre sujet, bien qu'à contrecœur.

— Lorsqu'elle est arrivée à Charleston, elle a d'abord habité chez le Dr Shaw, n'est-ce pas ? Vous connaissiez Ethan Shaw ?

— Suffisamment pour me rendre compte que lui aussi était amoureux de Mariama.

Je le regardai, interdite.

— Ethan ?

— Comme je vous le dis.

— C'est vrai, j'avais oublié… « Tous les hommes qui ont croisé le chemin de Mariama sont tombés amoureux d'elle… »

Mais Ethan ?

— Devlin le savait ? demandai-je.

— C'est possible, mais la plupart des hommes devenaient étrangement aveugles dès qu'il s'agissait de Mariama.

— Vous pensez qu'il y a eu quelque chose entre eux ?

Il me considéra avec hauteur.

— Elle ne se serait jamais compromise avec quelqu'un comme Ethan Shaw. Cela dit, elle ne reculait devant rien lorsque la fin justifiait les moyens.

— Vous voulez dire qu'elle l'aurait utilisé ? Mais de quelle façon ?

Il prit son temps pour répondre.

— Mariama détenait un pouvoir occulte sur les vivants. Dès qu'elle voulait quelque chose, ou qu'il le lui fallait, elle trouvait toujours quelqu'un pour exécuter ses ordres.

Ce qui ne répondait pas vraiment à ma question, mais une remarque que Devlin avait faite à Ethan me revint subitement à la mémoire. « Tu as déclaré à la police que tu avais passé toute la nuit avec moi. Tu n'as pas fait que me donner un alibi. Tu t'en es donné un, à toi aussi. »

Toutefois, il n'avait pu agir sur ordre de Mariama, ce soir-là, pour la bonne et simple raison qu'elle était morte à l'heure où Fremont avait été abattu.

— Quelque chose ne va pas ? demanda celui-ci.

— J'étais juste en train de me demander pourquoi autant d'hommes intelligents tombaient sous son charme. J'ai bien compris qu'elle était d'une beauté éblouissante et charismatique, mais d'après tout ce que j'ai entendu, elle était aussi égoïste et cruelle.

— Pas toujours. Bien sûr, elle était sauvage et impulsive. Et dangereuse, aussi. Plus qu'un peu, d'ailleurs… Mais pas cruelle. Du moins pas au départ. C'est Darius qui l'a changée.

Même mort, Fremont semblait bien pressé de prendre sa défense.

— Darius Goodwine ? Quel était leur lien de parenté ?

— Cousins germains, mais ils ont été élevés comme frère et sœur.

— De quelle façon l'a-t-il changée ?

— Il a su utiliser son talon d'Achille contre elle.

— Que voulez-vous dire ?

— John Devlin était son point faible. Il y avait une part en lui qu'elle ne pouvait ni atteindre ni posséder. Sa résistance la rendait folle. Elle aurait fait n'importe quoi pour l'affaiblir et le faire plier. Darius a donc exploité cette vulnérabilité qu'elle portait en elle.

— De quelle façon ?

— Il l'a persuadée de s'enfuir en Afrique avec l'enfant. Il a fallu des mois à Devlin pour les retrouver. Il a ramené Shani à la maison, mais Mariama est restée là-bas avec Darius. Quand elle est rentrée, elle n'était plus la même. Darius avait opéré sa transformation.

— Quel genre de transformation ?

— De chaman à *tagati*.

— *Tagati* ? Qu'est-ce que c'est ?

— La traduction la plus proche serait « jeteur de sorts ». Ou sorcier. Le tagati est celui qui s'adonne à la conjuration par les plantes à des fins maléfiques.

La conjuration par les plantes… comme avec la poussière grise ?

— Les tagati les plus puissants sont des femmes, et Darius avait réussi à persuader Mariama qu'avec les connaissances qu'il avait acquises et la puissance qu'elle détenait, ils pourraient former un duo invincible. Il l'a suivie à Charleston, et son influence sur elle s'est alors avérée profondément négative.

— Parce qu'elle s'est mise à le croire ?

— Parce qu'elle savait que c'était vrai. Ce n'est pas facile à comprendre pour un étranger, mais dans notre communauté, le concept de magie est accepté aussi communément que celui de Dieu. Un proverbe dit que nous pratiquons une religion publiquement le dimanche et une seconde en secret chaque autre jour de la semaine.

Son regard avait dérivé sur l'océan, mais à ces mots, il se tourna vers moi et me fixa droit dans les yeux.

— Regardez, beaucoup de gens ne croient pas aux fantômes, mais cela ne me rend pas moins réel à vos yeux.

Difficile de discuter une logique aussi implacable.

— Vous dites que Darius l'a suivie lorsqu'elle est rentrée à Charleston. Est-ce à ce moment qu'il a rapporté de la poussière grise ?

Fremont baissa la voix.

— Que savez-vous sur la poussière grise ?

— Que c'est une poudre hallucinogène qui arrête les battements du cœur.

Il regarda alentour, comme s'il craignait que quelqu'un ne l'entende, ce qui, à bien réfléchir, était pour le moins surprenant. La seule que l'on pouvait entendre, c'était moi, et si jamais cela devait arriver, les promeneurs se contenteraient de me prendre pour une cinglée et de passer leur chemin.

— A qui avez-vous parlé ? demanda-t-il.

— A personne. J'ai simplement fait quelques recherches. C'est ce que vous attendiez de moi, non ? Que je me montre plus inventive ?

J'enchaînai sans lui laisser le temps de répondre.

— Si vous enquêtiez sur Darius au moment de votre mort, cela fait de lui notre suspect numéro un.

— Je n'étais pas en train d'enquêter sur lui. J'essayais de l'arrêter.

— Vous faites allusion à un trafic de drogue ?

Il y eut un silence.

— Oui.

Quelque chose dans sa voix me fit de nouveau frissonner.

— Vous étiez sur le coup avec Devlin ?

Il murmura quelques mots, d'une voix si basse que je ne parvins pas à les comprendre. Mais j'eus l'étrange impression qu'il s'agissait d'une sorte de refrain ou d'incantation.

— Que faites-vous ?

Il ne répondit pas.

— Pourquoi est-ce que tout le monde a peur de Darius Goodwine ? insistai-je. Il ne peut plus représenter aucune menace pour vous.

Là encore, le fantôme ne répondit pas. Déjà, il commençait à s'effacer et, l'instant suivant, il avait disparu. Je restai là, accoudée à la balustrade, seule et tremblante. Une bourrasque glaciale m'enveloppa. Tout comme le vent, mon mauvais pressentiment redoubla de vigueur. Le port étincelait sous le soleil mais, au loin, un coin de pénombre demeurait à l'abri des regards.

13

En temps normal, j'aurais poussé jusqu'à l'extrémité de la Battery, puis remonté Murray Boulevard jusqu'au Colonial Lake Park et jusqu'à mon domicile. Mais ce matin-là, je coupai par White Point Garden, longeai les monuments et les canons de la guerre de Sécession, et fis un crochet par la ravissante tonnelle blanche où un mariage matinal venait d'être célébré.

Enveloppant d'un regard plein d'envie le jeune couple heureux, je fis une courte halte pour admirer un massif d'asters mauves, puis filai droit vers King Street, où restaurants et boulangeries commençaient tout juste à s'éveiller. Un arôme de café moulu et de pâtisserie flottait dans la brise fraîche, et l'envie me prit de m'arrêter dans l'une de ces briocheries pour y déguster un petit déjeuner gourmand. Les rues commençaient elles aussi à s'animer. J'aurais pu m'installer en terrasse et regarder passer les gens, tout en grignotant des toasts vanillés à la française ou un muffin à la pêche et aux amandes, et repenser à ma conversation avec le fantôme de Fremont. Mais, ces deux derniers jours, j'avais assez ruminé et observé. Un peu de distraction : voilà ce dont j'avais vraiment besoin.

Je laissai donc derrière moi les devantures des cafés à la mode et les salons de thé tendance pour rejoindre Cumberland Street. Une fois rendue, je ralentis le pas, guettant de l'œil l'enseigne du Jardin secret. Là ! Elle était juste sur ma droite. Une petite échoppe au charme suranné, avec une marquise en fer forgé et, comme dans mon souvenir, un jardin clos agrémenté d'une fontaine, où on pouvait s'asseoir avec un livre et une tasse de thé.

Mais la porte était close. Rien d'étonnant, à une heure aussi matinale, mais j'étais tout de même très déçue. Une infusion exotique et quelques bavardages innocents avec Clementine Perilloux auraient été un remède parfait pour soulager le poids sur ma poitrine. Je devais bien reconnaître que, malgré les circonstances, j'avais beaucoup apprécié ma petite visite impromptue chez cette jeune femme. Avant même d'avoir compris qu'elle n'était pas la « brunette » de Devlin, mais la sœur de celle-ci.

Quoi qu'il en soit, la boutique était fermée, et l'heure matinale de ma visite en disait long sur l'étendue de ma solitude. J'avais eu si peu d'amis proches, au fil des années… Et, aujourd'hui encore, je n'avais personne à appeler à l'improviste pour aller prendre un café ou partager un déjeuner. Personne pour papoter de tout et de rien. De livres, de films… ou de Devlin.

Devlin… Quel que soit le temps ou la distance que je m'évertuais à mettre entre nous, mes pensées revenaient invariablement vers lui.

Pas un instant je n'avais cru qu'il puisse être l'auteur du meurtre de Fremont, mais il était lié à cette histoire d'une façon ou d'une autre. Tout était lié. J'en étais certaine, plus que jamais. La noyade de Shani, la disparition de Devlin après l'accident, l'alibi qu'Ethan avait fourni à la police…

Je n'osais imaginer combien il avait dû souffrir, cette nuit-là. Le chagrin avait failli le rendre fou, m'avait-il confié. Il aurait été compréhensible qu'il se tourne vers le refuge illusoire de quelque drogue pour soulager sa douleur. Mais la poussière grise n'était ni un tranquillisant ni un sédatif. C'était une puissante substance psychédélique. Comment ce genre de produit aurait-il pu l'aider à faire face ?

Sans compter que, d'après Devlin, la poussière grise

n'était pas un hallucinogène comme les autres. Elle arrêtait le cœur et entraînait la mort. Et ceux qui en revenaient souffraient parfois de terribles effets secondaires. « Ils se traînent, le regard vide, comme des cadavres vivants. Comme s'ils avaient ramené quelque chose de l'enfer avec eux. »

Le souvenir de cette conversation éveilla dans mon esprit des images bien trop troublantes et macabres pour une matinée aussi radieuse. M'efforçant de chasser cette pesanteur de ma tête, je scrutai l'intérieur de la boutique à travers la vitrine. Une tasse de thé aurait été bienvenue.

Au bout d'un instant, quelques secondes tout au plus, j'eus la sensation d'être épiée. Mais pas par un fantôme, cette fois. Je ne sentais aucun souffle glacial dans mon cou, ni aucun doigt gelé dans mon dos. Non, juste cette impression banale d'être observée à la dérobée.

Je me retournai, balayant du regard le trottoir en prétendant vérifier l'heure sur mon téléphone. Dans mon champ de vision périphérique, j'aperçus un homme, de l'autre côté de la rue. Malheureusement, je ne distinguais pas grand-chose de son apparence. De peur de me faire repérer, je n'osai le regarder directement. Je devinais seulement qu'il était blanc de peau, un peu plus petit et plus large que Devlin. Il portait un treillis avec un blazer de style madras, à grands carreaux, et un borsalino abaissé sur le front. L'uniforme typique de Charleston, somme toute. La tenue idéale pour se fondre parmi la foule de touristes et les gens du cru. Toutefois, à cette heure de la journée, les trottoirs de cette rue secondaire étaient encore clairsemés, ce qui le rendait plus visible.

Je relevai la tête, l'air de rien, prétendant jauger le trafic, mais il se détourna rapidement et s'enfonça dans une allée privée par un portail entrouvert.

Pas de panique. Ce n'était sûrement rien de plus qu'un secret admirateur. Je n'étais pas une beauté fatale comme Mariama l'avait été, mais j'étais jeune, blonde, et l'activité physique qu'impliquait mon métier me permettait de garder la ligne. Alors, oui, il m'arrivait à l'occasion d'accrocher un regard masculin.

Mais cet homme-là ne m'avait pas simplement regardée. J'avais la sensation qu'il était là pour m'observer. Me surveiller.

Pensive, je me retournai sur la vitrine de la librairie et fis mine de regarder les livres exposés. C'est alors qu'un autre visage apparut dans la vitre. Celle d'un homme noir au port altier. Il se tenait juste derrière moi, mais lorsque je me retournai, il n'y avait plus personne. Le trottoir était désert.

Les palmiers nains s'ébrouèrent dans la brise naissante. Un gobelet en carton roula sur le bitume juste sous mon nez. De nouveau, il me sembla qu'un orage se levait à l'horizon. Pourtant, le ciel était parfaitement clair. Quelque chose de sombre passa devant le soleil. *Un oiseau*, songeai-je. Rien de plus qu'un corbeau ou qu'un moineau.

De l'autre côté de la rue, l'homme au chapeau émergea de l'allée. J'aurais juré le voir jeter un coup d'œil dans ma direction. De l'endroit où j'étais, je voyais ses lèvres remuer, mais il ne portait aucune oreillette, et personne ne se trouvait dans les environs. Personne que je puisse voir, en tout cas.

Une peur diffuse s'empara de moi. Non, ce n'était que de la paranoïa. Je n'avais pas encore posé la moindre question à propos du meurtre de Fremont — en tout cas, pas à un humain. Personne ne pouvait savoir que lui et moi enquêtions, et j'étais certaine que l'homme caché devant la maison de Devlin ne m'avait pas vue. Alors pour quelle raison me surveillerait-on ?

Je repris mon chemin, d'abord sans me presser, affectant de contempler les vitrines pour ne pas le perdre de vue. Mais il tourna dans Market Street, se noya dans la foule, et je ne le revis plus. Il avait dû comprendre que je l'avais repéré. A moins qu'il ne se soit agi d'un passant comme les autres. Un piéton innocent.

Je fis halte au marché couvert, le temps d'acheter un bouquet de fleurs coupées et une botte de sauge, puis repris la direction de ma maison. Angus, comme d'habitude, était tout excité de me voir. Je lui passai sa laisse et l'emmenai faire le tour du pâté de maisons, après quoi nous prîmes ensemble un petit déjeuner au jardin.

Le reste de la journée fut occupé à vaquer ici et là autour de la maison. Ranger mes vêtements d'été, travailler sur mon blog, bavarder avec ma mère et tante Lynrose au téléphone. Les travaux ménagers m'accaparèrent l'esprit pendant plusieurs heures, mais, au milieu de l'après-midi, je commençai de nouveau à tourner en rond. Après avoir passé un ou deux coups de fil et fait rentrer Angus, je montai dans ma voiture et pris la direction de l'Institut d'études de parapsychologie, où j'espérais trouver Rupert Shaw.

L'Institut était installé au rez-de-chaussée d'un splendide immeuble d'avant la guerre, magnifiquement rénové, à la lisière du quartier historique. C'était une vaste demeure du style des anciennes plantations, dont la façade était agrémentée de longues et gracieuses colonnes, et de larges brassées de fougères qui ondoyaient dans la brise sur trois étages de galeries abritées des regards. Je stationnai à l'arrière et, comme je contournai le bâtiment pour gagner l'entrée latérale, mon regard tomba, comme chaque fois, sur le néon en forme de main suspendu au-dessus de la porte de Madame Je-Sais-Tout.

Cet endroit titillait depuis longtemps ma curiosité, et sa proximité avec le cossu et noble Institut m'avait toujours secrètement amusée. Maintenant, je savais que la chiromancienne qui y officiait avait un lien avec Devlin, et ma fascination n'en était que décuplée. Aux dires de Clementine Perilloux, Devlin et Isabel étaient des amis très proches. Mais j'avais vu sa façon de la tenir dans le crépuscule. J'avais entendu l'intimité de leurs murmures étouffés. Ils étaient plus qu'amis. Plus jusqu'où, cela dit ?

Tandis que je contemplais la maison, une Buick bleue glissa le long du caniveau et resta là un moment, moteur tournant. Le conducteur portait des lunettes d'aviateur qui lui couvraient tout le haut du visage, et l'angle du soleil rasant m'empêchait de distinguer ses traits. Pourtant, il se dégageait de lui une vague impression de familiarité. Et si c'était l'homme au chapeau ? Celui que j'avais vu près de la boutique de thé ?

Confiné dans sa voiture, il lorgnait l'un des balcons. Apparemment, il ne m'avait pas vue. J'étais cachée par un épais buisson de rhododendrons. Mais, tandis que je l'observais, les questions se mirent à affluer dans mon esprit et une vague appréhension s'empara de moi. Etais-je réellement surveillée ?

— Amelia ?

Toutes ces années de pratique avec les fantômes avaient eu l'avantage de m'aguerrir les nerfs, et je me retournai nonchalamment en entendant mon nom. Ethan Shaw avait surgi dans mon dos, si discrètement que je ne l'avais pas entendu approcher.

— Il me semblait bien que c'était toi, dit-il.

Il m'adressa un franc sourire tout en venant vers moi. Ethan était un homme grand, bien habillé, au verbe facile, et aux manières décontractées que j'avais toujours trouvées plaisantes. Mais la veille, devant la maison de Devlin, j'avais découvert une autre facette de lui. Et tandis que le souvenir de leur conversation se déroulait dans ma mémoire, un désagréable frisson me descendit le dos. Avait-il vraiment été amoureux de Mariama ? S'était-il vraiment proposé d'obéir à ses ordres ? De faire ses quatre volontés ?

— Ethan, salut ! Je ne t'ai pas entendu arriver…

— J'étais derrière, dans le jardin. Papa et moi avons fait le tour des plantations.

— Oh ! Il est là, alors ?

— Oui.

Il me lança un regard perplexe.

— Qu'est-ce que tu fais dans les buissons ?

— Je ne me cache pas. Je suis en observation.

— Et qu'est-ce que tu observes ?

— Tu connais cette voiture bleue ? demandai-je avec une pointe d'inquiétude.

Son regard se dirigea vers la rue. Une lueur trembla dans ses yeux, mais il se contenta de hausser les épaules.

— Cette voiture ? Non. Pourquoi ?

Hésitante, je pris le temps de répondre.

— J'ai cru que j'avais été suivie. Enfin, peut-être…

Il haussa les sourcils.

— Et qu'est-ce qui te fait croire ça ?

Il était évidemment impossible de lui raconter l'enquête de Fremont.

— Je ne sais pas, murmurai-je. Je crois que je deviens parano.

Il m'adressa un sourire compatissant.

— Ce serait compréhensible, vu tout ce que tu as subi.

— Si tu le dis…

Il lança un nouveau coup d'œil en direction de la rue.

— Alors ? Qu'est-ce qui t'amène à l'Institut, aujourd'hui ?

— Je suis venue voir ton père. Je n'ai pas pris rendez-vous. J'espère qu'il aura le temps de me recevoir.

— Pour toi, il a toujours le temps. Tout comme moi, ajouta-t-il avec politesse.

Pourtant, son compliment sonnait faux, comme s'il avait l'esprit ailleurs.

Je dus me faire violence pour ne pas regarder par-dessus mon épaule.

— Je peux te demander quelque chose ?

— Bien sûr.

— J'ai toujours été fascinée par cette maison, celle-là, en face.

— Le salon de tatouage Bodine ?

— Non ! Celle d'à côté. Madame Je-sais-Tout. Tu la connais ?

— Son vrai nom est Isabel Perilloux. Elle a une excellente réputation. Si tu veux un jour te faire lire les lignes de la main, franchement, n'hésite pas…

— Non, merci. Mon avenir est bien la dernière chose que je voudrais connaître. Je suis curieuse, c'est tout.

Il me dévisagea longuement, comme s'il savait quelque chose au sujet d'Isabel et Devlin.

— Enfin, peu importe… Je ne veux pas te retarder, lui dis-je.

— Mais pas du tout. Je suis ravi de te voir. Temple est en ville. Nous dînons ensemble demain soir. Viens, si tu es libre. Ça nous ferait plaisir.

Temple Lee était mon ancien employeur. J'avais travaillé pour elle pendant deux ans au Bureau d'archéologie de l'Etat, avant de m'installer à Charleston pour y créer ma propre entreprise. Nous étions restées en contact par e-mail et par textos, et je la considérais comme ma plus proche amie, ce qui, vu la fréquence de nos contacts, était assez triste à dire.

— Avec plaisir, mais je ne voudrais pas m'imposer…

— Ce n'est qu'un petit dîner tout simple entre amis. L'occasion de faire le point sur les dernières nouvelles. Elle n'a pas été souvent là, ces temps-ci. Je t'appelle pour te préciser l'heure et le lieu.

— O.K., merci.

Je le saluai d'un signe de la main et tournai les talons en direction de l'Institut. Je le croyais parti du côté du parking, mais lorsque je gravis les marches de l'entrée, je l'aperçus par la fenêtre de devant qui donnait sur la rue. Penché sur le pare-brise, il inspectait l'intérieur de la Buick. Puis il fit lentement le tour de la voiture vide, levant la tête de temps à autre, scrutant les alentours comme s'il cherchait son conducteur.

Il semblait agité, presque en colère, ce qui ne manqua pas d'éveiller ma curiosité. Je l'observai encore un moment, puis me déportai de la fenêtre.

14

Le parquet de bois craqua sous mes semelles tandis que je traversais le hall pour gagner le vaste espace qui avait fait autrefois office de salon principal. C'était là qu'avait été installé l'accueil, où une nouvelle assistante avait pris possession de la réception et des téléphones.

A mon approche, elle leva les yeux. Le sourire un brin méprisant, elle me jaugea des pieds à la tête de ses prunelles chocolat. Il est que vrai mes baskets étaient un tantinet moins chic que son haut de soie bleue. Et je devais bien avouer que ce dernier se mariait à la perfection à son teint hâlé.

— Je peux vous aider ? me lança-t-elle avec une pointe d'accent que je ne parvins pas à identifier.

— Amelia Gray. Je n'ai pas pris rendez-vous, mais j'aimerais voir le Dr Shaw.

— Il est très occupé aujourd'hui, dit-elle avec une nuance de réprobation.

— Pourriez-vous simplement lui dire que je suis ici ? S'il n'a pas le temps de me recevoir, je reviendrai à un autre moment.

Elle hésita, visiblement peu disposée à répondre à ma requête.

— Nous sommes amis, ajoutai-je, ce qui ne parut pas l'impressionner davantage.

— Attendez ici, m'enjoignit-elle avec froideur tout en se levant.

Abandonnant son bureau, elle disparut dans le vestibule.

J'entendis une porte s'ouvrir, puis un murmure de voix, suivi du cliquetis saccadé de ses talons sur le parquet.

— Si vous voulez bien me suivre, dit-elle, les lèvres pincées.

— Merci.

J'étais déjà venue de nombreuses fois à l'Institut, de sorte que je savais exactement où se situait le bureau, mais je suivis sagement mon hôtesse jusqu'au bout du couloir. Là, elle fit glisser une double porte coulissante, se mit tout juste de côté pour me laisser entrer et, sans un mot, referma derrière moi.

Plantée sur le seuil de la porte, je promenai un regard circulaire sur la pièce, qui semblait vide. Ce ne fut qu'au bout d'un moment que je vis le Dr Shaw. Perché en équilibre au sommet d'une échelle, il tirait un volume poussiéreux du dernier rayon d'une bibliothèque pleine à craquer. Même si j'avais été annoncée, je n'osai l'apostropher, de crainte de le faire sursauter.

Son bureau était aussi encombré que d'habitude. Un trésor de livres anciens qui ne demandaient qu'à être explorés, page après page. Malgré un ameublement spartiate, la pièce ne manquait pas de cachet, avec une cheminée en marbre pour les soirées d'hiver et une paire de portes-fenêtres à la française, qui ouvraient sur un jardin fleuri soigneusement entretenu. Le parquet en chêne disparaissait sous de larges tapis élimés et des piles de livres amoncelés ici et là. Je pris une profonde inspiration, savourant l'odeur de cuir des reliures. Un soupçon de tabac flottait aussi dans la pièce. Pourtant, je n'avais jamais vu le Dr Shaw fumer. Je l'imaginai sans mal, néanmoins, tirant sur le tuyau en corne d'une pipe séculaire, tandis qu'il s'employait à peser la complexité de notre monde et du monde voisin.

— Bonjour ! me lança-t-il depuis son perchoir. Prenez un siège. Je suis à vous dans un instant.

— Je vous en prie, prenez votre temps.

Le laissant terminer, je déposai mon sac au pied du

fauteuil disposé face à son bureau, et avançai jusqu'à l'une des portes-fenêtres pour admirer le jardin. Par les vantaux entrouverts s'engouffrait une brise légère, chargée de la fragrance des héliotropes qui foisonnaient dans d'énormes pots en argile. Un chat tigré étendu sur les pavés de pierre me surveillait du coin de l'œil derrière ses paupières mi-closes. Quelque chose attira subitement son attention du côté du portail. Ses oreilles se dressèrent et il tourna la tête. Pourtant, je n'avais rien entendu de suspect. En revanche, la ligne de sel tracée sur le seuil ne manqua pas de titiller ma curiosité.

Le Dr Shaw descendit de son échelle et vint à ma rencontre. Il était encore plus grand qu'Ethan, et son élégance suggérait une existence de raffinement, aidée par une aisance financière certaine. Il avait une épaisse tignasse blanche et des yeux très bleus, sans doute les plus perçants qu'il m'eût été donné de croiser. Malgré sa distinction aristocratique, il portait son accoutrement habituel — pantalon de flanelle et veste pied-de-poule.

Lorsqu'il prit ma main dans les siennes, un relent d'herbe éventée me chatouilla les narines.

— Il s'en est passé du temps, depuis votre dernière visite ! s'exclama-t-il avec un sourire chaleureux.

— Trop, oui. Comment allez-vous, docteur Shaw ?

— Je me porte à merveille, Amelia. Et vous ?

— Très bien. Je vous remercie.

Il inclina la tête tout en m'examinant.

— Qu'avez-vous fait, ces derniers temps ? Pardonnez mon indélicatesse, mais vous avez l'air un peu fatiguée.

— Je ne suis pas dans mon assiette depuis quelques jours. Rien de bien méchant.

Non, trois fois rien. Juste une expérience de mort imminente. Et une horde de fantômes à mes trousses.

Mais je n'avais aucune intention de mettre le Dr Shaw dans la confidence. Bien sûr, j'appréciais infiniment ses immenses connaissances en matière de paranormal, mais je ne m'étais jamais ouverte à lui au sujet des fantômes.

Mes visions appartenaient à un domaine éminemment intime. Et, de toute façon, en parler à un tiers serait revenu à admettre aux yeux des morts que j'avais conscience de leur présence.

— Asseyons-nous.

D'une main, il me désigna le fauteuil face à son bureau.

— Voulez-vous du thé ? me demanda-t-il tandis que nous prenions place.

— Non, merci. Je ne vais pas abuser de votre temps. Je suis tombée par hasard sur quelque chose dont je voudrais vous parler.

Ses oreilles semblèrent se dresser avec la même curiosité que celles du chat tigré. Il se pencha en avant, les yeux étincelants.

— Laissez-moi deviner... Vous avez encore rencontré une ombre incarnée.

— Non, ce n'est pas ça.

— Un vampire psychique, alors ?

— Non plus.

Il croisa les mains sur son sous-main en cuir, et mon regard effleura la chevalière qu'il portait à l'auriculaire. Un serpent lové autour d'une serre de rapace. Le même emblème que celui que Devlin portait autour du cou. Le talisman de l'Ordre des Serres et de la Crypte. Cette société secrète réservée à l'élite de Charleston.

Levant les yeux, mon regard croisa le bleu vif de ses prunelles, et un frisson me parcourut.

— Vous avez trop d'air ? demanda-t-il en amorçant un mouvement pour se lever.

— Non, non. C'est très bien. Ne bougez pas. Voilà la raison de ma venue...

Il m'opposa une main gracieuse pour m'interrompre.

— Même si je suis fort impatient de découvrir le motif de votre visite, permettez-moi d'abord d'évacuer une autre affaire, que je risquerais bien d'oublier si je ne m'en occupe pas dès à présent. Ma mémoire a tendance à me jouer des tours, ces jours-ci.

Une ombre voila son visage, durcissant ses traits délicats. Une inquiétude pointa dans ma poitrine. Pourvu que ses trous de mémoire ne soient pas symptomatiques d'une pathologie plus grave… A bien le regarder, il paraissait en effet un peu las.

— De quelle affaire s'agit-il ? demandai-je.

— J'ai quelque chose à vous demander, et j'ai bien peur que ma requête ne réveille en vous des souvenirs bien peu agréables.

— Quoi donc ? m'enquis-je, anxieuse.

— Avez-vous eu des nouvelles d'Oak Grove ?

Un nouveau frisson dévala le long de mon dos, mais il fut d'une nature toute différente du précédent. La simple mention du nom de ce cimetière séculaire suffisait à réveiller en moi des sentiments obscurs.

— Pas récemment. Pourquoi ?

— La police a enfin bouclé son enquête. Le cimetière a été restitué à Emerson University, et le Comité a décidé de reprendre son projet de restauration. J'ai été chargé de vous contacter pour vous en toucher deux mots, mais compte tenu de ce que vous y avez subi, il est bien évident que personne ne vous tiendra rigueur, si jamais vous demandez à être libérée du contrat initial. Cela étant, sachez que vous restez notre choix numéro un.

Retourner à Oak Grove ? Après tout ce qui s'y était passé ? Pensive, je puisai une longue inspiration. Les visages de toutes ces femmes torturées surgissaient par flashes devant mes yeux.

— Quand voudriez-vous que je commence ?

— Le plus tôt serait le mieux. Les préparations du bicentenaire d'Emerson sont déjà bien entamées. Nous aimerions que la restauration soit achevée avant la fin de l'année. Ce serait une façon positive de conclure un chapitre bien malheureux de l'histoire du campus. Vous travailleriez en collaboration avec Temple Lee. Du moins une partie du temps. Je crois comprendre que vous vous connaissez, n'est-ce pas ?

— Oui. C'est une amie.

Il hocha la tête.

— Vu l'âge des tombes qui ont dû être ouvertes, les restes qu'elles renferment relèvent de sa juridiction. Mais puisque vous vous connaissez, tout devrait bien se passer. Nous devrions éviter les guerres de clochers. Enfin… si toutefois vous décidez de reprendre le chantier. Prenez quelques jours pour y réfléchir, et faites-moi part de votre décision d'ici la fin de la semaine.

— Ce ne sera pas nécessaire. C'est moi qui ai commencé la restauration, et j'aimerais être celle qui la mènera à son terme.

— Vous êtes sûre ?

Il me toisa avec bienveillance.

— Comme je vous l'ai dit, personne ne vous reprochera de préférer en rester là. Et cela n'affectera en rien mes conseils à l'avenir.

— C'est très aimable à vous, mais je voudrais vraiment terminer ce que j'ai commencé.

C'était une question de fierté professionnelle, mais je savais aussi qu'il serait salutaire pour moi de m'occuper l'esprit avec autre chose que Devlin, ses fantômes, ou encore Robert Fremont et son enquête. Bizarrement, j'avais une fâcheuse tendance à faire une petite fixette sur eux, ces derniers temps.

Le Dr Shaw se carra dans son fauteuil en acquiesçant d'un signe de tête.

— Très bien. Je ferai savoir au Comité qu'Oak Grove est de nouveau entre vos mains d'experte.

— Merci.

— Maintenant, revenons à nos moutons, dit-il en haussant légèrement les sourcils.

— Oh ! rien de bien sérieux… Comme je vous le disais, j'ai entendu parler de quelque chose, et j'espère que vous pourrez répondre à mes questions.

— S'il n'est question ni d'ombre incarnée ni de vampire psychique… je donne ma langue au chat.

— Avez-vous déjà entendu parler d'une substance appelée poussière grise ?

A la seconde où je prononçai ces mots, la brise qui soufflait par la porte-fenêtre redoubla d'intensité. Les pages d'un livre ouvert s'ébouriffèrent sur le bureau du Dr Shaw, mais mon regard resta fixé sur son visage. Une onde malveillante brisa soudain l'harmonie de ses traits et mon sang se glaça dans mes veines. A cause de l'effet de surprise, probablement, et peut-être même d'un soupçon de peur. Si je ne l'avais pas constaté de mes propres yeux, jamais je n'aurais cru possible de lire sur son visage une expression aussi venimeuse. Pas chez l'élégant et raffiné Dr Shaw.

D'une main, il referma vivement le livre. Ce fut alors qu'une remarque de Robert Fremont me revint à l'esprit, à propos des relations entre Essie et le Dr Shaw. Jamais elle ne divulguerait ses secrets à un homme animé de mauvaises intentions.

— Où avez-vous entendu parler de poussière grise ? demanda-t-il en affectant une quasi-indifférence.

Le ton de sa voix était dépourvu de toute animosité, et son regard se fit doucement inquisiteur. A croire que cette agitation fugace n'avait été que le fruit de mon imagination.

— Donc, vous savez de quoi je parle, répondis-je avec calme.

— J'en ai entendu parler, oui.

— Que pouvez-vous m'en dire ?

Il attrapa un coupe-papier et fit courir ses doigts sur la lame en argent.

— Pour comprendre ce qu'est la poussière grise, vous devez d'abord comprendre d'où elle vient.

— D'Afrique, n'est-ce pas ?

— Du Gabon, pour être précis. Vous connaissez un peu le pays ?

— Je sais seulement qu'il est tout petit sur la carte,

et qu'il a une frontière commune avec le Cameroun, le Congo et la Guinée équatoriale.

Et aussi que Darius Goodwine y avait passé beaucoup de temps à écrire, à mener des recherches et, apparemment, à étudier sous la direction d'un chaman. Puis à passer du statut de chaman à celui de *tagati*.

— On a dit parfois que le Gabon était à l'Afrique ce que le Tibet est à l'Asie, reprit-il d'un air pensif. L'épicentre spirituel de tout un continent.

Je sentis de nouveau le mordant du vent qui s'engouffrait par la porte-fenêtre. Mon hôte se leva et alla la fermer, manœuvrant le loquet avec lenteur tout en sondant le jardin d'un regard anxieux. Comme s'il prenait tout son temps pour réfléchir à la façon dont il allait conduire la conversation. Son hésitation, et plus encore la grimace qu'il avait esquissée, avaient quelque chose de nouveau pour moi et de tout à fait troublant.

Il revint à son bureau et se pencha avec raideur à l'aplomb de son fauteuil. Je fus frappée par sa soudaine difficulté à se mouvoir. Ne venais-je pas de le voir en équilibre au sommet d'une échelle, sans aucune gêne apparente ?

— Le Gabon est l'un des pays les plus mystérieux du monde, dit-il. Cette région a de tout temps fasciné les chercheurs et autres aventuriers. La plupart de ces terres sont couvertes d'une forêt si dense et impénétrable qu'elle constitue un répulsif naturel aux influences indésirables. Pendant des générations, les croyances et les pratiques religieuses sont ainsi restées préservées, à l'abri de la corruption du monde extérieur. Et, par ces pratiques, j'entends notamment l'inclusion de certaines plantes dans les rituels et les cérémonies.

Il s'interrompit. Les portes coulissantes s'ouvrirent sur l'assistante qui passa la tête à l'intérieur du bureau.

— Il est 15 heures, docteur Shaw. Vous m'avez demandé de vous le rappeler.

— En effet. Merci, Layla.

— Je vous ai préparé du thé, dit-elle en approchant, portant sur un plateau d'argent une tasse à expresso et une soucoupe qu'elle déposa au coin de son bureau.

— Etes-vous sûre de ne pas vouloir m'accompagner ? insista le Dr Shaw en attrapant la tasse.

Layla me décocha un regard noir. Le genre de regard qui vous met au défi d'accepter.

— Non, vraiment, merci, répondis-je prestement. Mais… je devrais vous laisser. Vous avez peut-être un autre rendez-vous ?

Il leva la main en signe de protestation.

— Ce n'est qu'un petit détail que je ne dois pas oublier. Merci, Layla, de me l'avoir rappelé.

— Je vous en prie, docteur. Je suis là pour ça.

Sur quoi, elle quitta la pièce sans se retourner.

Le Dr Shaw ouvrit un tiroir dont il sortit une minuscule poche en plastique. Il l'ouvrit et en versa le contenu dans son thé. Une odeur d'herbe éventée me chatouilla de nouveau les narines. Il mélangea le tout et avala son breuvage à petites gorgées.

Silencieuse, j'observai avec attention son curieux cérémonial. Quelle était donc cette herbe dont il avait agrémenté son thé ?

Il prit une nouvelle gorgée et ferma les yeux. Au bout de quelques secondes, l'idée me vint qu'il s'était peut-être assoupi. Le silence se prolongea, jusqu'à en devenir gênant. Devais-je dire quelque chose ? Ou m'esquiver discrètement ? J'allais me résoudre à appeler Layla lorsque ses paupières se mirent à papillonner, d'abord rapidement, puis plus lentement. Il demeura quelques instants immobile et, peu à peu, son regard s'anima de nouveau.

— Où en étions-nous, demanda-t-il ?

— Au Gabon…, répondis-je avec hésitation. Mais je ne veux pas vous importuner. Si vous avez à faire, je peux parfaitement revenir un autre jour.

Eludant ma proposition, il reprit le fil de la conversation exactement où nous l'avions laissé, comme si nous n'avions jamais été interrompus.

— La plupart des religions africaines, voyez-vous, restent profondément marquées par l'idée que la vie ne cesse pas avec la mort, mais se prolonge dans un autre royaume. Dans certaines cultures, cette croyance fait même l'objet d'un rite de passage. Un jeune initié doit obligatoirement accéder au monde des esprits et converser avec ses ancêtres morts avant d'être accepté au sein de sa secte.

Voilà une idée qui m'était difficile à concevoir. Dans mon monde à moi, les fantômes étaient au contraire à fuir comme la peste.

— Comment doit-il s'y prendre ?

— Pour passer d'un royaume à l'autre, il se fait aider par des plantes aux propriétés magiques. En d'autres termes, il ingère un puissant hallucinogène.

— Comme la poussière grise ?

Il cligna des yeux. Ses pupilles s'étaient dilatées depuis qu'il avait bu son thé.

— Comme l'écorce de racines d'*Iboga tabernanthe*, une plante sur laquelle se fonde largement la religion *bwiti*.

— Comment agit-elle ?

— Une dose moyenne peut induire un état d'anxiété accompagné de troubles du sommeil, voire d'insomnies. A hautes doses, l'iboga provoque des hallucinations et un état de léthargie qui peut durer jusqu'à cinq jours.

— *Cinq jours* ? C'est une substance très puissante. Peut-elle s'avérer dangereuse ?

— Une dose très élevée peut entraîner la paralysie des muscles respiratoire. Et la mort.

— L'iboga est donc la plante dont…

Je prononçai son nom du bout des lèvres, avec une prudence presque craintive :

— … dont on tire cette fameuse poussière grise ?

— Non. La poussière grise est un dérivé d'une plante

que personne ne connaît à l'exception d'une secte très restreinte. Son effet est différent de celui de l'ibogaïne.

— En quoi ?

Il se cala dans son fauteuil.

— L'ibogaïne donne d'abord des hallucinations. Après avoir mâchonné l'écorce d'iboga, l'initié tombe dans un profond sommeil et perd toute conscience du monde extérieur. Dans ses visions, il se voit confronté à une série d'obstacles qu'il doit surmonter pour pouvoir accéder au monde des esprits. Une fois que le passage des barrières lui est accordé, un guide — habituellement un ancêtre décédé depuis longtemps — l'accompagne dans son voyage spirituel, au cours duquel il aura de nombreuses visions fantastiques. Des cohortes de morts, arborant souvent des visages peints ou encore des ventres ouverts pour des rituels d'autopsies. A ce stade, il peut côtoyer les dieux et converser avec ses ancêtres. Lorsque les effets de l'iboga diminuent, il recouvre sa conscience et est censé raconter son voyage à ses aînés.

— Et la poussière grise ?

— La poussière grise n'a rien à voir avec des visions hallucinogènes. Sa propriété consiste ni plus ni moins à arrêter le cœur. L'initié montre alors un électrocardiogramme plat. Dans un environnement médical, il serait déclaré mort au bout de quelques secondes ou de quelques minutes. Pendant cet intervalle, son esprit se désincorpore et pénètre dans le royaume des morts. Non pas à travers des visions, mais parce que sa vie dans ce bas-monde a cessé. Et puisqu'il est mort, il n'a aucun obstacle à surmonter. Aucune barrière à traverser. Il peut se mouvoir à travers le monde des esprits aussi librement que ses ancêtres, et évoluer dans des royaumes qui resteraient inaccessibles même à travers des visions et des hallucinations. Le danger, évidemment, est de s'aventurer trop loin et de s'égarer. Après un certain laps de temps, l'enveloppe physique ne peut plus être ressuscitée. La coquille corporelle se fane et meurt. Dans certains cas, elle est habitée par un autre esprit. Du moins… c'est ce qu'on prétend.

Un nouveau frisson me parcourut. Toute cette conversation était si singulière, et si troublante… Le problème n'était pas d'y croire ou de ne pas y croire. Je savais mieux que quiconque que le monde des morts existait aussi sûrement que celui des vivants. Mais l'idée de traverser le voile à dessein était pour moi parfaitement inconcevable. Je ne m'étais pas encore totalement libérée des principes de mon père. Pourtant, j'avais de toute évidence accepté le compromis que m'avait proposé Robert Fremont. Une fois de plus, je me sentais comme suspendue entre deux mondes, à ceci près que le dilemme se jouait cette fois entre mon passé et mon avenir. Entre le filet de sécurité qui m'avait protégée pendant des années et la volonté de servir une cause plus noble. Mais une chose était certaine : je ne pourrais rester éternellement dans ce flou. Les fantômes ne me laisseraient pas tranquille. Déjà, ils étaient à mes trousses.

— Et qu'en est-il de ceux qui réussissent à revenir du monde des esprits ? demandai-je. Les ressuscités ? Souffrent-ils d'effets secondaires ?

— Certains parlent d'illumination spirituelle et de sensation d'euphorie. D'autres présentent des épisodes proches des troubles post-traumatiques. D'autres encore subissent de profondes transformations, à la fois mentales et physiques, suite à ce qu'ils ont vu de l'autre côté. Ou à cause de ce qu'ils en ont rapporté.

— Ce qu'ils ont rapporté ? Vous voulez dire… comme des fantômes ?

Je repensai à Shani et à Mariama. Devlin les avait-il ramenées du Gris avec lui ? Etait-ce justement ce que Shani tentait désespérément de lui dire ?

— Si la poussière grise a le pouvoir d'aider les vivants à pénétrer le monde des morts, il semble raisonnable de penser que l'inverse soit également possible, non ? répondit le Dr Shaw.

— Oui, je suppose.

Il remua négligemment son thé.

— Aujourd'hui encore, certains Gullahs croient qu'une sépulture mal faite ou mal entretenue suffit à permettre aux morts de revenir et de prendre le contrôle de l'existence des vivants. Si un guérisseur a suffisamment de pouvoir, il peut accéder au monde des esprits et ramener des morts avec lui. Il peut aussi attaquer ses ennemis dans le royaume des rêves, là où ils sont le plus vulnérables.

Encore une fois, je repensai aux insinuations de Fremont. A l'en croire, l'intérêt prononcé du Dr Shaw pour la science des racines cachait des intentions maléfiques. Mais je n'arrivais guère à y croire. Tout ce que je connaissais de Rupert Shaw me laissait penser qu'il s'agissait d'un homme profondément moral, au caractère pacifique.

— D'où vient cette science des racines ? Du Gabon ?

— Comme la plupart des arts de la conjuration recensés dans le Sud, elle se fonde sur les croyances et les pratiques de nombreuses religions présentes en Afrique centrale et occidentale. Une sorte de soupe spirituelle assaisonnée de christianisme. Le dénominateur commun est l'ensemble des propriétés mystiques et médicinales de certaines plantes. Une application de sanguinaire vous guérira des irritations cutanées, une pincée de sceau d'or facilitera votre digestion.

Il plongea le regard dans son thé.

— Un peu de chélidoine éloignera les mauvais esprits. Et tout ce qui vous harcèle…

Il sembla s'assoupir de nouveau. Inquiète, je me penchai vers lui.

— Docteur Shaw ? Est-ce que vous allez bien ?

Il émergea de sa léthargie et se leva pour attraper un livre sur une étagère proche. Soufflant la poussière qui le recouvrait, il me le tendit. Mon regard alla droit sur son titre : *Bâtons et Pierres — Racines et Ossements*.

— Voilà de quoi commencer, dit-il. Si vous avez

d'autres questions, n'hésitez pas à revenir me voir. Je pourrais même prévoir une consultation avec un guérisseur, si vous le souhaitez.

— Avec Essie Goodwine ?

Il haussa un sourcil.

— Si la route ne vous fait pas peur, oui. Sinon, nous pouvons descendre la rue et discuter avec mon vieil ami, Primus…

A ces mots, il chancela, comme s'il s'apprêtait à chavirer. Lâchant le livre, je bondis pour lui prendre le bras.

— Tout va bien ?

— Ce n'est rien. Juste un petit étourdissement, murmura-t-il.

Comme il vacillait de nouveau, je resserrai ma prise.

— Voulez-vous vous asseoir ?

— Donnez-moi le bras jusqu'à mon fauteuil, si vous voulez bien.

Il parlait d'une voix éteinte. Un voile de transpiration perlait sur son front.

— Ça va passer, assura-t-il.

Je l'accompagnai jusqu'à son fauteuil et attendis qu'il soit assis en sécurité. Il se couvrit les yeux d'une main tremblotante.

— Avez-vous souvent ce genre d'étourdissement ? demandai-je avec inquiétude.

— De temps en temps.

— Ce ne sont pas mes affaires, mais… pensez-vous qu'il soit bien raisonnable de grimper à une échelle dans cet état ? Surtout lorsque vous êtes seul ?

— Ce ne sont que de petits vertiges sans conséquence. D'habitude, je les sens venir. Ils sont toujours précédés de signes avant-coureurs, affirma-t-il en laissant retomber sa main. De toute façon, c'est presque passé. Je me sens déjà mieux.

— Je peux aller vous chercher quelque chose, ou appeler quelqu'un…

— Vous êtes gentille, mais ne vous tracassez pas. Ce

n'est qu'un petit étourdissement de rien du tout. Mais peut-être pourrions-nous reprendre notre conversation à un autre moment ?

— Bien entendu. Je vous laisse tranquille.

Je contournai le bureau pour ramasser mon sac.

— Avant que vous ne partiez…

Il parlait à voix basse, et son regard effleura les portes-fenêtres comme s'il craignait que quelqu'un ne rôde dans le jardin.

— Il y a quelque chose que je dois vous dire.

— Quoi donc ? demandai-je, alarmée.

Ses yeux bleus me fixèrent d'un air intense et tourmenté, comme si quelque chose l'effrayait.

— Soyez très vigilante. Ne parlez pas de cette chose à n'importe qui. Et ne répétez à personne ce qui a été dit ici aujourd'hui.

Mon cœur s'accéléra. Je serrai contre mon épaule la sangle de mon sac.

— Bien sûr. Mais… puis-je vous demander pourquoi ?

— Le terme de « poussière grise » est une expression inoffensive qui désigne en fait une substance sacrée utilisée avec une grande parcimonie, même par les chamans et les sorciers les plus puissants. Un intérêt malveillant de la part d'une personne extérieure à la secte peut être interprété comme un blasphème, et vous exposer à un risque considérable.

— Un risque ? Vous voulez dire que quelqu'un pourrait tenter de s'en prendre à moi ?

— Peut-être pas physiquement, mais… Dites-moi, ma chère, auriez-vous des feuilles de baies, chez vous ? Ou de l'eucalyptus ? Non, mettez plutôt du sang-dragon sous votre oreiller, ce serait encore mieux.

— Mais pourquoi en aurais-je besoin ?

Il ne sembla pas entendre ma question. De nouveau, il s'était assoupi et, après un moment d'hésitation, je quittai la pièce sans bruit.

15

Je sortais tout juste de l'Institut lorsque j'entendis prononcer mon prénom depuis l'autre côté de la rue — l'apostrophe prudente d'une femme qui pensait me reconnaître, mais n'en était pas tout à fait certaine. Cela m'arrivait encore occasionnellement, quoique de moins en moins. On me reconnaissait comme la *Reine des Cimetières*, à cause d'un spectre qui avait fait irruption à l'arrière-plan d'une vidéo que j'avais mise en ligne sur mon blog. La vidéo avait provoqué un buzz pendant plusieurs mois, et m'avait fait connaître de tous les chasseurs de fantômes et amateurs de cimetières. Mais, depuis, de l'eau était passée sous les ponts, et ma notoriété commençait à retomber. Aujourd'hui, quelques collègues taphophiles me décochaient encore des regards insistants dans la rue, mais s'ils reconnaissaient mon visage, leurs regards circonspects laissaient deviner qu'ils peinaient à me remettre.

Clementine Perilloux venait de stationner devant la maison d'à côté et sortait de sa voiture. Lorsqu'elle vit qu'elle avait attiré mon attention, elle m'adressa gaiement de grands gestes du bras et me fit signe de la rejoindre sur le trottoir d'en face. Obéissant à son invitation, je traversai la rue et allai à sa rencontre pour échanger quelques mots.

— Comme c'est amusant de vous trouver ici ! s'exclama-t-elle en repoussant d'une main une mèche de cheveux rabattue par le vent.

Elle portait un jean clair et un pull vert olive qui rehaussait son regard et s'accordait à merveille avec les reflets auburn de ses boucles.

— Mais c'est vrai, reprit-elle, vous m'aviez bien dit que vous veniez ici de temps en temps…

Elle détailla du regard les longues colonnes gracieuses de l'Institut et ses généreuses galeries.

— J'ai toujours trouvé cette bâtisse magnifique. On la dirait tout droit sortie d'*Autant en emporte le vent*, vous ne trouvez pas ? A quoi ressemble l'intérieur ?

— Le style a été très bien préservé. Avec beaucoup de boiseries et, bien sûr, pléthore de livres anciens et de meubles d'époque.

Mon regard suivit le sien. C'était vrai, cette demeure était magnifique, mais à présent, mes inquiétudes concernant la santé du Dr Shaw avaient jeté sur elle un voile sombre. En l'espace de quelques minutes, le charmant professeur un peu tête en l'air que j'aimais tant s'était transformé en un vieillard fragile, dont les symptômes — j'en aurais mis ma main au feu — avaient été subitement exacerbés par l'herbe qu'il avait versée dans son thé.

Quant à cette Layla… Avec son teint d'huître et ses airs pincés, elle était l'antithèse des jeunes gothiques sympathiques et des filles du Sud aux joues rebondies qui l'avaient précédée. Cette nouvelle recrue était lisse et sophistiquée, et sa façon de marquer son territoire avec la subtilité d'une hyène mal léchée était aussi ridicule que suspecte.

— Enfin, je n'ai vu que le rez-de-chaussée, bien sûr, précisai-je à Clementine. Les étages sont les quartiers privés du Dr Shaw.

— Et *lui* ? A quoi ressemble-t-il ?

— Le Dr Shaw ?

Je dressai machinalement son portrait. Elégant, raffiné, professoral. A ceci près que, maintenant, je ne pouvais m'ôter de l'esprit l'expression que j'avais surprise sur son visage lorsque j'avais mentionné la poussière grise.

Cette ombre malveillante avait été fugace, mais elle me fit de nouveau frémir.

— Et que font-ils là-dedans ? s'enquit Clementine en frissonnant, comme en écho à mon propre trouble. Des séances de spiritisme ? Des expériences ? Des rituels secrets ?

Elle ouvrit des yeux ronds, d'une manière comiquement exagérée.

— Des sacrifices ? ajouta-t-elle.

— Pas vraiment, répondis-je, peut-être un peu sèchement. En tout cas, pas à ma connaissance. Le Dr Shaw se concentre sur le travail de recherche. Il délègue le travail de terrain à son équipe, sauf si un cas particulièrement intéressant se présente.

— Et en quoi consiste un cas particulièrement intéressant ? insista Clementine avec un nouveau frisson. Et puis non, ne m'en dites pas plus… Je préfère ne pas savoir.

— Je ne sais pas exactement quels sont ses critères. Mais si ça vous intéresse, vous devriez aller lui rendre visite à l'occasion, et discuter avec lui. Je suis sûre qu'il serait captivé par l'histoire des chiromanciennes de votre famille.

— Peut-être un de ces jours, alors…

Elle promena un œil sceptique sur la façade de l'Institut.

— En parlant de chiromancienne, je viens justement apporter à Isabel un panier de pâtisseries de la part de ma grand-mère. Si vous n'êtes pas trop pressée, venez donc avec moi. J'ai tellement hâte de vous la présenter…

Une dizaine d'excuses fusèrent dans mon esprit, mais il me tardait également de découvrir la fameuse Isabel Perilloux. L'ironie de son pseudonyme avait d'emblée retenu mon attention, et j'avais toujours été curieuse de cette Madame Je-sais-Tout, avant même de l'apercevoir en compagnie de Devlin. Avant même de connaître Devlin, d'ailleurs.

Et si Devlin se trouvait justement avec elle ? Cette simple idée me hérissa. Un tel scénario serait pour le moins gênant, et devait être évité à tout prix. Notre dernière entrevue m'avait terriblement éprouvée, et j'avais besoin de temps pour me remettre d'aplomb avant d'envisager de les revoir, lui et ses fantômes.

Rapidement, je balayai la rue du regard. Sa voiture n'y était pas. En revanche, j'aperçus la Buick bleue garée le long du trottoir, un peu plus loin, à quelques maisons. Son conducteur était appuyé contre le pare-chocs avant, jambes et bras croisés, comme s'il attendait quelqu'un. Il avait encore la tête tournée, de sorte que je ne pouvais distinguer ses traits. Mais quelque chose chez ce type m'était vaguement familier. Je le connaissais. J'étais incapable de le resituer, mais nos chemins s'étaient déjà croisés. J'en étais certaine.

Etait-ce lui que j'avais repéré dans King Street le matin même ? M'avait-il suivie jusque-là ?

Je passai ma main sur la nuque. Un picotement venait de me titiller l'épiderme en guise d'avertissement.

— Quelque chose ne va pas ? demanda Clementine.

— Cet homme adossé à la voiture bleue… Vous l'avez déjà vu dans le voisinage ?

La main en visière, elle sonda brièvement la rue.

— Non, jamais. Pourquoi ? Vous le connaissez ?

— Il me dit quelque chose. Mais je n'arrive pas à le resituer.

Elle haussa les épaules.

— N'ayez pas peur. Il n'a pas l'air bien méchant. Remarquez, ajouta-t-elle avec entrain, c'est aussi ce qu'on disait de Ted Bundy. Ou était-ce Jeffrey Dahmer, le cannibale de Milwaukee ?

Très encourageant. Toutefois, ces deux tueurs en série n'avaient jamais frappé dans la région, me dis-je pour me rassurer.

Abandonnant la Buick, je jetai un nouveau coup d'œil en direction de l'Institut. A ma grande surprise, Layla était plantée à la fenêtre et regardait droit vers moi. Lorsque mon regard croisa le sien, loin de se démonter, elle continua de me fixer sans ciller, jusqu'à ce que je finisse par me détourner vers Clementine.

— Enfin, peu importe, disait-elle. Alors, vous avez deux minutes ? Venez donc avec moi. Vous ferez la connaissance de ma sœur !

— Je ne voudrais pas l'importuner…

— Bien sûr que non. Quelle idée ! Elle a l'habitude des visites à l'improviste. Et depuis le temps qu'elle me harcèle pour que je me fasse des amis ! Allez, venez donc ! Ce sera amusant comme tout.

Amusant comme tout ? Pas sûr que l'expérience me fasse beaucoup rire.

A contrecœur, je lui emboîtai le pas, non sans jeter un dernier coup d'œil sur l'Institut et sur l'homme aux lunettes noires. Pourquoi étais-je incapable de me souvenir des circonstances où je l'avais vu ?

Peu importait… Le mieux était encore de ne plus y penser. Tirant un voile sur cette angoisse naissante, je suivis l'intarissable Clementine qui ouvrait la voie. Je profitai de cet instant de diversion et avisai du regard la maison de sa sœur, un pavillon blanc aux volets verts, ceint d'une galerie de bois. En gravissant les marches qui y menaient, je reconnus le chat tigré que j'avais aperçu dans le jardin du Dr Shaw. Roulé en boule sur un rocking-chair en rotin, il nous dévisageait avec curiosité.

— Coucou, Ursula ! lança Clementine en se penchant pour lui caresser la tête.

— Elle est magnifique, murmurai-je.

— Et elle le sait. Tu es une vraie princesse, hein, ma belle ?

Ursula lui répondit d'un bâillement.

— Tiens ! m'exclamai-je. Elle est polydactyle ?

Je n'avais pas remarqué ses six doigts, à l'Institut.

— Elle me rappelle la couverture d'un livre de contes, repris-je. J'ai rarement vu un chat aussi expressif.

— On s'attendrait presque à la voir répondre, n'est-ce pas ? gloussa Clementine. Cela dit, je me demande bien ce qu'elle nous raconterait. Elle a toujours l'air de tout prendre de haut. Remarquez, Isabel et elle ont de longues conversations. Mais bien malin qui comprendra ce qu'elles se racontent !

Ce disant, Clementine se redressa et frappa à la porte. Comme personne ne répondait, elle tira une clé de la poche de son jean.

— Isabel m'a dit qu'elle serait peut-être en retard.

Elle retint la contre-porte à moustiquaire pour Ursula et moi. La chatte passa devant en se pavanant, et j'entrai humblement à sa suite.

— Je vais aller faire du thé, dit Clementine.

Elle déroula son écharpe et se délesta de son sac dans le vestibule.

— Faites comme chez vous, m'enjoignit-elle en m'indiquant d'une main le salon qui s'ouvrait sur la gauche. Je n'en ai que pour une minute.

J'aventurai un regard curieux à travers l'arcade. C'était une pièce de petite taille, mais décorée avec style dans les verts chartreuse et crème, avec des touches de noir disséminées ici et là, et des coussins à profusion. Une enfilade de fenêtres donnait directement sur la galerie. J'avançai jusqu'à la plus proche et glissai un œil derrière les stores. La Buick était peut-être encore là ? Mais, au dernier moment, je me ravisai. Je devenais vraiment ridicule. *Laisse tomber*, m'ordonnai-je. *N'y pense plus.*

Dans le salon, une autre arcade conduisait à une ancienne salle à manger qui, apparemment, était l'endroit où Madame Je-sais-Tout exerçait ses talents. Je ne pus résister à la tentation de me livrer à une inspection plus détaillée. La décoration y était nettement plus théâtrale que celle du salon, avec des drapés à franges rouges, des rideaux à perles et des bougies parfumées disposées à des points stratégiques pour créer une lumière d'ambiance. Lentement, je fis le tour de la pièce, admirant une collection de cartes postales vintage qu'elle avait encadrées et exposées au mur. Une petite table et quatre chaises meublaient le centre de l'espace. Au milieu de la table trônaient un jeu de tarot, ainsi qu'un autre de Zener, et une boule de cristal.

Un œil cartésien aurait peut-être été rebuté par la myriade de breloques dispersées à travers la pièce, mais moi, au contraire, j'appréciais cette fantaisie.

Séduite par le décorum, je commençais à me détendre lorsque je sentis soudain une ombre m'envelopper. Une bouffée d'un parfum exquis s'insinua dans mes narines. Une fragrance capiteuse et hypnotique. Presque envoûtante.

Une sensation désagréable courut le long de mes terminaisons nerveuses. Je me retournai. Elle était là, appuyée contre l'encadrement de la porte, et me détaillait du regard. La ravissante petite brune de Devlin.

J'ignore pourquoi Robert Fremont choisit ce moment précis pour faire intrusion dans ma tête. En catimini. « La seule chose dont je me souvienne est son parfum. L'odeur était encore imprégnée dans mes vêtements lorsque la mort m'a trouvé. »

16

Je pris soin de ne rien laisser transparaître de mon émotion. Mais lorsque nos regards se télescopèrent, tout aguerrie que je sois, mon pouls s'emballa et mon cœur se mit à cogner avec force dans ma poitrine. Je la jaugeai brièvement, m'efforçant de faire abstraction des paroles de Fremont, qui résonnaient encore dans ma tête au milieu des images de Devlin l'enlaçant par la taille. En vain. Je le revoyais se glissant derrière elle, lui murmurant à l'oreille.

Elle était absolument sublime. Evidemment. Et il n'était pas nécessaire d'être fin psychologue pour identifier la bouffée qui m'envahit malgré mon calme apparent. Grande, elle avait les cheveux foncés qui lui tombaient sur les épaules en torsades, et des yeux noisette ourlés d'épais cils recourbés. Ses lèvres étaient recouvertes d'un gloss légèrement coloré. Le rose de ses pommettes, en revanche, semblait naturel. Elle ressemblait beaucoup à Clementine, effervescence en moins. De toute évidence, Isabel était nettement plus dans la retenue et la réserve que sa sœur. Campée face à moi, elle soutenait mon regard.

Pendant la fraction de seconde qui s'écoula avant que l'une de nous prenne la parole, je me fis la réflexion que je n'avais pas entendu claquer la porte d'entrée, ni approcher ses pas sur le sol. Elle était apparue là, dans l'embrasure de la porte. Comme par enchantement. Malgré la clémence du temps, elle portait une pelisse « militaire chic » qui mettait en valeur ses formes effilées. Elle fit un pas dans la pièce tout en la déboutonnant.

— Excusez-moi, je fais la curieuse, dis-je avec maladresse. J'attendais Clementine.

— Mais je vous en prie… Vous devez être Amelia. J'ai beaucoup entendu parler de vous.

Ah oui ? Et par qui ?

Elle vint à ma rencontre et me tendit une main.

— Je suis Isabel.

— Clementine m'a beaucoup parlé de vous, elle aussi.

La poignée de main fut brève, mais chaleureuse et ferme, et elle me regarda droit dans les yeux. Une marque de franchise qui me plut d'emblée.

— Donc, vous êtes Amelia, murmura-t-elle de nouveau en étudiant mon visage — peut-être un brin plus longtemps que la politesse ne l'aurait voulu.

Embarrassée par l'examen de son regard, je me détournai.

— Voilà une pièce très intéressante.

— Je suis ravie qu'elle vous plaise. C'est un peu kitch, mais c'est pour la bonne cause.

Elle laissa glisser son manteau sur ses épaules et le plia sur le dossier d'une chaise. Tandis qu'elle se mouvait autour de la table, son parfum flotta de nouveau jusqu'à moi, entêtant et voluptueux. Il me rappelait maintenant cette fragrance que j'avais sentie dans l'allée, juste avant de pénétrer le jardin de Clementine. Sur n'importe qui d'autre, une telle senteur aurait risqué d'être écœurante, mais sur elle, elle semblait faire partie intégrante de sa personne, tout comme le vert pailleté de ses yeux ou les reflets de ses cheveux sombres.

Attrapant le jeu de tarot, elle jeta négligemment quelques cartes sur la table, faces découvertes. J'aperçus furtivement la Justice, le Valet d'Epée, la Lune et une autre, peut-être les Amoureux, avant qu'elle ne les ramasse aussitôt. Un léger frisson me parcourut. On aurait dit qu'elle avait lu quelque chose mais, à en juger par la vitesse avec laquelle elle avait replacé les cartes sur le tas, ce qu'elle avait vu n'avait guère dû lui plaire.

Clementine s'encadra alors dans la pièce, les bras chargés d'un plateau.

— Je vois que vous avez fait déjà connaissance, toutes les deux. Venez dans le salon. J'ai préparé du thé. Grand-mère t'a fait tes macarons préférés.

— C'est vraiment adorable de sa part, murmura Isabel tandis que nous quittions la pièce.

Jetant un dernier coup d'œil sur le jeu de cartes, je suivis les deux sœurs dans la pièce d'à côté. Je pris place sur le bord d'un fauteuil en cuir noir tandis qu'elles s'asseyaient côte à côte sur le sofa en chenille. Ursula rappliqua et se pelotonna sur les genoux d'Isabel, tandis que Clementine servait le thé et faisait passer les tasses.

— C'est un tout nouveau mélange, annonça-t-elle. Un arôme absolument succulent.

— Hum ! De la pêche, remarquai-je après avoir goûté une gorgée. Vous avez raison. Il est délicieux.

— Les feuilles proviennent toutes du même terroir. Cela fait toute la différence. Ce genre de thé est de plus en plus difficile à trouver, de nos jours, sauf dans des boutiques spécialisées comme la nôtre.

— Il faudra que j'en prenne un sachet, la prochaine fois.

Manifestement lasse de nos banalités et de la compagnie d'Ursula, Isabel se débarrassa de la chatte et attrapa son thé, tout en me fixant par-dessus le bord de sa tasse.

— Rappelez-moi comment vous vous êtes connues, toutes les deux. Vous êtes voisines, c'est bien ça ?

— Non, pas exactement voisines, corrigea Clementine. J'ai aperçu Amelia qui se promenait avec Angus, un matin, et je les ai invités à prendre le petit déjeuner.

— Et Angus, c'est… ?

— Mon chien.

Clementine se tourna pour faire face à sa sœur.

— Si tu le voyais, Isabel ! Il est vraiment adorable. Et il a des yeux !

— Je n'en doute pas, mais tu sais très bien que moi, je suis plutôt chats.

Etait-ce une pointe de reproche qui venait de percer dans sa voix ?

— Sans vouloir te vexer, ajouta-t-elle.

— Mais pas du tout. Ursula est une vraie petite beauté.

— Tu penses ! C'est la reine du quartier, renchérit Isabel. C'est une chatte très spéciale.

Elle prit une nouvelle gorgée de thé.

— Ma sœur m'a dit que vous étiez restauratrice de cimetières. Elle était très impressionnée, n'est-ce pas, Clem ? Elle et notre grand-mère ont toujours aimé traîner dans les vieux cimetières. Comment en êtes-vous venue à ce métier ?

Pourquoi avais-je le sentiment qu'elle en savait déjà sur moi beaucoup plus que je n'étais encline à lui révéler ?

— Mon père était gardien. J'ai grandi dans une maison qui jouxtait un cimetière. J'adorais aller y jouer, quand j'étais petite. Les cimetières sont des endroits très paisibles et tellement beaux !

Clementine se pencha en avant.

— Vous est-il déjà arrivé de voir un fantôme ?

— Bien sûr, pourquoi ? répondis-je d'un ton égal.

Elle eut un air horrifié.

— Vraiment ?

— Elle te fait marcher, Clem.

Isabel partit d'un rire de gorge, profond et sensuel, qui évoqua aussitôt en moi l'image de Devlin en sa compagnie.

— Je suis sûre que si tu te baladais dans un cimetière au beau milieu de la nuit, dit-elle, tu aurais plus à craindre des criminels et des toxicomanes que des goules et des vampires.

— La criminalité dans les cimetières peut parfois poser problème, convins-je, en repensant à Oak Grove.

D'ailleurs, je n'allais pas tarder à y retourner. Dans ce lieu où tout avait commencé. Je revoyais Devlin, ce premier soir, debout parmi les pierres tombales, stoïque et professionnel face à une découverte aussi brutale.

Sentant le regard d'Isabel posé sur moi, je pris une gorgée de thé pour me donner une contenance, tout en réprimant un frisson.

— Je n'aime pas me dire que quelqu'un pourrait revenir d'entre les morts, déclara Clementine, un peu mal à l'aise. Cette simple idée me glace le sang.

— Rassure-toi, murmura Isabel, une main sur le bras de sa sœur. *Personne* ne revient d'entre les morts.

Je ne sais pourquoi, ses mots me troublèrent, et de nouveau, mes pensées se tournèrent vers Robert Fremont. « L'odeur est toujours incrustée dans mes vêtements, avait-il dit. Je la sens encore maintenant. »

Mon regard passa d'une sœur à l'autre. Elles formaient un duo qui ne manquait pas de charme, assises côte à côte sur le canapé. On les aurait presque crues symétriques, comme des serre-livres, avec les mêmes cheveux foncés et les mêmes yeux noisette. Le même sourire poli.

Peut-être était-ce simplement le contexte ou la présence de Devlin qui flottait encore entre ces murs, mais j'avais la désagréable sensation que les sœurs Perilloux dissimulaient quelque chose. Quelque chose d'invisible à l'œil. Je n'avais pas oublié cette hésitation de Clementine lorsqu'elle m'avait parlé de l'achat de sa maison et de son installation à Charleston. Une inflexion dans sa voix m'avait alors fait penser que quelque chose de désagréable avait motivé sa décision d'emménager dans cette ville. Et maintenant, voilà qu'elle se mettait à faire des allusions aux fantômes, à sa peur de voir quelqu'un revenir de parmi les morts.

Mais ce n'était probablement que mon imagination. J'avais été charmée par cette jeune femme dès le premier jour, et jusque-là rien n'avait changé en elle, hormis ma propre attitude.

Tout en m'évertuant à dissimuler mon malaise, je me tournai vers Isabel.

— Excusez-moi d'être impolie, mais votre parfum… il est si envoûtant… Presque hypnotique.

Hypnotique, oui. C'était exactement cela. Entre la chaleur du thé, l'effet de mon imagination et le parfum d'Isabel, je commençais à avoir un peu la tête qui tourne.

— Voilà une description très gratifiante, dit Isabel. Un bon parfum se doit d'être envoûtant, vous ne trouvez pas ? Comme un souvenir insaisissable.

Et Devlin ? Avait-il, lui aussi, été envoûté par son parfum ?

— Depuis tout à l'heure, j'essaie d'en identifier les notes de tête, dis-je. Tubéreuse ? Freesia ? Fleur d'oranger ? Je ne sais pas.

— Elle ne vous le dira jamais, intervint Clementine en fusillant sa sœur du regard. Cela fait des années que je lui pose la même question.

— Cette fragrance ne te conviendrait pas, rétorqua Isabel. Tu le sais très bien.

Puis elle se tourna vers moi.

— Notre mère est parfumeuse. Elle a créé à chacune de nous, pour nos dix-huit ans, une fragrance sur mesure.

— C'est un superbe cadeau, remarquai-je.

— Oui, c'est vrai. Mais Clem ne porte plus la sienne.

— Et tu sais pourquoi.

Un nouveau regard fut échangé entre elles. De toute évidence, elles étaient capables de communiquer plus sûrement que nul autre avec un simple regard. Ma mère et tante Lynrose étaient comme ça, elles aussi. Leurs conversations étaient truffées de messages codés, et lorsque j'étais enfant, je ne comprenais pas grand-chose à ce qu'elles se racontaient. Je les écoutais uniquement pour la douceur de leurs voix aux accents traînants des Basses-Terres, qui me faisaient rêver. Des années plus tard, j'avais fini par comprendre que le sujet de la plupart de ces conversations à demi chuchotées, ce n'était rien d'autre que moi.

Mais, pour l'heure, je sentais une vague de chaleur et

de gêne monter en moi. Me ruer à la fenêtre, voilà tout ce dont j'avais envie. Alors qu'il m'avait d'abord paru exquis et envoûtant, le parfum d'Isabel me semblait maintenant franchement étouffant.

Mais était-ce réellement ce que je ressentais, ou n'était-ce qu'une ruse de Robert Fremont qui essayait d'entrer en communication avec moi ?

Je n'avais aucune raison de penser que l'une ou l'autre des sœurs Perilloux ait pu, de près ou de loin, connaître Robert Fremont. Pourtant, il me tardait de me soustraire à leur compagnie. L'urgence de ce besoin en devenait même oppressante.

N'en pouvant plus, je posai ma tasse sur le plateau.

— Merci beaucoup pour le thé, mais je dois vraiment y aller. J'ai encore du travail, cet après-midi.

Ce disant, je me tournai vers Isabel.

— Ravie d'avoir fait votre connaissance.

— Tout le plaisir est pour moi. Comme je vous le disais, j'ai tellement entendu parler de vous…

Son téléphone se mit alors à sonner. Elle se leva pour décrocher.

— Vous voulez bien m'excuser ?

— Bien sûr.

Clementine se leva à son tour.

— Attendez une seconde, vous allez emporter ce thé à la pêche.

— Oh ! Non, ne vous en faites pas… Je passerai en acheter au magasin.

— Mais non ! Prenez-le. J'irai apporter un autre sachet à Isabel.

Malgré mes protestations, elle disparut dans le petit couloir qui menait vers la cuisine, me laissant seule dans le salon. J'entendais la voix d'Isabel dans la pièce adjacente. Elle parlait tout bas, mais la maison était si calme que sa voix portait facilement.

— Non, c'est bon… Elle est sur le point de partir.

S'ensuivit un court silence.
— Au fait, tu avais raison…
Elle écouta un moment, puis reprit :
— Viens quand tu veux. Je t'attends…

17

Après avoir pris congé poliment, je dévalai les marches de chez Isabel, heureuse de retrouver enfin l'air frais du dehors. La brise me raviva instantanément et débarrassa mes narines des derniers relents de son parfum tenace, et finalement très écœurant. Mais tandis que je descendais l'allée, j'eus la sensation désagréable que l'odeur avait imprégné mes vêtements. L'idée m'inspira aussitôt une répulsion presque viscérale, et même si j'avais conscience du caractère irrationnel, voire puéril de mon comportement, je quittai ma veste et la mis en quarantaine sur la banquette arrière de ma voiture.

Manifestement, cette femme m'avait fait une forte impression, mais je n'avais pas perdu ma lucidité. Au fond de moi, je savais que ma jalousie n'était pas tout à fait étrangère au réquisitoire que j'avais commencé à dresser contre elle. Un réquisitoire qui, soit dit en passant, était dépourvu de tout fondement, car il n'existait pas le début d'une preuve qui la liait, elle ou Clementine, à Robert Fremont. Evidemment, il y avait bien Devlin. Devlin qui, en toute honnêteté, était probablement le véritable motif de mes soudaines suspicions.

Tous ces regards chargés de sous-entendus, toutes ces subtiles inflexions de voix n'étaient rien d'autre que le signe d'un lien fort entre deux sœurs. Tout simplement. Du fait de mes angoisses et de mes tourments, j'avais poussé à l'excès l'interprétation d'une banale conversation. J'avais toujours pris un réel plaisir à assembler une à une les pièces d'un puzzle, mais force était de constater que cela ne suffisait peut-être pas, après tout, à faire de moi un véritable détective. Je devais me rendre à l'évidence. Dès l'instant où Devlin était de près ou de loin impliqué, je faisais preuve d'un manque flagrant d'objectivité. Quant au reste : fouiner, flirter avec la paranoïa, tirer des conclusions hâtives… je commençais à en avoir par-dessus la tête ! J'en étais même venue à imaginer que j'étais suivie. Et cela, avant même d'avoir touché un seul mot à personne de cette poussière grise ou de Darius Goodwine. A personne hormis à un fantôme.

Malheureusement, cette prise de conscience n'avait rien de réconfortant. Je ne pouvais pas décrocher mon téléphone et appeler Fremont pour lui dire que j'avais changé d'avis, et que, tout bien réfléchi, notre arrangement ne me convenait plus. Il m'avait promis de garder ses distances tant que je l'aiderais, mais si je rompais notre pacte, nul doute qu'il mettrait tout en œuvre pour me contraindre à coopérer. Lui avait besoin d'avancer, et moi, de me ressaisir au plus vite.

Oublie les sœurs Perilloux, m'ordonnai-je à moi-même. Elles n'avaient rien à voir dans cette histoire. Je devais oublier Devlin, aussi — du moins pour l'instant — et me concentrer sur ce que j'avais appris de la bouche du Dr Shaw. Il m'avait fourni une mine d'informations, et j'avais hâte de rentrer chez moi pour approfondir mes recherches sur internet. Mais je devais d'abord repasser à son bureau pour récupérer le livre qu'il m'avait prêté. Je l'avais mis de côté pour l'aider à se rasseoir, et j'étais repartie sans le ramasser.

Je contournai le bâtiment pour gagner l'entrée latérale, résistant à la tentation de jeter un coup d'œil vers la maison d'Isabel. J'avais d'ores et déjà assouvi ma curiosité, et c'en était assez. Mon chemin n'avait plus aucune raison de croiser le sien. Clementine, en revanche, serait peut-être plus difficile à éviter, puisqu'elle habitait près de chez moi. Et déjà, je me sentais coupable de vouloir me débarrasser d'elle si rapidement. Peut-être n'étais-je pas faite pour l'amitié, après tout. La solitude était trop profondément enracinée en moi.

Layla n'était pas à son poste, mais je décidai de ne pas l'attendre et filai directement vers le bureau du Dr Shaw. Les portes coulissantes étaient ouvertes. Je frappai et attendis sur le seuil, le cherchant du regard.

Il n'était ni à son bureau ni perché sur l'échelle. Cependant, l'une des portes-fenêtres était ouverte. Il ne devait pas être allé bien loin. Des voix parvinrent jusqu'à mon oreille depuis le jardin. Je traversai la pièce pour le prévenir que j'étais revenue chercher le livre.

Je m'apprêtais à sortir sur la terrasse lorsque sa voix s'éleva brusquement.

— Vous ne manquez pas de toupet !

Interdite, je m'arrêtai instantanément, surprise par la véhémence de sa colère. Il ne semblait pas m'avoir vue. Ni lui, ni d'ailleurs son interlocuteur. L'homme de la Buick bleue. Ce dernier avait retiré ses lunettes, et pour la première fois je pus apercevoir son visage. Enfin, je le reconnaissais. Aussitôt, mon cœur s'emballa. C'était Tom Gerrity. Le détective privé qui avait quitté la police. Je l'avais rencontré plusieurs mois auparavant, lorsque je m'étais rendue à son agence. A cette époque, Robert Fremont m'était apparu sous les traits de Gerrity. Son fantôme m'avait délibérément dupée afin que je le prenne pour un humain. Mais, dans le bureau de Gerrity, j'étais tombée sur une photo des trois hommes, prise le jour de leur remise de diplôme, à la sortie de l'école de police : Gerrity, Devlin et Fremont. Aujourd'hui, seul l'un d'entre eux était toujours policier, mais je soupçonnais les trois hommes d'être encore liés par les circonstances qui entouraient la mort de Fremont.

— Je vous avais interdit de remettre les pieds ici, dit sèchement le Dr Shaw.

— La prochaine fois, vous n'aurez qu'à répondre à mes coups de fil, rétorqua Gerrity. Et puis, évitez de me faire faux bond lorsque nous avons rendez-vous. Ça me rend grincheux.

— J'ai eu un empêchement.

— Trop bête. Vous ne remplissez pas votre partie du contrat, je ne remplis pas la mienne. C'est aussi simple que ça.

— Comment ça ? C'est vous qui êtes revenu sur votre parole. Tout était classé depuis bien longtemps. Pourquoi aviez-vous besoin de venir remuer le passé ?

— Les temps sont durs, docteur. C'est la crise pour tout le monde. Les professionnels comme moi sont les premiers à en ressentir les effets.

— Professionnel ? Vous n'êtes qu'une ordure.

Gerrity éclata de rire.

— J'ai entendu pire. Moi, au moins, personne ne peut m'accuser de meurtre.

De meurtre ? Parlait-il vraiment du Dr Shaw ?

Ce dernier tira une enveloppe de sa poche et la tendit à Gerrity.

— Cette fois, c'est la dernière. Compris ? Ne remettez plus jamais les pieds ici.

Gerrity saisit l'enveloppe, lorgna à l'intérieur et la glissa dans sa poche.

— C'est un plaisir de faire affaire avec vous. Comme toujours.

A ces mots, il lui adressa un semblant de salut militaire, tourna les talons et disparut derrière le portail.

Le Dr Shaw s'affala sur une chaise longue voisine et enfouit son visage dans ses mains.

Ne sachant que faire, je battis en retraite, m'éloignant de la porte-fenêtre à pas de loup. Le livre que j'étais venue chercher était tombé au pied du fauteuil que j'avais quitté une demi-heure plus tôt. Alors que je me baissais pour le ramasser, mon regard se posa sur un petit boulon en fer tombé sous le bureau de Dr Shaw. J'allais le saisir lorsqu'une main m'attrapa l'épaule.

18

Tournant la tête, je trouvai Layla plantée derrière moi. Depuis combien de temps était-elle là ? Avait-elle entendu, elle aussi, la vive discussion entre le Dr Shaw et Gerrity ?

— Je peux vous aider ? demanda-t-elle abruptement.

— Je suis juste revenue chercher un livre que le Dr Shaw m'a prêté, dis-je en lui présentant l'ouvrage en question.

Elle effleura à peine la couverture du regard.

— Pourriez-vous lui dire que je suis passée ?

— Peut-être devriez-vous le lui dire vous-même ? répondit-elle avec un signe de tête en direction du jardin.

Le docteur se tenait en contre-jour dans l'embrasure de la porte-fenêtre, les yeux fixes, braqués vers l'intérieur du bureau, comme s'il venait de croiser un fantôme. Il avait le visage blême et le regard absent, rivé sur un point quelque part derrière mon épaule. Je dus me faire violence pour ne pas me retourner.

— Sylvia…, murmura-t-il, une main tendue.

N'en pouvant plus, je finis par me retourner. Mais il n'y avait aucun fantôme. Pas même le frisson d'une présence invisible. Ce qu'il avait vu ne pouvait être autre que le produit de son esprit.

— Docteur Shaw, est-ce que tout va bien ?

— Vous ne l'avez pas vue ?

— Vu qui ? demandai-je, non sans inquiétude.

Son regard se porta sur son assistante, et j'aurais juré y voir un éclair d'épouvante. Tout à coup, ses genoux se dérobèrent sous son poids. Layla et moi nous ruâmes à travers la pièce pour le rattraper.

— C'était elle… Je jure que c'était elle…

— Il n'y a personne ici, corrigea sèchement Layla. Vous vous mettez encore à imaginer des choses. Vous avez beaucoup trop travaillé. Vous devez impérativement m'écouter, lorsque je vous dis qu'il est temps de faire une pause.

Sa sévérité provoqua la colère du vieil homme.

— Ne me traitez pas comme un enfant ! Je vous dis que c'était *elle*.

Nous l'aidâmes à s'installer dans son fauteuil.

— Voilà. Détendez-vous, dit Layla d'une voix radoucie. Je vais vous faire du thé.

— Je crois que nous ferions mieux d'appeler un médecin, suggérai-je.

— Non, pas de médecin, protesta-t-il en posant une main frêle sur mon bras. C'est gentil à vous de vous inquiéter, mais ce n'est rien. Je suis juste un peu patraque.

— Laissez-moi au moins appeler Ethan, insistai-je.

— Non, vraiment…, dit-il en resserrant sa poigne. Je ne veux pas lui causer de soucis inutiles.

— Mais si vous n'allez pas bien, je suis certaine qu'il aimerait être mis au courant.

— Une bonne nuit de sommeil, voilà tout ce qu'il vous faut, coupa Layla avec fermeté.

— Exactement. Vous avez tout à fait raison, murmura le docteur. Maintenant, je veux bien ce thé, si ça ne vous ennuie pas.

— Bien sûr, dit-elle.

Elle leva vers moi un regard satisfait.

— Je vous raccompagne, mademoiselle Gray ?

Le Dr Shaw agrippait toujours mon bras.

— Vous êtes sûr que je ne peux pas vous aider ?

Je percevais nettement le tremblement de sa main, mais son regard était de nouveau vif et limpide, à présent. Il se tourna vers moi et me dit à voix basse :

— N'oubliez pas ce que je vous ai dit tout à l'heure. Ne rapportez à personne les propos que nous avons échangés dans ce bureau. Ne répétez à personne ce que vous avez appris aujourd'hui.

La Buick bleue filait devant moi tandis que je m'engageais dans Rutledge Avenue.

Je n'avais certainement pas l'intention de suivre Tom Gerrity.

Moins d'une heure plus tôt, je m'étais fait un serment. Cesser une bonne fois pour toutes de jouer les apprenties espionnes. Ne plus me fourvoyer à chaque nouvelle découverte. Mais, presque aussitôt, j'avais surpris cette conversation, et je me retrouvais là, de nouveau projetée au cœur de l'action, contre mon gré.

Nul besoin d'être un génie pour comprendre que Gerrity faisait chanter le Dr Shaw. Mais à quel sujet ? Et avait-il réellement insinué que le docteur était impliqué dans un meurtre ? Ou avais-je mal interprété ce qui n'était qu'un sarcasme de mauvais goût ?

Manifestement, les deux hommes se connaissaient depuis longtemps. Sondant le fond de ma mémoire, je tentai de me rappeler tout ce que Devlin et Temple Lee m'avaient raconté à propos de Rupert Shaw, avant que je ne fasse sa connaissance. Il avait longtemps enseigné à Emerson University. Mais le professeur émérite avait finalement été remercié en raison d'inquiétudes concernant sa santé mentale, et surtout de rumeurs infondées qui s'étaient mises à circuler sur son compte. Des rumeurs selon lesquelles il aurait embrigadé des étudiants dans des séances de spiritisme, et manifesté, de manière générale, un intérêt obsessionnel pour la mort. Des étudiants avaient parlé, et la direction en place lui avait demandé de partir. C'était à ce moment qu'il avait fondé l'Institut d'études de parapsychologie.

Même s'il souffrait parfois de distractions, le Dr Shaw

m'avait toujours semblé parfaitement sain d'esprit. Mais aujourd'hui, je l'avais vu dans un état de totale confusion. Il avait cru voir quelqu'un — ou quelque chose — dans son bureau. Mais il n'avait fait que l'imaginer, j'en étais presque certaine. Si un fantôme avait été là, je l'aurais su. Je l'aurais vu, moi aussi. J'étais certes experte en fantômes, mais une hallucination, c'était une autre histoire.

La Buick tourna dans Canon Street, et, plutôt que de continuer pour rentrer à la maison, je suivis Gerrity en direction des quartiers est de la ville. Nous nous enfonçâmes dans Mary Avenue, puis remontâmes par America Street qui, fut un temps, était considérée comme la rue la plus dangereuse de Charleston. L'embourgeoisement de cette artère avait fait fuir une partie de la criminalité, du moins de jour, mais la nuit tombée, ses trottoirs renouaient avec leurs vieux démons.

Nous étions encore à plusieurs heures du crépuscule. Les rues grouillaient d'activité. Des vieillards assis sur des chaises de jardin bavardaient devant l'étal de l'épicerie du coin, tandis que de jeunes mères gardaient sur leur progéniture un œil attentif. Les rues résonnaient du vacarme habituel du trafic. Le ronflement des moteurs, les pulsations des autoradios et quelques crissements de freins occasionnels. Malgré le tapage ambiant, il régnait ici une sorte de convivialité accueillante qui démentait la récente recrudescence de coups de feu nocturnes.

Vérifiant le verrouillage de mes portières, je stationnai le long du caniveau à quelques places de Gerrity. Il sortit de sa voiture et traversa la rue en direction d'un immeuble de style victorien construit sur trois niveaux délabrés. La bâtisse avait dû connaître des jours glorieux mais, aujourd'hui, sa peinture bleue fanée s'écaillait de toutes parts, et son pignon sculpté avait depuis longtemps perdu de sa superbe. Avachis sous le porche, deux jeunes affublés de jeans baggy et d'immenses maillots des Panthers apostrophèrent Gerrity à son passage. Il leur adressa tout juste un regard et, malgré ma vitre fermée, je les entendis s'esclaffer dans son dos tandis qu'il s'engouffrait dans la maison.

Cela faisait une dizaine de minutes qu'il avait disparu lorsque l'idée me vint qu'en restant dans ma voiture, je n'avais probablement pas eu le meilleur des réflexes. Je ne pouvais pas attendre là indéfiniment. J'allais finir par attirer l'attention et me faire repérer. Faire diversion, voilà ce qu'il me fallait. Mais comment ? Peut-être commencer par faire le tour du quartier, une fois ou deux.

Forte de cette résolution, je tournai la clé dans le contact et m'apprêtai à m'insérer dans le trafic lorsque mon regard se posa sur le balcon du troisième étage. Un homme me fixait depuis son perchoir. Même s'il était plié en deux, penché contre la rambarde, je voyais qu'il était très grand, le teint cuivré. Il portait sur son pantalon une chemise blanche ample qui se gonflait dans la brise, et j'aperçus un collier qui pendait à son cou. Il regardait droit vers moi. Oui, c'était bien moi qu'il fixait. J'en étais certaine. Malgré la distance, je percevais nettement le pouvoir de son regard, la force de sa volonté. Nos regards restèrent longuement fixés l'un à l'autre. Un frisson remonta le long de ma colonne vertébrale. Il souriait. Ça aussi, j'en étais certaine.

Ce regard que je soutenais était celui de Darius Goodwine. J'en avais la certitude.

Mais comment pouvais-je être aussi catégorique ? Peut-être à cause de sa taille, de l'intensité de ses yeux… Peut-être parce qu'Ethan disait avoir vu Darius dans cette partie de la ville, près d'une maison où des ossements humains avaient été retrouvés.

Peut-être parce que je le sentais dans ma tête se faufiler parmi mes souvenirs.

Je fus presque soulagée lorsqu'un impact contre la vitre, côté passager, mit brutalement fin à l'inquisition de ce regard. Tournant la tête, je me trouvai face à face avec l'un des jeunes squatteurs. Il me lorgnait d'un œil mauvais, le regard lubrique. Le deuxième émergea côté conducteur, et je l'entendis me lancer des obscénités à travers la vitre. Passant la première, je démarrai en trombe. Le crissement des pneus les fit bondir en arrière. Je m'éloignai en hâte, évitant soigneusement le rétroviseur, mais je savais qu'ils se moquaient de moi.

Et Darius Goodwine avec eux.

19

Sur le chemin du retour, je fis halte chez ma tante pour prendre des nouvelles de ma mère. Comme celle-ci se reposait, je promis à tante Lynrose de repasser rapidement. Maintenant que j'étais de retour à Charleston, j'essayais de dîner avec elles au moins deux fois par semaine. Quelquefois, nous allions même toutes les trois faire du shopping ou voir un film, si maman s'en sentait le courage.

Parfois, mon père profitait de ma présence pour faire une apparition furtive, mais, la plupart du temps, il préférait sa propre compagnie, bricolant à droite et à gauche dans la maison de Trinity pendant l'absence de maman, ou s'occupant au cimetière de Rosehill. Même s'il était retraité de son poste de gardien depuis des années, il continuait de donner un coup de main de temps en temps, et la restauration des anges de Rosehill restait pour lui un éternel passe-temps.

Maman arrivait au terme de sa chimio et, malgré le tourment que lui avaient donné mes aventures à Asher Falls, elle semblait retrouver un peu de son entrain passé. Papa et moi lui avions caché une grande partie des détails mais, tout comme Devlin, elle n'avait eu qu'à voir mon visage pour comprendre que j'y avais subi une véritable épreuve.

A présent, je ne voulais plus penser à ce que j'avais vécu dans ces montagnes obscures. Je refusais de laisser mon héritage biologique me hanter à jamais. Les choses étaient déjà assez compliquées ici, à Charleston. J'étais tombée par hasard sur une affaire de chantage et j'avais involontairement surpris une conversation entre Devlin et Ethan Shaw, qui les liait l'un et l'autre au meurtre de Fremont. Devlin s'était volatilisé la nuit où sa femme et sa fille avaient trouvé la mort — peut-être était-il allé demander de la poussière grise à Darius Goodwine ? — et Ethan avait fourni à la police un faux alibi. Comme si ça ne suffisait pas, Ethan avait peut-être été amoureux de la femme de Devlin. Un tumulte d'hypothèses et de suspicions tourbillonnait dans ma tête, mais aucune d'elles ne menait à un mobile concluant, et encore moins au meurtrier. A mes yeux, Darius Goodwine demeurait un suspect, mais je n'étais pas pressée de l'affronter. Bien au contraire. J'ignorais s'il était possesseur d'un véritable don surnaturel ou simplement d'un pouvoir de suggestion hors du commun, mais j'étais certaine d'avoir perçu quelque chose de particulièrement terrifiant dans sa présence.

Ma tête bourdonnait à force de réfléchir. J'avais bu trop de thé, et ce parfum étourdissant et corsé finissait par me donner la migraine. Il avait imprégné ma veste. Arrivée chez moi, je lançai sans attendre une machine et sortis promener Angus autour du pâté de maisons. En rentrant, je pris le livre que m'avait prêté le Dr Shaw et m'installai sur la terrasse, profitant des dernières lueurs du jour. Je n'aurais pas été surprise de voir Robert Fremont ou Shani surgir de l'ombre, mais le jardin restait paisible.

Je demeurai ainsi un long moment, plongée dans les pages de cet ouvrage. Toute ma vie, j'avais entendu parler de la science des racines. C'était une pratique très répandue dans la barrière des Sea Islands, au large de la Caroline et de la Géorgie. Et même dans les terres, même à Trinity, je me souvenais d'une femme qui jetait toutes sortes de poudres mystérieuses au pied de sa porte et de ses fenêtres, et se prétendait capable de faire disparaître les verrues en scandant des incantations dont elle seule avait le secret. Des gamins racontaient même l'avoir vue saigner un poulet et l'enterrer dans son jardin. Pour ma part, je l'avais bien vue pendre des guirlandes de poivrons sous les chevrons de son porche, mais jamais rien de plus sinistre. Une fois, c'est vrai, papa et moi avions trouvé au cimetière de Rosehill un étrange autel érigé à proximité d'une tombe, décoré de cierges, d'icônes de saints et de minuscules morceaux de papier couverts d'inscriptions à l'adresse du défunt.

Mais tout cela paraissait joyeusement enfantin comparé aux pratiques que le Dr Shaw m'avait décrites. Des rituels qui prenaient la forme d'autopsies. L'ingestion de substances hallucinogènes. Des conversations avec des ancêtres dans le monde des morts. Des attaques d'ennemis dans le royaume des rêves.

Je revis Darius Goodwine me fixant du haut de son balcon. Si toutefois cet homme était bien le sulfureux Darius. Il était l'un des rares Occidentaux à avoir accès à la poussière grise, une substance si puissante qu'elle pouvait arrêter net les battements du cœur, envoyant celui qui l'ingérait dans le territoire des morts en lui évitant le passage douloureux des hallucinations. Une poudre si sacrée que même chamans et guérisseurs l'utilisaient avec parcimonie.

Toutefois, je ne parvenais toujours pas à comprendre ce qui pouvait pousser quelqu'un à traverser le voile de son plein gré. Evidemment, je n'avais aucune raison particulière de vouloir aller puiser des forces supérieures dans le royaume des esprits, et j'avais encore moins l'ambition de faire revenir les morts. Ils étaient déjà assez nombreux dans les parages.

— Amelia ?

En parlant de fantômes…

Une ombre se tenait juste derrière le portail de mon jardin. *Un mirage*, me dis-je à moi-même. Une illusion tout droit sortie de mes souvenirs, née de ma solitude et de la senteur rêveuse des stramoines.

Mais Angus se mit à grogner.

— Tu as un chien, lança Devlin.

Je me levai de ma chaise, prenant soudain conscience du crépuscule naissant. Les ombres s'étaient allongées dans le jardin. Une lueur vacillait derrière Devlin, à l'endroit où ses fantômes allaient bientôt apparaître.

Mon cœur s'accéléra. Je me sentis tout à coup légèrement étourdie, comme si j'avais marché des kilomètres dans un air raréfié. Combien de fois avais-je rêvé de le voir au portail de mon jardin ? Combien de nuits avais-je passées sans dormir, tournant et retournant dans ma tête les phrases que je lui dirais ? Et voici qu'il était là. Et moi, je me trouvais maladroite et muette, mon cœur battant la chamade dans ma poitrine.

Un millier de pensées me traversèrent l'esprit. Des pensées que je ne pouvais partager avec lui. Comment l'aurais-je pu, lorsque la moindre brèche dans mon armure risquait d'anéantir le peu de défenses qui me restaient ?

Il posa la main sur la poignée pour ouvrir le portail, mais Angus l'arrêta d'un grognement.

— Je ne sais pas si c'est bien prudent, dit-il.

Non, ce n'était pas prudent du tout. Ni pour moi ni pour lui. Sa présence dans ma vie était un danger pour nous deux. Mariama s'était montrée on ne peut plus claire à cet égard. Elle ferait tout ce qui était en son pouvoir pour nous tenir éloignés l'un de l'autre. J'ignorais l'étendue des forces qu'elle était capable de puiser depuis l'autre côté, mais la provoquer était bien la dernière de mes intentions.

— Désolée pour Angus. Il est très protecteur avec moi, balbutiai-je dans un filet de voix.

— Je vois ça, répondit Devlin.

Sa voix traînante m'envoya des frissons le long de la colonne vertébrale. Je sentis son regard posé sur moi, sombre et inquisiteur. Une décharge électrique courut le long de mes terminaisons nerveuses, hérissant le duvet de ma nuque.

— Je ferais peut-être mieux de rester là, alors ?

— Non, mais entre tout doucement. Laisse-lui le temps de s'habituer à toi.

Devlin s'exécuta, entrant avec précaution, et j'entendis le *clic* du portail qui se refermait derrière lui. Il resta un moment sans bouger, laissant Angus le jauger. Puis il s'agenouilla et lui tendit une main. Angus s'approcha d'un pas tranquille pour l'examiner de plus près. Il le frotta du museau, le renifla longuement, puis se planta là, devant lui, parfaitement immobile, laissant Devlin le caresser.

— Tu crois que j'ai réussi l'examen d'entrée ?

— On dirait que oui.

Je n'arrivais toujours pas à croire qu'il était là. Pourtant, je n'avais aucune raison d'être aussi surprise. J'étais moi-même allée lui rendre visite, la veille au soir. Pourquoi n'aurait-il pas pu, lui aussi, passer chez moi à l'improviste ? D'ailleurs, il était parfaitement légitime qu'il cherche à comprendre pourquoi, une fois de plus, je m'étais enfuie de chez lui sans explication.

N'importe quelle femme intelligente se serait arrangée pour le congédier avant que ses fantômes n'aient le temps de surgir. Mariama ne serait pas ravie de me voir, et elle avait déjà prouvé qu'elle avait les moyens de s'en prendre à moi physiquement. La mettre au défi aurait été une pure folie.

Mais je restai muette, me contentant de l'envelopper du regard. Il devait sortir du bureau central, songeai-je en détaillant son uniforme habituel. Veste noire, pantalon noir et chemise grise ouverte. Le tout parfaitement coupé, ajusté à sa taille. Un soupir m'échappa.

— Il a participé à des combats ? s'enquit Devlin tout en gratouillant Angus avec précaution derrière les moignons de ses oreilles.

— Oui. Il revient de loin.

— Pauvre bête… Où l'as-tu trouvé ?

— A Asher Falls. Il errait dans les bois, complètement affamé. Il a surgi un beau jour d'entre les arbres, et il est resté.

— Asher Falls, répéta Devlin. Une petite bourgade très intéressante, n'est-ce pas ?

— Tu y es déjà allé ?

— Non, mais tu m'en as parlé, hier soir. Le nom me disait quelque chose, alors j'ai fait le curieux. J'ai regardé sur internet quand tu es partie. Cette ville a une longue histoire. Mais ce n'était pas pour ça que j'en avais entendu parler. C'était pour ces terribles glissements de terrain qu'elle a subis récemment.

— Tu aurais pu t'épargner cette peine. Pourquoi ne pas m'avoir directement posé la question ?

— Parce qu'il y avait d'autres choses dont nous devions parler. Enfin, à mon avis…

Lentement, il se releva. Son regard intercepta le mien dans la lumière faiblissante.

— Il t'est arrivé quelque chose, là-bas, n'est-ce pas ?

— Je ne vois pas de quoi tu parles.

— J'ai lu les journaux. Des gens sont morts dans ces coulées de boue, et je crois que, d'une façon ou d'une autre, tu as été toi aussi affectée par cette tragédie. Ou par quelque chose d'autre. Voilà ce que je veux dire.

Je repoussai une mèche derrière mon oreille. La brise s'était levée. Je sentis un filet d'air glacial s'engouffrer dans mon chemisier. Mais je savais que le vent n'était pour rien dans ces frissons qui jaillissaient en zigzag dans mon dos.

— Ça n'a pas d'importance. Tout ça est terminé. Je suis à la maison, maintenant.

— Et moi, je ne crois pas que ce soit terminé, dit-il avec cette inflexion dans la voix qui lui était si caractéristique. J'ignore ce qui t'est arrivé là-bas, mais quelque chose t'a changée. Je le vois dans tes yeux.

Je tentai de m'en tirer avec une pirouette.

— Je te l'ai dit ; je me suis fait agresser par un buisson de ronces.

— Je ne te parle pas de ces cicatrices sur ton visage. Elles sont presque guéries, mais quelque chose à l'intérieur de toi ne l'est pas. Tu es différente. Dis-moi pourquoi, Amelia.

Seigneur, à l'aide ! Je fondis en l'entendant prononcer mon prénom. Je me devais d'être forte et pragmatique. Et j'étais suffisamment intelligente pour savoir que sa famille disparue serait toujours entre nous. Mais lorsqu'il murmurait mon prénom dans un souffle, lorsqu'il me regardait comme si j'étais la seule femme au monde, comment pouvais-je ne pas me dissoudre littéralement sous ses yeux ?

Grâce au ciel, ses fantômes n'étaient pas encore apparus. Mais Angus les sentait approcher. Abandonnant Devlin, il alla se poster face à la grille, battant l'air de la queue, l'échine hérissée. Moi aussi, je les sentais. Ils étaient là-bas, juste derrière le portail, tapis dans une lueur diffuse, attendant le crépuscule.

— Si on rentrait ? suggérai-je en me frottant les bras. Il commence à faire frais, dehors.

— Je n'ai pas beaucoup de temps.

Parce qu'il avait d'autres projets ?

Non, je ne devais pas y penser. Ce genre de spéculations n'aurait d'autre effet que me faire perdre la tête. Je ne devais pas penser à ses bras enlacés autour d'Isabel Perilloux, ni à l'invitation de la jeune chiromancienne murmurée au téléphone. Viens quand tu veux. Je t'attends...

Ramassant mon livre et mon pull, je mis sans tarder le cap sur la porte. Certes, il m'était impossible de faire taire ces voix railleuses qui résonnaient dans ma tête ou de chasser les images importunes qu'elles faisaient émerger, mais au moins, mon appartement me protégerait du courroux de Mariama. Même si, je le savais, nul sanctuaire ne pourrait jamais me protéger de Devlin.

Nous entrâmes par le côté et je le conduisis jusqu'à mon bureau. De là, je pouvais à la fois garder un œil sur Angus et voir les fantômes arriver, si jamais ces derniers décidaient de se manifester. Devlin arpentait la pièce avec une impatience contenue. Les mains plongées dans ses poches, il détailla tour à tour les livres entassés dans ma bibliothèque et les photos accrochées aux murs. Il semblait sans but et nerveux, telle une panthère en cage.

— Tu veux boire quelque chose ? demandai-je, presque haletante. Un thé ou un café ? Un verre de vin, peut-être ?

— Non, je te remercie. Je suis attendu à dîner. J'ai vu ta voiture devant, en passant, alors je me suis dit qu'avec un peu de chance, tu serais chez toi…

J'acquiesçai, me retenant de me jeter dans ses bras. Il était si près… J'avais été si seule, sans lui ! Mais, déjà, Mariama rôdait dans l'ombre. Elle était venue nous observer. Et me narguer.

— Ces photos m'ont toujours intrigué, dit-il en hochant la tête vers les cadres qui s'ordonnaient au mur.

C'était une série de doubles expositions que j'avais moi-même composées en superposant des clichés de vieux cimetières et des prises de vues urbaines.

— La première fois que je les ai vues, j'ai su qu'elles en disaient long sur ton univers. Je les avais trouvées troublantes, et pourtant attirantes…

Mon cœur continuait de battre beaucoup trop vite.

— Et je t'avais dit que ce n'était que de simples photos.

— Des photos très révélatrices.

Il m'épingla de son regard ténébreux.

— Tu n'aimes pas ça, n'est-ce pas ? Tu ne laisses personne entrer…

— Je pourrais en dire autant de toi.

— Mon univers à moi n'est pas toujours très réjouissant, murmura-t-il en reportant son regard sur les rayons de livres, puis vers les fenêtres.

Je voyais son reflet dans les vitres. Il était là, je ne pouvais détacher de lui mon regard, et le vide dans ma poitrine se creusait un peu plus de minute en minute. Il n'avait aucune idée de ce qu'il me faisait, ignorant qu'à cet endroit précis, entre les murs de mon sanctuaire, à l'abri de ses fantômes, il avait, sans le savoir, retrouvé des forces en puisant dans les miennes. Déjà, je sentais mes genoux flageoler.

— Cette pièce fait remonter beaucoup de souvenirs, dit-il, laconique.

Pour moi aussi, bien sûr. C'était là que nous avions mené ensemble une enquête, là que nous avions échangé notre premier baiser. Là que j'étais tombée amoureuse de lui. Quoique… non, ce n'était pas tout à fait exact. J'avais craqué pour Devlin à la seconde où il avait surgi de la brume sur la Battery. Mais ce n'était que plus tard, dans mon bureau, où nous avions travaillé ensemble sur une affaire, que je l'avais enfin admis.

Il se retourna.

— Tu m'as manqué, dit-il tout bas.

Fermant les yeux, je pris une tremblante inspiration.

— Toi aussi, tu m'as manqué.

— Alors, pourquoi t'es-tu enfuie, hier soir ?

— J'ai eu peur.

— De quoi ?

Devant mon silence, je le vis serrer les poings.

— Tu n'imagines pas combien de fois j'ai repassé la scène dans ma tête pour tenter de comprendre. Lorsque tu es venue chez moi, cette nuit-là, au printemps, j'ai cru que tu avais envie de moi autant que j'avais envie de toi. Je l'ai vraiment cru. Est-ce que je me suis trompé ? Est-ce que je n'ai rien compris ?

— Tu ne t'es pas trompé.

— Alors quoi ? Que s'est-il passé ?

— Tes fantômes.

Il me scruta longuement, une lueur dans le regard. Etait-ce le doute ? La peur ? L'incrédulité ?

— Mes fantômes ?

— Tes souvenirs, ta culpabilité… Ils sont toujours là, n'est-ce pas ?

— Oui, dit-il dans un souffle. Ils sont toujours là.

Un long silence s'abattit. Il plongea son regard dans la

pénombre naissante qui enveloppait le jardin. Je fixai son reflet dans la vitre. Pendant les mois qui s'étaient écoulés depuis que je l'avais vu pour la dernière fois, je m'étais mille fois demandé si ma mémoire n'avait pas embelli ses traits — ces yeux impénétrables, la courbure parfaite de ce nez, la minuscule imperfection d'une cicatrice qui se creusait sous sa lèvre inférieure. Il m'arrivait encore de rêver de ce visage, de ces yeux, de cette bouche sensuelle et de ce qu'elle pouvait me faire.

Fut un temps, j'étais parvenue à me persuader que j'arriverais à aller de l'avant sans lui. Mais cette époque était depuis longtemps révolue. Il n'avait eu qu'à poser sur moi son regard, à prononcer mon prénom de sa voix langoureuse aux accents ravageurs, pour que j'en acquière aussitôt la certitude. Ce ne serait jamais terminé. Jamais je ne pourrais tourner la page. J'étais vouée à rester piégée dans cet entre-deux. Suspendue dans cet espace insupportable, entre raison et désir.

Il se détourna finalement de la baie.

— Cette conversation ne prend pas exactement la direction que j'avais prévue, dit-il avec une pointe d'ironie.

— Qu'est-ce que tu avais prévu ? répondis-je en haussant les sourcils, un brin interloquée.

— Je n'ai jamais eu l'intention de venir ici pour t'arracher des explications et déterrer de vieux griefs. Il est trop tard pour ça. Ce n'est plus le moment. En fait, si je suis venu ce soir, c'est pour te dire que tu avais raison de t'enfuir, hier. J'ai commis une erreur.

Son regard scruta mon visage et s'attarda sur mes lèvres. Mon estomac se serra sous l'effet de ses mots.

— Quand es-tu parvenu à cette conclusion ? demandai-je froidement.

Je savais pourtant qu'il était ridicule de me sentir blessée et rejetée, alors que c'était moi qui m'étais sauvée comme un poulain sauvage. Pour de bonnes raisons, évidemment, mais il ne pouvait pas le savoir.

— Il s'est passé quelque chose. Je suis impliqué dans

une affaire qui pourrait s'avérer… risquée. Je ne veux pas que tu en fasses les frais.

Si je comprenais bien… son soudain rejet n'avait rien de personnel. Il n'était pas dirigé contre moi. S'il voulait prendre ses distances, ce n'était ni à cause de ses fantômes, ni pour une autre femme. Une absurde bouffée de soulagement me submergea soudain, mais une nouvelle crainte la chassa presque aussitôt. Le souvenir de cette conversation que j'avais surprise devant chez lui me revint et, subitement, je compris pourquoi il semblait aussi nerveux. Je savais maintenant d'où venait cette énergie fiévreuse qui transpirait de ses pores. Il était après Darius Goodwine.

Je le rejoignis à la fenêtre, résistant à la tentation de poser ma main sur son bras, de puiser du réconfort dans sa chaleur, même si, sans le savoir, il se nourrissait de la mienne.

— Et cette affaire, elle a quelque chose à voir avec une enquête de police ?

— Pas officiellement.

— Que veux-tu dire ?

Il haussa vaguement les épaules.

— Je mène des investigations pas tout à fait dans les règles. C'est tout ce que je peux te dire. Moins tu en sauras, mieux ce sera pour ta sécurité.

— Mais qu'est-ce que tout ça a à voir avec moi ? demandai-je, soudain en proie à la plus grande confusion.

— Rien. Rien du tout, hormis que quelqu'un pourrait tenter de t'utiliser pour me faire abandonner.

— De quelle façon ? insistai-je avec inquiétude, en pensant à Darius Goodwine.

— Cela n'a aucune importance, car je ferai en sorte que ça n'arrive pas.

Je le fixai longuement, m'efforçant de deviner ses émotions derrière ses traits imperturbables.

— En tout état de cause, cela semble dangereux.

— Pas si tu fais ce que je te dis.

— Ce n'était pas à moi que je pensais.

Ses traits se radoucirent, et j'entrevis l'esquisse d'un sourire qui fit mollir un peu plus mes genoux.

— Tu n'as pas à t'inquiéter pour moi. Je sais ce que je fais.

Et comment ! Jamais je n'avais vu quelqu'un d'aussi compétent et d'aussi concentré dans des circonstances extrêmes. Mais cette lueur d'excitation qui dansait au fond de son regard ne me disait rien de bon. Et cette tension qui émanait du moindre de ses gestes n'était pas pour me rassurer. Loin d'être effrayé, il savourait l'idée de se lancer aux trousses de Darius Goodwine, un homme dont Ethan avait dit qu'il comptait des adeptes dans tous les milieux de la ville. Un homme dont Fremont avait affirmé qu'il était passé de chaman à sorcier.

— Comment veux-tu que je ne m'inquiète pas ? protestai-je. Tu me dis exactement ce qu'il faut pour que, *justement*, je m'inquiète.

— Je suis désolé. Ce n'était pas mon intention. Je voulais simplement que tu comprennes pourquoi nous devons garder nos distances.

— Merci, j'ai bien reçu le message. Cinq sur cinq.

Le ton blessé de ma voix sembla le prendre au dépourvu.

— Dès que je pourrai t'en dire plus, je le ferai.

— Ce n'est pas ça qui va me réconforter.

Il semblait déconcerté, intrigué par ma réaction.

— C'est le mieux que je puisse faire pour toi maintenant. Mais il y a autre chose que je dois te demander. C'est très important.

— Je t'écoute.

Il me prit par les épaules et plongea son regard droit dans le mien.

— Si jamais je disparais de la circulation, surtout ne te lance pas à ma recherche.

— Quoi ?

Une vague de panique m'envahit, chassant ma colère.

— Comment ça, *si tu disparais* ?

Je sentis sa prise se resserrer.

— Si tu ne me vois plus, que tu n'as plus de nouvelles, fais comme si de rien n'était. Ne m'appelle pas sur mon téléphone. Ne viens pas voir chez moi. Ne pose pas de questions autour de toi. Et surtout, surtout, ne préviens pas la police.

— Mais comment veux-tu que je reste sans rien faire si tu disparais ? m'écriai-je, des trémolos dans la voix. Tu te rends compte de ce que tu me demandes ?

— C'est impératif.

Il me transperça de son regard sombre.

— Promets-moi, insista-t-il.

— Maintenant, tu me fais vraiment peur.

De sa main, il effleura mon visage.

— Ne t'inquiète pas.

Les ondes caressantes de sa voix réveillaient des images interdites. Un frisson me parcourut tandis qu'il plongeait ses mains dans mes cheveux. Il abaissa ses lèvres sur les miennes, d'abord légèrement, puis avec chaleur. Déséquilibrée, je m'agrippai à ses bras. Mes paupières se fermèrent, ma bouche s'entrouvrit et je me laissai aller à lui, sans retenue. Ce baiser, j'en avais rêvé à en mourir, et malgré ses fantômes, malgré Isabel Perilloux, il semblait que ce fût le cas pour lui aussi.

Il releva la tête et murmura mon prénom en gémissant. Puis il m'attira contre son torse, et je fondis dans ses bras. Il me serra un long moment, en silence. Je pressai ma joue contre les battements de son cœur et savourai son odeur, me délectai de sa présence, pendant qu'il en était encore temps.

Mais, déjà, ses bras s'écartaient. Déjà, il était temps pour lui de repartir. Toute cette scène avait un goût d'irrévocabilité que je refusais d'accepter. Quoi que nous réservât l'avenir, je devais croire que Devlin et moi étions loin d'en avoir terminé.

Debout sur la galerie, je le regardai partir sans un geste de la main ni un regard en arrière. Il descendit l'allée d'un pas vif, et lorsqu'il atteignit le portail, ses fantômes étaient avec lui. Mariama flottait à son côté, lui caressant le bras, la tête au creux de son épaule, réduisant à néant la lueur d'espoir que son baiser venait de rallumer.

Shani les suivait, sa robe bleue voletant dans une brise qui n'existait pas. Elle me lança un coup d'œil par-dessus son épaule et porta un doigt à ses lèvres avant de s'effacer.

L'instant d'après, un froid glacial me pétrifia. Shani était là, juste à côté de moi, me tenant la main tandis que Devlin s'éloignait dans le crépuscule.

J'attendis que le petit fantôme ait disparu avant de rentrer chez moi. Shani m'apparaissait de plus en plus fréquemment, et ses manifestations se faisaient de plus en plus audacieuses. J'en étais maintenant presque certaine : elle me hantait et ne me laisserait pas tranquille tant que je n'aurais pas trouvé un moyen de l'aider à embrasser la mort et à poursuivre son chemin. Et j'étais presque certaine, aussi, que Mariama déplacerait des montagnes pour l'empêcher. Car Shani était son lien avec Devlin.

La maison était plongée dans le silence et j'avais déjà les nerfs à vif. Je gagnai la porte de derrière pour appeler Angus. Il rappliqua tout de suite, aussi heureux que moi de trouver de la compagnie. Dehors, tout semblait en ordre, mais une étrange sensation me disait que les fantômes étaient proches. Shani les avait peut-être attirés dans son sillage. A moins que mon brusque changement d'humeur ait suffi à les attirer. Mais, dans tous les cas, ils étaient là et me cherchaient tandis que je sondais l'obscurité.

Debout sur le perron, je regardai la nuit s'épaissir, baignée du parfum vanillé des massifs de phlox. La lune, pleine aux trois quarts, culminait dans le firmament au-dessus des cimes, inondant d'une lumière argentée les parterres d'épiaire et de sauge. Au clair de lune, le jardin se transformait en un paysage féerique, délicat et éthéré. Un chant du rossignol s'élevant des feuillages aurait complété à merveille la douceur onirique de ce tableau. Mais il n'y avait pas de rossignol à Charleston. C'est un moqueur, que tu as entendu…

C'est alors que je le vis, au pied de la balançoire, dans le coin le plus sombre de la cour. Non pas un fantôme, mais un homme en chair et en os. Remarquablement grand, et hypnotique, malgré la quasi-obscurité. Il tendit une main et le vent se leva. Comme si elle était née de cette brise surnaturelle, une odeur de souffre se répandit dans le jardin et se mêla au parfum des daturas. Un mélange de senteurs m'enveloppa, tel un cocon. Piégée par ce sort, je me trouvai paralysée, incapable de bouger ni même de respirer. Cette sensation aurait dû me terrifier, mais je n'éprouvais aucune crainte. Juste une étrange fascination.

Et déjà, c'était terminé. L'odeur s'était évaporée et l'homme volatilisé. Un fantôme, probablement, ou le fruit de mon imagination. Car aucun être humain n'était capable de se fondre dans l'obscurité. Pas même un tagati.

Pourtant, j'avais l'intime conviction que je venais de recevoir une visite de l'infâme Darius Goodwine.

20

Ma nuit fut animée des rêves les plus étranges, et je m'éveillai le lendemain la tête serrée dans un étau. Une véritable gueule de bois, à ceci près que je m'étais couchée tôt sans avoir avalé la moindre goutte d'alcool. Je me souvenais à peine de la venue de Devlin, et encore moins de l'incident dans le jardin. Ces deux visites avaient fini par se mêler à la parade surréaliste des visions qui avaient défilé derrière mes paupières d'un bout à l'autre de la nuit.

Suivant les instructions du Dr Shaw, Temple et moi nous étions donné rendez-vous à 9 heures au cimetière d'Oak Grove. Arrivée en avance, je pris sur moi pour ne pas me barricader dans ma voiture en l'attendant. Je n'étais pas enchantée à l'idée de devoir franchir seule les portes de ce cimetière abandonné. Mes souvenirs d'Oak Grove étaient encore trop frais.

C'était la première fois que j'y retournais depuis que la police avait posé les scellés sur le portail, à la fin du printemps. Après plusieurs mois d'excavation méthodique et fastidieuse, l'intégralité des corps avait été retrouvée et l'enquête avait enfin pu être bouclée. Mais mes cauchemars mettraient des années à disparaître. J'ignorais encore comment j'allais faire face, mais une chose était certaine : il était trop tard pour me défiler. J'avais donné ma parole au Dr Shaw.

Je pris tout mon temps pour lacer mes brodequins, enfiler ma veste et vérifier les réglages de mon reflex numérique. Temple n'était toujours pas là. Je descendis de voiture, embrassant du regard les alentours. Malgré le soleil éclatant, j'étais un peu mal à l'aise. Cet endroit était si paisible… Si calme et… isolé. J'avais oublié la plénitude de ce silence, la profonde immobilité qui pesait sur ce paysage dévoré par la végétation.

Oak Grove avait toujours été un lieu perturbant. Bordé de bois et accessible à pied uniquement, le cimetière était la propriété de la prestigieuse Emerson University. Mais il avait été laissé à l'abandon pendant plusieurs décennies, languissant derrière des murs délabrés, sans autres visiteurs que des étudiants avinés en quête de sensations fortes et un tueur en série pressé d'y enfouir les cadavres de ses jeunes victimes.

Ayant connu — d'un peu trop près, malheureusement — cet épisode récent de son histoire, je ne pus m'empêcher d'ouvrir l'œil tandis que je me frayais un chemin parmi les hautes herbes en direction du portail. Les ronces s'agrippaient à mon jean et, malgré la fraîcheur de la saison, je dus chasser un ou deux moustiques qui me tournaient autour du visage.

Au moins, je n'avais pas à me soucier des fantômes. Oak Grove était un de ces endroits où même les morts craignaient de s'attarder, préférant passer leur chemin. Mais un jour, par une fin d'après-midi, j'avais vu à la lisière de ces bois quelque chose de bien plus troublant que des spectres avides. D'après la description que je lui en avais faite, le Dr Shaw avait qualifié cette entité d'ombre incarnée. A vrai dire, il avait presque réussi à me convaincre que ces visions furtives et périphériques n'étaient rien de plus que le fruit de mon imagination, ou, éventuellement, des effets d'optique favorisés par les feuillages. Mais je savais à présent qu'il en était tout autrement. Les ombres incarnées étaient bien réelles, mais, contrairement aux fantômes qui ne sortaient qu'à la nuit tombée, elles semblaient affectionner les lumières incertaines qui précèdent le coucher du soleil.

Balayant ces souvenirs de ma mémoire, je savourai la caresse du soleil. Cette matinée était claire et vivifiante, un temps parfait pour s'atteler à une nouvelle restauration. La perspective de me remettre au travail, de m'immerger dans mon petit univers, m'emplissait d'excitation. Même si cela supposait aussi de retourner à Oak Grove.

Mais cette impatience disparut au moment même où je franchis le portail. Le passé sombre du cimetière flottait comme un linceul sur les stèles noircies et les statues vêtues de mousse. Tremblante, je m'arrêtai net, embrassant du regard ce lugubre tableau.

Oak Grove avait été, à une époque, le cœur d'une vaste plantation dotée de quartiers d'esclaves souterrains qui résonnaient encore de souffrances et de misère. Sa partie aérienne était luxuriante et gothique, typique du mouvement rural inspiré de l'ère victorienne. Le symbolisme gravé dans les pierres tombales y était d'une grande finesse — probablement le plus délicat que j'aie jamais rencontré. Des saules pleureurs et des fontaines pour évoquer le chagrin et la mort, des sabliers pour le passage furtif du temps, des roses écloses ou en boutons pour indiquer l'âge du défunt.

Une colombe décorait une tombe minuscule à proximité de l'entrée. L'oiseau était un symbole de paix que l'on retrouvait souvent sur les sépultures d'enfants. Un entrelacs de mauvaises herbes recouvrait une partie de la tombe. Je me penchai pour les arracher. Une image me revint alors à la mémoire : celle de la petite tombe de Shani, dans le cimetière de Chedathy, ornée d'une simple stèle et de coquillages disposés en forme de cœur. Sa visite aussi s'était fondue dans un rêve à demi oublié.

D'ailleurs, la veille, son fantôme n'était pas resté longtemps. Juste le temps que Devlin soit hors de vue. Puis elle aussi avait disparu, ne laissant derrière elle aucune trace de sa présence. Aucun cœur sur une vitre embuée. Aucune senteur de jasmin. Rien de plus que le souvenir de cette main minuscule dans la mienne.

Elle s'était laissé dériver de Devlin à moi, et, d'instinct, je savais qu'une telle initiative n'avait rien d'anodin. A vrai dire, son attitude était si lourde de sens que j'osais à peine penser à la nature de ses motivations. J'avais beau tenter de résister à ses appels, son insistance entamait inexorablement ma résolution. A chacune de ses manifestations, sa détermination se faisait un peu plus évidente. Elle ne partirait pas tant que je n'aurais pas trouvé un moyen de l'aider à briser les chaînes qui la retenaient dans cet entre-deux.

Suivant les pavés disjoints, je m'enfonçai avec peine vers le fond du cimetière. La plupart des tombes de la première section allaient de la moitié du XIXe au début du XXe siècle, d'où la prédominance d'anges pleureurs et de saints endeuillés. Mais les tombes de la section la plus ancienne remontaient au début du XVIIe siècle. A cette époque, les tombeaux étaient parés de représentations plus macabres. On y trouvait des faucheuses, des crânes ailés ou encore des squelettes étendus dans des cercueils ouverts.

Plus j'avançais, plus la canopée se densifiait. Seul un rai de lumière trouait ici et là l'épaisse tenture végétale. Soudain, la température chuta brusquement. Devant moi, les pointes du mausolée des Bedford surgissaient en saillie du fouillis des feuillages. Les tentacules ébouriffés de vigne vierge et de lierre s'enroulaient autour des statues et des monuments, rampaient le long des branches de chênes verts, dérobant leurs forces aux arbres centenaires.

Tandis que j'approchais de la première tombe exhumée, un léger son parvint jusqu'à moi. Tournant la tête, je tendis l'oreille. Un froissement de feuilles mortes sous des semelles. Temple devait être arrivée. Je m'apprêtais à l'appeler à travers les arbres, mais quelque chose me retint. Les règles en vigueur dans les cimetières interdisaient les éclats de voix, et j'avais depuis longtemps fait de la prudence mon meilleur allié. Cela dit, j'aurais aimé être certaine que ces pas approchants étaient bien ceux de Temple. Je ne ressentais pas le besoin pressant de devoir me cacher, mais l'idée de me mettre à découvert ne me rassurait guère. Par chance, j'avais des vêtements foncés. Je devais me fondre sans mal dans la grisaille sombre des monuments.

Au bout de quelques instants, un homme émergea d'un rideau de mousse espagnole mêlée de vigne vierge. Immobile, il scrutait les alentours. Il était de taille moyenne, avec la carrure athlétique d'un ancien adepte des salles de sport. Le contour d'une bedaine naissante saillait au-dessus de sa ceinture, et, malgré la distance, une boursouflure révélatrice se dessinait sous la ligne de sa mâchoire. A moins que ce ne fût que mon imagination, car, de l'endroit où je me trouvais, je ne distinguais guère les traits de son visage. Le bord de son chapeau était enfoncé trop bas sur ses yeux.

L'homme de King Street me vint immédiatement à l'esprit. Non, ça ne pouvait pas être lui… Comment serait-ce possible ? Pourtant, j'avais la conviction que c'était bien lui. Et puisqu'il m'avait prise en filature avant même que je ne parle de Darius Goodwine ou de la poussière grise au Dr Shaw, il ne me restait plus qu'une seule possibilité. S'il était là, c'était en lien avec Devlin. J'étais d'ores et déjà repérée, et quelqu'un cherchait à m'utiliser pour l'atteindre.

Mon téléphone se trouvait dans ma poche, avec ma bombe lacrymo. Mais, de peur de me trahir, je refusai de faire le moindre geste. Le souffle court et le cœur battant, j'attendis sans bouger, priant pour qu'il décampe et que je puisse réclamer de l'aide.

Il s'attarda quelques instants, qui me parurent une éternité. Puis j'entendis crier mon nom depuis l'entrée du cimetière. Cette fois, Temple était là et, Dieu merci, elle n'avait aucun scrupule à donner de la voix dans la dernière demeure des morts. En l'entendant, l'homme tourna les talons et reprit d'un pas vif le sentier par lequel il était arrivé. Ouf ! Il n'était plus là. Mais mon soulagement ne fut que de courte durée. En remontant le chemin, il filait droit sur Temple.

Un accès de panique me saisit et me fit bondir hors de ma cachette. Espérant le devancer, je coupai à travers les carrés de tombes, trébuchant sur les racines et les pierres brisées. Jaillissant à toutes jambes de la vieille section, je m'arrêtai net. Temple et l'inconnu discutaient dans le creux du chemin. M'entendant approcher, ils se tournèrent dans ma direction. L'homme m'adressa un sourire nonchalant.

— Quand on parle du loup, me lança-t-il avec un clin d'œil vulgaire. La voilà enfin, la tristement célèbre Reine des Cimetières !

21

— Amelia, voici…

Temple se retourna en plissant les yeux, les pupilles contractées.

— Désolée, comment m'avez-vous dit que vous vous appeliez, déjà ?

— Ivers. Jimmy Ivers.

Il dégaina une carte de visite.

— M. Ivers est journaliste au *Lowcountry Chronicle*. Apparemment, il est chargé de réaliser un reportage sur le cimetière d'Oak Grove.

Il promena sur les alentours un regard admiratif.

— C'est vraiment un endroit à vous ficher la trouille, ici… C'est pas un coin pour des petites dames comme vous, ça. Vous n'avez pas peur de travailler là toutes seules ?

Sa façon de nous dévisager me donna la chair de poule. Je tentai de mémoriser ses traits, juste au cas où j'aurais besoin de le reconnaître dans une file de suspects. Mais, hormis ses yeux pâles et son menton flasque, son apparence était parfaitement quelconque.

— Excusez-moi, mais… d'où savez-vous qui je suis ? Et qui vous a dit que nous serions ici aujourd'hui ?

— Il faut avoir ses sources, dans le métier. Je ne vous apprends rien. Avec une petite récompense, tout le monde finit par parler. Vous seriez surprise de voir comme c'est efficace…

Un clin d'œil de plus et je ne répondais plus de mes actes, songeai-je.

— Quant à votre première question, si je sais qui vous êtes, c'est parce que j'ai bien fait mes devoirs.

— Dans ce cas, vous devez savoir également que sans une autorisation écrite de l'université, vous violez une propriété privée, rétorquai-je. Si vous ne partez pas de votre plein gré, j'alerte la police du campus et je vous fais quitter les lieux de force.

Il afficha un air offensé.

— Vous énervez pas. Je ne fais que mon travail.

— Et nous aussi. Alors, si vous voulez bien…, dis-je en désignant le portail d'un signe de tête.

— Vous ne voulez pas juste répondre à quelques toutes petites questions ? Ça ne prendra qu'une minute.

Il se tourna vers Temple.

— Ou alors vous ?

— Ou alors non.

Elle lui tendit sa carte.

— Appelez à mon bureau la semaine prochaine. Je m'arrangerai pour vous obtenir une déclaration.

— J'imagine qu'il va falloir se contenter de ça, grommela-t-il. Chères mesdames, une bonne journée à vous ! dit-il en singeant une révérence.

Sur quoi, il tourna les talons et déguerpit, prenant quelques clichés avec son téléphone.

— Vraiment bizarre, dis-je à Temple, une fois notre énergumène suffisamment éloigné.

— Sans blague ! Ce gus est à peu près aussi reporter que le cocker de ma voisine.

Elle jeta un coup d'œil à sa carte de visite.

— Je te parie qu'il a imprimé ça en chemin.

— Qu'est-ce que tu crois qu'il cherchait ?

Elle haussa les épaules.

— Des types comme lui, j'en ai déjà vu plus d'un. Des espèces de détraqués morbides. Il espérait probablement croiser une tombe entrouverte. Peut-être apercevoir des restes humains.

— Cela dit, il savait quand même qui j'étais.

— Tu as fait la une des journaux, au printemps dernier, quand l'enquête a été lancée. C'est comme ça qu'il t'a reconnue. D'ailleurs, soit dit en passant, je dois avouer que tu as été parfaite sur ce coup-là.

Elle repoussa une bouclette errante qui lui barrait le visage. Elle était habillée à peu près comme moi. Treillis, veste noire et brodequins. Mais elle avait laissé ses cheveux au vent, tandis que j'avais ramassé les miens en queue de cheval.

— Je ne t'avais jamais vue aussi sûre de toi, reprit-elle. Franchement, cet aplomb...

— J'imagine que ce n'était pas le jour.

Tout en parlant, je regardais Ivers — ou le prétendu tel — disparaître derrière le portail.

— Je devrais peut-être aller fermer, suggérai-je en réprimant un frisson.

— Bonne idée. Je viens avec toi. Qui sait ce que notre guignol a en tête ? On n'est jamais à l'abri d'un retour de flamme.

— Je ne supporte pas ça. C'est de la pure négligence, se lamentait Temple, un moment plus tard, tandis que nous examinions une rangée de pierres tombales renversées. J'ai vraiment honte que ce genre de ravage ait lieu sous ma juridiction.

— Tu ne pouvais pas être partout. Les travaux d'excavation ont duré des mois.

— Je sais, mais ce manque de respect flagrant, c'est une gifle en pleine figure !

— Je ne crois pas que ce soit volontaire. La police a tâché comme elle a pu de suivre le protocole, mais lorsque le champ d'investigation a été clairement identifié, les priorités ont changé.

Le meurtrier avait fait preuve d'une redoutable intelligence dans sa façon de dissimuler les corps de ses victimes. Il les avait abandonnés dans de vieilles tombes, qu'il avait choisies en fonction de leurs inscriptions textuelles et iconographiques. Une fois l'auteur des crimes identifié, il avait fallu s'atteler à la pénible tâche de retrouver tous les cadavres. Des dizaines de tombes avaient dû être exhumées, dérangeant des sépultures parfois séculaires. La terre avait été passée au tamis à la recherche d'indices, puis les restes avaient été replacés aussitôt, de manière à limiter leur exposition aux intempéries. En qualité d'archéologue d'Etat, Temple avait autorité sur tous les restes humains de plus de cent ans. Sa mission à Oak Grove avait consisté à veiller à ce que toutes les réinhumations soient réalisées dans les règles de l'art, et que tous les objets et effets personnels, les souvenirs, les fragments vestimentaires et osseux soient restitués dans les tombes correspondantes.

Je fis un pas en avant et m'agenouillai au pied d'une stèle déchaussée. A l'aide d'un pinceau à poils doux, j'entrepris d'épousseter délicatement la crasse et la mousse desséchée pour faire apparaître le motif gravé dans la pierre — un visage ailé, symbole de l'envol de l'âme.

— Je ne vois aucune fêlure récente, ni aucune ébréchure. Tu sais, ils les ont peut-être tout simplement laissées là où elles étaient déjà tombées, par crainte de les abîmer. Ce qui était plutôt une bonne idée, soit dit en passant. Tu sais combien ces vieilles pierres sont fragiles.

Temple cligna des paupières avec nervosité.

— Tu es bien indulgente… Moi, je dirais plutôt que, dans leur zèle à vouloir faire les gros titres des canards du coin, ils en ont oublié la moitié de leur boulot. Mais je ne suis peut-être pas objective. J'ai pris un PV pour excès de vitesse en venant. C'est pour ça que je suis en retard.

Plissant les paupières, je levai les yeux sur elle.

— Et tu n'as pas réussi à le faire sauter ? Ça ne te ressemble pas.

— Je sais. Je crois que j'ai perdu le coup. Vieillir est un calvaire, dit-elle en grimaçant.

— C'est vrai, tu es si décrépite, ma pauvre…

— A propos…

Elle inclina la tête et me scruta sans détour tandis que je me relevais.

— Je n'ai rien voulu dire tout à l'heure en présence de ce pauvre mec, mais tu n'as pas très bonne mine, ce matin.

— Pourquoi est-ce que tout le monde n'arrête pas de me dire ça ? demandai-je en fronçant les sourcils.

— Je ne sais pas. Peut-être à cause de ces ombres sous tes yeux. Ou de ces joues creusées. On dirait que tu as perdu du poids, depuis la dernière fois qu'on s'est vues. Tu peux me dire ce qui se passe ?

Je suis hantée par la fille décédée de Devlin, voilà, ce qui se passe…

— Je ne dors pas bien, depuis un moment.

— Des cauchemars sur Oak Grove ? demanda-t-elle d'un ton compatissant. Je dois t'avouer que j'ai été un peu surprise d'apprendre que tu avais accepté de revenir. Et un peu inquiète, aussi…

— Pourquoi ? C'est un cimetière comme les autres.

— Ton stoïcisme est admirable, mais tu ne me la feras pas. Toi et moi savons parfaitement qu'Oak Grove est tout sauf un cimetière comme les autres. Cet endroit a été le théâtre d'actes abominables.

— Je préfère ne pas y penser.

— Mais tu y penseras. Que tu le veuilles ou non. Comment pourrait-il en être autrement ? J'ai bien vu à quel point Ivers t'a mise dans tous tes états.

Son regard se promena sur le terrain obscur qui s'étendait devant nous.

— Oak Grove a beau ne pas être bien grand, il reste encore une bonne surface à couvrir. Il te faudra plusieurs semaines, rien que pour dégager la végétation et évacuer les détritus. Es-tu vraiment prête à passer toutes ces longues journées à travailler toute seule ici ?

Je lui décochai un regard sévère.

— Pourquoi ai-je l'impression que tu essaies de me décourager ?

— Pas du tout. Je suis soulagée de savoir qu'un cimetière historique est dans des mains aussi expertes que les tiennes. Mais tu as vécu un enfer, ici. Je doute que cette épreuve n'ait laissé aucune trace. Tu ne peux pas tout simplement décréter que c'est terminé et passer tous ces souvenirs à la trappe. Ce genre de chose peut te hanter le reste de ta vie.

— Je vais bien, rassure-toi, insistai-je. Ou, du moins, j'allais bien jusqu'à ce que tu remettes tout ça sur le tapis. On peut changer de sujet, s'il te plaît ?

Elle m'adressa un sourire chaleureux.

— Nous pourrions parler de ta vie amoureuse, mais quelque chose me dit que ce serait encore plus déprimant.

— Ha ha ! Très drôle ! Et pourquoi ne pas se mettre au travail, plutôt ?

— Tu ne veux pas savoir comment je suis tombé sur l'inspecteur Devlin, hier soir ?

Elle me lança un regard en coin tandis que je feignais d'étudier le plan du cimetière. Des papillons batifolaient dans mon estomac, comme toujours à la simple mention du nom de Devlin.

— Il était en compagnie d'une belle brune absolument superbe, ajouta-t-elle. Une vraie bombe.

— Où ça ? demandai-je en affectant un air détaché.

— Dans un petit restau italien que j'ai repéré sur King Street. Je me suis arrêtée à leur table pour les saluer. Naturellement, Devlin s'est d'abord cru obligé de faire celui qui ne me reconnaissait pas. Ce genre de petits jeux ridicules, c'est tout à fait lui.

Temple avait manifestement du mal à concevoir que Devlin ou n'importe qui d'autre puisse oublier son joli minois, ne fût-ce que momentanément.

— Tant mieux pour eux, répondis-je en me détournant vers les pierres tombales. La prochaine excavation se trouve là-bas, au pied du mausolée. On devrait d'abord s'occuper de toute la partie photo. Ensuite, tu m'expliqueras de quelle façon tu souhaites procéder.

— Attends un peu. Tu ne veux pas en savoir plus sur la brunette ? C'est bien ce qui me semblait. Toi, tu couves quelque chose…

— Laisse-moi deviner. Elle ne s'appellerait pas Isabel, par hasard ?

Temple ouvrit des yeux ronds comme des soucoupes.

— Tu la connais ? Ethan devait avoir raison, alors. Ça n'a pas marché entre vous.

— Tu as parlé de Devlin et moi avec Ethan ?

— Quoi ? C'est interdit ? demanda-t-elle en feignant l'innocence.

— Avoue que c'est un peu gênant. Si ce n'est pas trop vous demander, je préférerais ne pas être le sujet de vos commérages.

— Tu connais Ethan. Il est pire qu'une vieille vipère. Il bavait de plaisir en me racontant tous ces détails croustillants.

— Je me demande bien ce qu'il a pu dire…

Elle grimaça.

— Hélas, pas grand-chose. J'imagine que Devlin n'est pas du genre à faire de grandes révélations intimes.

Je haussai les épaules, affectant un air détaché, malgré mon estomac noué.

— Il n'y a vraiment rien à dire, mais ça ne devrait pas te surprendre. C'est toi qui, la première, m'as mise en garde contre lui. Tu n'as pas oublié, quand même ?

— Moi ?

— Oui, toi. Le message était clair, d'ailleurs. Il suffisait de le lire entre les lignes. Je ne serais jamais à la hauteur de Mariama.

— Règle numéro un : personne ne peut être à la hauteur de l'épouse décédée, rétorqua-t-elle sèchement. Tout le monde sait ça, ma grande. Mais Mariama était…

— Merci, je sais.

Temple eut un frisson tandis que nous prenions la direction du mausolée. J'avançai devant elle, les yeux rivés au sol. Ces flèches gothiques réveillaient en moi des souvenirs terrifiants qui promettaient de rester gravés pendant longtemps.

— C'était vraiment quelqu'un, reprit Temple dans un soupir béat. Je n'ai jamais rencontré une femme comme elle. Une beauté extraordinaire. Une assurance totalement décomplexée. A couper le souffle.

Etonnée, je me retournai.

— Tu en parles comme si tu l'avais bien connue, mais tu ne l'as vue qu'une fois, n'est-ce pas ? Sur une scène de crime, c'est bien ça ?

Désarçonnée, elle s'éventa le visage.

— Oui, oui… C'est vrai, tu as raison. Mais franchement, elle m'avait fait une forte impression.

— A cause de la dispute ?

Un éclair de confusion passa dans son regard.

— Oui… C'est exact, dit-elle avec empressement. La dispute entre elle et Devlin. Houleuse et passionnée. Une explosion de rage très émoustillante.

Mon regard dériva malgré moi vers ces funestes flèches.

— Et Ethan ? A-t-il déjà expliqué pour quelles raisons son père avait fait entrer Mariama à Emerson ?

— Je suis sûre qu'il a vu en elle un potentiel. Je te le répète, elle était extraordinaire. Et Rupert avait un côté philanthrope, à l'époque. C'était avant qu'il ne sombre dans ses fichues sciences occultes. Ensuite, il a consacré tout son temps, son énergie — et, j'imagine, tout son argent — à l'Institut.

— A quand remonte la dernière fois que tu l'as vu ? demandai-je.

— Rupert ? Un jour ou deux. Pourquoi ?

— Je suis passée à l'Institut hier. Je l'ai trouvé bizarre.

— Comment ça, *bizarre* ?

— Je sais qu'il a toujours été un peu excentrique, répondis-je en repliant mon plan. Mais cette fois, c'était différent. Et, en plus, il a une nouvelle assistante.

— Layla ?

— Tu l'as donc vue, toi aussi…

— Un joli petit lot, murmura Temple. Je l'ai trouvée tout à fait charmante.

— Ah bon ? Moi, je l'ai trouvée assez singulière. Elle envoie une espèce de vibration possessive très dérangeante. Comme si elle s'était emparé du territoire. Comme si l'Institut était devenu sa chasse gardée.

— Je ne lui ai rien trouvé de dérangeant, fit remarquer Temple.

— Non, évidemment, grommelai-je. Remarque, « chasse gardée » n'est peut-être pas l'expression qui convient. Je dirais plutôt qu'elle se prend pour la nounou du Dr Shaw.

— Si tu veux mon avis, il a toujours eu besoin de quelqu'un pour s'occuper de lui. Je l'apprécie tout autant que toi, ajouta-t-elle, mais sa stabilité mentale me préoccupe depuis longtemps. En fait, surtout depuis le décès de son épouse. C'est à partir de ce moment que son intérêt pour la vie après la mort a tourné à l'obsession.

— Il avait l'air d'aller parfaitement bien lorsque je suis arrivée. Puis Layla lui a apporté du thé. Il a versé quelque chose dedans. Une sorte d'herbe, je crois. C'est là qu'il s'est mis à planer.

— A planer ?

— Oui, je l'ai perdu en plein milieu de la conversation. Comme s'il s'était tout à coup renfermé dans une bulle. Et, un peu plus tard, il a eu un vertige. Si je n'avais pas été là, je crois qu'il se serait effondré.

— Ça ne sent pas bon, songea Temple à voix haute. A son âge, il faut se méfier des AVC et des attaques cardiaques. Tu en as parlé à Ethan ?

— Non. Je pensais lui en toucher deux mots ce soir au dîner. Le Dr Shaw m'a demandé de ne rien lui dire, mais je suis vraiment très inquiète pour lui. Je ne l'ai jamais vu dans cet état.

— Tu as remarqué quelque chose, quand ça s'est produit ? Un élément extérieur qui aurait pu le contrarier ?

— Non, je ne crois pas. En tout cas, pas pendant notre

entretien. Nous avons longuement discuté de science des racines.

— De racines ? Ne me dis pas qu'on lui a collé une racine sur le dos.

— Une racine sur le dos ? Tu veux dire un sortilège ou une malédiction ?

— C'est ça. Comme tu dis. Tu n'as rien vu d'autre d'inhabituel ? Des odeurs particulières dans son bureau ?

— Maintenant que tu le dis, c'est vrai qu'une espèce de relent d'herbe éventée embaumait la pièce, avant même l'épisode du thé. Et quelqu'un avait tracé une ligne de gros sel sur le seuil de la porte-fenêtre qui donne sur la terrasse. J'ai pensé que c'était pour éloigner les limaces.

— As-tu vu du fer ou de l'argent à proximité ?

L'image du boulon de fer sous son bureau surgit dans ma mémoire. Puis celle du coupe-papier qu'il tenait dans sa main.

— Oui, en effet. Pourquoi ? Qu'est-ce que ça veut dire ?

— L'herbe dans son thé ? La ligne de sel devant sa porte ? Il cherche à se protéger.

— De quoi ?

— Probablement rien de plus que son imagination. Rupert peut paraître tout à fait rationnel et sensé, mais il a toujours eu des idées… disons… saugrenues.

— Juste par curiosité, si quelqu'un te collait une racine sur le dos, comme tu dis, que faudrait-il faire pour s'en débarrasser ?

— Consulter un guérisseur pour obtenir un sort protecteur. En réalité, cela reviendrait à acheter une brassée d'illusion, mais sur un vrai croyant, le pouvoir de persuasion peut être un outil extrêmement puissant. Je me souviens d'une expérience très intéressante avec un guérisseur…

— Ah bon ? Raconte.

— Nous avions été appelés pour déplacer un vieux cimetière sur le tracé d'une future autoroute. Il y avait une femme… Je ne l'oublierai jamais… Ona Pearl Handy.

Elle habitait au bord de la route, juste à côté, et tous ses ancêtres avaient été enterrés là, dans ce cimetière. Elle était convaincue qu'ils allaient revenir la hanter si elle nous laissait déranger toutes ces tombes. C'était notre premier jour, et elle était là, sur une chaise longue plantée dans l'entrée, entourée de poudre blanche éparpillée tout autour d'elle. Elle en avait saupoudré sur les tombes, aussi. De la poussière pour chasser la loi des hommes, comme elle disait !

— Et alors ? demandai-je. Ça a fonctionné ?

— Bien sûr que non. Mais elle était tellement convaincante que ses histoires ont fini par nous monter à la tête. Toutes sortes de choses bizarres se sont produites sur ce chantier. Téléphones en panne, batteries de voitures à plat, dysfonctionnement du matériel… A tel point qu'au bout d'un moment, tout le monde a fini par prendre peur. Mais ce n'est pas le pire. Tiens-toi bien. Un jour, nous avons eu le malheur de faire tomber un cercueil. Le genre de truc qui n'arrive jamais. Le couvercle s'est ouvert, exposant à l'air libre les restes du défunt. Là, Ona Pearl est entrée dans une rage folle. Elle est devenue carrément hystérique, persuadée que sa grand-tante Bessie allait revenir la nuit pour la hanter.

— Hum…

— Je sais que ça a l'air farfelu mais, dans le contexte, on l'aurait vraiment crue possédée.

— Et le cimetière, vous l'avez déplacé, finalement ?

— Oui. Il faut croire que ses racines n'ont pas suffi à nous dissuader. Mais, en attendant, elle avait réussi à ébranler nos certitudes, tout scientifique qu'on était.

— Une sacrée expérience, en tout cas.

— Je te le confirme, gloussa-t-elle en secouant la tête. Pauvre Ona Pearl… La dernière fois que j'en ai entendu parler, elle s'était fait pincer et coffrer pour détention de stups. Contre ça non plus, sa poudre magique n'a rien pu faire. Ce qui me conforte dans mon idée. Toute cette pseudo-science des racines n'est qu'une vaste fumisterie.

Je ne serais pas surprise que les troubles de Shaw ne soient, en réalité, que le résultat d'un puissant pouvoir de suggestion.

— J'espère que tu as raison, dis-je.

Malheureusement, la scène que j'avais surprise entre le Dr Shaw et Tom Gerrity n'avait rien de subjectif. Ce que j'avais entendu était même très clair. Un odieux petit chantage dans les règles de l'art. Et mon petit doigt me disait que c'était bien là qu'il fallait chercher la cause des troubles dont souffrait le Dr Shaw.

22

Temple venait de partir lorsque Regina Sparks, le coroner du comté de Charleston, passa à l'improviste. Je n'avais pas revu Regina depuis les deux premières exhumations du printemps dernier, mais j'aurais reconnu sa tignasse rousse n'importe où. Comme moi, elle avait tiré ses cheveux en une queue-de-cheval, mais quelques bouclettes rebelles avaient recouvré leur liberté et chatoyaient gaiement dans la lumière vaporeuse.

Je m'étais attardée du côté du portail, peut-être dans l'espoir de prouver à Temple et à moi-même que je n'éprouvais aucune crainte à rester seule à Oak Grove. Le soleil commençait tout juste à plonger derrière les cimes, mais il restait encore une lumière généreuse. Pourtant, mon cœur avait bondi dans ma poitrine lorsque j'avais aperçu, au loin, une silhouette qui se frayait un chemin parmi les hautes herbes. Ce fut avec un réel soulagement que j'avais reconnu cette chevelure embrasée et le logo familier du bureau du coroner brodé sur la manche de sa chemise bleu marine.

Tout en approchant, elle m'adressa un signe amical de la main.

— Un petit oiseau m'a dit que vous seriez peut-être là aujourd'hui. Comme j'étais dans les environs, j'ai eu l'idée de faire un saut, histoire de dire bonjour et de voir si tout se passait bien.

Discrètement, je replaçai ma bombe lacrymo dans ma poche.

— Je me demande qui est ce petit oiseau ? Moi-même, je ne suis au courant que depuis hier après-midi.

Repoussant en arrière ses bouclettes, elle haussa les épaules. Comme toujours, elle semblait tendue comme une arbalète, comme si elle luttait de toutes ses forces pour contenir une énergie vitale tumultueuse.

— C'est Charleston, vous savez. Vous pouvez être sûre d'une chose : ici, tout le monde est au courant de vos affaires avant vous. C'est horripilant, mais que voulez-vous y faire ?

— Je suis juste surprise que quelqu'un s'y intéresse, confiai-je.

— Vous plaisantez ? Après tout ce qui est arrivé ici ? Il y avait même un article, ce matin, sur l'édition en ligne du journal.

— En effet, difficile de faire plus rapide.

— Il y avait tout un tas de photos, y compris une de vous, et un lien vers votre blog. Et vous savez quoi ? Pour une fois, ils n'ont même pas écorché votre nom !

— Comme quoi, tout est possible !

Manifestement, quelqu'un du Comité avait fait jouer ses relations pour dissiper la mauvaise publicité associée à Oak Grove, et la remplacer par une image plus positive en mettant l'accent sur sa restauration. L'objectif était parfaitement louable, d'autant qu'Emerson s'apprêtait à célébrer son bicentenaire.

— J'ai envoyé le lien de l'article à ma tante, dit Regina. Elle n'est toujours pas redescendue de son petit nuage, vous savez… Vous êtes une vraie célébrité, à Samara ! A les entendre, c'est grâce à vous et à cette vidéo que l'on sait aujourd'hui situer la ville sur une carte de Géorgie.

— Pourtant, le mythe a été brisé, depuis…

— Ça leur est égal. Ils ne retiennent que ce qu'ils veulent.

La vidéo en question était une prise réalisée par une équipe de reporters venus m'interviewer sur un chantier. Pendant des mois, l'enregistrement avait fait le tour des sites de chasseurs de fantômes. Quelques *aficionados* un peu zélés avaient décrété que les lueurs qui flottaient dans mon dos étaient des entités surnaturelles. Evidemment, j'avais su depuis le début qu'il n'en était rien. Aucun fantôme ne hantait le cimetière de Samara, mais il avait fallu un expert en imagerie numérique pour démentir la rumeur et convaincre les plus rétifs que ces fameuses lumières n'étaient, en fait, rien de plus que des reflets provenant d'une pièce de verre incrustée dans une stèle.

— Je pensais que cette vidéo était tombée aux oubliettes, dis-je.

— Ne croyez pas ça. Pas à Samara. Lorsque je leur ai parlé de vous, ma tante et ses amies du club de bridge ont bondi de leurs fauteuils. L'une a même lancé l'idée d'affréter un bus, juste pour venir vous rencontrer. Rassurez-vous, j'ai freiné illico leurs ardeurs. Je sais qu'elles ne pensent pas à mal, et Tata Bitty est adorable, mais elle est vraiment à prendre à doses homéopathiques, et Loretta commence à devenir sérieusement gâteuse. Une armée de mamies aspergées à la lavande, si vous voyez ce que je veux dire.

— Je crois que je vois assez bien.

— Enfin, je ne veux pas vous retenir… Vous alliez partir.

Elle avança jusqu'au portail et jeta un coup d'œil scrutateur à travers les barreaux.

— Honnêtement, je ne suis pas déçue d'en avoir enfin terminé avec cet endroit.

— J'imagine…

— Ça aura été un sacré été, murmura-t-elle.

— Au moins, c'est fini, désormais.

— Vous croyez ? s'enquit-elle avec un frisson. Je ne sais pas ce qu'il y a entre ces tombes, mais cet endroit continue de ficher la chair de poule.

— Je connais un cimetière perdu au fin fond de la campagne du Kansas. Les gens du cru l'ont surnommé « la Septième Porte de l'enfer ». J'y suis allée il a quelque temps. L'atmosphère y est assez similaire à celle d'Oak Grove.

— Dans ce cas, rappelez-moi de ne jamais y mettre les pieds, dit-elle. Une porte vers l'enfer… Il ne manquait plus que ça !

Un silence plana. Regina et moi laissâmes dériver nos regards sur le cimetière. Le soleil hésitant effleurait l'horizon. L'ombre d'un ange s'allongea jusqu'à nous, nous barrant le visage. La brise tomba brusquement, figeant les arbres et les tombes dans le silence. Aucune silhouette ni brume naissante, mais une immobilité absolue qui, à vrai dire, me perturbait davantage qu'une apparition.

Des jours, des semaines et des mois de travail solitaire m'attendaient entre ces murs imprégnés d'une histoire macabre. Cette idée déferla soudain dans mon esprit, suscitant un début de panique que je repoussai aussitôt. Non, je ne me laisserais pas effrayer par ces cauchemars que m'inspiraient encore Oak Grove et les bois obscurs qui le bordaient. De toute façon, j'avais bien d'autres choses en tête. A commencer par Devlin. Mais aussi Shani et ses visites de plus en plus insistantes, sans compter, bien sûr, l'enquête sur le meurtre de Fremont.

Tandis que, plantées derrière les barreaux en fer forgé, nous observions toutes deux cette nécropole à demi plongée dans l'ombre, une idée se forma dans mon esprit. Regina Sparks pourrait peut-être m'aider. Bien que le meurtre ait été commis dans le comté de Beaufort, j'étais certaine qu'elle avait accès aux dossiers d'autopsie. Mais comment m'y prendre pour la convaincre de me laisser les consulter ? Je n'en avais pas la moindre idée. Pourtant, plus je restais là à réfléchir, plus s'imposait à moi la certitude que des informations capitales m'attendaient dans ces archives.

— Le hasard fait parfois bien les choses, lançai-je avec hésitation.

Je n'avais certes pas la moindre croyance dans les coïncidences, surtout par les temps qui couraient.

Depuis quelques jours, les événements avaient en effet la fâcheuse manie de s'inviter dans ma vie avec des motifs cachés. Même une visite apparemment fortuite du coroner du comté.

— Comment ça ? demanda-t-elle.

— Vous allez peut-être pouvoir m'aider à résoudre un problème que j'ai rencontré sur un autre projet.

— Je n'y connais pas grand-chose en restauration de cimetière, vous savez... Mais dites toujours.

— C'est un petit cimetière dans le comté de Beaufort. Certaines pierres tombales ont été volées, ce qui fait qu'aujourd'hui, on ignore qui est enterré dans telle ou telle sépulture. Toutes les personnes que j'ai interrogées ont des points de vue divergents, sans parler des désaccords concernant les dates de naissance et de décès. Or, jusqu'à présent, je n'ai pas réussi à mettre la main sur un registre ou un plan du cimetière.

— Et les certificats de décès ?

— Dans certains cas, ils n'ont même pas été délivrés, et ceux qui l'ont été ont été corrigés et recorrigés tant de fois qu'ils en sont à présent illisibles. C'est un vrai casse-tête.

— J'imagine, observa-t-elle. A vue de nez, je dirais que quelqu'un se donne beaucoup de mal pour vous mettre des bâtons dans les roues. Si des archives officielles ont été modifiées ou détruites, vous avez affaire à un individu sérieusement motivé, et qui a le bras long. En avez-vous référé au shérif local ?

— A vrai dire, l'aspect légal ne m'intéresse pas vraiment. J'essaie simplement de mettre un nom sur ces tombes. Je me suis dit que les rapports d'autopsie pourraient tenir lieu de preuves irréfutables, tout du moins pour ce qui est des dates de décès. Je me demandais comment quelqu'un comme moi pourrait obtenir des copies de tels certificats ? Ne font-ils pas partie des archives publiques ?

— Tout dépend de l'Etat. Et au sein de chaque Etat, les dispositions varient d'un comté à l'autre. A Charleston, nous suivons d'habitude les règles fédérales qui régissent la confidentialité des archives médicales. Cela étant, il existe des moyens de se procurer des copies. Si vous êtes un parent proche, vous pouvez déposer une demande en ligne. Sinon, si vous êtes un peu détraqué et que vous raffolez des détails glauques, vous pouvez toujours tenter une demande spécifique en vous appuyant sur la loi relative à la liberté d'information. Mais j'aime autant vous prévenir… Nous n'aimons pas beaucoup de genre de démarche. Quant à vous, puisque vous n'êtes ni l'un ni l'autre, vous pouvez essayer de plaider votre cause directement auprès du coroner. Il se trouve que je connais très bien Garland Finch. C'est un type bien, mais un peu à cheval sur le règlement.

— Vous pensez qu'il refusera de m'aider ?

Elle haussa les épaules.

— Vous ne le saurez pas tant que vous ne le lui aurez pas demandé. Je peux toujours lui passer un coup de fil et essayer de le mettre dans de bonnes dispositions.

— Vous feriez ça ? Ce serait une aide extraordinaire.

— A une condition.

— Je vous écoute.

— Que vous me disiez quelque chose.

Elle se tourna vers moi, les yeux brillant de ce qui ressemblait fort à de la suspicion.

— Personne ne vous a jamais dit combien vous étiez une piètre menteuse ?

— Je… je ne vois pas ce que vous voulez dire.

Elle inclina la tête de côté.

— Allons… Cette histoire de pierres tombales est aussi crédible que le crocodile à deux têtes qui avait dévoré mon devoir de maths en sixième.

Démasquée, je laissai échapper un long soupir.

— Que se passe-t-il vraiment ? insista-t-elle.

— C'est une affaire personnelle.

— Une affaire personnelle qui n'a rien à voir avec

d'éventuelles poursuites judiciaires ou une instruction en cours, j'espère ?

— Non, rien de la sorte. J'essaie simplement d'aider un ami. Cela fait deux ans qu'un de ses amis proches est décédé, et il n'arrive pas à tourner la page. J'ai pensé qu'en voyant de ses yeux le rapport d'autopsie, il pourrait refermer certaines portes et trouver un peu d'apaisement.

— Y a-t-il un litige sur les causes du décès ?

— Pas vraiment. Mais le fait de le voir écrit noir sur blanc…

Ne sachant comment me dépatouiller, j'observai un court silence.

— Je sais bien que le succès est loin d'être garanti, mais je n'ai pas trouvé de meilleure idée.

— Si cet ami est un parent du défunt, pourquoi ne pas remplir une demande en ligne, comme je vous le disais ?

— Combien de temps croyez-vous qu'il faille compter, pour obtenir une réponse ?

— C'est variable. Quelques semaines à quelques mois.

— C'est bien ce que je craignais.

— Et votre ami, il ne peut pas aller voir lui-même le coroner ?

— Non. Ce ne serait pas une bonne idée.

Elle me regarda droit dans les yeux.

— Et cet ami, ce ne serait pas quelqu'un que je connais, par hasard ?

Etant donné que Fremont avait été policier et que Regina était le coroner du comté, il me sembla prudent d'envisager qu'ils avaient pu se connaître de près ou de loin.

— C'est tout à fait possible.

— Si je me mouille, il faut que vous m'assuriez que tout ça ne nous reviendra pas ensuite en pleine figure, ni à vous ni à moi.

— Je ne vois pas comment cela pourrait arriver.

Elle me dévisagea d'un regard sévère.

— C'est bien parce que c'est vous.

— Merci beaucoup.

— C'est contre mes principes, vous savez.

— Je comprends.

— Tenez.

Elle tira une carte et griffonna un mot au verso.

— Si Garland fait sa tête de mule, et je parie qu'il le fera, montrez-lui ça. Il saura ce que ça veut dire.

— Je ne sais pas comment vous remercier.

Elle fit un geste du bras en direction du cimetière.

— Sans vous, ce psychopathe serait peut-être encore en train de courir. Considérez ça comme un remerciement de la part du comté de Charleston. Et, tout bien pesé, je dirais que nous nous en tirons à très bon compte. Cela dit, il y a quelque chose que je voudrais savoir…

— Quoi donc ?

— Combien de temps avez-vous mis à pondre cette histoire ridicule de stèle volée et d'actes de décès raturés ?

Je ne pus retenir un sourire.

— Ce n'est pas si ridicule, vous savez… C'est réellement arrivé au cours d'une restauration.

Elle me lança un regard pour le moins dubitatif.

— Pas à Charleston, en tout cas, dit-elle. Pas depuis que je suis coroner.

— Non. C'était à Samara, en fait.

— O.K. Dans ce cas, je veux bien vous croire. Cette région est plus corrompue qu'une dictature ex-soviétique. Remarquez, j'aurais pu le deviner. Mon ex est le shérif du comté. J'ai assez donné.

23

Quelques minutes plus tard, au moment même où Regina et moi débouchions du sentier envahi d'amarantes et de chiendents, le fantôme de Fremont apparut devant ma voiture. A croire que mes pensées l'avaient instamment convoqué. Comme d'habitude, des lunettes aux verres fumés éclipsaient son regard dépourvu de vie. Jambes et bras croisés, il attendait, comme s'il avait eu devant lui l'éternité. Ce qui, dans un sens, était exactement son cas, même si l'enquête qui nous intéressait semblait revêtir pour lui une certaine urgence.

Je pris soin d'éviter du regard sa funeste silhouette. Lorsque j'étais plus jeune, j'avais appris à ne pas m'intéresser au pourquoi et au comment des fantômes. Ouvrir l'œil une fois la nuit tombée, c'était à peu près le seul précepte qu'on m'avait enseigné. Papa ne s'était jamais montré très prolixe sur le sujet, et je m'étais appliquée à suivre ses principes avec une telle discipline que la moindre question ou la plus petite pensée à leur égard avait fini par me sembler une infraction au règlement. *Ne pas répondre aux sollicitations des morts*. Ainsi avais-je pris l'habitude de m'occuper l'esprit par d'autres moyens, afin d'éviter de les attirer. Mais, de toute évidence, Robert Fremont était parvenu à établir un lien avec moi. Peut-être avait-il recouru à une sorte de télépathie.

Toutefois, son apparence humaine continuait de me désarçonner — sans parler de sa manie de surgir avant le coucher du soleil. Lorsque je le reconnus, il me fallut compter sur tout mon sang-froid pour ne pas me trahir sous l'œil aguerri de Regina Sparks.

Après de chaleureux au revoir avec le coroner, je m'attardai à dessein autour de ma voiture, prenant tout mon temps pour ranger mes outils et mon appareil photo. Tirant mon téléphone de ma poche, je feignis de vérifier mes messages cependant que Regina effectuait un demi-tour sur l'étroite route défoncée. Un dernier signe du bras. Déjà, elle s'éloignait sur le bitume. Continuant à vaquer à mes prétendues occupations, j'attendis qu'elle soit complètement hors de vue. Enfin, je pus contourner la voiture et gagner le capot, où Fremont m'attendait, appuyé contre le pare-chocs.

— Comment est-ce que vous faites ça ? lui demandai-je de but en blanc.

— Faire quoi ?

Impuissante, je haussai les épaules.

— Comment savez-vous toujours où je suis ? Comment faites-vous pour apparaître sans prévenir ? Sans aucun signe annonciateur ? Même pas une petite lueur ou un souffle d'air froid… Vous n'êtes pas là, et tout à coup, vous êtes là. Comme ça.

— Je vous l'ai déjà dit, ça exige une extrême concentration.

— Je pensais à vous, il y a juste une minute, insistai-je d'un ton accusateur. Est-ce moi qui vous ai fait venir par la pensée ?

Il me fixa d'un air glacial derrière ses lunettes opaques.

— Pourquoi tenez-vous tant à le savoir ?

— Parce que, cette question, je n'ai jamais pu la poser à quiconque. Vous n'avez aucune idée de ce que je vis. Je suis entourée de fantômes depuis que je suis enfant, mais mon père m'a enseigné à ne jamais me trahir. Tout comme vous, il les compare à des sangsues. Des parasites de l'autre monde qu'il faut craindre et redouter. Et puis vous êtes arrivé. Et contrairement aux autres, vous ne recherchez ni ma chaleur ni à revenir parmi les vivants.

Votre unique objectif est d'aller de l'avant et de rejoindre les morts, là où votre place vous attend. Vous êtes toujours capable d'émotions. Vous avez encore une conscience et vous pouvez converser avec moi. Est-il vraiment surprenant que je montre un minimum de curiosité ?

Il réfléchit un moment avant de répondre.

— Ce ne sont pas vos pensées qui m'ont fait venir, dit-il. Pas précisément. C'est plutôt une variation d'énergie qui me tire jusqu'à vous.

— Est-ce que quelqu'un d'autre vous a déjà vu ?

— Je ne crois pas.

— Comment avez-vous su que, moi, j'en étais capable ?

— Nous avons échangé un regard, un jour, sur la Battery. Je vous ai dit bonjour et vous m'avez entendu.

— Et ensuite, quoi ? Vous m'avez prise en filature ?

— Si on veut.

Il y eut un court silence.

— Je me suis souvent demandé ce qui avait pu me trahir. Je suis d'habitude si prudente, avec les fantômes…

— Mais, comme vous l'avez dit, je ne suis pas un fantôme ordinaire.

— Non, en effet. Et maintenant, je commence à me demander s'il n'y en a pas d'autres comme vous. Combien de fois me suis-je fait duper ? Combien sont-ils à se faire passer pour des humains ? A jouer cette mascarade ?

— Cette mascarade ?

— Vous savez très bien ce que je veux dire.

Je sentais son regard posé sur moi derrière le voile de ses lunettes.

— S'il y en avait d'autres comme moi dans les environs, vous le sauriez déjà.

— Ah oui ? Et comment ?

— Parce qu'ils ne vous laisseraient pas tranquille tant que vous ne leur auriez pas donné ce qu'ils sont venus chercher.

— Vous êtes en train de me dire qu'ils me hanteraient ?

— Nos ressources sont limitées, répondit-il. Nous devons faire avec ce que nous avons.

Des images se bousculèrent dans ma tête. Ce message gribouillé dans la buée, sur ma vitre… Les supplications de Shani, sa détermination à me convaincre de la retrouver… Elle, Robert Fremont et ce spectre inconnu avaient tous besoin de mon aide, car j'étais la seule capable de les voir. La seule capable de les entendre.

A cet instant, le poids de ce fardeau m'écrasa soudain les épaules. Etait-ce là le sens ultime des avertissements de mon père ? Etait-ce ce qu'il avait voulu me dire ? Que reconnaître la présence des fantômes suffisait à les inviter dans ma vie pour toujours ?

Malheureusement, il n'était plus seulement question d'être hantée, ni de voir ma chaleur et mon énergie lentement absorbées par des parasites dépourvus de consistance. A en croire Fremont, je devais m'attendre à être inexorablement poursuivie par ces esprits impatients qui réclamaient mon aide. A être harcelée par des entités désespérées jusqu'à ce que je leur donne enfin satisfaction. Si je venais en aide à Fremont et à Shani, que me demanderait-on encore ? Combien d'autres fantômes erraient encore là-bas, à la recherche de quelqu'un comme moi ?

Me détournant de Fremont, je levai les yeux au ciel. Mon cœur battait à tout rompre dans ma poitrine. Depuis le jour de ma toute première vision, je m'étais plus ou moins consciemment laissé séduire par l'idée d'une grande mission. J'avais voulu croire à un objectif supérieur qui justifierait ma solitude. Qui m'aurait aidée à accepter ma véritable nature. Une part de moi avait même commencé à y voir une forme de libération. Plus besoin de faire semblant de ne pas les voir. Plus besoin de me cacher dans mon sanctuaire. Je n'aurais eu qu'à les reconnaître, tout simplement, et à les aider à poursuivre leur parcours.

Mais nulle libération ne m'attendait. Une terrible vérité commençait à se faire jour dans mon esprit. Les entraves qui me liaient aux fantômes ne feraient que s'alourdir à mesure que ces derniers afflueraient, toujours plus nombreux, et toujours plus pressants.

Mon regard retomba sur l'horizon. Je pris une profonde inspiration. Du coucher du soleil, il ne restait plus qu'une lueur rosée qui enveloppait les cimes des chênes. Il était là, ce moment hésitant qui devançait le crépuscule, annonçant un entre-deux indécis où les ombres s'allongent et foncent, abritant ces sombres silhouettes surgies de la forêt. Attendaient-ils quelque chose de moi, eux aussi ?

— J'ai dit quelque chose qui vous a blessée ? demanda Fremont.

— Non, ce n'est pas ça… Je viens d'apprendre un certain nombre de choses, et je ne sais pas par où commencer. Avez-vous reconnu cette femme qui vient de partir ?

— Elle avait un air familier.

— C'est Regina Sparks, le coroner du comté de Charleston. Vous l'avez probablement connue du temps où vous étiez dans la police. Bref, grâce à elle, je vais peut-être pouvoir mettre la main sur votre rapport d'autopsie. Je ne sais pas pourquoi, je sens qu'il faut que je le voie. Je n'ai presque rien trouvé sur internet à propos de votre mort. L'enquête est restée ultra-secrète. J'espère que les archives pourront nous révéler quelque chose, nous mettre sur une piste… Ça vaut ce que ça vaut, mais au moins, c'est un point de départ.

— Vous avez raison, c'est une bonne idée, dit-il, apparemment impressionné. Moi aussi, j'aimerais savoir ce qui est écrit dans ce rapport.

— Vous ne pourriez pas essayer d'apparaître à l'intérieur des locaux du coroner de Beaufort et consulter votre dossier ?

— Malheureusement, non.

— Et pourquoi ça ?

— Je l'ignore. C'est pour ça que j'ai besoin de vo
aide. Il semble que mes possibilités soient restreint

— En plus de votre amnésie ?

Il ne répondit pas.

— Qu'avez-vous appris d'autre ?

— Je suis passée voir Rupert Shaw, hier. J'avais quelques questions à lui poser à propos de la poussière grise.

— Je vous avais pourtant mise en garde.

— Je sais, mais j'ai confiance en lui. Il m'a expliqué que la poussière grise venait d'Afrique. Elle revêt une importance capitale pour certains rituels religieux et peut s'avérer si puissante que même les chamans l'utilisent avec parcimonie. Mais ce n'est pas ce qu'il m'a raconté sur la science des racines qui m'a le plus intéressée. J'ai surpris une conversation pour le moins troublante entre lui et Tom Gerrity. Et ne me dites pas que vous ne le connaissez pas. Vous vous êtes fait passer pour lui au printemps dernier, lorsque vous m'êtes apparu pour la première fois.

— En effet, je connais Tom Gerrity.

— Je suis tombée un jour sur une photo de vous trois — vous, Devlin et Gerrity — dans son bureau. C'est à ce moment que j'ai compris que vous n'étiez pas le détective privé que vous prétendiez être. En fait, vous étiez mort. Mais ce n'est pas là que je voulais en venir.

— Alors, où vouliez-vous en venir ? demanda-t-il avec une pointe d'impatience.

— Gerrity fait chanter le Dr Shaw. Il n'y a aucun doute là-dessus. Avez-vous une idée de ce qu'il pourrait savoir sur lui ?

— Peut-être quelque chose en lien avec l'épouse de Shaw ? suggéra-t-il

— Mais elle est morte depuis des années.

— A une époque, je me souviens que la police s'était intéressée à une visite que Shaw aurait rendue à un guérisseur. Un homme connu pour vendre sous le manteau des poudres et des élixirs aux effets nocifs. Shaw aurait été intéressé par l'achat d'un extrait d'actée blanche. Toutes les parties de cette plante sont vénéneuses, mais ses baies sont particulièrement létales. Elles renferment une toxine carcinogène qui inhibe l'activité des muscles cardiaques. Leur goût sucré et l'absence de nausée ou de vomissement susceptibles d'éveiller les soupçons en font un poison particulièrement convoité. La mort survient rapidement, surtout chez un sujet déjà fragilisé. Etrangement, ce n'est que peu de temps après l'émergence de ces rumeurs que l'épouse de Shaw est décédée.

Médusée, je le fixai en silence.

— Vous ne pouvez pas raisonnablement croire qu'il l'ait empoisonnée. Elle était malade depuis des années. Sa mort n'a pas été soudaine. Ni surprenante.

— Qui sait ? Il savait pertinemment qu'aucune autopsie ne serait pratiquée sur une patiente en phase terminale présentant une faiblesse cardiaque, argua-t-il. Et si elle a été incinérée, plus aucune vérification n'est possible.

— Tout de même, je n'arrive pas à y croire… D'après tous les témoignages que j'ai entendus, le Dr Shaw s'est dévoué corps et âme à sa femme jusqu'à son dernier souffle.

— Peut-être a-t-il estimé que lui donner la mort serait un geste d'amour. Une faveur pour elle comme pour lui.

— Vous parlez d'euthanasie… Un homicide par compassion, songeai-je à voix haute.

— Oui. Mais aux yeux de la loi, un tel acte serait resté un meurtre.

La froideur brutale de ses mots me fit frissonner dans le crépuscule qui s'insinuait. Je ne parvenais pas à chasser de mon esprit l'image de son visage lorsqu'il était rentré dans son bureau, après sa confrontation avec Gerrity. On aurait dit qu'il avait croisé un fantôme. Dans son émotion, le prénom d'une femme lui avait échappé. *Sylvia*.

Sa culpabilité finissait-elle par lui donner des visions de sa femme décédée ?

« Au moins, personne ne peut m'accuser de meurtre », lui avait répliqué Gerrity.

Mon pouls s'emballa d'un coup. Même si je refusais d'y croire, les pièces de ce maudit puzzle s'assemblaient enfin. J'éprouvais une grande affection pour le Dr Shaw, j'admirais et je respectais son travail, mais je ne pouvais ignorer l'évidence.

Pour autant, le meurtrier de Fremont allait-il se laisser démasquer aussi facilement ? Rien n'était moins certain.

— Si Gerrity savait que Shaw avait réussi à se procurer cet extrait d'actée blanche, il avait largement de quoi le faire chanter, observa Fremont.

— Oui, mais *vous* ? A quel moment entrez-vous en scène ? Quelle est votre place dans toute cette histoire ? La voilà, la vraie question. Imaginons que le Dr Shaw ait effectivement mis fin aux jours de sa femme… Quelle raison aurait pu le pousser à vouloir vous tuer, vous ? De toute évidence, vous avez effectué des recherches sur cette plante. Lui auriez-vous fait part de vos soupçons ?

— Je n'en ai aucun souvenir.

— Réfléchissez. Vous avez déjà fait remonter tous ces souvenirs du Dr Shaw, de Gerrity, et même de Regina Sparks. Les autres sont toujours là. Il suffit d'aller les chercher. Se pourrait-il que le Dr Shaw vous ait suivi jusqu'au cimetière, cette nuit-là ?

— Tout est possible. Après tout, je suis bien là à discuter avec vous, non ?

— En effet, tout est possible…

Machinalement, je vérifiai l'heure d'un coup d'œil sur l'écran de mon téléphone.

— Je n'arrive déjà pas à m'imaginer le Dr Shaw euthanasiant son épouse, même par pure compassion. Alors, qu'il ait abattu un policier dans le dos…

— Peut-être parce que vous refusez de l'imaginer. Tout simplement. Il fait partie de vos amis, après tout.

— Peut-être, admis-je du bout des lèvres.

— Vous seriez surprise de voir de quoi un homme est capable lorsqu'il se sent acculé.

— Alors comment faire pour découvrir la vérité ? D'après ce que j'ai vu hier, le Dr Shaw se trouve dans un état de santé précaire, à la fois sur le plan physique et mental. Et je ne veux pas être celle qui lui donnera le coup de grâce. D'autant que je suis loin d'être convaincue qu'il soit coupable d'autre chose que d'un peu d'excentricité.

— Allez parler à Gerrity. Si vous le prenez par surprise, il pourrait se trahir.

— La dernière fois que je l'ai pris au dépourvu, il m'a braqué son revolver entre les deux yeux, dis-je avec un frisson. Je suis prête à vous aider, mais pas à faire le voyage avec vous.

— Il faut que vous parliez à Gerrity, insista-t-il. Je le sens. J'en suis sûr.

— Vous serez là ?

— Si vous avez besoin, oui.

Voilà qui ne me réconfortait qu'à moitié.

— Il y a autre chose dont je voudrais vous parler, ajoutai-je. C'est encore plus tarabiscoté que le rapport d'autopsie, mais cette idée me trotte dans la tête depuis un moment. Je n'arrive pas à m'en débarrasser. Vous m'avez dit que l'une des dernières choses dont vous vous souvenez est une entrevue avec une femme. Son parfum était toujours sur vous lorsque vous êtes mort. Et même maintenant, vous le sentez encore sur vos vêtements.

Peut-être n'était-ce que mon imagination, mais je sentis une soudaine tension s'emparer de lui.

— Oui, et alors ? s'enquit-il.

— Ce parfum, vous pourriez me le décrire ? Est-ce qu'il est fleuri ? Musqué ? Boisé ?

— Il sent l'obscurité, répondit-il.

Voilà qui ne m'aidait pas vraiment.

— Est-ce que le nom d'Isabel Perilloux vous dit quelque chose ?

Je m'étais préparée à un non catégorique et immédiat. Après tout, l'unique élément qui liait la brunette de Devlin au meurtre de Fremont n'était que ma jalousie. Mais, à mon grand étonnement, il s'immergea dans ses pensées. Au même moment, il me sembla sentir un souffle glacial sur ma nuque.

— Vous la connaissez ? insistai-je.

Sa réponse fusa abruptement.

— Je ne me rappelle pas son visage, mais je vois ses mains.

Je pris une courte inspiration.

— Vous les *voyez*… comme dans une prémonition ? Vous avez une vision ? Ou c'est peut-être un souvenir ? Elle est chiromancienne. Vous l'avez peut-être consultée pour qu'elle vous lise les lignes de la main ?

Il observa de nouveau un long silence.

— Elle a du sang sur les mains.

Mon cœur se mit à battre la chamade.

— Au sens propre ou au sens figuré ?

— Gardez vos distances avec elle.

Il leva la tête et me fixa de ses yeux clos.

— Cette femme a tué, ou s'apprête à tuer dans un avenir très proche.

24

« Gardez vos distances avec elle. Cette femme a tué, ou s'apprête à tuer dans un avenir très proche. »

Ces deux phrases tournèrent en boucle dans ma tête pendant tout le trajet jusqu'à la maison. Mais pouvais-je vraiment me fier à la prémonition de Fremont ? Après tout, s'il était capable de voir du sang sur les mains d'Isabel Perilloux, pourquoi ne pouvait-il pas voir le visage de son meurtrier ?

Peut-être était-ce justement ce qu'il venait de faire ?

Isabel était peut-être son assassin ? Et son parfum, celui qui embaumait encore ses vêtements ?

J'étais partie toute la journée et Angus piaffait d'impatience derrière la porte. Je le fis sortir dans le jardin, mais, plutôt que de l'attendre dehors, comme à l'accoutumée, je le laissai faire seul son petit tour et filai jusqu'à mon bureau où j'ouvris mon ordinateur. Sans attendre, je lançai une recherche sur l'actée blanche. Mais, dix minutes plus tard, je n'en savais guère plus que ce que Fremont m'en avait dit. Cette plante était répandue dans l'est du pays, ses baies évoquaient les yeux de ces vieilles poupées en porcelaine, d'où leur surnom d'« yeux de poupée », et ses racines étaient parfois utilisées pour la préparation de thé. On la retrouvait aussi dans certaines amulettes en tissu et dans la concoction de sortilèges.

Intéressant… Si le Dr Shaw avait effectivement manifesté un certain intérêt pour l'extrait d'actée, c'était peut-être, tout simplement, pour éloigner des esprits maléfiques, pas pour empoisonner son épouse.

Bizarrement, malgré les indices qui s'accumulaient contre lui, je sautais sur la moindre hypothèse susceptible de le dédouaner. A l'inverse, je n'avais aucune gêne à inculper Isabel sur la base de la prémonition d'un fantôme, ou, pire encore, d'un malheureux parfum.

Je jetai un coup d'œil à ma montre. Bien qu'à contrecœur, je dus me résoudre à refermer mon ordinateur. Je fis rentrer Angus en agitant son écuelle et lui servis son dîner. Pendant qu'il avalait sa pâtée dans la cuisine, je filai sous la douche, me séchai les cheveux, et passai un jean et un nouveau pull pour ma soirée avec Ethan et Temple.

Quelques minutes plus tard, je stationnais près des quais et enfilais ma veste en remontant East Bay en direction de Queen Street. Ethan était déjà installé. Assis à une table près d'une fenêtre, il regardait s'écouler le trafic de fin de journée, visiblement perdu dans ses pensées.

— Coucou !

Il leva la tête en sursautant.

— Amelia ! C'est chouette que tu aies pu venir…

Il adressa un signe à la serveuse tout en se levant pour me saluer d'une chaleureuse accolade. Je commandai un verre de vin blanc, et nous nous assîmes en attendant Temple.

— Alors, comment s'est passé ton premier jour de retour à Oak Grove ? s'enquit-il.

— Tu es au courant ?

— Mon père m'a annoncé qu'il envisageait de te demander de reprendre le chantier. Et Temple m'a dit tout à l'heure que vous y aviez passé la journée.

— Eh bien, pour répondre à ta question, tout s'est bien passé. Nous avons commencé par faire déguerpir un rôdeur un peu trop curieux, mais à part ça, la journée s'est déroulée sans incident.

Sauf ma conversation avec un fantôme, et aussi l'éventualité que la mère d'Ethan ait été empoisonnée par son père. Mais il était préférable que cette discussion reste entre Fremont et moi.

— Pour ma part, je ne suis pas déçu d'en avoir enfin terminé avec cet endroit, soupira Ethan en attrapant son verre.

— Regina Sparks m'a dit exactement la même chose.

— Elle et moi avons passé tout l'été dans ce satané cimetière. Mais maintenant que le dernier cadavre a été identifié, nous pouvons tous mettre ce chapitre derrière nous.

Il me regarda d'un air compatissant.

— Enfin, tous à part toi. Tu penses en avoir pour combien de temps ?

— Au moins plusieurs mois. J'avais à peine commencé lorsque la police l'a fermé. Il reste beaucoup à faire.

— Tu comptes employer quelqu'un pour t'aider ?

— Si je ne peux pas faire autrement, oui. Mais je préfère tout faire moi-même. J'ai tendance à être un peu maniaque, en matière de restauration.

— Ah oui, c'est vrai. J'avais oublié. C'est d'ailleurs pour ça que mon père a été si impressionné par ton travail. Tu as le sens du détail. Je suppose que tu l'as vu, hier ?

— Nous avons eu une charmante et longue conversation. J'ai aussi fait la connaissance de sa nouvelle assistante.

— Layla.

— Elle a l'air…, commençai-je, cherchant le mot juste.

Il eut un large sourire.

— Elle prend son travail très à cœur, déclara-t-il.

— Voilà. Très à cœur. Depuis combien de temps est-elle à l'Institut ?

— Quelques mois. J'ai tendance à m'y perdre, avec toutes ces assistantes. Elles vont et viennent à longueur de temps.

Je pris une gorgée de vin, réfléchissant à la façon dont je pourrais aborder la question épineuse de la santé de son père. Une approche directe était encore ce qu'il y avait de mieux.

— Ethan… Il y a quelque chose dont je voudrais te parler. Tu vas peut-être penser que je m'occupe de ce qui ne me regarde pas, mais…

Il reposa son verre.

— Ça a l'air grave.

— J'espère que non. En fait, j'espère que tu pourras me rassurer. Hier, lorsque j'étais à l'Institut, ton père a eu comme une absence. Il a complètement décroché en plein milieu de la conversation. Et après, lorsqu'il s'est levé pour attraper un livre, il a été pris d'un vertige. Il m'a demandé de ne rien dire, mais je me fais du souci pour lui. Il a l'air très fragile. J'ai pensé qu'il était préférable que tu le saches.

Ethan fronça les sourcils.

— Il allait bien, lorsque je l'ai vu, hier. Comme je te l'ai dit, nous avons passé un moment agréable. Mais je l'appellerai ce soir, en rentrant, pour m'assurer que tout va bien. J'essaierai de le convaincre de faire un check-up, mais ce n'est pas gagné. Il déteste reconnaître ses faiblesses.

— Personne n'aime ça, observai-je avant de marquer une pause. Il y a autre chose que je crois devoir te dire… J'avais oublié dans son bureau un livre qu'il m'avait prêté, et donc je suis retournée le chercher. Ton père était dehors, dans le jardin, avec quelqu'un. J'ai eu l'impression qu'ils se disputaient. Lorsque ton père est revenu dans le bureau, il était livide et hagard. Je crois que je ne l'avais jamais vu aussi désemparé.

— Avec qui était-il ? Layla ?

— Non. C'était l'homme de la Buick bleue. La voiture était stationnée devant l'Institut quand je suis arrivée. Tu te souviens ? Tu l'as vue, toi aussi.

Une contrariété passa dans son regard.

— Oui, c'est vrai.

— Tu m'as dit que tu ne connaissais pas le type qui était au volant.

— J'ai bien peur de t'avoir menti. Cette voiture est

celle de Tom Gerrity. Un détective privé dont mon père a eu la bonne idée de louer les services, il y a longtemps. Il revient de temps en temps, quand il traverse une mauvaise passe.

A ces mots, Ethan se pencha en avant, les traits soudain tendus.

— S'il te plaît, n'en parle à personne. Comme tu l'as vu, mon père est tout retourné à chacune des visites de Gerrity. Je préférerais que tu me laisses m'occuper de ça.

— Bien sûr.

Un silence oppressant s'abattit sur la table. De toute évidence, cette conversation ravivait en lui certaines craintes. Peut-être aurais-je mieux fait de ne rien dire ? Malgré mes inquiétudes sur la santé du Dr Shaw, il aurait peut-être été préférable de respecter sa volonté.

Gênée, je regardai alentour, priant pour que Temple arrive. Nous étions en milieu de semaine, et la quiétude du restaurant ne faisait qu'amplifier le malaise qui planait sur la table. Une bougie vacillait entre nous. Son reflet dansait dans les yeux sombres d'Ethan. Il était bel homme, et j'avais toujours apprécié sa compagnie, mais à cet instant précis, je ne pensais qu'à une chose. L'homme qui était assis face à moi avait été amoureux de Mariama. Sur ce point, Fremont s'était montré catégorique.

— Qu'est-ce qu'il y a ? Pourquoi me regardes-tu comme ça ?

— Excuse-moi. Je repensais à une autre conversation que nous avons eue. C'était à Oak Grove, au tout début de l'enquête. Tu m'avais parlé des circonstances de l'accident de Mariama et de Shani. Tu t'en souviens ?

— Oui, parfaitement. Je savais que Devlin et toi commenciez à vous fréquenter, et je ne voulais pas te voir souffrir. Il me semblait que tu avais le droit d'en savoir plus sur son passé. Sur la culpabilité qu'il porte encore aujourd'hui.

— Tu m'avais dit que vous vous étiez tous réunis le

jour de l'accident. Et que Devlin et Mariama avaient eu une violente dispute.

— Je n'oublierai jamais les horreurs qu'ils se sont dites. Devlin a dû se repasser un million de fois ce moment dans sa tête.

Ethan fixa longuement le fond de son verre.

— Il a quitté la maison comme un fou, enchaînai-je. Et quand tu l'as revu, plus tard, il n'avait toujours pas décoléré.

— Ce n'est rien de le dire. Il était hors de lui, désemparé et complètement à bout. Leur mariage battait sérieusement de l'aile. Ils le savaient l'un et l'autre, mais il y avait Shani.

— Pourtant, Mariama a passé un coup de fil d'adieu lorsqu'elle a compris qu'elle et sa fille étaient toutes deux piégées dans leur voiture qui sombrait au fond de la rivière. Lorsqu'elle a compris qu'elles n'en ressortiraient pas vivantes. C'est bien ce que tu m'avais dit, non ?

Une immense tristesse parut soudain l'accabler. Fallait-il que je sois la dernière des sadiques pour lui rappeler ainsi des souvenirs aussi douloureux ! Mais, à la vérité, maintenant que je connaissais les sentiments qu'il avait éprouvés pour Mariama, je voulais entendre de nouveau le récit des événements de sa propre bouche.

— Elle a dû comprendre que les secours n'arriveraient pas à temps. Alors, elle a appelé John. C'était leur chance de se dire au revoir. Mais il n'a pas décroché.

Ethan éclusa son verre et appela la serveuse d'un geste de la main.

— Encore un truc avec lequel il devra apprendre à vivre. Je suis sûr qu'il doit encore se demander ce qui serait arrivé s'il avait répondu…

— Ça n'aurait rien changé. Qu'aurait-il pu faire ? Il n'avait aucune chance d'arriver à temps.

— Il le sait, évidemment, du moins sur le plan rationnel, mais émotionnellement… mets-toi à sa place.

— Je sais, me contentai-je de répondre en guettant ses réactions. Quand as-tu su, pour l'accident ?

— Bien plus tard, lorsque mon père m'a appelé au milieu de la nuit. John avait quitté l'Institut dans tous ses états et nous devions aller le chercher. Mais ça aussi, je te l'ai raconté, non ?

— Oui, mais tu ne m'as jamais dit si tu avais fini par le trouver ?

— Oui.

— Où était-il ?

La serveuse lui apporta un autre verre. Il s'interrompit, et lorsqu'elle eut tourné les talons, il s'employa un moment à faire tourbillonner ses glaçons dans son verre. Puis il leva le regard.

— Je ne comprends pas pourquoi tu me poses toutes ces questions. Pourquoi remettre tout ça sur le tapis ? John et toi êtes de nouveau ensemble ?

— Non. Je suppose que j'essaie encore de comprendre ce qui le fait courir.

— John ne se remettra jamais de cette nuit-là.

Derrière le halo de la bougie, Ethan était livide. Morose et abattu.

— Le mieux est sûrement de l'accepter, reprit-il, et de tourner la page. En tout cas, je t'ai dit tout ce que je savais.

— Pas vraiment tout, rectifiai-je. Je suis au courant, pour l'alibi que tu as donné à la police.

Sa main se figea au-dessus de son assiette. Il reposa lentement son verre.

— C'est John qui t'en a parlé ?

J'ignorai subtilement la question.

— Tu n'es pas obligé d'en parler, si tu n'en as pas envie.

— C'est plutôt qu'il n'y a pas grand-chose à dire. Un policier a été tué, cette nuit-là. John et lui avaient eu des mots quelques jours auparavant, donc la police a naturellement voulu l'interroger. Mais, comme tu l'imagines, il n'était pas en état de subir un interrogatoire… C'est pourquoi je l'ai couvert.

— Tu as menti à la police. Certains diront que ça va bien au-delà de ce qu'exige l'amitié.

Ses sourcils se froncèrent fugitivement.

— Nous avons tous vécu un sale moment. Il fallait bien se serrer les coudes. John n'était pas le seul à souffrir, tu sais.

— Excuse-moi. J'avais oublié que Shani était ta filleule. Tu as dû être dévasté lorsque tu as appris l'accident…

— C'est le moins qu'on puisse dire.

— Et Mariama avait vécu avec toi et le Dr Shaw, lorsqu'elle était arrivée à Charleston. Vous aussi, vous deviez être proches.

Il se détourna. Son regard se perdit à travers la fenêtre.

— Mariama était une femme très singulière…

— Tous les hommes qui croisaient son chemin tombaient amoureux d'elle, m'entendis-je murmurer.

Il se retourna d'un seul coup.

— Quoi ?

— J'ai entendu quelqu'un dire ça à propos d'elle.

— Qui ça ? John ? s'enquit-il, le regard soudain ravivé. Ça ne lui ressemble pas de dire ça… Sur la fin, je crois qu'il avait fini par la haïr.

— Haïr est un mot très fort, soulignai-je.

— Mariama suscitait des émotions très fortes. La seule chose qu'elle ne supportait pas, c'était l'indifférence.

— Ce jour-là, à Oak Grove, tu m'as dit que John avait quitté la ville après l'accident. Qu'il avait posé un congé sans solde et disparu sans rien dire à personne.

— D'après la rumeur, il se serait lui-même fait interner dans un sanatorium privé, quelque part à la campagne. Quant à savoir si c'est vrai… je n'en ai pas la moindre idée. Tout ce que je peux dire, c'est qu'il est revenu changé. C'était un autre homme. Je ne pourrai jamais mesurer ce qu'il a vécu, mais j'ai toujours pensé qu'il y avait plus que du chagrin dans son mal-être. Il n'y a qu'à le regarder pour…

Laissant sa phrase en suspens, il se détourna de nouveau vers la vitre, le regard rivé sur la rue.

— Pour… ?

Il s'arracha à ses pensées, visiblement avec effort.

— Ça n'a plus aucune importance, désormais. C'était il y a longtemps… et déterrer tous ces vieux souvenirs est pénible pour tout le monde.

— Comme je te le disais, je ne fais qu'essayer de le comprendre.

— Ma pauvre… Avec John Devlin, c'est peine perdue. Je m'étonne que tu ne l'aies pas encore compris, ajouta-t-il d'une voix altérée.

Posant sa main sur la mienne, il scruta mon regard avec intensité. Sa peau était glaciale. Un frisson me parcourut. Je dus me faire violence pour ne pas retirer ma main.

Avec l'arrivée de Temple, la conversation prit un tour nouveau, ce qui ne fut pas pour me déplaire. Mes questions avaient fini par plonger Ethan dans une profonde maussaderie, et même le récit de Temple sur les frasques d'Ona Pearl Handy ne lui rendit qu'un demi-sourire. Découragée, Temple finit par déclarer forfait et commanda un deuxième verre de rosé.

— Qu'est-ce que vous avez, tous les deux ? demanda-t-elle tandis qu'on nous apportait nos salades. Franchement, j'ai connu des enterrements plus drôles que votre compagnie.

— Je suis juste un peu fatiguée, répondis-je. Retourner à Oak Grove a été plus difficile que je ne l'avais imaginé.

— J'en étais sûre. Tu as passé ton temps à ressasser tous ces souvenirs, non ?

— Je finirai par m'y faire.

— J'espère que mon père ne t'a pas forcé la main, dit Ethan. Il peut être têtu comme une mule quand il a une idée en tête.

— Non, il n'a fait que me poser la question. La décision, c'est moi seule qui l'ai prise.

— En parlant de Rupert…, intervint Temple.

Je lui lançai un regard d'avertissement qu'elle ignora.

— Comment va-t-il ?

— Amelia et moi étions justement en train d'en parler. Apparemment, il a eu une sorte d'absence lorsqu'elle lui a rendu visite, hier.

— Ah bon ? Quelque chose ne va pas ?

— Aucune idée, répondit Ethan. Mais il n'est plus tout jeune. Il va falloir que je le force à consulter. Je n'ai plus guère le choix.

La conversation dériva sur d'autres sujets, et je passai le reste du dîner en retrait, intervenant ici et là, par petites touches discrètes. A vrai dire, j'étais toujours préoccupée par les révélations de Fremont. Ce qu'il m'avait appris sur le Dr Shaw, et plus encore sa prémonition concernant Isabel, me tourmentaient jusqu'à l'obsession. J'avais hâte que cette soirée prenne fin pour rentrer chez moi et mesurer les conséquences de ces nouveaux éléments.

Tout le monde, d'ailleurs, était pressé de rentrer se coucher, car le café fut vite avalé. Temple et moi quittâmes Ethan devant le restaurant et regagnâmes ensemble nos voitures. La fraîcheur était tombée avec la nuit, et j'étais heureuse d'avoir pensé à prendre ma veste. Je la serrai contre moi tout en marchant contre la brise qui remontait de l'Ashley River.

— Brrr…, fit Temple. L'hiver est au coin de la rue.

— Je ne veux même pas y penser. Le mauvais temps me fiche le cafard.

— A propos de cafard, qu'est-ce qui ne va pas avec Ethan ? Lui qui est toujours si enjoué, je l'ai trouvé complètement déprimé.

— Je crains que ce soit de ma faute. Nous parlions de Shani et de Mariama, en t'attendant.

— Effectivement, c'est déprimant. Ethan et elles étaient très proches, tu sais…

J'acquiesçai d'un signe de tête.

— Merci de ne pas avoir fait état de ta petite théorie sur les vertiges du Dr Shaw.

— Qu'est-ce que tu crois ? Je ne suis pas insensible à ce point-là… Mais je continue de croire ce que je t'ai dit. Je connais Rupert depuis longtemps. Et d'après la description que tu m'en as faite, je dirais qu'il est persuadé qu'on lui a jeté un sort. J'en mettrais ma main au feu.

— Et sa femme, tu l'as connue ?

— Sylvia ? Je ne l'ai jamais vue, mais tout le monde savait à Emerson qu'elle était très malade, et depuis longtemps.

— Dans ce cas, sa mort n'a pas dû être une surprise ?

— Non, mais elle n'en a pas moins été dévastatrice. Surtout pour Ethan. Ça a été vraiment très dur pour lui.

— C'était avant que Mariama ne vienne habiter avec eux, n'est-ce pas ?

— Je ne suis pas sûre, mais je dirais que oui.

— Tu te souviens de ce dîner, au printemps, où Ethan nous a parlé de Mariama pour la première fois ? Il avait ce regard lointain, et une espèce de douceur dans la voix chaque fois qu'il mentionnait son nom. Je me suis toujours demandé s'il avait eu des sentiments pour elle. Autre chose que de l'amitié, je veux dire…

— Ça ne me surprendrait pas. Ils ont vécu sous le même toit pendant un moment. Comment aurait-il pu rester indifférent ?

— Même après son mariage avec Devlin ?

Temple haussa les épaules.

— Tu ne peux pas commander tes émotions comme on ouvre ou ferme un robinet. Cela dit, je connais bien Ethan. Il ne serait jamais passé à l'acte. Et puis, il n'était pas son type. Je ne crois pas qu'il aurait été capable de faire face à une femme comme Mariama.

— Si je me souviens bien, tu as dit à peu près la même chose de moi. Que Devlin n'était pas un homme pour moi.

Elle me lança un regard en coin.

— Peut-être que j'ai eu tort. Je ne sais pas exactement

à quoi ça tient, mais tu as l'air différente depuis que tu es rentrée. Comme si tu avais affronté une épreuve qui t'avait changée. Si Mariama était encore de ce monde, je crois que tu lui donnerais du fil à retordre. Mais ça, désormais, il est trop tard pour le voir.

L'idée de me mesurer à Mariama, vivante ou morte, me donna la chair de poule.

Nous nous séparâmes à l'angle d'East Bay et de Queen Street. Une fois seule, je pressai le pas, la tête baissée, les mains enfouies dans mes poches. J'étais d'ailleurs probablement perdue dans mes pensées, car l'homme était déjà presque sur moi lorsque je le remarquai. Comme la rue comptait d'autres passants, sa présence ne m'inquiéta pas outre mesure, même lorsque je vis qu'il me regardait avec insistance. Ce ne fut que lorsque je reconnus le rôdeur du cimetière que ma sonnette d'alarme se mit à retentir. J'étais certaine que lui et le type que j'avais repéré sur King Street ne faisaient qu'un seul homme.

Tandis qu'il approchait, ma main se crispa dans ma poche sur ma bombe lacrymo. Il souriait, mais je ne perçus pas cette vibration désagréable que j'avais ressentie, le matin même, lorsqu'il m'avait adressé la parole au cimetière. Il y avait maintenant quelque chose de froid et de calculateur dans ce sourire. Et dans ses yeux.

— Bonsoir, dit-il.

Je lui répondis d'un signe de tête, espérant encore qu'il allait passer son chemin. Discrètement, je balayai du coin de l'œil mon champ de vision périphérique. On aurait dit que la rue s'était soudainement vidée, comme par enchantement. Où était le couple qui déambulait devant moi ? Et cette famille qui me suivait depuis Queen Street ?

Il ne me fallut qu'une seconde pour décapsuler ma lacrymo. L'index sur l'embout en plastique, j'étais prête à dégainer. L'homme n'était plus qu'à quelques mètres. D'un coup d'œil à la dérobée, je sondai les alentours. Une silhouette se fondait dans la pénombre d'un hall d'immeuble. L'homme était mince, élancé, mais, malgré l'obscurité, je sentais l'intensité de son regard.

Portant sa main à sa bouche, il souffla au creux de sa paume, dispersant dans la nuit une myriade de minuscules paillettes. Hypnotisée, je contemplai, béate, les particules luisantes qui se suspendaient dans l'air puis fondaient dans ma direction, balayées par la brise.

Dans les branches hautes des sycomores, un rossignol entonna sa sérénade. Etrangement, ce fut cette mélodie lyrique qui m'effraya plus que le reste. Parce qu'elle ne pouvait pas être réelle. Etais-je en plein rêve ?

Je tentai de tirer ma lacrymo de ma poche, mais en vain. Mes bras et mes jambes refusaient d'obéir aux instructions de mon cerveau. Muette et pétrifiée, j'attendais là, impuissante, pendant que le rossignol poursuivait son refrain et que ces minuscules étoiles bleues pleuvaient sur moi dans un silence interminable.

25

Je m'éveillai au son de voix entremêlées.

Quoique… « Eveillée » n'était peut-être pas le mot juste. Bien que consciente, je flottais dans une sorte de rêve. Tout semblait si brumeux et irréel… Peut-être à cause du faible éclairage, songeai-je en levant les yeux sur l'ampoule nue qui pendouillait au-dessus de ma tête.

J'étais assise dans un salon qui m'était totalement inconnu, et, pourtant, je savais exactement où j'étais : sur America Street, dans la grande maison bleue de style victorien. La pièce était garnie de vieux meubles miteux et de tapis élimés. Autant que je pouvais en juger, la seule source de lumière provenait de ce plafonnier avare, que venait compléter une kyrielle de bougies. Les flammes vacillantes jetaient des ombres gigantesques sur les murs tachés d'auréoles, décrivant un balancement régulier à la cadence hypnotique. Au prix de rudes efforts, je parvins à m'arracher à ma léthargie et me mis en devoir de poursuivre mon travail de reconnaissance.

Une large arcade donnait sur le vestibule, au fond duquel j'apercevais la porte d'entrée, grande ouverte sur la nuit. Un flux continu de personnes entraient et sortaient.

De l'autre côté de la pièce, une seconde ouverture donnait sur la salle à manger. Assis à la table, un homme coiffé de dreadlocks avalait le contenu d'un bol en terre cuite. Layla se tenait derrière son épaule, buvant à petites gorgées un verre de vin rouge. Seulement, elle n'avait désormais plus grand-chose de la Layla de l'Institut.

La panoplie guindée et sophistiquée de l'assistante du Dr Shaw avait disparu. A la place, elle avait passé un caftan mauve décoré de fines broderies qui couraient tout autour de l'encolure et de l'ourlet. Elle allait pieds nus, les cheveux détachés, éparpillés sur ses épaules en une cascade de bouclettes. Elle et l'homme échangeaient de petits rires de connivence. A plusieurs reprises, nos regards se croisèrent, mais ni l'un ni l'autre ne me prêta la moindre attention.

L'homme de King Street entra d'un pas vif, suivi de près par Tom Gerrity, apparemment accaparé par une affaire pressante. Il portait sous son bras une caissette métallique, et ses yeux, malgré la faible lumière des bougies, brillaient d'une ardente lueur. Les deux hommes disparurent dans la salle à manger.

D'autres personnes entrèrent et sortirent, sans m'accorder un regard. J'observai cette parade pendant plusieurs minutes. Puis l'idée me vint que, moi aussi, je pourrais m'en aller avec eux. Je n'étais pas attachée, encore moins ligotée, et personne n'avait remarqué ma présence. Je pourrais gagner la porte d'entrée et reprendre mon chemin.

Cependant, lorsque je tentai de bouger, je me fis la désagréable impression de n'être qu'une pièce de viande désossée. Bien que dépourvue de liens ou d'entraves, j'étais bel et bien prisonnière. Et pourtant, ce constat ne m'inspirait aucune panique. Etrangement, je semblais accepter la situation avec philosophie.

Je reportai mon regard sur les bougies, fixant longuement leur halo tremblotant. Une émanation d'eucalyptus et de camphre embaumait la pièce. Avec une pointe plus âcre. Du souffre, peut-être. L'odeur n'était ni déplaisante ni perturbante.

Un moment s'écoula, puis, soudain, un silence s'abattit sur la pièce. Tous les yeux se tournèrent vers le vestibule, où un nouvel arrivant venait de faire son entrée. Il s'arrêta pour bavarder avec une femme enserrée dans un jean moulant, et, tandis que sa voix me parvenait à travers l'arcade, un frisson m'envahit. Le son qui parvenait à mon oreille était profond et mélodieux. Presque ensorcelant.

Quelques instants plus tard, il pénétra dans le salon. Son physique singulier me prit au dépourvu. Il était très grand, au moins 1,95m, la peau couleur acajou. Malgré les températures fraîchissantes, il portait un pantalon en lin et cette chemise ample que j'avais déjà vue. Un bijou argenté la rehaussait. Le col entrebâillé découvrait un médaillon qui luisait au creux de sa gorge. L'homme possédait une beauté surnaturelle, comme divine.

Il échangea quelques mots avec d'autres personnes, puis la pièce sembla se vider tandis qu'il s'approchait, tirant une chaise pour s'installer face à moi. Penché en avant, les coudes plantés sur les genoux, le menton dans ses mains croisées, il me fixa droit dans les yeux. Etrangement, l'effet fut plutôt apaisant.

— Vous êtes celle qu'on appelle la Reine des Cimetières.

Sa voix me rappelait le chant du rossignol, lyrique et mystérieux.

Je répondis d'un hochement de tête.

— Savez-vous qui je suis ? poursuivit-il.

— Darius Goodwine.

— Donc, vous avez entendu parler de moi.

— Vous m'avez rendu visite hier soir.

Un sourire effleura ses lèvres.

— Qu'est-ce que je fais ici ? demandai-je.

— J'ai pensé qu'il était temps de passer aux présentations officielles.

— Pourquoi ?

— Je crois comprendre que vous êtes intéressée par quelque chose que je possède.

Il se renversa contre le dossier de sa chaise en affectant un air détendu. Cependant, il continuait de me fixer avec une extrême intensité. Ses yeux avaient pris une étrange teinte dorée. Comme deux topazes luisantes qui scintillaient d'un éclat surnaturel sur sa peau sombre.

Quelqu'un traversa la pièce. Il se détourna, offrant à ma vue une profonde cicatrice qui s'étendait sous l'arrondi de sa mâchoire. Une lame avait frôlé sa jugulaire. Comment pouvais-je le savoir ? Je n'en avais pas la moindre idée. Une autre cicatrice fendait le dos de sa main droite. Discrètement, je cherchai d'autres blessures, car ces stigmates le rendaient moins impressionnant à mes yeux.

— Que savez-vous à propos de la poussière grise ? me demanda-t-il.

— Elle arrête le cœur, et les gens meurent.

Il esquissa un sourire lumineux, comme celui d'un sorcier.

— Elle fait beaucoup plus que ça, murmura-t-il.

— Elle permet de pénétrer le monde des esprits sans devoir recourir aux hallucinations.

— Oh oh…

Les topazes de ses yeux étincelèrent dans la demi-pénombre.

— Le Dr Shaw vous a bien informée. Maintenant, je veux savoir à qui d'autre vous en avez parlé.

— A personne. Sauf à Robert Fremont.

Il haussa les sourcils.

— Le flic décédé ?

— Oui.

J'ignore encore pourquoi je mentionnai ainsi le nom de Fremont. Ça ne me ressemblait pas du tout. Jamais je ne parlais des fantômes à qui que ce soit. Mais, à ce moment précis, j'étais manifestement incapable du moindre mensonge, et je dois bien avouer que je pris un certain plaisir à voir une expression de surprise traverser son regard.

— Vous voulez dire que vous allez au cimetière pour discuter avec sa dépouille ?

— Non. Je parle à son fantôme.

— Vous pouvez passer de l'autre côté ?

— Je n'en ai pas besoin. Il est là. Dans le monde des vivants.

J'aurais juré voir un éclair de terreur passer dans ses yeux. Il se pencha de nouveau en avant, piégeant mon regard dans le sien.

— Que veut-il ?

— Il veut savoir qui l'a tué. Il veut obtenir justice avant de poursuivre sa route, et je vais l'aider à parvenir à ses fins.

Mes explications parurent l'amuser.

— Vous n'êtes pas celle à qui je m'attendais.

— Pensiez-vous que j'aurais peur de vous ? Que je me recroquevillerais à vos pieds ?

Il fit un geste vague en direction du flux de quidams qui allaient et venaient.

— C'est ce que font tous ces gens.

— Je ne suis pas comme eux.

Il prit mon menton dans sa main et inclina mon visage vers la lumière.

— Alors qui êtes-vous ? Comment pouvez-vous converser librement avec les morts ?

— Je suis née *coiffée.*

Son regard s'illumina, et je sentis une décharge électrique passer de son corps au mien. J'aurais voulu me dégager de sa poigne, mais mes membres refusaient toujours obstinément de répondre à mes ordres.

— Vous êtes née derrière le voile, ce qui fait de vous quelqu'un de spécial. Et de très puissant.

Etrange de me dire ça, alors que j'étais bien incapable de mouvoir mes bras et mes jambes…

De la main, il désigna le groupe massé dans le hall.

— Vous possédez sans effort ce que la plupart de ces gens sont venus chercher au moyen d'artifices. Je crois que nous allons bien nous entendre, vous et moi.

— Et si je n'en ai pas envie ?

Il eut un petit rire.

— Vous n'avez pas le choix. Je viendrai à vous dans

vos rêves. Que vous le vouliez ou non. Aucune racine, aucune amulette et aucun sortilège ne pourra m'en empêcher. Pas même John Devlin, car je suis à peu près sûr qu'il essaiera, celui-là.

26

Quelque part, loin derrière, j'entendis le vrombissement assourdi d'un moteur dans un crissement de pneus. Mais mon attention était ailleurs. Fouillant des yeux le feuillage des sycomores, je cherchais ce rossignol qui venait de se taire. Où avait-il bien pu se cacher ? C'est alors qu'une main sur mon épaule rompit le sort. Ce sort qu'une main inconnue devait m'avoir jeté.

— Amelia ?

Ma tête pivota d'elle-même au son de sa voix. Devlin. Comme d'habitude, sa vue manqua de me couper le souffle. Il était habillé de noir des pieds à la tête, et le halo des lampadaires se réverbérait dans ses cheveux et dans ses yeux. A vrai dire, il se fondait si bien dans la nuit que je peinais à l'imaginer dans la lumière du jour. J'aurais voulu porter ma main à sa poitrine, sentir les battements de son cœur sous ma paume. M'assurer qu'il était bien réel. Mais les forces me manquaient encore et je n'avais qu'une envie : rester là, immobile, à ressasser l'écho égaré de cet oiseau imaginaire.

— Qu'est-ce que tu fais là ? lui demandai-je mollement.

Une brise légère fit voleter ses cheveux tandis qu'il me fixait avec intensité.

— C'est toi qui m'as appelé.

— Moi ?

Mon regard tomba sur le téléphone que je serrais entre mes doigts.

— Quand ?

— Il y a quelques minutes. Je suis venu aussi vite que j'ai pu.

Il scruta la profondeur de la rue, l'œil aux aguets.

— Tu vas bien ? s'enquit-il enfin. Que s'est-il passé ?

— Je n'en sais rien, répondis-je d'une voix blanche, un peu absente. Je ne me rappelle même pas t'avoir appelé.

Il me prit par les épaules et me fit lentement tourner, de manière à examiner mon visage à la lueur du lampadaire. Mon regard croisa le sien et mon pouls s'accéléra. Il semblait infiniment mystérieux, à cet instant. Aussi sombre et aussi trouble qu'un rêve.

— Tu trembles comme une feuille, dit-il. Viens, je te ramène chez toi.

Il me donna le bras pour me guider en direction de sa voiture, mais même quelques pas jusqu'au bord du trottoir, c'était encore trop pour moi. Je restais prisonnière de cette stupeur paralysante qui m'avait plaquée sur le lit, dans la maison bleue.

Et d'ailleurs, comment étais-je revenue jusqu'ici ?

— Qu'est-ce qu'il y a ? demanda Devlin.

— Je me sens vraiment bizarre, et mes jambes n'ont pas l'air de vouloir marcher…

Il me lança un nouveau coup d'œil, puis, sans dire un mot, me jeta sur son épaule et me porta jusqu'au siège avant de sa voiture, comme si je ne pesais pas plus qu'une brindille. Des images romantiques se mirent à danser dans ma tête. Je m'agrippai à sa veste, prenant une pleine bouffée de son odeur, de sa présence. Sa proximité agissait sur moi comme une drogue, mais peut-être étais-je encore à demi assommée par cette poudre étincelante aux reflets bleutés.

Il boucla ma ceinture de sécurité, puis contourna le véhicule et se glissa derrière le volant.

Une odeur de cuir embaumait l'intérieur de sa voiture et se mêlait délicieusement à celle de son eau de toilette. Je pris une longue inspiration, encore tremblante. Pourtant, je n'avais pas froid. Ma tête se renversa contre l'appui-tête. Je me tournai vers lui avec un soupir indolent.

— Il fait bon, ici…

— Tant mieux.

Ajustant la ventilation, il dirigea sur moi un flux d'air chaud.

Je ne pouvais m'empêcher de le regarder. Son visage était plongé dans la pénombre, mais je devinais sans mal les lignes viriles de son profil. Une envie folle me prit alors. Prendre sa main, la porter à ma joue glacée. Mais comment savoir si, lui aussi, avait été touché par le même sortilège ? Mieux valait ne rien tenter que je risquerais de regretter. D'autant que je ne me sentais vraiment pas dans mon état normal.

— Et ma voiture ? demandai-je. Je suis garée sur les quais.

— Donne-moi tes clés. J'enverrai quelqu'un la récupérer tout à l'heure.

Je plongeai la main dans ma poche et tâtonnai longuement avant de trouver enfin mon porte-clés.

— J'aurai besoin de la clé de l'entrée, dis-je en le tortillant pour en extraire la clé. Même si j'ai un double caché sous un pavé de l'allée.

— Je tâcherai de m'en souvenir, si jamais je me recycle dans le cambriolage.

— Tu ne la trouveras jamais. A moins que tu ne défonces tout le jardin.

A ces mots, je me tournai vers la vitre. Le poids de cette étrange léthargie commençait enfin à s'estomper, mais je sentais maintenant la nausée me nouer l'estomac. Le défilement du paysage nocturne, combiné aux soubresauts de la voiture, ne faisait rien pour arranger mon état.

— Tu peux me raconter ce qui s'est passé ? demanda-t-il en tournant sur Queen Street. Tu as l'air complètement perdue.

— Je n'en sais rien. J'étais là, et l'instant suivant, je

me suis retrouvée je ne sais où. Et puis clac ! De nouveau là. Je n'y comprends rien.

— Tu es sûre que tout va bien ?

L'inquiétude affleurait dans sa voix.

— Je crois que oui. Sauf que... je me sens un peu barbouillée. Ta voiture est si belle... Je ne voudrais pas être malade à l'intérieur.

— Tu crois que ça pourrait arriver ?

Je déglutis avec peine.

— J'ai bien peur que ce soit à envisager.

— Tu veux que je m'arrête ?

— Baisse juste un peu la vitre, s'il te plaît... Ça devrait suffire. Un peu d'air devrait me faire du bien.

Il actionna la commande électrique et je puisai une pleine bouffée d'air frais. La fraîcheur de la nuit me revigora, et il me sembla que la nausée était passée. Mais au moment où il ralentit pour s'engager dans l'allée de ma maison, une nouvelle vague me souleva violemment l'estomac.

La voiture à peine arrêtée, je sautai à terre et me ruai jusqu'au perron. Une sueur froide m'envahit tandis que Devlin s'affairait sur la serrure de la porte d'entrée. Angus vint nous accueillir dans le hall, mais je dus le repousser, me précipitant à la salle de bains, Devlin et lui sur mes talons. Je ne sais comment j'y parvins, mais, dans un ultime effort, je réussis à prendre sur moi pour leur faire signe de me laisser tranquille.

— Qu'est-ce que je peux faire ? insista Devlin d'un air impuissant. Tu veux une serviette humide pour ton front ?

— Non. Laisse-moi ! S'il te plaît..., ajoutai-je, à bout de forces.

N'en pouvant plus, j'ouvris le robinet et fis couler à flots l'eau dans le lavabo, avec l'espoir de masquer le bruit de mes haut-le-cœur. Je vomis longuement, à plusieurs reprises. Et c'est alors que je me souvins d'un détail que j'avais lu sur internet pendant mes recherches. Les plantes consommées dans certaines cérémonies initiatiques africaines causaient des nausées aiguës afin de purger le corps de sa négativité, lui permettant ainsi de mieux accepter les hallucinations.

Avais-je été droguée ? Je n'en avais pourtant aucun souvenir. Mais comment expliquer, autrement, ces soudains vomissements ? Comment expliquer ma visite chez Darius Goodwine ?

Une fois soulagée, je me rinçai la bouche et me brossai les dents. Puis je pris une douche rapide et enfilai ma sortie de bain en éponge. Difficile de faire moins sexy, mais elle était chaude et confortable. Exactement ce dont j'avais besoin. Enfin, je sortis de mon refuge et gagnai le couloir à la rencontre de Devlin.

Je le trouvai dans mon bureau, plongé dans la lecture du livre que le Dr Shaw m'avait prêté. Angus était étendu de tout son long à ses pieds et, malgré tous ces événements, malgré les fantômes qui devaient à coup sûr rôder dans le jardin, cette scène dégageait une douillette simplicité. Devlin en compagnie de mon chien. Moi en peignoir. Mais je refusai de laisser libre cours à des rêvasseries romantiques. Cette nausée m'avait fait regagner la terre avec une brutalité détestable.

Lorsqu'il me vit entrer, Devlin posa le livre et vint à ma rencontre.

— Tu te sens mieux ?

— Oui, beaucoup mieux. Merci.

— J'ai fait du thé, dit-il. J'ai pensé que ça te ferait du bien à l'estomac.

Il fila dans la cuisine sans me demander mon avis. Je le regardai s'activer entre mes placards et mes ustensiles. Il me tendit une tasse que j'attrapai à deux mains et bus à petites gorgées, laissant la chaleur gagner lentement chacune de mes extrémités. Nous retournâmes ensuite dans mon bureau. Je m'installai à ma table de travail, et lui à sa place, sur la méridienne. Il reprit le livre, le feuilleta d'une main machinale, puis le posa de nouveau.

— Je ne sais vraiment pas quoi penser de ce qui s'est passé ce soir, confia-t-il. Et je suis très inquiet pour toi.

— Je vais bien, maintenant. Le thé m'a nettement soulagée.

— Au moment où j'ai entendu ta voix au téléphone, j'ai su que quelque chose n'allait pas. Tu avais l'air tellement bizarre… Je me suis même demandé si c'était vraiment toi.

— Mais tu es venu quand même. Bien que tu m'aies clairement défendu de te contacter. Tu ne m'en veux pas trop ?

— Pas du tout, voyons.

Il me lança un regard pénétrant.

— Evidemment que je suis venu, ajouta-t-il.

Fuyant son regard, je plongeai le nez dans ma tasse.

— Et qu'est-ce que je t'ai dit, au téléphone ?

— Tu m'as dit où tu étais, et tu m'as demandé de venir te chercher.

De nouveau, il me scruta avec insistance, sans cligner des yeux. Je posai ma tasse et m'éclaircis la gorge. J'avais oublié à quel point son regard pouvait être puissant, combien il pouvait me troubler comme nul autre.

— Ne me dis pas que ce n'était pas toi, au téléphone, dit-il enfin.

— Le téléphone était bien dans ma main. Simplement… je ne me souviens pas d'avoir passé un appel.

— Est-ce que, par hasard, tu aurais abusé de l'alcool, au cours de la soirée ?

— Moi ? Est-ce que j'avais l'air ivre ?

— Etant donné que je ne t'ai jamais vue en état d'ébriété, je ne pourrais pas l'affirmer. Mais non, tu n'avais pas l'air ivre. J'aurais plutôt dit que tu avais été droguée.

— C'est ce que je pense, moi aussi. Mais je ne vois pas comment. J'ai dîné avec Temple et Ethan, après quoi je suis retournée à ma voiture à pied. J'ai vu deux hommes sur le trottoir. Je soupçonne l'un d'eux de m'avoir déjà suivie. En fait, j'en suis presque sûre. Il est venu au cimetière, ce matin, en se faisant passer pour un journaliste. Quant à l'autre, je crois que c'était Darius Goodwine.

Soudain, un silence de mort s'abattit sur la pièce. L'expression de Devlin, d'abord déconcerté, se figea soudain.

— D'où connais-tu Darius Goodwine ?

— Je ne le connais pas personnellement. J'en ai simplement entendu parler. Par le Dr Shaw, certainement.

Devlin me jeta un regard lourd de sens tandis que je m'expliquais. Il ne bougea pas d'un pouce et se garda de m'interrompre, mais je voyais bien qu'il m'écoutait avec une attention redoublée. Il se pencha en avant, telle une panthère prête à bondir. Ce n'était pas la première fois que je le voyais dans cette posture, mais sa puissance et sa grâce me prirent de nouveau au dépourvu. Je sentis mon pouls palpiter légèrement, et dus puiser une large inspiration pour me ressaisir.

— Il a soufflé quelque chose dans l'air, dis-je. Une sorte de poudre, je crois. J'en ai peut-être absorbé par voie cutanée, ce qui aurait suffi à m'assommer. Ensuite, je me souviens m'être réveillée dans une pièce étrange. Je n'y avais jamais mis les pieds auparavant, mais j'avais la certitude d'être dans une maison sur America Street. Une vieille bâtisse bleue de style victorien. Beaucoup de monde allait et venait, y compris l'assistante du Dr Shaw, une certaine Layla, et aussi Tom Gerrity.

Devlin s'était détourné vers la fenêtre de derrière, mais au nom de Gerrity, sa tête pivota comme au claquement d'un coup de fouet.

— Gerrity ? Qu'est-ce qu'il fichait là, celui-là ?

— Je n'en sais rien. Mais je l'ai suivi jusqu'à cette maison, hier, en sortant de l'Institut.

— Et qu'est-ce qui t'a prise de suivre Gerrity ?

L'explication s'annonçait délicate, compte tenu de mon petit arrangement avec le fantôme de Robert Fremont.

— C'est une longue histoire qui a à voir avec le Shaw… Il se trouve que Gerrity et moi avons quitté l'Institut en même temps. Je me suis donc retrouvée derrière lui sur la route. Et je l'ai suivi. Comme ça, une impulsion…

Devlin me dévisagea comme si un palmier venait de me pousser au milieu du front. De toute évidence, il était incapable de m'imaginer m'embarquer dans ce genre de situation.

— Et tu en as souvent, des impulsions de ce genre ?

— Ces derniers temps, il semblerait que oui. Bref, en tout cas, Gerrity s'est garé et il est entré dans cette grande maison. Et pendant que j'attendais dans ma voiture qu'il ressorte, j'ai vu un homme qui me fixait depuis le balcon du troisième. Il était très grand et très mince. Je ne l'avais jamais vu auparavant, mais quelque chose m'a fait penser que c'était Darius Goodwine. Et c'est lui qui était aussi dans cette maison, tout à l'heure. Il était d'ailleurs le seul à m'adresser la parole. Les autres ne semblaient même pas remarquer ma présence…

— Qu'est-ce qu'il t'a dit ? coupa Devlin.

Il y avait dans sa voix une intonation un peu singulière, que je ne sus comment interpréter.

— Il m'a demandé ce que je savais à propos de la poussière grise.

— Et qu'en sais-tu ?

Etait-ce une pointe de suspicion qu'il m'avait semblé sentir dans sa question ?

— Seulement ce que le Dr Shaw m'en a dit.

De nouveau, une expression de doute traversa son visage.

— Et ensuite ?

— Darius et moi avons parlé pendant quelques minutes, et ensuite, la seule chose dont je me souvienne, c'est que je me suis retrouvée dans la rue, le nez pointé dans les arbres. Et tu es arrivé.

— A mon avis, tu as dû être victime d'un rêve ou d'une hallucination. Tu ne pouvais pas te trouver dans une maison sur America Street.

— Et pourquoi pas, s'ils m'ont droguée ? Ils ont très bien pu m'emmener là-bas et me ramener ici.

— C'est matériellement impossible. J'ai mis moins de cinq minutes pour arriver ici après ton appel.

Il avait dû conduire comme un fou, songeai-je, soudain galvanisée à l'idée de sa rapidité.

— Mais si ce n'était qu'un rêve ou qu'une hallucination, comment pourrais-je me souvenir précisément de tous ces détails ? L'ampoule nue qui pendait au plafond, le caftan mauve que portait Layla, ou encore cette odeur de camphre mêlée d'eucalyptus et toutes ces bougies ? Comment pourrais-je savoir que Darius Goodwine a une cicatrice dans le cou et une autre sur le dos de la main ? Qu'il porte une amulette en pendentif et que ses yeux brillent de l'éclat d'une topaze ?

Devlin se leva brusquement et avança jusqu'à la fenêtre, la tête penchée en avant, perdu dans ses pensées.

— Tu as dit que tu l'avais vu le jour où tu as suivi Gerrity.

— Mais de loin. Je ne lui ai jamais parlé. Pas avant ce soir.

— Il était là-bas, dans la rue, avec toi. J'en suis sûr. Il t'a fait penser que tu étais ailleurs, mais tout ça n'était qu'une illusion. Je l'ai déjà vu faire ça.

— Tu veux dire… de l'hypnose ?

— Des drogues, de l'hypnose… J'ignore comment il s'y prend. Mais je l'ai vu une fois convaincre une femme que son corps était infesté de serpents. J'ai bien cru qu'elle allait se dépecer elle-même avant qu'on arrive à la maîtriser. Darius a éclaté de rire. Un « joli tour de salon », selon lui.

— Mais pourquoi a-t-il fait ça ?

— Pour savourer son pouvoir sur les autres. Il n'y a rien qu'il aime tant.

— Et la poussière grise lui confère ce pouvoir ?

— C'est ce qu'il doit penser, répondit Devlin en se tournant vers moi. Qu'est-ce qu'il t'a dit d'autre ?

— Qu'il s'inviterait dans mes rêves, et qu'aucune amulette, aucun sort, aucun ni gri-gri ne pourrait l'en empêcher. Pas même toi.

— C'est ce qu'on verra, murmura Devlin, les poings serrés.

A mon tour, je me levai et m'avançai jusqu'à lui.

— Que comptes-tu faire ?

— Ce qui aurait dû être fait depuis des années.

De nouveau je perçus en lui cette tension fébrile, et je pris peur.

— Que veux-tu dire ?

Devant son silence, je posai ma main sur son bras.

— Pourquoi as-tu une telle animosité envers Darius Goodwine ? Ce n'est pas uniquement cette histoire de poussière grise, n'est-ce pas ? Cette querelle qui vous oppose est personnelle, non ? Est-ce que ça a quelque chose à voir avec Mariama ?

Il se tourna et me prit par les bras. Son regard sombre luisait d'un éclat glacial.

— Je me moque de Mariama.

27

Ses mots me laissèrent sans voix. Instinctivement, mon regard se dirigea vers le jardin de derrière, où j'étais certaine que rôdait Mariama. Cette façon si froide, si méprisante de prononcer son nom sonnait comme un blasphème. De colère, elle avait déjà fait voler en éclats une vitre de mon bureau, par le passé. Elle m'avait attirée jusque dans le jardin de Clementine et avait fait tomber son propre portrait dans le salon de Devlin. Je pouvais imaginer ce que serait sa vengeance pour avoir ainsi profané son souvenir.

Devlin me tenait toujours par les bras. Son visage était un masque sombre et impavide, à l'exception de ses yeux qui brillaient d'un éclat énigmatique. Lentement, il me tira vers lui, plongeant une main dans mes cheveux tandis qu'il posait sa bouche sur la mienne.

— C'est toi qui comptes, murmura-t-il contre mes lèvres.

L'espace d'une seconde, il me sembla qu'il tentait de s'en convaincre autant que moi. Mais l'instant suivant, je n'étais plus certaine d'y accorder la moindre importance. Il était là, tout près, et dans ses yeux brillait une promesse ténébreuse.

Ses lèvres grimpèrent jusqu'à mon oreille et attrapèrent mon lobe.

— C'est toi que je veux, dit-il de sa voix traînante.

J'étais perdue. Complètement, définitivement et peut-être même stupidement perdue.

Je ne m'en étais pas rendu compte jusqu'alors, mais Devlin était loin d'être en reste, en matière de magie, car j'étais maintenant adossée au mur sans savoir comment diable j'avais pu arriver là. Il se tenait campé devant moi, bloquant la vue sur le jardin comme s'il sentait la présence de Mariama et cherchait à m'en protéger. Je ne voyais guère plus loin que les vitres, mais elle devait être là, parmi les buissons, ruminant sa rage.

Si je n'avais été aussi faible, j'aurais peut-être trouvé en moi la force de le repousser. Car, je le savais, lui et moi allions au-devant de sérieux ennuis, et Mariama se ferait un plaisir d'y veiller.

Mais j'étais toujours sous l'effet de la drogue. Prisonnière du brouillard de cette poudre bleue, je n'étais capable d'aucune volonté.

Mon peignoir s'était desserré, et Devlin l'ouvrit pour couvrir de baisers mon épaule dénudée. J'enroulai mes bras autour de son cou, ramenant sa bouche vers la mienne tandis que sa main se glissait à l'intérieur du peignoir, sans qu'il cesse un instant de m'embrasser. Même lorsque mes genoux défaillirent, même lorsque je me mis à trembler comme une feuille, il continua de m'embrasser. Longuement. Très longuement.

Le moment suivant, nous nous retrouvâmes sur la méridienne. J'étais étendue, pelotonnée dans ses bras, ma tête nichée sous son menton, une main sur son torse, savourant la volupté de ses baisers. Il embrassait à merveille. Et je savais aussi, pour y avoir goûté par le passé, qu'il faisait bien d'autres choses à merveille. Mais je refusais de laisser vagabonder mes pensées dans cette direction. Mieux valait ne pas se précipiter. Notre passion avait déjà ouvert une terrible porte, et il était évident que les Autres seraient de nouveau attirés par la fièvre de notre étreinte. Entre les murs de mon sanctuaire, nous étions en sécurité, et je devais déjà m'estimer heureuse de pouvoir y jouir de l'instant présent.

Mais, déjà, je sentais s'amorcer cet échange d'énergies. Ma chaleur décroissait à mesure que, sans le savoir, Devlin s'emplissait de mes forces de vie. Voilà ce qu'il en coûtait de tomber amoureuse d'un homme hanté. Mon sanctuaire me tenait à l'abri de ses fantômes, mais ne pouvait rien contre celui qui, ironie du sort, s'avérait être l'élu de mon cœur.

Nous étions restés un long moment sans bouger ni parler, mais je le sentais maintenant s'animer contre moi. Ses lèvres caressèrent mes cheveux, je fermai les yeux dans un frisson.

— Parle-moi d'Asher Falls, dit-il.

J'aurais voulu me presser plus fort encore contre son cœur mais, au lieu de cela, je me dégageai.

— Je n'aime pas beaucoup parler de cet endroit. Et puis, je n'y retournerai jamais… Alors, à quoi bon ?

Et pourtant, en prononçant ces simples mots, j'eus un pincement au cœur. Je m'étais sentie tellement seule, après avoir quitté ceux que j'y avais rencontrés. Et pas seulement Thane Asher, mais aussi Tilly et Sidra. Ces deux femmes, l'une âgée, l'autre toute jeune, m'avaient profondément marquée. Mais peu importait. Quel que soit le prix à payer, jamais je ne retournerais à Asher Falls. Ces montagnes étaient bien trop dangereuses.

— Tu as rencontré quelqu'un, là-bas ? demanda Devlin d'une voix soigneusement dépouillée de toute inflexion.

— Pourquoi cette question ?

— Parce qu'il y a une sorte de méfiance en toi, que tu n'avais pas avant. Comme si tu étais sur tes gardes et que tu refusais de me laisser entrer. Tu as l'air plus forte, et aussi plus vulnérable.

— Je n'ai pas eu l'impression d'être sur mes gardes, il y a quelques minutes. Loin de là.

— Tu sais ce que je veux dire. Tu refuses de parler

d'Asher Falls. Il y a forcément une raison à ça. Que s'est-il passé là-bas ?

J'eus un long soupir et finis par céder.

— Il y avait un homme, répondis-je à contrecœur.

— Tu étais amoureuse de lui ? Tu *es* amoureuse de lui ?

Ma réponse ne se fit pas attendre.

— Non. Mais je l'aurais peut-être été si je l'avais rencontré en premier. Maintenant, il n'y aura personne d'autre pour moi.

Il me serra dans ses bras.

— Une vraie romantique, murmura-t-il.

— En fait, je suis plutôt une vraie pragmatique. Je me connais très bien, tu sais… Un peu trop, peut-être.

Il eut une moue légèrement renfrognée.

— Mais moi, tu ne me connais pas.

— Toi, tu es un vrai mystère, admis-je. Il y a une question que je me suis toujours posée… Dès le jour de notre rencontre, tu m'as mise en garde contre le Dr Shaw et l'Institut. Tu avais un tel mépris pour leur travail ! Et pourtant, j'ai ensuite appris par Ethan qu'à une époque, tu avais été le protégé de son père. Une sorte d'enquêteur paranormal… Je t'avoue que j'ai du mal à le croire.

— C'était il y a longtemps, répondit-il en promenant ses doigts dans mes cheveux. Je cherchais n'importe quel moyen d'agacer mon grand-père, et celui-là m'avait paru assez efficace.

— C'est une drôle de façon de se rebeller. Boire, faire la fête… je comprends. Mais les sciences occultes ?

— Ethan était mon meilleur ami. Avec son père, j'ai été exposé à toutes sortes de choses étranges, complètement nouvelles pour moi.

— Y compris Mariama ?

Le mouvement de ses doigts dans mes cheveux se suspendit une fraction de seconde.

— Elle était l'incarnation même de la rébellion.

— A cause de ses origines africaines ? De son extraction populaire ?

— A cause de tout ça. Elle était différente et énigmatique. Et puis, elle avait ce don troublant de savoir exactement quand et comment tirer sur les ficelles qui me faisaient réagir. Elle suscitait le scandale dans les cercles de mon grand-père, et pendant un temps, ça m'a plu.

Je n'étais pas certaine de vouloir en entendre davantage. Et pourtant, une part de moi prêtait une oreille plus qu'attentive. En dépit de ses reproches, c'était Devlin qui, de nous deux, demeurait le plus sur ses gardes. Il renâclait à me confier le moindre détail sur lui, et je savais que ces incursions furtives dans son passé, dans l'homme qu'il avait été, et même dans sa relation intime avec Mariama, étaient des moments très précieux.

— Elle et toi, ça a été le coup de foudre ? Au premier regard ? demandai-je prudemment.

Il réfléchit quelques secondes.

— Je ne suis pas certain qu'il se soit jamais agi d'amour. Tout ce que je sais, c'est que c'était puissant… Complètement dévorant. Du moins dans les premiers temps. Et puis, Shani est arrivée, et tout a changé. Ma fille, oui, je l'ai aimée au premier regard.

Sa voix s'adoucit, et je sentis quelque chose se fermer en lui à la mention du prénom de sa fille. Il se tut. Je savais qu'il m'avait révélé tout ce qu'il entendait partager pour cette fois. A la vérité, il m'en avait dit beaucoup. Et mon tour était venu de me libérer d'un poids.

— Il y a quelque chose qu'il faut que je te dise.

— Je ne suis pas sûr d'aimer ce ton…

— A vrai dire, c'est un aveu, précisai-je.

Il garda de nouveau le silence quelques secondes, comme pour s'armer de courage.

— Je t'écoute.

— Ce n'est pas le Dr Shaw qui m'a parlé de la poussière grise. Le sujet est en effet venu dans la conversation, mais je savais déjà ce que c'était. Si je suis allée à l'Institut, c'était précisément avec l'idée de lui poser des questions à ce propos.

— C'est un peu ce que j'avais pensé. Et comment en as-tu entendu parler ?

— Je vous ai entendus, Ethan et toi, en parler l'autre soir chez toi. Le soir où je suis passée te voir. J'avais stationné dans la rue. Tu te souviens ?

— Tu avais peur de ne pas avoir le courage de frapper à ma porte. C'est ce que tu m'as dit.

— Je suis montée jusqu'en haut des marches, et là, j'ai entendu des voix. J'ai pris peur. C'était ridicule, mais je ne voulais pas que tu me trouves là. Pas comme ça. Alors, je me suis cachée dans les buissons, près de la galerie. Encore une de mes impulsions. Une fois dans les arbustes, j'étais bien trop embarrassée pour me découvrir. Tu n'imagines pas à quel point j'ai honte de t'avouer ça… Même maintenant.

— Et qu'est-ce que tu as entendu, exactement ?

— Tout.

Je sentais qu'il s'efforçait de se remémorer la scène — et sa conversation avec Ethan.

— Excuse-moi, repris-je. Je n'aurais jamais dû écouter. C'était parfaitement déplacé de ma part. Mais vous étiez si sérieux, tous les deux, lorsque vous avez évoqué cette poussière grise et Darius Goodwine… Je reconnais que ma curiosité l'a emporté.

— Après quoi, tu es allée voir Rupert Shaw.

— Oui, et sa réaction a été similaire. Il m'a enjoint de ne rien répéter de ce qui s'était dit dans son bureau.

— Au moins, il a eu la bonne idée de te mettre en garde.

— Pourquoi fallait-il que je sois mise en garde ? Qu'est-ce que c'est exactement que cette poussière grise ? Je sais que c'est une substance dérivée d'une plante, qu'elle est censée arrêter le cœur et permet à celui qui l'ingère de passer plus facilement dans le monde des esprits. Je peux comprendre que quelqu'un soit tenté de l'utiliser s'il a perdu des êtres chers, mais autrement…

J'eus un frisson.

— Si Darius Goodwine ne cherche pas à en tirer de l'argent, pour quelle raison en apporte-il ici ?

— Tu ne peux pas te prendre pour Dieu si tu n'as pas tes fidèles à tes pieds, lâcha Devlin.

— Il détient vraiment un tel pouvoir ?

— Il maîtrise un certain nombre de tours et de numéros d'illusion. Bien des gens ne voient pas la différence.

— Tu es sûr que ça s'arrête là ?

— Tu ne crois plus qu'il t'a transportée par magie dans cette maison sur America Street, quand même ?

— C'est juste que ça avait l'air tellement réel…

— Voilà pourquoi cette poussière grise est si sournoise… Et pourquoi Darius Goodwine est si dangereux. S'il parvient à leurrer quelqu'un comme toi, imagine ce dont il est capable avec un public plus vulnérable ou plus crédule.

Quelqu'un comme moi… Si seulement il avait su !

— Il faut qu'il soit arrêté, trancha Devlin.

— J'ai encore l'impression que ce n'est pas seulement le policier qui parle…

— Peu importent mes motivations. Des gens meurent dès que ce type se trouve dans les parages. Cette seule raison suffit.

— Tu es allé voir Darius, ce soir-là, après l'accident de Mariama et de Shani ?

— Donc, tu as vraiment tout entendu.

Il fixa le plafond, le visage impénétrable.

— Je ne sais pas ce qui s'est passé ce soir-là…, répondit-il. Lorsque j'y repense, je ne parviens à rassembler que des bribes de souvenirs qui n'ont pas vraiment de sens.

— Te rappelles-tu avoir vu Robert Fremont ?

Il me dévisagea en fronçant les sourcils.

— Pourquoi est-ce que tu me demandes ça ?

— Parce que, quand la police a voulu t'interroger, Ethan Shaw t'a donné un alibi. S'il a pensé que tu en avais besoin, il doit bien y avoir une raison.

— Peut-être devrais-tu demander à Ethan pourquoi

il s'est senti si obligé de le faire ? suggéra-t-il avec un coup d'œil, le visage impassible. Je n'ai pas tué Fremont, si c'est là que tu veux en venir.

— Je ne l'ai jamais pensé.

— Je ne l'ai pas tué, répéta Devlin d'un air sombre. Et pourtant, j'avais un mobile. Le plus vieux du monde. Fremont entretenait une liaison avec ma femme.

28

Un peu plus tard, je fis sortir Angus au jardin, mais au vu des circonstances, je ne l'attendis pas sur le perron comme à mon habitude. Mon entretien avec Darius Goodwine — qu'il fût réel ou rêvé — et le moment que j'avais partagé avec Devlin m'avaient profondément ébranlée, et la dernière chose dont j'avais besoin était un face-à-face avec le fantôme de Mariama. Je n'avais aucune idée du pouvoir qu'elle détenait encore depuis le fond de sa tombe, mais une intuition me disait que ce qu'elle m'avait montré n'était qu'un maigre aperçu de ce dont elle était capable.

Confuse, j'arpentai sans but le couloir de mon appartement. Une sensation de tragédie imminente, telle une funeste prémonition, lestait chacun de mes pas. Pendant tant d'années, j'avais redouté les fantômes uniquement à cause de leur nature parasitique, à cause de leur quête insatiable de chaleur et d'énergie humaines pour s'assurer une place parmi les vivants. Mais aujourd'hui, j'avais acquis une tout autre certitude. Je savais que les fantômes avaient la capacité de causer des souffrances physiques, peut-être même la mort. Et je frémissais en imaginant jusqu'où Mariama pourrait aller pour me tenir à l'écart de Devlin. Même les préceptes de mon père ne pourraient rien contre la rage d'un spectre assoiffé de vengeance.

Je fis une halte dans la salle de bains, m'aspergeai le visage d'un peu d'eau fraîche et regardai le miroir. Une femme au visage hâve me fixait d'un œil morne. Ce soir-là, les cercles sous mes yeux étaient plus prononcés encore, et mes pupilles semblaient anormalement dilatées. Peut-être était-ce un effet secondaire de cette poudre bleue qu'on m'avait soufflée au visage ? A moins qu'un complice de Darius Goodwine n'ait réussi à verser quelque chose dans mon verre au cours du dîner.

Mais pourquoi cet homme s'en prendrait-il à moi ? Pour atteindre Devlin ? Après les événements de la soirée, quelque chose me disait que ses motivations n'étaient plus exactement les mêmes. Il s'était montré particulièrement intéressé par l'éventualité de pouvoir communiquer avec Robert Fremont, et aussi par les circonstances de ma naissance. Etre né derrière le voile constituait à ses yeux un atout considérable. « Cela fait de vous quelqu'un de spécial et de très puissant », avait-il affirmé. Pourtant, à ce moment précis, je ne me sentais pas exactement puissante. Plutôt en proie à la plus grande confusion, et complètement démunie.

Mais encore aurait-il fallu que notre conversation ait été réelle. Devlin semblait convaincu que j'avais été victime d'une illusion ou de quelque tour de passe-passe, et c'était aussi ce que j'avais très envie de croire. La promesse de Darius Goodwine de venir hanter mes rêves était une menace toute nouvelle, que les murs de mon sanctuaire ne sauraient endiguer. Le royaume des rêves ne connaissait nulle frontière ni refuge. Mon unique défense contre lui serait l'insomnie.

Peut-être n'était-il qu'un adroit hypnotiseur ou un illusionniste chevronné, qui choisissait ses proies parmi les faibles et les personnes impressionnables. Mais j'étais une femme qui voyait les fantômes, une femme qui avait été poursuivie par l'esprit du mal. Je savais mieux que personne que le savoir des hommes ne pouvait tout expliquer. Donc, contrairement à Devlin, je ne pouvais écarter la possibilité qu'un homme ait pénétré dans le monde des esprits. Un homme qui serait capable de passer de l'autre côté du voile et de venir hanter mes rêves.

Repoussant ces pensées, je tentai de me concentrer sur un objectif plus pratique. Elucider le meurtre de Robert Fremont, par exemple. Malheureusement, ces pensées-là n'étaient guère plus apaisantes. La possibilité qu'un homme que je respectais et que j'admirais puisse avoir empoisonné sa femme était particulièrement déroutante. Mais il y avait pire encore. L'aveu du mobile de Devlin… *Le plus vieux du monde*.

Pourquoi Fremont ne m'avait-il rien dit de cette liaison ? Son amnésie sélective commençait à me paraître un peu trop commode.

Et soudain, perdue dans mes spéculations, j'eus la sensation de n'être qu'un pion manipulé par des mains sans scrupules. Celles de Robert Fremont et de Darius Goodwine, mais aussi d'autres forces latentes.

Le SMS de Devlin — quelle que fût l'identité de son véritable expéditeur — avait été envoyé pour me faire revenir d'Asher Falls. Quant au rossignol du premier soir, il n'avait eu d'autre fonction que de m'attirer jusque dans le jardin de Clementine, pour que j'y trouve Devlin en compagnie d'Isabel Perilloux. Pour me ramener une fois de plus dans son orbite. Tout était lié, mais ces liens semblaient complètement incohérents. Tous les indices étaient là, j'en étais certaine, mais je ne parvenais pas encore à embrasser le tableau dans son ensemble.

Mariama pouvait-elle être la femme que Fremont avait eue à ses côtés avant de mourir ? Même si je ne lui avais jamais associé de parfum particulier, c'était peut-être le sien qui s'était accroché à ses vêtements ? Au fond de moi, j'avais eu ces soupçons depuis le début, mais ma jalousie vis-à-vis d'Isabel Perilloux avait fait de cette dernière une coupable idéale. Car, tout bien considéré, toutes les pistes ne menaient-elles pas inévitablement à Mariama ?

Sa trahison avait dû être un coup terrible pour Devlin. Même si leur amour avait faibli à cette époque, il en restait toujours quelque chose. Une émotion assez forte pour ramener Mariama de chez les morts et la maintenir ici, où elle s'employait à vider Devlin de sa chaleur et de son énergie. Un terrible pressentiment me disait qu'elle serait encore là longtemps après moi.

M'arrêtant à mon bureau, je me mis à feuilleter le livre du Dr Shaw, laissant à Angus quelques minutes supplémentaires pour s'adonner à son exploration du jardin. Puis je me décidai à l'appeler depuis la porte de derrière. Comme il ne répondait pas, je fis un pas sur le perron. N'ayant pas pris la peine d'enfiler mes pantoufles, je me gardai de dépasser la limite de la terrasse. J'allais commencer à m'inquiéter lorsqu'il surgit de l'obscurité et rappliqua en trottant, le pelage hérissé.

D'un coup d'œil rapide, je scrutai les coins les plus sombres du jardin. La brise s'était levée et le tintement du carillon à vent éveilla en moi une crainte diffuse. Rien ne bougeait dans le jardin, à l'exception des palmiers nains qui bruissaient dans la nuit. Mais quelque chose était là. Je le sentais. Ce vent venu de nulle part avait quelque chose d'anormal. Il venait de l'autre côté.

Comme pour confirmer mes soupçons, une bourrasque soudaine fouetta mes cheveux et souleva mon peignoir. Malgré un frisson, je restai en place, Angus grognant à mon côté. Tout en le réconfortant d'une petite tape sur le flanc, je sondai des yeux le recoin où la balançoire s'agitait en silence. Un nuage couvrit la lune, projetant le jardin dans une totale obscurité. Dévalant de la pénombre, une froideur glaciale s'abattit sur moi. Ce n'était ni Shani ni Mariama, j'en étais à peu près certaine, mais un esprit inconnu venu jusqu'à moi. Quelque fantôme sans sommeil cherchant mon aide, mais aussi ma chaleur et mon énergie.

La nuit était d'encre et je n'y voyais goutte. Malgré mes efforts, je ne distinguais ni aura ni paire d'yeux luisants. Nulle silhouette humaine flottant à travers les buissons. Pourtant, je ressentais une présence. Je la sentais qui m'observait. Un regard de mort qui se promenait sur moi, telle une araignée remontant lentement le long de ma colonne vertébrale.

Etait-ce un test ? Peut-être. Un galop d'essai pour vérifier que j'avais bien la trempe nécessaire pour assumer une mission supérieure.

Devais-je répondre d'un signe de la main ? Tenter d'établir un contact ?

En l'espace d'un battement de cœur, des centaines d'idées se précipitèrent dans ma tête. Plongée dans l'indécision la plus complète, je n'avais pas même remarqué que le vent était tombé. Le jardin était maintenant immobile, comme si la nuit retenait son souffle en attendant ma réponse.

Je n'osai ni faire un geste ni émettre le moindre son. Plus étrangement, je ne feignis pas non plus l'indifférence. Au lieu de cela, je restai plantée là, les jambes flageolantes, le cœur battant la chamade, souhaitant presque qu'un fantôme se découvre.

Tout à coup, il me sembla voir quelque chose briller, mais au même moment, la lune réapparut. Une odeur de moisi envahit le jardin, se mêlant à l'effluve des stramoines, et je crus entendre la voix de mon père murmurer à mon oreille. « Rentre, Amelia… Vite ! Ne provoque pas le destin, mon enfant. Tu t'es déjà aventurée beaucoup trop loin. »

Les pavés de pierre étaient froids sous mes pieds nus, et une piqûre de fourmi me fit soudain tourner les talons et rentrer en hâte.

Tant pis pour la noble cause ou l'appel supérieur.

Verrouillant la porte, je scrutai longuement la profondeur de la pénombre. Angus vint se frotter contre ma jambe en gémissant, réclamant mon attention. Je le gratifiai de quelques papouilles et filai m'affairer dans la cuisine, rinçant les tasses, rangeant la boîte de thé.

C'est en me baissant pour attraper sa gamelle d'eau et la remplir pour la nuit que je découvris au sol de minuscules taches rouges qui ressemblaient à du sang. Comme si Angus s'était écorché une patte sur un objet tranchant.

Agenouillée sur le carrelage, j'inspectai chaque patte, l'une après l'autre. Rien. Ni blessure ni sang. J'attrapai une feuille d'essuie-tout, la passai sous le robinet et m'apprêtai à nettoyer le sol lorsque j'en aperçus d'autres. Une ribambelle de petits points écarlates. C'était de moi qu'ils venaient, pas d'Angus.

Dans un périlleux numéro d'équilibriste, je m'examinai d'abord un pied, puis l'autre. En essuyant le sang, je découvris l'éclat de minuscules grains de verre incrustés dans mon talon. Les particules étaient si fines qu'elles ressemblaient à de la poudre, mais la peau avait été irritée en plusieurs endroits. Etrange, car à ma connaissance, aucun objet de verre n'avait été brisé sur la terrasse ni dans le jardin.

Boitillant jusqu'à la salle de bains, je me lavai soigneusement la plante des pieds au savon antibactérien, puis retirai le verre à la pince à épiler et arrosai chaque zone irritée d'eau oxygénée doublée d'antiseptique. Voilà qui devrait faire l'affaire. Aucun germe ne devrait pouvoir survivre à une offensive aussi musclée.

Mais, surtout, l'incident m'avait suffisamment occupé l'esprit pour me changer les idées. Bizarrement, je me trouvais maintenant beaucoup plus calme. J'en profitai pour me glisser sous ma couette et me préparer à une nuit qui s'annonçait longue. Les yeux rivés au plafond, je repensais à Devlin. Si seulement il était resté…

Le sommeil m'emporta presque instantanément, mais je m'éveillai quelque temps plus tard, prise d'une terrible soif. Sans bruit, je filai dans la cuisine me chercher un verre d'eau, mais, malgré mes précautions, Angus m'entendit et me suivit jusqu'au pied de l'évier pour vérifier son écuelle.

— Désolée, ce n'est pas encore l'heure du petit déjeuner.

Il leva sur moi un regard suppliant auquel je n'avais jamais su résister. Abdiquant avant même d'avoir livré bataille, j'ouvris le placard pour lui attraper une friandise. Ce faisant, mon regard effleura les fenêtres de mon bureau. Quelqu'un se tenait derrière les vitres et me toisait fixement.

Sans me retourner, je surveillai la silhouette dans mon champ de vision périphérique. Le visage blafard avait l'aspect translucide d'un fantôme, mais il arrivait que le clair de lune crée parfois ce genre d'illusion. Etrangement, Angus n'avait poussé aucun grognement ni donné l'alerte. Qu'il s'agisse d'un humain ou d'un fantôme, il aurait dû percevoir une présence étrangère. Pourtant, il se contentait d'avaler tranquillement sa friandise avec une délectation non dissimulée. A aucun moment il ne leva la tête, même lorsqu'une autre silhouette apparut derrière la porte, et que la poignée se mit à grincer pendant que l'intrus tentait de pénétrer dans l'appartement.

Je cherchai le téléphone. Introuvable. Un ustensile dont j'aurais pu me servir pour me défendre. Rien à portée de main. C'est alors que je compris. J'étais prisonnière d'un rêve. Comment expliquer, autrement, l'apathie d'Angus ? Comment expliquer ma subite et singulière paralysie ?

Sous mon regard impuissant, le pêne de la porte finit par céder avec un cliquetis sec, et la porte s'ouvrit d'un coup. Ce vent venu de l'au-delà envahit brusquement la pièce. Mes cheveux me giflèrent le visage, et lorsque, d'une main, je les dégageai, je vis Darius Goodwine planté sur le seuil de la porte. Il avait la même apparence que dans la maison bleue, à ceci près qu'à présent, il portait plusieurs colliers, dont un constitué de dents humaines. Dans sa main droite, il portait un bol de bois, et dans l'autre, une bourse de cuir qu'il secouait vigoureusement, produisant un bruit métallique.

Il versa dans le bol le contenu de la bourse. Des osselets, des coquilles, des galets, des noix et quelques pièces de monnaie. Puis il s'agenouilla et éparpilla le tout à même le sol. Les objets s'arrangèrent en un dessin qui sembla provoquer son hilarité.

Il leva vers moi ses yeux topaze.

— Préparez-vous, dit-il.

— Pour quoi ?
— Un long voyage.
— Où m'envoyez-vous ?

Il se tourna face à la nuit. Des morts s'étaient massés dans mon jardin. Leurs visages étaient peinturlurés d'un blanc laiteux, leurs ventres béants et distendus. Des scarabées noirs pourvus d'énormes pinces surgirent de leurs entailles d'autopsie et rampèrent dans la maison. L'un d'eux grimpa jusqu'au placard où je rangeais les friandises d'Angus. Un autre se précipita sous la cuisinière.

Et déjà, l'écuelle d'Angus fourmillait d'insectes. Il me regarda en gémissant d'un air penaud. Les scarabées lui escaladaient les pattes et s'enfonçaient dans l'épaisseur de son pelage, lui raclant l'épiderme comme pour s'enfouir sous sa peau. Il hurla de douleur. Je me précipitai sur lui, m'empressai de le débarrasser de ses parasites, les repoussant un à un avec dégoût en direction de la porte.

Mais ils se multipliaient à vue d'œil, et les dizaines se transformèrent en centaines. En quelques secondes, le sol se noircit d'un épais tapis d'insectes, et je les sentais maintenant sur moi. Ils me couraient le long des bras, dans les cheveux, et se faufilaient par le col de mon pyjama.

Je m'éveillai en nage, battant l'air en tous sens. Haletante, je repoussai vigoureusement les couvertures et sautai du lit en tâtonnant frénétiquement à la recherche de l'interrupteur. Il n'y avait rien dans le lit. Rien dans mes cheveux. Juste un rêve.

Ou une visite de Darius Goodwine.

Accablée, je résolus de veiller le reste de la nuit, et filai jusqu'à mon bureau d'où je rapportai le livre du Dr Shaw.

Mais mes paupières ne tardèrent pas à s'alourdir et, malgré mes efforts, je piquai de nouveau du nez. Mon dernier souvenir fut le grattement d'une branche contre la gouttière de la maison. Dans mon demi-sommeil, quelqu'un courait sur le toit.

29

— De la poudre de zombie, certifia Temple le lendemain matin, tandis qu'elle m'aidait à décharger mon matériel du coffre de mon 4 × 4.

Après avoir quitté mon appartement, Devlin avait envoyé un collègue récupérer ma voiture sur les quais, puis m'avait indiqué par texto l'endroit où les clés avaient été laissées. Etait-ce la conversation que nous avions eue avant son départ qui avait déclenché mon rêve ? Pas sûr. Mais elle l'avait peut-être précipité. Et maintenant qu'il faisait grand jour, il semblait évidemment impossible que Darius Goodwine se fût, d'une façon ou d'une autre, insinué dans mon sommeil.

— Le verre pilé est un ingrédient courant. Tout comme la stramoine, poursuivait Temple. Le verre irrite la peau, de sorte que le poison pénètre plus rapidement dans le système sanguin.

— Des zombies ? A Charleston ? dis-je en feignant un air horrifié, tout en verrouillant ma voiture. Ce n'est pas plutôt un truc typique de La Nouvelle-Orléans, les zombies ?

— En fait, ils sont venus d'Afrique via Haïti, rectifia-t-elle. Ici, tout ce que nous avons à redouter se résume aux vieilles sorcières, aux fantômes et aux plat-eyes, ajouta-t-elle en énumérant la trinité des légendes des Basses-Terres.

— Papa racontait souvent des histoires de plat-eyes. Ces cyclopes malveillants, mi humains, mi animaux, me fichaient chaque fois la chair de poule. Remarque, les sorcières gullah aussi… Je n'osais même plus fermer les yeux le soir, de peur qu'il en entre une dans ma chambre pour me voler ma peau pendant mon sommeil.

Pourtant, malgré toutes les frayeurs qu'elles me causaient sous mes couvertures, je n'avais jamais vraiment cru à ces créatures mythiques censées avaler les enfants désobéissants. Pas plus, d'ailleurs, qu'à ces sorcières qui se débarrassaient de leur peau à la nuit tombée pour se glisser dans celle des autres. En revanche, pour ce qui était des fantômes, j'avais très tôt compris qu'ils étaient bien réels.

— Attends, j'ai encore mieux, reprit Temple tandis que nous nous frayions un chemin parmi les herbes hautes. Tiens-toi bien. Je suis sortie avec un mec de Louisiane dont la grand-mère pratiquait le vaudou. Cette vieille chouette racontait que, lorsqu'elle était jeune, son frère avait été transformé en zombie par une prêtresse toute-puissante. Il a été déclaré mort par le coroner du coin. Ses funérailles ont été organisées, après quoi il a été inhumé en bonne et due forme. Mais des années plus tard, sa sœur l'a croisé à La Nouvelle-Orléans en compagnie de cette fichue prêtresse. La vieille chouette l'avait déterré et s'en était servi d'esclave pendant tout ce temps, alors que sa famille le croyait mort.

— Et qu'est-ce qu'il lui est arrivé ?

— D'après sa sœur, aux dernières nouvelles, il était encore avec la prêtresse.

— Et pourquoi n'a-t-elle pas appelé la police ?

— Les autorités ne pouvaient rien faire. Et elle non plus, car la prêtresse était trop puissante.

— Mais tu n'en crois pas un mot ? Pas toi, quand même, Mademoiselle Sceptique…

— Bien sûr que non. Pas une seconde. Mais le truc, c'est qu'*elle*, elle y a cru. Et son frère aussi, apparemment. Si tu veux mon avis, vaudou, sciences des racines, conjuration… tout est à mettre dans le même sac. Le fonds de commerce est toujours le même : mystère et persuasion. Que veux-tu, tant que les gens veulent y croire, les bonnes vieilles recettes n'ont aucune raison de changer. L'amour absolu, la richesse, la protection face à des ennemis. Et tout ça grâce à quoi ? Un coup de baguette magique, trois incantations et un peu de bave de crapaud… Certains seraient prêts à donner jusqu'à leur dernier dollar pour acheter des philtres d'amour et des bougies qui repoussent les esprits maléfiques.

Elle marqua une pause tandis que je décadenassais le portail.

— Cet homme dont tu m'as parlé, ce Darius Goodwine… Si tu veux mon avis, il essaie de te brouiller les idées. Il joue avec tes nerfs. Pour un escroc un peu doué, il n'y a rien de plus facile que de semer le doute dans l'esprit de quelqu'un.

— Mais s'il ne possède aucun pouvoir, comment parvient-il à m'influencer ?

— La suprématie de l'esprit sur le réel. Comme toute cette série d'incidents que nous avions connus chez Ona Pearl Handy. Elle a su créer un doute, même infime, et nous avons fait le reste. Peu importe comment tu appelles ça : pouvoir de suggestion ou prophétie autoréalisatrice. Le fait est que l'esprit a la capacité d'influer sur le corps de manière subconsciente. Enfin, ce n'est pas à toi que je vais apprendre ça.

— Hum… Cela dit, le verre pilé n'était pas que dans ma tête. Et le sang était bien réel.

— Oui, *ça*, c'est troublant, convint-elle. Il t'arrive souvent de sortir pieds nus ? Je veux dire, c'est une habitude ?

— Je ne sais pas si c'est une habitude, mais ça m'arrive.

— C'est le genre de détail qu'il a dû noter, s'il t'a mise sous surveillance. Pour une raison ou une autre, cet homme voit en toi une menace. Et maintenant, il essaie de prendre l'ascendant sur toi.

— Et qu'est-ce que je devrais faire ?

— Si tu as affaire à un vrai croyant, tu peux demander une protection auprès d'un guérisseur. La suprématie de l'esprit sur le réel fonctionne dans les deux sens, tu sais… Alors, autant en profiter. En revanche, si ce type n'est qu'un escroc, tout ce que tu as à faire, c'est de te tenir sur tes gardes. Garde les yeux et les oreilles grands ouverts. Et, pour l'amour de Dieu, ne te promène pas pieds nus ! Evidemment, s'il te menace, appelle la police. Ou Devlin. Mon petit doigt me dit que celui-là serait trop heureux de s'occuper de ce type pour toi.

Sûrement. Et c'était d'ailleurs ma plus grande crainte. Le sort que Devlin comptait réserver à Darius Goodwine.

Je passai le reste de la journée à décrasser des pierres tombales. Cette activité exigeait de rester des heures tantôt accroupie, tantôt à genoux, de sorte qu'après quelques années d'exercice, je m'étais, sans le vouloir, fabriqué des cuisses en béton. Malgré les apparences, ce métier était tout sauf un travail d'amateur, car le moindre coup de brosse mal placé pouvait causer des dommages irréparables, particulièrement sur les pierres les plus anciennes. A chaque nettoyage, une couche de matière était perdue. L'objectif de préservation primait donc sur celui de restauration à proprement parler.

Même dans les cimetières équipés d'un point d'eau, je ne recourais que très rarement aux détergents, préférant la méthode douce des pinceaux souples, des éponges et des grattoirs, doublés d'une bonne dose de patience. D'ordinaire, je commençais par le dos de la stèle, afin d'éviter les marques. Une fois absorbée par ma tâche, le temps passait généralement assez vite. Aujourd'hui, en revanche, je ne cessais de regarder mon téléphone pour vérifier l'heure. Un peu plus tôt dans la matinée, j'avais passé un appel au bureau de Tom Gerrity et lui avais laissé un message. Lorsqu'il m'avait rappelée, quelques minutes plus tard, je m'étais fait passer pour une cliente potentielle intéressée par ses services. S'il avait reconnu mon nom suite à notre ancienne entrevue, il n'en avait rien laissé paraître. Il serait sur le terrain presque toute la journée, avait-il expliqué, mais il devait repasser par son bureau en fin d'après-midi et m'avait suggéré de l'y retrouver aux alentours de 18 heures.

Je n'avais aucune idée de ce que je pourrais retirer d'une telle visite, ni de ce que je lui raconterais une fois que je serais face à lui. Je ne pouvais pas lui demander de but en blanc ce qu'il avait sur le Dr Shaw. Et je ne pouvais pas non plus prétendre être une amie de la famille de Fremont à la recherche d'un détective privé. Gerrity m'avait surprise dans son bureau au printemps, et donc, même si mon nom ne lui avait rien dit au téléphone, il était probable qu'il me reconnaîtrait dès qu'il me verrait dans son agence. Il se souviendrait alors de mes liens avec Devlin, et, vu l'animosité qui régnait entre les deux hommes — sans parler de son association éventuelle avec Darius Goodwine —, je ne pouvais sérieusement compter sur sa coopération.

Passant au recto de la stèle, je m'appliquai à humecter la pierre à l'aide d'un atomiseur que j'avais toujours dans ma mallette. Puis, tout en grattant le lichen, je m'employai à passer en revue pas moins d'une douzaine de scénarios, dont aucun n'était particulièrement séduisant. Le mieux était encore de m'en remettre aux forces de l'univers, décidai-je, à court d'imagination. Fremont avait peut-être une bonne raison de m'envoyer vers ce Gerrity. A une époque, ne l'avait-on pas surnommé « le Prophète », après tout ? Apparemment, certaines de ses compétences de devin l'avaient suivi dans sa tombe. Une image furtive des mains ensanglantées d'Isabel Perilloux me traversa l'esprit. Mais ce n'était pas d'Isabel Perilloux qu'il était question pour le moment. C'était de Gerrity. Que pouvait-il m'arriver de pire si j'allais le trouver ? Il me jetterait dehors ? N'était-ce pas ce qu'il avait fait la dernière fois que je m'étais rendue à son bureau ?

Laissant mes idées vagabonder, je poursuivis ma besogne. A la fin de la journée, une série de magnifiques inscriptions récompensa mes efforts. En rinçant la dernière pierre, je vis apparaître une ancre. L'ancre était un vieux symbole que l'on retrouvait souvent sur les tombes des marins. Dans son interprétation moderne, elle symbolisait l'espoir et la ténacité. Mais, en des temps plus anciens, elle avait été utilisée pour déguiser des croix, guidant ainsi les dévots et les persécutés jusqu'à des lieux de rassemblement secrets. Et aujourd'hui, elle venait me rappeler qu'un élément des plus anodins, tel qu'une ancre — ou un rossignol — pouvait parfois recéler une signification cachée.

Vers 16 heures, je me décidai à rassembler mon matériel et mes outils, ne laissant derrière moi que les jerricans d'eau. Ceux-là pouvaient bien rester sur place. Ils n'avaient que peu de valeur, et je ne m'imaginais pas les transporter chaque matin pendant la durée du chantier. Temple avait fini de dresser son inventaire des tombes exhumées et avait quitté les lieux dans la foulée, en milieu d'après-midi. Sa part du travail était terminée. Désormais, c'était seule que je travaillerais au cimetière. Et peut-être devais-je me réjouir d'avoir autant de choses en tête pour m'occuper l'esprit. Cela me laissait peu de temps pour ruminer le passé ou me laisser affecter par ce voile macabre qui semblait draper à jamais le cimetière d'Oak Grove.

Malgré tout, après avoir refermé le portail et tourné les talons, je sentis un léger frisson courir entre mes omoplates. Je m'abstins de regarder par-dessus mon épaule, préférant focaliser mon attention sur la ligne des arbres, où je guettai un mouvement à la lisière du bois. Le soleil était déjà rasant, mais il faisait encore grand jour. Aucune raison de s'inquiéter, songeai-je. Et pourtant, j'étais transie de peur.

Tentant de penser à autre chose, je m'engageai sur le sentier envahi de ronces qui menait à la route. Mais mon imagination ne l'entendait pas de cette oreille, et, bientôt, je crus percevoir des pas derrière moi. Il n'y avait rien, évidemment. Rien ni personne. Il était bien trop tôt pour les fantômes. Trop tôt également pour les ombres incarnées, qui ne s'éveillaient que juste avant le crépuscule.

Après avoir chargé mes outils dans le coffre de mon 4 × 4, je grimpai et tournai la clé dans le contact. Et là, rien. Rien sauf un timide *clic* métallique, qui sonnait comme un mauvais augure. La batterie était à plat, ce qui paraissait peu vraisemblable, car elle était assez récente.

J'ouvris le capot et vérifiai les câbles. A l'aide d'une spatule de bois, je grattai la corrosion qui recouvrait les bornes d'une sorte de calcaire. Retournant au volant, je tentai de nouveau ma chance. Le moteur vrombit immédiatement. Soulagée, je sautai à terre et refermai le capot tout en soupirant. J'étais sur le point de remonter quand j'aperçus un scarabée sur l'empeigne de ma chaussure. Contrairement à ceux de mon cauchemar, énormes et rebondis, celui-là avait un corps tout aplati et une sorte d'écaille jaune pâle derrière la tête.

Cette simple vue me donna la chair de poule et, d'un mouvement vif du pied, je l'envoyai valser dans les broussailles du fossé. Avant mon rêve de la nuit passée, jamais je n'aurais attaché la moindre importance à ce genre de bestiole. Depuis mon enfance, je souffrais certes d'une arachnophobie modérée, mais les insectes ne m'avaient jamais effrayée — pas même les cafards géants ni les blattes américaines, qui pullulaient le long de la côte Sud-Est. Ce scarabée était-il un avertissement ou un signe ? Une bestiole anodine portant un message caché ?

Montant dans la voiture, je verrouillai les portières et scrutai les environs. Bien sûr, j'étais pitoyablement ridicule. A cause d'un simple cauchemar, allais-je maintenant redouter le premier scarabée qui croiserait ma route ?

Mais aucun raisonnement ne parvint à me convaincre tout à fait. Non, ce n'était pas par hasard que celui-là était monté sur ma chaussure. Si, à une époque, j'avais cru à l'entropie de l'univers, à l'apparent hasard des petits événements du quotidien, ce temps-là était définitivement révolu. Il y avait une raison derrière chaque chose, j'en étais convaincue. Et, en ce qui me concernait, je redoutais que cette synchronicité ne soit synonyme de mort.

30

De retour à la maison, je sortis rapidement Angus, puis filai sous la douche et repartis aussi vite que j'étais arrivée. D'une certaine façon, cette visite chez Gerrity tombait à pic. Elle m'évitait de repenser à ce scarabée de malheur. Ou, pire, de m'inquiéter de ce que Devlin préparait pour barrer la route à Darius Goodwine.

Devlin m'avait soutenu que son différend avec Darius n'avait rien à voir avec Mariama. Cependant, il m'était difficile de le croire. Darius et Mariama avaient été élevés ensemble, comme frère et sœur, par leur grand-mère Essie. C'était dire s'ils devaient être proches. D'après Robert Fremont, pour bon nombre des membres de la communauté gullah, Devlin était tabou en raison de sa couleur de peau et de ses origines sociales, et je n'aurais pas été surprise d'apprendre que Darius comptait parmi ses plus vifs détracteurs.

Malgré un *curriculum vitæ* impressionnant, et notamment une chaire universitaire, il revendiquait ouvertement ses accointances avec le monde de la magie et de la mystique. Cette culture, il l'avait reçue en héritage grâce aux enseignements de sa grand-mère guérisseuse. Mais il avait depuis longtemps dépassé ce stade et était parti en Afrique pour étudier et pratiquer auprès d'un chaman gabonais. En rapportant de la poussière grise à Charleston, il s'était délibérément placé du mauvais côté de la loi. Et en tant que femme de policier, Mariama s'était peut-être sentie contrainte de faire un choix.

Mais, évidemment, tout cela n'était que vaine conjecture, née de ma fatigue extrême et de mon imagination exacerbée. Plutôt que de rêvasser sans but, mieux valait mettre à profit le peu de temps qu'il me restait en cherchant un moyen d'approcher Gerrity. Engluée dans les embouteillages qui paralysaient Calhoun Avenue à la sortie des bureaux, je tentai une fois de plus de trouver ce que j'allais bien pouvoir raconter à cet énergumène. Il me fallait avant tout donner un but à cette visite, quelque chose d'un peu plus tangible que l'intuition de Fremont.

En parlant de Robert Fremont, d'ailleurs, où était-il, celui-là ? Il m'avait bien assuré qu'il se trouverait à proximité, si jamais j'avais besoin de lui… Alors pourquoi ne s'était-il pas manifesté pour m'aider à mettre au point un plan ? C'était lui, l'expert de notre tandem et, jusqu'à présent, ses conseils et ses recommandations ne pesaient pas bien lourd.

Je n'avais encore jamais tenté d'invoquer un fantôme — bien au contraire —, mais ce jour-là, je me mis à focaliser mes pensées sur Fremont, dans l'espoir qu'une variation d'énergie le mènerait jusqu'à moi. Je me surpris même à prononcer son nom à voix haute, par trois fois, mais en vain. Soit il était incapable de traverser le voile, soit il m'ignorait délibérément, ce qui était parfaitement illogique, car c'était lui qui avait eu l'idée de cette enquête.

Quoi qu'il en soit, c'est passablement contrariée que j'atteignis la rue où exerçait Gerrity. Probablement la conséquence de ma nervosité ou de mon manque de sommeil, songeai-je. Tout en cherchant une place libre, je m'appliquai à inspirer profondément, plusieurs fois, avec l'espoir de me détendre un peu.

Le quartier, aujourd'hui peu attrayant, avait été à une époque un havre de paix, pittoresque et résidentiel, mais des promoteurs peu scrupuleux avaient fait raser la plupart des anciens pavillons qui lui avaient valu son cachet. A présent, d'immondes verrues de béton côtoyaient sans joie de vieilles demeures victoriennes aux galelries épuisées et aux jardins ébouriffés de ronces.

Le bureau de Gerrity était installé dans un vieil immeuble de deux étages bardé de planches qui n'avaient pas vu un coup de pinceau depuis plusieurs décennies. Ne trouvant pas de place disponible à proximité, je stationnai dans le bloc de maisons adjacent. Puis je jetai un coup d'œil à ma montre. J'avais presque une demi-heure d'avance. Mais je préférais patienter dans ma voiture verrouillée plutôt que faire le planton dans le couloir miteux qui menait à son bureau.

Ma ceinture de sécurité détachée, je me mis à mon aise pour attendre, un peu somnolente dans la lumière du soleil qui filtrait à travers le pare-brise. J'avais apporté le livre du Dr Shaw. Je l'ouvris au marque-page. Mais, bientôt, mes paupières s'alourdirent et je dus relire le même passage plusieurs fois :

Parmi les premiers guérisseurs ayant peuplé les Sea Islands puis les côtes de la Géorgie et de la Caroline, la divination était un pouvoir fort prisé, tout comme l'interprétation des rêves et la capacité de reconnaître les augures dans la nature. Face aux assauts de l'urbanisation, l'art de lire les augures tomba peu à peu en désuétude, mais celui de la prédiction resta fortement ancré dans les pratiques. Parmi les méthodes les plus appréciées, on notera celles des feuilles de thé et du lancer d'osselets. Par ailleurs, on retrouva la présence de bougies dans presque tous les rituels divinatoires, mais aussi, bien que plus rarement, celle d'un verre d'eau pour y lire l'avenir.

Mes yeux s'ouvrirent dans un sursaut. J'avais dû m'assoupir quelques minutes. Le livre m'avait glissé des mains. Tout en me penchant pour le ramasser, je vérifiai l'horloge de la console. Je n'avais dormi qu'une dizaine de minutes. Il me restait encore le temps. Pourtant, je décidai de monter au bureau de Gerrity sans attendre davantage. Cette sieste éclair m'avait revigorée, et je me sentais plus apaisée à l'idée de ce rendez-vous.

Le voisinage était délabré, mais, malgré les récents événements, je n'étais pas particulièrement inquiète de m'y promener seule à pied. Il faisait encore grand jour et les rues grouillaient de voitures et de passants. Cela dit, je gardai les mains dans les poches de ma veste, et ne lâchai ni mon téléphone ni ma lacrymo. Poliment, je répondis d'un signe de tête aux salutations de quelques passants, mais aucun d'entre eux ne sembla me reconnaître. Tant mieux. En me fondant dans la masse, j'étais d'une certaine façon moins vulnérable.

En arrivant à l'angle de la rue de Gerrity, j'aperçus une voiture garée en double file au pied de son immeuble. Elle démarra soudain, alors que j'approchais, et la vitre arrière s'abaissa. Une fraction de seconde, je crus voir briller l'éclat d'un regard topaze dans la pénombre de l'habitacle. Sous le coup de la surprise, je me retournai vivement pour suivre des yeux la voiture. Mais elle tourna au premier carrefour et disparut.

Mon cœur se mit à battre furieusement dans ma poitrine. A la vérité, je n'avais rien vu de vraiment concret, mais ce brusque accès de panique vint confirmer ce dont je me doutais déjà. J'avais les nerfs à fleur de peau. Forte de ce triste constat, je tentai comme je pus de rassembler mon courage, tout en m'engouffrant dans le hall du bâtiment.

Le vestibule, autrefois élégant, était fort ressemblant au souvenir de ma première visite, quelques mois plus tôt. Deux chaises pliantes en plastique avaient été ajoutées au décorum et, si toutefois c'était possible, le tapis semblait plus crasseux encore et les stores vénitiens plus épuisés. L'endroit n'avait pas dû croiser la moindre serpillière ni le moindre chiffon depuis des lustres. Il y régnait l'odeur de renfermé d'un grenier, et un silence sinistre qui m'oppressa la poitrine tandis que je montais l'escalier. La plupart des bureaux minuscules qui s'alignaient le long des couloirs devaient être inoccupés, et ceux qui l'étaient encore devaient avoir fermé leurs portes à 17 heures.

Arrivée au premier étage, je poussai jusqu'au fond du couloir, où se trouvait le bureau de Gerrity. Comme les autres, sa porte était close, mais vu qu'il était presque 18 heures, il se pouvait fort bien qu'il soit déjà à l'intérieur. Aussi tentai-je ma chance sans attendre davantage. Je frappai d'un coup sec et attendis une réponse. Il me sembla percevoir du mouvement. Je tentai de nouveau, un peu plus fort, et attendis. Toujours rien. J'essayai le bouton de porte. Il tourna dans ma paume et j'ouvris la porte. Plantée sur le seuil, j'inspectai avec appréhension le sombre intérieur.

Une bougie esseulée scintillait sur le sol. La flamme vacillait avec frénésie dans un courant d'air qui ramenait la fraîcheur de l'arrière-cour par la fenêtre ouverte. Quoique… Non, la fenêtre n'était pas ouverte. Elle avait été brisée. Des fragments de verre étincelaient au pied du mur.

Mon regard remonta vers le bureau jonché de papiers qui bruissaient dans la brise, telles des ailes d'oiseaux affolés. Un verre posé à l'envers les retenait sur le plateau.

De toute évidence, quelque chose clochait dans cette histoire. Je n'avais qu'une chose à faire. Tourner les talons et m'enfuir de cet immeuble aussi vite que possible. Les empreintes de Darius Goodwine étaient partout dans ce bureau. Comment expliquer, autrement, la présence de cette bougie ? La vitre brisée ? Et cette odeur de souffre qui flottait dans l'atmosphère ?

Comment expliquer, également, cette léthargie qui m'envahissait soudain ?

Le souvenir de ces yeux à l'arrière de la voiture me revint, et, d'un seul coup, je compris que j'avais été amenée jusqu'ici dans un but précis. Non par le fantôme de Robert Fremont, mais par un homme capable de pénétrer dans mes rêves. Dès le premier moment, Darius

Goodwine avait tout manigancé. C'était lui qui avait tiré les ficelles. Avec quel objectif, je ne le savais pas encore, mais son plan avait quelque chose à voir avec Devlin. Et maintenant, avec moi.

Mon instinct me soufflait de ficher le camp, mais au lieu de cela, je fis un pas hésitant à l'intérieur de la pièce. Je me surpris même à appeler Gerrity. Pourtant, le bureau était si exigu que je ne voyais guère où il aurait pu se cacher.

J'avançai vers le bureau d'un pas lent, comme dans un rêve. Un scarabée était piégé sous le verre. Comme s'il avait perçu ma présence, l'insecte affolé se mit à courir en tous sens, tentant d'escalader les parois de verre de sa geôle pour s'écraser aussitôt sur les papiers empilés. Il tomba sur le dos, ses pattes gigotant désespérément dans l'air. C'était un message. Tout comme le scarabée sur ma chaussure, cette bestiole constituait un autre présage, peut-être un avertissement. Si seulement j'avais pu le décrypter.

Je tendis le bras pour attraper le verre et libérer l'insecte, et c'est alors que je vis Tom Gerrity, étendu par terre derrière son bureau.

Du moins, il me sembla que c'était Gerrity, car son visage disparaissait sous une masse noirâtre et fourmillante.

Je ne vis ni sang ni blessure apparente, mais tous ces scarabées n'étaient pas là par hasard. Ils avaient été attirés par la mort, et je les regardai, avec effroi, entrer et sortir des narines et de la bouche du cadavre, cherchant manifestement dans sa chair leur nourriture.

Un cri s'étouffa dans ma gorge. Muette d'horreur, j'étais tétanisée, incapable d'appeler les secours. Et je restai là, paralysée par une force implacable, le regard rivé sur cette masse immonde et grouillante. Ce n'est qu'au bout d'un moment que je compris ce qui m'empêchait de me mouvoir. Un effluve flottait dans la pièce, si léger qu'il aurait pu n'être que le fruit de mon imagination. Mais comment le définir ? Ce n'étaient ni les restes sulfurés d'une allumette qu'on gratte, ni l'odeur douçâtre de la mort, mais quelque chose de sombre et de musqué.

Avec effort, je tentai de retrouver sur qui je l'avais déjà respiré, mais, déjà, un coup de vent entré par la fenêtre avait balayé la singulière fragrance. Me laissant seule avec la terrible certitude que quelqu'un que je connaissais s'était trouvé dans ce bureau quelques instants seulement avant moi.

A l'extérieur, dans le couloir, le parquet craqua sous des pas furtifs. Je fis volte-face, certaine que, d'un moment à l'autre, le meurtrier de Gerrity allait ouvrir la porte et me trouver penchée au-dessus de son corps sans vie. L'idée que le tueur avait probablement quitté depuis longtemps l'immeuble ne m'effleura pas un instant. Prise comme un lapin dans les phares d'une voiture, j'étais trop paniquée pour réfléchir de manière rationnelle.

Me cacher… Je devais me cacher. Mais où ? Il n'y avait ni placard ni toilettes. Une seule et unique porte, une seule entrée et une seule issue, à l'exception d'une fenêtre défoncée. Un coup d'œil à l'extérieur. Les éclats de verre crissèrent sous mes semelles. Une corniche courait le long de la maison mais n'offrait aucune prise. Rien au sol pour amortir une chute. Rien qu'une dalle implacable de béton.

Le dos à la fenêtre, j'inspectai la pièce. La seule cachette possible se trouvait sous le bureau, mais, pour l'atteindre, je devais d'abord ramper par-dessus le cadavre.

Les pas approchaient. J'entendis le plancher grincer juste derrière la porte.

Tremblante, je me glissai dans l'étroite cavité qu'offraient les montants du meuble, tout en me plaquant contre le dessous du plateau. L'un des bras de Gerrity était tendu dans ma direction. M'armant de courage, je me roulai en boule et me fis aussi petite que possible, afin de ne surtout pas le toucher.

Serrant mes genoux contre ma poitrine, je retins mon souffle tandis que la porte s'ouvrait.

Un silence de mort se fit. Puis j'entendis un bruissement de plastique, et des pas approchant du bureau. De ma cachette, je ne voyais rien de l'assaillant, mais le corps de Gerrity se mit à bouger. Quelqu'un le déplaçait. Sous l'effet de la traction, son bras se déplia sur moi, délogeant un scarabée qui grimpa à toute vitesse le long de ma jambe. Un frisson me prit, incontrôlable.

Tandis que la main s'éloignait par à-coups, j'aperçus l'éclat d'une chaîne argentée enroulée entre les doigts du cadavre. Un médaillon pendait à son extrémité. Un flash éclaira ma mémoire. Le torse nu de Devlin.

D'un battement de paupières, je chassai cette image de mon esprit et pressai un index sur le médaillon, le plaquant ainsi au sol tandis que le meurtrier de Gerrity chargeait sa victime sur une bâche en plastique.

31

Une fois le tueur parti avec son cadavre, mon premier réflexe fut d'appeler Devlin. De dessous le bureau de Gerrity. Peu importait qu'il m'ait demandé de ne pas le contacter. Peu importait que j'aie trouvé son médaillon entortillé entre les doigts du mort. Il était le seul que je voulais voir, le seul capable d'apaiser l'hystérie qui bouillonnait dans mes veines. A cet instant précis, l'idée de ses bras forts autour de moi était irrésistible.

Comme il ne répondit pas, je lui laissai un message vocal, plutôt confus, et raccrochai. Oui, j'étais peut-être froussarde, mais je ne pouvais me résoudre à quitter ma cachette. Et, contre toute attente, cette paralysie inopinée s'avéra salvatrice, car le tueur revint au bureau de Gerrity. Et pas seulement une fois, mais deux.

Blottie sous le bureau, j'attendis qu'il s'en aille, tremblant de peur, frissonnant d'effroi cependant qu'un scarabée se hissait avec peine le long de mon bras, s'approchant inexorablement de mon visage. N'en pouvant plus, je le dégageai d'une pichenette. Sa carapace heurta le plancher dans un cliquetis mat, et j'entendis — je l'aurais juré — le froufrou de ses minuscules pattes gratter le vernis cloqué du parquet tandis qu'il prenait la fuite vers le mur opposé.

Le meurtrier allait et venait dans la pièce. Depuis mon refuge, je le suivais à l'oreille, reconnaissant tour à tour un frottement de papiers, le bruit métallique des tiroirs classeurs qu'il ouvrait et refermait. Ici et là, le sifflement râpeux d'une respiration impatiente. Puis, enfin, l'écho de ses pas battant en retraite dans le couloir. Pour de bon, cette fois.

Mais je restai là, attendant encore. Si jamais il revenait ? J'ignore combien de minutes s'écoulèrent encore avant que je ne finisse par m'extirper de mon réduit. La pièce était déserte. Plus de cadavre, ni de scarabées. La bougie avait été soufflée. Aucune une trace ne subsistait de la violence qui avait éclaté ici. Et si tout ça n'avait été qu'un rêve ? Mais les crampes qui me tenaillaient les cuisses et le dos étaient bien réelles.

Respirant à pleins poumons, je tentai de calmer mes nerfs à vif et me glissai, sur la pointe des pieds, jusqu'à la porte, guettant le moindre pas, le moindre son qui m'alerterait. Un dilemme se fit jour dans ma tête. Rester cachée dans cette pièce ou m'aventurer dans le couloir, à découvert ? Difficile de déterminer quelle perspective était la plus effrayante.

Devlin avait-il seulement reçu mon message ? Impossible de le savoir. L'idée d'appeler le 911 m'effleura soudain. Mais le détail du médaillon me tracassait. Quoique celui de Devlin était loin d'être unique. Chaque membre de l'Ordre des Serres et de la Crypte possédait un talisman similaire. Et, pourtant, quelque chose me disait que celui que je serrais dans ma main était celui de Devlin. Ce que j'ignorais, en revanche, et que je refusais de comprendre, c'était la raison pour laquelle il s'était retrouvé entrelacé dans les doigts exsangues de Tom Gerrity, comme si ce dernier l'avait arraché au cou de Devlin tout en rendant son dernier souffle.

Mais l'heure était grave et le doute n'était pas permis. Je connaissais trop bien Devlin, à présent. Je savais quel genre d'homme il était. Bien sûr, il avait ses secrets, et un passé ô combien obscur, mais il n'était pas un meurtrier. J'aurais parié ma vie là-dessus.

M'armant de courage, je risquai un pas dans le couloir et me faufilai jusqu'à l'escalier, m'arrêtant de nouveau pour prêter l'oreille. Etait-ce un bruit de pas ? Le cliquetis assourdi d'une porte qui se ferme ?

Une lame de parquet craqua quelque part dans l'immeuble. Devant moi. Non, derrière. Prise de panique, je dévalai les marches à toutes jambes sans demander mon reste, mais une silhouette émergea de l'ombre dans le hall et je m'arrêtai net, hésitant à mi-hauteur, ne sachant que faire. Remonter à l'étage ? Tenter un sprint jusqu'à la porte ?

Avant que j'aie eu le temps de me décider, l'ombre fondit sur moi, et je reconnus Devlin. Il se campa au bas des marches, tout vêtu de noir, comme à son habitude.

— Amelia ?

Je me précipitai vers lui. Il m'attrapa d'un bras, et je savourai le réconfort de sa chaleur. Pour rien au monde je ne l'aurais lâché. Mais, déjà, il me dégageait délicatement, et je m'agrippai sans pudeur au pan de sa veste. Je voulais rester blottie pour toujours contre ce torse fort et puissant, boire son essence, m'emplir de ce mélange obscur de mystère et de magnétisme qui faisait de lui un être à part.

Avec effort, je me repris.

— Dieu merci, tu as eu mon message, dis-je dans un soupir.

Son regard glissa derrière moi, remonta l'escalier et, malgré la faible lumière qui filtrait à travers les vitres grises, je vis dans ses yeux un vif étonnement tandis qu'il scrutait la pénombre ambiante.

Je me retournai avec un frisson, tout en suivant son regard.

— Ne restons pas là.

Mais il ne sembla pas entendre mes paroles. Lentement, il balaya des yeux le palier du premier, puis scruta mon visage, et m'attira dans le coin sombre d'où il était apparu. Sa poigne était ferme et réconfortante, mais je voulais me nicher dans ses bras, me pelotonner contre lui si fermement que nos deux cœurs ne battraient plus que d'un seul rythme. Jamais sa présence ne m'avait autant affectée. Jamais je n'avais eu autant besoin de lui qu'à ce moment précis, mais quelque chose dans son attitude retint mon attention. Extérieurement, il semblait se contrôler parfaitement, plus stoïque et dur que jamais, mais je sentais en lui une tension, comme une agitation habilement dissimulée qui me fit repenser au médaillon niché au creux de ma main. Pourquoi ne pas l'avoir sorti de ma poche et le lui avoir tendu à ce moment ? Je n'étais pas certaine de la réponse.

Il baissa la voix, mais l'écho de celle-ci vibra dans l'obscurité, m'envoyant à travers le cœur une nouvelle décharge d'adrénaline.

— Est-ce que tu vas bien ?

— Oui, mais… nous ne devons pas rester là, dis-je d'une voix chevrotante.

Ses larges mains se fermèrent sur mes avant-bras.

— Raconte-moi ce qui est arrivé. Vite.

— Mais il est peut-être encore là-haut, murmurai-je d'une voix précipitée. Il faut partir d'ici.

Il me retint fermement.

— Calme-toi et raconte-moi ce qui s'est passé.

— Tom Gerrity est mort, lâchai-je de but en blanc.

Ses doigts s'enfoncèrent dans ma chair, à tel point qu'il m'arracha un petit cri. Immédiatement, il relâcha sa poigne.

— D'où tiens-tu ça ?

— J'ai trouvé son corps, tout à l'heure, dans son bureau. Enfin, j'ai *supposé* que c'était lui, parce que son visage était couvert de scarabées.

— De scarabées ? Mais de quoi parles-tu ?

— Comme je te le dis… De scarabées. D'insectes. Je sais que ça a l'air bizarre, mais je les ai vus.

Ses pupilles se contractèrent.

— Tu es sûre que ça ne peut pas être un rêve ou une hallucination ?

— J'étais on ne peut plus réveillée, et parfaitement lucide. Et je te dis que son cadavre en était complètement couvert, répétai-je avec un frisson. Il y en avait même un emprisonné sous un verre. Je pense que c'était un message. Ou un avertissement. Et je crois que Darius a fait en sorte que je trouve le corps.

— *Darius* ? Il était là ?

L'émotion qui passa dans le regard de Devlin me glaça le sang.

— Je ne l'ai pas vu, répondis-je avec hésitation. Mais j'ai rêvé de scarabées la nuit dernière, et j'en ai vu un aujourd'hui sur ma chaussure. Et maintenant ce…

Soudain prise de panique, j'inspectai les alentours sans terminer ma phrase. Comme si Darius pouvait être tapi dans un de ces coins sombres…

— C'est sûrement un signe, non ?

— Un signe de quoi ?

— Je ne sais pas… De ma propre mort, peut-être.

Devlin me secoua d'un coup bref.

— Ne fais pas ça. Tu es en train de le laisser t'atteindre.

— Oui, tu as raison. Mais c'était tellement horrible…

Devlin me tenait fermement, mais je voyais dans ses yeux que son esprit était ailleurs. De nouveau, il regardait par-delà mon épaule, comme s'il essayait d'imaginer la scène que je venais de lui décrire.

Alors qu'il se dirigeait vers l'escalier, je lui saisis le bras.

— Où vas-tu ?

— Il faut que je jette un coup d'œil.

— Si c'est Gerrity que tu cherches, tu ne le trouveras pas. Le corps a été déplacé. Il a été emballé dans un plastique et emporté.

— Combien de temps es-tu restée là-haut ?

Il y avait quelque chose dans sa voix que je n'aurais su décrire.

— Quinze, vingt minutes. Peut-être un peu plus… J'ai perdu la notion du temps.

Il faisait encore jour lorsque j'étais arrivée, mais maintenant, le soleil s'était couché et avait complètement disparu. Le crépuscule était là. Les fantômes de

Devlin allaient rappliquer d'un moment à l'autre. D'un coup d'œil, je cherchai derrière lui cette lueur désormais familière. Et terrifiante.

Pour la première fois, une brèche apparut dans son armure.

— Mais qu'est-ce que tu es venue faire ici ? demanda-t-il brusquement.

Le ton de sa voix me prit au dépourvu.

— Est-ce vraiment important d'en parler *maintenant* ? Je crois que nous ferions vraiment mieux de partir d'ici...

— Oui, c'est important. D'après toi, un homme est mort. La police voudra savoir ce que tu faisais là.

— Mais tu *es* la police.

— Pour l'instant..., marmonna-t-il.

— Comment ça, *pour l'instant* ?

— Dis-moi simplement pourquoi tu étais là. La vérité. C'est très important.

— J'étais venue parler à Gerrity.

— A quel sujet ?

Un soupir m'échappa.

— C'est une longue histoire. Une histoire de chantage...

Il me toisa d'un air incrédule.

— Comment es-tu au courant de cette histoire de chantage, bon sang ?

Je me dégageai sous l'effet du choc, scrutant son visage.

— J'ai surpris une conversation entre Gerrity et le Dr Shaw. Je te dirai tout ce que je sais, mais filons d'abord d'ici ! le suppliai-je, en jetant des coups d'œil nerveux aux quatre coins de l'entrée. Je ne sais pas s'il est là, mais il pourrait revenir à tout moment.

— Es-tu sûre et certaine que le tueur était un homme ?

— Non, mais en tout cas, il n'a eu aucun mal à déplacer le corps.

Devlin me saisit de nouveau le bras.

— As-tu vu quoi que ce soit ? Les chaussures du tueur ? Ses vêtements ? Un détail ?

— Je n'ai rien vu. J'étais cachée sous le bureau.

— Dieu merci, dit-il, toujours de cette voix singulière. Où es-tu garée ?

— A un pâté de maisons, répondis-je avec un vague geste du bras.

— Vas-y maintenant, ordonna-t-il. Grimpe dans ta voiture, verrouille-toi bien et rentre tout de suite chez toi. Ne parle de ça à personne.

— Et toi, qu'est-ce que tu vas faire ?

Son regard remonta vers la cage d'escalier.

— J'ai des choses à faire ici.

— Tu ne vas pas appeler du renfort ? demandai-je naïvement.

Il hésita.

— Si j'en ai besoin.

Une minute plus tôt, je le suppliais de s'en aller, et maintenant, je me surpris à réclamer le contraire.

— Je pourrais rester ici avec toi ?

— Hors de question. Tu l'as dit toi-même, c'est trop dangereux.

— Mais je suis un témoin ! Tu disais que la police voudrait me poser des questions.

— Je vais voir ça.

Le ton de sa voix m'alerta, et un frisson me parcourut la nuque, réveillant cette angoisse incertaine qui m'avait saisie à la seconde où je l'avais aperçu en bas de l'escalier.

— Tu étais déjà au courant, pour Gerrity ?

Il me considéra d'un regard sévère.

— Pourquoi cette question ?

Je me mordis les lèvres, tentant d'ignorer cette suspicion que je refusais de voir se confirmer.

— Tu es arrivé si vite, et tu avais l'air surpris de me voir… Et maintenant, tu as l'air si pressé de me voir partir, lui dis-je en saisissant son bras. Tu n'as jamais eu mon message, n'est-ce pas ? Ce n'est pas pour ça que tu es là.

— Rentre chez toi, Amelia.

— Pourquoi refuses-tu de me le dire ? chuchotai-je.

— Rentre chez toi et attends-moi. Je te rejoins dès que je le peux.

Il s'éloigna d'un pas et ma main tomba dans le vide.

— Si c'est vraiment ce que tu veux…

— S'il te plaît.

Son regard embrasé plongea dans le mien.

— Je ne veux pas que tu restes là. Je veux te savoir en sécurité, reprit-il.

Le moment aurait été parfait pour lui montrer le médaillon que j'avais trouvé dans le bureau de Gerrity, mais je ne dis rien. J'avais trop peur de mes propres suspicions.

Il monta quatre à quatre les marches et je le regardai disparaître, luttant contre cette impulsion qui me disait de le retenir. Mais lui attirer des ennuis était la dernière des choses que je souhaitais, de sorte que je résolus d'obéir à ses instructions : rentrer à la maison, et l'attendre sur des charbons ardents.

A mi-chemin entre l'immeuble et ma voiture, je me rendis compte que ma main, celle avec laquelle je lui avais saisi le bras, était rouge de sang.

Quelques minutes plus tard, je grimpai dans ma voiture, incapable de détacher mon regard de ce sang qui maculait ma main.

Etait-ce celui de Devlin ? Sûrement. Je ne m'étais pas blessée, et je n'en avais pas vu dans le bureau de Gerrity. A moins que je ne m'en sois pas rendu compte, ce qui, vu mon état de nerfs, était tout à fait possible.

Mais que penser du comportement étrange de Devlin ? Il était arrivé sur les lieux si vite… Si mon message de détresse n'était pas la raison de sa venue, qu'est-ce qui avait donc pu le conduire jusque-là ?

Trop de questions tournoyaient dans ma tête. Mes suspicions pesaient sur mes épaules comme un insupportable fardeau. Et pourtant, je n'avais qu'une chose à faire. Rentrer à mon appartement et attendre d'avoir des nouvelles de Devlin. Croiser les doigts et prier pour qu'au bout du compte, mes questions trouvent leurs réponses et que mes doutes soient levés.

Enfermée à l'intérieur de mon 4x4, je tirai du vide-poches une boîte de lingettes que j'avais toujours avec moi. Tandis que je retirais soigneusement le sang de ma main, j'aperçus du mouvement dans mon champ de vision périphérique. Dans des circonstances normales, je n'aurais manifesté aucune réaction. Toutes ces années de cohabitation avec les fantômes m'avaient aguerrie. En revanche, il ne m'arrivait pas tous les jours de me trouver nez à nez avec un cadavre, qui plus est couvert de scarabées. En tout état de cause, mes nerfs étaient à vif, et c'est en sursautant que je me retournai vers la vitre.

Une femme aux cheveux blonds ébouriffés s'avança jusqu'à ma voiture. Par réflexe, mon doigt se précipita sur le loquet de la portière. Mais la fermeture centralisée s'était déjà automatiquement activée lorsque j'avais fermé la portière. Apparemment, elle ne portait aucune arme, et, voyant son allure dépenaillée et ses vêtements en haillons, je la pris pour une de ces sans-abri qui s'étaient installés à Marion Square. Elle n'avait probablement aucune autre intention que de me demander l'aumône, mais, tandis qu'elle regardait à travers la vitre, un avertissement vibra dans un coin de ma tête.

Elle me fixa d'un regard pénétrant qui me saisit d'effroi. L'iris de ses yeux était incolore et glacé, comme atteint de cataracte. Pourtant, c'était une jeune femme. Elle ne présentait aucune ride et son teint pâle était presque translucide. Spontanément, je ressentis pour elle un élan de compassion. La pauvre était si décharnée, presque famélique… Depuis combien de temps vivait-elle dans la rue ?

Soudain, je me souvins de ce que Devlin m'avait raconté

de certaines âmes malchanceuses après une ingestion de poussière grise. Sa description lui allait à la perfection. Le regard vitreux et le pas traînant, comme si elle avait ramené un fardeau de l'enfer…

Ce n'était pas un fantôme. J'en étais quasi certaine. A moins qu'elle ait eu, à l'instar de Robert Fremont, la capacité de se présenter sous les traits d'un humain.

— Aidez-moi !

Sa voix, derrière la vitre, semblait blanche et abattue, et une envie complètement déraisonnable me prit soudain de la ramener chez moi pour lui offrir un vrai repas décent.

Fouillant mon sac, j'en sortis un billet et abaissai juste assez la vitre pour le lui faire passer.

— Je vous en prie, prenez-les, lui lançai-je. C'est tout ce que j'ai sur moi.

Mais les billets voletèrent jusqu'au sol sans qu'elle y prête la moindre attention.

— Aidez-moi, répéta-t-elle de cette voix étrange et monocorde.

Sa voix, ses yeux, tout en elle me troublait profondément. Si elle ne voulait pas d'argent, mais que voulait-elle alors ?

Prudemment, je scrutai la profondeur de la rue qui s'étendait derrière elle.

— Vous êtes blessée ? m'enquis-je à travers la vitre, tout en attrapant mon téléphone. Voulez-vous que j'appelle quelqu'un ?

— Aidez-moi…

— J'appelle les secours…

— Non, *vous* ! Aidez-moi.

Sa réponse me pétrifia. Ma main cramponna mon téléphone.

— Que voulez-vous que je fasse ?

— Le faire partir.

Je déglutis avec peine.

— Je ne comprends pas ce que vous voulez dire.

Tout en marmonnant, elle se détourna et s'éloigna, le dos voûté comme une vieillarde.

Elle disparut à l'angle d'un immeuble voisin, et c'est alors que je vis la silhouette lumineuse du fantôme qui s'agrippait à elle.

32

A peine arrivée à la maison, je fonçai dans la salle de bains, me débarrassai de mes vêtements et filai sous la douche. J'avais déjà nettoyé tout ce sang de mes mains, mais je sentais encore le contact de ces scarabées sur ma peau. Toutefois, je fis au plus vite et ne restai sous l'eau que quelques minutes, par crainte de manquer l'appel de Devlin. Une fois séchée, je m'habillai chaudement d'un épais sweater et d'un jean, puis j'enfilai mes bottes et sortis Angus autour du pâté de maisons. Cette petite balade était toujours un moment de complicité, mais, cette fois, il me fut difficile de l'apprécier. Mon esprit ébranlé revenait tour à tour au meurtre de Gerrity, puis au médaillon de Devlin et à cette pauvre fille dans la rue, implorant mon aide.

Comment avait-elle su qu'elle pouvait s'adresser à moi ? Avais-je encore ouvert une porte sans même le savoir ?

Je regrettais tellement l'époque où les règles de mon père me tenaient à l'abri du danger… Mais ce temps-là était depuis longtemps révolu. Ma vie prenait une direction que je n'avais pas imaginée — que je refusais toujours d'imaginer —, mais une chose était certaine : il était impossible de revenir en arrière. Papa m'avait prévenue des dangers de tomber amoureuse d'un homme hanté, et pourtant je ne pouvais me résoudre à exclure Devlin de ma vie. Il était devenu trop important pour moi. Il était tout, pour moi.

Mes doigts se fermèrent sur le médaillon dans ma

poche, et je caressai du pouce le métal froid, comme si ce talisman avait le pouvoir de nous relier l'un à l'autre. Où était-il ? me demandai-je avec désespoir. Pourquoi n'avait-il pas appelé ?

Le vent se leva, murmurant sa complainte à travers les branches, et je me surpris à rentrer la tête dans mon sweater tout en pressant Angus. Je me souvins alors à quel point le monde des esprits m'avait semblé proche, le soir où je m'étais aventurée jusqu'à la maison de Devlin. Les signes avaient été clairs et explicites. Un mordant inhabituel dans l'air, une soudaine bourrasque teintée du givre de la mort… Exactement comme maintenant. Le duvet sur ma peau se hérissa, me signalant l'approche silencieuse et furtive d'un fantôme.

La tête basse, j'accélérai le pas. Angus poussa un grognement d'avertissement et vint se poster à mon côté — indéfectible protecteur. Tout en lui murmurant un mot pour tenter de l'apaiser, j'allongeai le pas sur le trottoir en direction de la maison, le fantôme inconnu à nos talons.

Ils étaient maintenant plusieurs, et émergeaient des charpentes, venant à moi comme si j'émettais un signal à mon passage. Et je savais que je ne pourrais pas les ignorer bien longtemps, car, tout comme Robert Fremont et Shani, tout comme cette pauvre fille abandonnée, les esprits s'adressaient à moi pour une raison précise. Et ils ne me laisseraient pas en paix tant que je n'aurais pas trouvé un moyen de répondre à leurs demandes.

Peu de temps après, je me glissais derrière mon bureau et ouvrais mon ordinateur portable. Maintenant que le choc de la découverte du corps inerte de Gerrity s'était atténué, je pouvais réfléchir à la situation de manière plus posée. Aussi décidai-je de me lancer dans quelques recherches sur ces fichus scarabées. Passant en revue des dizaines de photos, je ne tardai pas à identifier celui qui avait grimpé sur ma chaussure au cimetière. Son nom était loin de me réconforter. *Necrophila americana*. Un scarabée charognard.

Ceux que j'avais trouvés sur le corps de Gerrity étaient de la même trempe. Des charognards, cela ne faisait aucun doute. Mais leur arrivée sur un cadavre était habituellement précédée de la présence de mouches à viande. Or je n'avais remarqué aucun autre insecte ni aucun signe de décomposition, à l'exception de cet effluve à peine discernable que j'avais pris pour l'odeur de la mort.

Je n'avais parlé à Gerrity qu'au matin, lorsqu'il m'avait informée qu'il serait dehors presque toute la journée. En partant de l'hypothèse qu'il n'était rentré à son bureau qu'aux alentours de 17 heures, il devait être mort depuis une heure tout au plus, lorsque je l'avais trouvé. Or, ce laps de temps était beaucoup trop court pour que les insectes aient pu infester sa dépouille.

Qui plus est, le tueur se trouvait toujours dans l'immeuble à mon arrivée. Ou, tout du moins, quelqu'un qui avait emporté le corps avant de revenir sur les lieux du crime pour fureter dans les dossiers du détective. Si cette personne n'était pas le meurtrier, pourquoi aurait-elle pris la peine d'emballer et d'emporter le corps ? A quoi bon allumer une bougie et emprisonner l'un de ces scarabées sous un verre, si ce n'était pour envoyer un message ou une mise en garde ?

Quant aux scarabées de mon rêve, ils s'avérèrent, sans grande surprise, un peu plus difficiles à identifier. Mon imagination avait sans doute modifié leur apparence et créé une espèce hybride. Le plus proche que je pus trouver était un mélange entre un pique-prune et un goliath africain.

Parcourant les articles, je me plongeai, intriguée, dans le folklore et la mythologie de ces coléoptères séculaires. Le fait que je me mette soudain à voir des scarabées partout n'avait rien d'anodin. Ils jouaient un rôle important dans les sciences divinatoires. On les considérait tout à la fois comme des porteurs de chance et de malheur, voire, dans certains cas, des augures de mort.

La sonnette de la porte d'entrée me fit sursauter. Abandonnant mes recherches, je me précipitai dans le hall et jetai un coup d'œil par la vitre latérale. Mais, à ma grande surprise, mon visiteur n'était pas celui que j'attendais. Clementine Perilloux se tenait face à la porte. J'hésitai à ouvrir. Je ne voulais pas avoir de compagnie lorsque Devlin arriverait. Et, pour être honnête, la prédiction de Fremont, qui avait vu les mains d'Isabel ensanglantées, me forçait à considérer le duo Perilloux avec une certaine prudence. Mais ma voiture était garée dans l'allée, et j'étais presque certaine que Clementine m'avait aperçue par la fenêtre.

Lorsque j'ouvris la porte pour l'accueillir, elle m'adressa un sourire nerveux.

— Excusez-moi de vous déranger comme ça… Je sais que je dois avoir une tête à faire peur, annonça-t-elle en repoussant une mèche de cheveux qui lui barrait le visage.

A faire peur ? Je n'aurais jamais utilisé ces mots-là, mais il est vrai qu'elle était plutôt débraillée. Elle avait enfilé un vieux sweater trop grand sur une paire de leggings, et des mèches éparses jaillissaient en tous sens d'une queue-de-cheval improvisée. Manifestement, elle était partie de chez elle en toute urgence.

— Aucun problème, dis-je. Mais comment avez-vous su où j'habitais ?

— C'est John qui m'envoie.

Mon cœur s'emballa, et je me mis de côté pour la laisser passer.

— Allez-y, entrez.

— Non, je ne peux pas rester. En fait…

Ses mots demeurèrent en suspens sur ses lèvres. Elle regarda par-dessus mon épaule et, tout à coup, je commençai à me sentir mal à l'aise. Manifestement, cette nuit tragique n'était pas encore terminée.

— Je suis venue vous chercher, reprit-elle.

— Pardon ?

— Je dois vous emmener chez Isabel.

Une sonnette d'alarme retentit dans un coin de mon esprit.

— Pourquoi ?

— John vous attend là-bas.

— Pourquoi est-il chez Isabel ? demandai-je d'un ton empreint de reproche.

Clementine grimaça.

— Excusez-moi…, repris-je. Je ne voulais pas vous agresser. C'est juste que je suis un peu surprise.

— Je sais. Et j'en suis désolée.

— Que fait-il là-bas ? répétai-je d'une voix radoucie. Elle n'avait aucune idée de l'effort que ce faux détachement pouvait me coûter.

— Il a estimé que venir ici ne serait pas une bonne idée. Et il ne pouvait pas aller aux urgences.

— *Aux urgences* ?

Mon sang ne fit qu'un tour. Je sentis mon cœur s'emballer tandis que l'image de ce sang sur mes mains resurgissait dans mon esprit.

— Il est blessé ? C'est grave ? demandai-je coup sur coup tout en attrapant ma veste.

— Il s'en remettra, assura Clementine. Isabel lui a donné quelques soins. Elle a une formation de secouriste. Enfin, bref… Je dois vous ramener à lui. C'est tout ce que je sais.

— Laissez-moi juste le temps de rentrer mon chien.

Ce disant, je l'abandonnai dans l'entrée et sortis appeler Angus. Il rappliqua illico, espérant sans doute un peu d'attention. Après avoir vérifié son bol d'eau, je rejoignis Clementine sans perdre une seconde.

— Je vous suis, lançai-je en dévalant les marches de la terrasse.

— Non, vous devez monter avec moi, objecta-t-elle. Il s'est montré très clair sur ce point.

— Il a dit pourquoi ?

— Il ne faut pas que votre voiture soit repérée, là-bas.

— Décidément, on se croirait dans un *James Bond*, remarquai-je d'une voix tremblotante.

— Je ne vous le fais pas dire. Moi-même, je suis morte de trouille. Je crains que mes nerfs ne soient pas faits pour ce genre d'émotions. Isabel est plus solide que moi. C'est un roc.

— Voulez-vous que je prenne le volant ?

— Ce n'est qu'à quelques pâtés de maisons, dit-elle tandis que nous montions à bord de sa voiture. Ça va aller.

J'avais espéré qu'elle accepterait mon offre, car être aux commandes m'aurait permis de recouvrer un semblant de contrôle sur la situation. Accorder ma confiance à une femme que je connaissais à peine était assez imprudent, pour ne pas dire inconscient. J'aurais au moins dû prendre la précaution d'appeler Devlin sur son portable. Mais il était trop tard. Clementine avait mis les gaz, et mon destin était entre ses mains.

Tandis qu'elle agrippait le volant, je pensai de nouveau à la vision de Robert Fremont à propos d'Isabel. « Cette femme a tué ou s'apprête à tuer dans un avenir très proche… »

Et malgré tout, j'étais là, roulant dans la nuit en compagnie de sa sœur.

Clementine me lança un regard de biais.

— J'ignorais totalement que vous connaissiez Devlin. Pourquoi ne me l'avez-vous pas dit, l'autre matin, dans mon jardin ?

— Je ne sais pas. C'était un peu délicat. Je ne savais pas comment aborder le sujet.

— Est-ce que vous deux, vous…

— C'est compliqué.

— Traduction : vous n'avez pas envie d'en parler.

— Non, c'est vraiment compliqué, murmurai-je.

Et elle était loin de s'imaginer à quel point.

— Vous êtes sûre qu'il va bien ? m'enquis-je.

— Ne vous inquiétez pas. Il est entre de bonnes mains.

Sans un mot, je tournai la tête, regardant le décor défiler en silence.

— Je savais qu'il allait arriver quelque chose aujourd'hui, reprit Clementine en ralentissant à l'approche d'un feu rouge.

— Comment ça ?

— Ma grand-mère a vu quelque chose dans ses feuilles de thé, ce matin. Elle se trompe rarement. Mais vous n'accordez pas beaucoup de crédit à ces choses-là, n'est-ce pas ?

— Je n'ai jamais dit ça. C'est juste que je n'aime pas qu'on me prédise mon avenir. Je trouve que le futur a quelque chose d'angoissant.

— Pourquoi ?

Je lui répondis d'une grimace.

— Beaucoup de choses étranges me sont arrivées ces derniers temps, expliquai-je, le regard fixé sur la lumière rouge. Et j'ai fait un rêve très perturbant, la nuit dernière… Je crois qu'il a une signification précise.

— Quel genre de rêve ? demanda-t-elle avec curiosité. Enfin, si je ne suis pas indiscrète…

— J'ai rêvé de scarabées, et maintenant, j'en vois partout.

Elle me jeta un coup d'œil alarmé.

— Vous n'en avez pas écrasé, au moins ?

— Pas que je sache.

— Ce serait très mauvais, déclara-t-elle. Surtout si vous en trouvez un dans votre maison. Mais des scarabées dans un rêve… c'est intéressant.

Je me retournai, détaillant son profil.

— Intéressant en bien ou intéressant en mal ?

— Les scarabées sont des signes. Si vous rêvez d'un scarabée, cela signifie qu'une force destructrice est à l'œuvre dans votre vie et que vous êtes entourée d'une importante charge d'énergie négative.

Dans le mille !

— Et qu'est-ce que je devrais faire contre cette force destructrice ?

— Ma grand-mère vous conseillerait d'être attentive à vos rêves pour essayer de relever d'autres signes. Méfiez-vous des déplacements non prévus. Et surtout des synchronicités.

Je serrai ma veste contre moi.

— Des synchronicités ?

— D'après ma grand-mère, lorsque vous êtes témoin d'une série de coïncidences qui font sens, ces dernières ont en fait été arrangées par votre guide spirituel et ne devraient jamais être ignorées.

— Un peu comme dans la philosophie New Age, en somme. Mais je ne suis même pas sûre de savoir exactement ce qu'est un guide spirituel.

— Pour certains, ce sont des anges. D'autres les voient comme des énergies, ou encore des fantômes de leurs ancêtres.

De nouveau, elle me lança un regard lourd de sens.

— Je suis vraiment surprise que quelqu'un comme vous ne soit pas davantage en harmonie avec son guide spirituel.

— Comment ça, *quelqu'un comme moi* ?

— Il y a quelque chose chez vous, répondit-elle. Une aura. Comme une lumière chaude. Un peu comme le fanal d'un phare dans la tempête, je dirais… Je trouve ça très apaisant.

Mon esprit vagabonda jusqu'au cimetière de Rosehill et à mon tout premier fantôme. Depuis mon retour d'Asher Falls, je n'avais pas beaucoup repensé au vieil homme aux cheveux blancs. C'était pourtant à ce moment-là qu'il m'était apparu pour la deuxième fois. Et voilà qu'il venait de nouveau de s'inviter à l'improviste dans ma tête. Dans quel but ? Je n'en avais pas la moindre idée. Papa n'avait pas caché sa crainte lorsqu'il l'avait vu, ce jour-là. Et, en toute logique, moi aussi, j'en avais eu peur.

Mais son apparition avait peut-être une raison. Peut-être essayait-il, tout comme Shani, de me dire quelque chose ?

Peut-être chacun des fantômes qui avaient un jour ou l'autre croisé mon chemin avait-il quelque chose à me dire. Mais que les règles de mon père avaient dû m'empêcher de les écouter.

A vrai dire, cette pensée me troubla.

Clementine murmura quelque chose.

— Pardon ? demandai-je en me retournant.

— Vous disiez que vous voyiez des scarabées partout…

— En effet. Tout à l'heure, j'en ai même vu un sur ma chaussure, au cimetière.

Et, un peu plus tard, un bon millier sur un cadavre.

— Sur votre chaussure ? insista-t-elle avec inquiétude.

— Oui. Pourquoi ? Est-ce que ça signifie quelque chose ?

— Un scarabée qui grimpe sur votre chaussure est considéré comme un présage de mort.

33

Clementine stationna le long du trottoir devant la maison d'Isabel. Aussitôt, mon regard glissa de l'autre côté de la rue. L'Institut d'études de parapsychologie était encore éclairé. Le Dr Shaw était-il seul ? Ou Layla se trouvait-elle encore dans les parages ?

Depuis ma conversation avec Temple, je n'avais pas beaucoup repensé à elle, mais le fait que je l'aie vue dans la maison bleue sur America Street devait signifier quelque chose. Elle ne m'inspirait aucune confiance, pas plus que les circonstances de son recrutement à l'Institut, qui plus est si elle entretenait des liens étroits avec Goodwine. Et, surtout, je ne parvenais pas à m'ôter de l'esprit que la première absence du Dr Shaw était intervenue juste après qu'elle fut venue lui apporter son thé.

Clementine coupa le moteur.

— Un problème ?

— Non, désolée… J'étais simplement perdue dans mes pensées.

Nous entrâmes par le jardinet, côté rue, puis gravîmes ensemble les marches du porche. Clementine ouvrit la porte, et me conduisit à travers un long couloir sombre qui menait vers l'arrière de la maison. Par la porte de la salle de bains entrouverte, j'aperçus Isabel, penchée au-dessus du lavabo, qui se lavait les mains. Elle leva les yeux à notre passage, et mon cœur se contracta un court instant lorsque nos regards se croisèrent dans le miroir.

Le contact ne dura pas plus d'une fraction de seconde, mais l'intensité de son regard me troubla.

Au fond du couloir, Clementine ouvrit une porte, laissant filtrer une demi-clarté. Les stores tirés faisaient écran à l'obscurité de la nuit. Dans un coin de la pièce, une lampe dispensait une lumière diffuse. Des bougies avaient également été allumées. Une drôle d'attention, compte tenu des circonstances.

Clementine fit un pas de côté pour me laisser entrer. Devlin m'attendait dans la pièce. En entendant la porte, il se retourna et je dus retenir mon souffle. Il était torse nu, et le clair-obscur vacillant des bougies sur sa peau et ses muscles éveilla en moi une impulsion insensée. Malgré mes efforts, je ne pouvais arracher de lui mon regard.

Il attrapa sa chemise, et c'est alors que j'aperçus le bandage à son bras gauche. *L'œuvre d'Isabel*, songeai-je. Tout en me demandant si le sang que Robert Fremont avait vu sur les mains de la jeune femme n'était pas, en fait, celui de Devlin. Je n'avais aucune raison de lui en vouloir, après tout. Elle avait pansé sa plaie, et je savais que je devais plutôt lui en savoir gré, mais les premiers soins qu'elle lui avait prodigués supposaient une nouvelle intimité entre eux.

Clementine ressortit de la pièce et referma délicatement la porte derrière elle. J'allai droit à Devlin.

— Tu vas bien ?

— C'est juste une coupure. Rien de grave.

Une large tache de sang avait déjà traversé l'épaisseur du pansement.

— Tu es sûr que tu ne devrais pas voir un médecin ?

— Isabel a suivi des études de médecine. Elle sait ce qu'elle fait.

— Et maintenant, elle lit l'avenir dans les lignes de la main.

Il haussa les épaules d'un air détaché.

— Elle n'en est pas moins compétente pour autant.

— Non, bien sûr que non.

Peut-être se sentait-il proche d'elle justement à cause du choix inattendu qu'elle avait fait. Après des études de médecine, elle lisait les lignes de la main. Lui-même avait fait du droit, mais, plutôt que d'intégrer le prestigieux cabinet juridique de sa famille, il s'était engagé dans la police. A cet égard, ils avaient beaucoup plus de points communs que lui et moi n'en aurions jamais.

Mais je me réprimandai mentalement : ce n'était pas une compétition de cour d'école. Et quelle que fût son histoire avec Isabel, c'était moi qu'il avait envoyé chercher. C'était moi qu'il avait voulu avoir à son côté, et c'était la seule chose qui devait compter.

Il passa sa chemise avec peine et, sans crier gare, il me tira brutalement vers lui et m'embrassa. Je me cramponnai longuement à son torse, mon épiderme frémissant d'ondes successives de désir. Ses mains grimpèrent jusqu'à ma poitrine, ses lèvres à mon cou. Du bout de sa langue, il titilla le lobe de mon oreille dans un murmure étouffé. La tête en arrière, je savourai chaque seconde de cette lente et délicieuse tentation.

Lorsque nos lèvres se séparèrent enfin, il prit ma tête en coupe au creux de ses mains.

— Tu n'imagines pas à quel point je te désire…, lâcha-t-il dans un souffle rauque. Je ne peux pas m'empêcher de repenser à cette nuit chez moi. Je ne peux pas m'arrêter de penser à toi…

Sa confession m'excitait tout autant qu'elle me terrifiait. Il n'était toujours pas affranchi de ses fantômes, et ne le serait peut-être jamais. Dans ces conditions, quel pouvait être notre avenir ? Une vie à demi vécue, cantonnée aux heures de jour, dans la crainte du crépuscule ?

J'eus un soupir résigné.

— Moi aussi, je pense à toi.

Il recula.

— Même lorsque tu étais à Asher Falls ?

— Plus que jamais lorsque j'étais à Asher Falls.

— Tant mieux, dit-il.

Et il m'embrassa encore.

Cette fois, ce fut moi qui me dégageai, cherchant des yeux ses fantômes. Etaient-ce les bougies qui les avaient gardés à distance ? Ou cette vague odeur de sauge mêlée d'encens ? Où étaient-ils ? Leur absence ne m'inspirait rien de bon.

— Qu'est-ce que tu cherches ? demanda-t-il, vaguement inquiet, tandis que j'explorais la pièce par-dessus son épaule.

— Rien. Je me demandais simplement pourquoi toutes ces bougies…

— C'est Isabel qui les a allumées.

Isabel. Je n'aimais guère sa manière de prononcer son prénom. Les accents de sa voix me rappelaient la façon dont il prononçait le mien, et je voulais croire que c'était à moi seule qu'il réservait cette diction traînante et si envoûtante.

— Un coup de chance qu'elle ait été là pour s'occuper de toi, lançai-je sèchement, quoique pas très fière de ma jalousie.

— Elle a toujours été là dans les moments de crise.

— J'imagine…

— Comme toi, d'ailleurs.

Je levai sur lui un regard réprobateur.

— Je ne crois pas que nous ayons quoi que ce soit en commun.

— Qu'en sais-tu ? Tu ne l'as rencontrée qu'une seule fois.

Son regard pétilla comme si mon agacement l'amusait.

— Tu ne sais rien sur elle, reprit-il.

— Je sais qu'elle est très belle, rétorquai-je avant d'ajouter d'un ton réprobateur : Et apparemment, très habile de ses mains.

— Ce que j'aurais bien du mal à lui reprocher, dit-il, un sourire en coin.

Tant mieux s'il trouvait à rire dans cette situation. Pour ma part, j'en étais bien incapable.

— Comment t'es-tu coupé au bras ?

Il perdit instantanément son sourire.

— Une négligence.

Il continuait de me toiser d'un regard de feu et, malgré mon irritation passagère, je savais que ces yeux auraient raison de moi.

Et c'est ainsi qu'en un instant, je plongeai de nouveau dans ces eaux dangereuses, désirant de tout mon corps ce que je ne pourrais jamais obtenir.

— Le genre de négligence qui fait qu'on se coupe en brisant une vitre au premier étage ? demandai-je.

Surpris, il haussa un sourcil.

— Comment as-tu su ?

Je tirai le médaillon de ma poche et le déposai au creux de sa main.

Incrédule, il enroula ses doigts autour de la chaîne.

— C'était toi qui l'avais ?

— Je l'ai trouvé dans le bureau de Gerrity. C'est pour ça que tu étais dans l'immeuble ? Tu y es retourné pour chercher le médaillon ?

Une émotion passa dans son regard.

— Oui.

— Donc, j'avais raison : tu n'as jamais reçu mon message, dis-je en détournant le regard, désarçonnée par ses aveux. Pourquoi t'es-tu introduit dans le bureau de Gerrity ?

— Il avait quelque chose qui m'appartenait et que je voulais récupérer.

— Tu ne parles pas du bijou, n'est-ce pas ?

— Non. De quelque chose de beaucoup plus dangereux.

Mon pouls s'accéléra devant son regard d'acier.

Je l'avais toujours connu stoïque, mais il brûlait désormais dans ses yeux une dangereuse témérité qui, à vrai dire, était tout sauf désagréable.

— Donc, tu as brisé la vitre pour entrer par la fenêtre. Comme ça.

— Je n'avais pas le choix. J'avais déjà fouillé son domicile.

Sans un mot, je secouai la tête. Non, ce n'était pas de la témérité, mais de l'inconscience totale.

— A mon tour de te poser une question, dit-il. Pourquoi ne m'as-tu pas dit plus tôt que tu avais trouvé le médaillon ?

— J'ai eu peur.

— Parce que tu as cru que j'avais tué Gerrity ?

— L'idée m'a traversé l'esprit, admis-je. Mais juste une seconde. Toutes ces mises en garde mystérieuses… Garder nos distances… Ne rien dire à personne, même si tu disparaissais de la circulation… Et maintenant, ce rendez-vous clandestin chez Isabel…, ajoutai-je avec un geste d'impuissance. Mets-toi à ma place. C'est plus que perturbant.

Il se retourna, explorant la pièce d'un regard inquisiteur.

— Je ne voulais pas te mêler à tout ça. Je voulais que tu sois en sécurité.

— Je crois qu'il est trop tard pour ça. Je me suis mouillée jusqu'au cou dès l'instant où je n'ai pas signalé le meurtre de Gerrity.

— Moi, tu m'as prévenu. Tu m'as appelé immédiatement. Tu as donc les mains propres.

— Ce n'est même pas ça qui m'inquiète. Je veux savoir que tu vas bien. C'est tout ce qui m'importe. S'il te plaît, dis-moi que je n'ai pas d'inquiétude à avoir.

Il sembla peser la nécessité d'un aveu, puis déclara d'un air tendu :

— Viens, assieds-toi.

Nous nous avançâmes jusqu'à un petit sofa disposé devant la fenêtre. Il m'invita à prendre place à son côté, me glissa un bras sur les épaules et me serra tout contre lui. Je me pelotonnai dans la chaleur de son flanc. Malgré tout ce qu'il avait enduré ce soir-là, il sentait tellement bon… Fermant les yeux, j'en pris une pleine inspiration, m'efforçant de mémoriser cette fragrance pour la savourer dans mes rêves à venir.

— Tu m'as demandé si j'étais allé voir Darius après l'accident, dit-il.

— Et tu m'as répondu que tu ne te rappelais rien de cette nuit-là. Juste des bribes de souvenirs, sans aucun sens.

— C'est ce que je t'ai dit, convint-il. Mais en vérité, je suis bien allé le voir.

Je me dégageai, scrutant son visage.

— Pour de la poussière grise ?

— Oui.

— Tu devais être vraiment désespéré…

Quelle idiote, me dis-je. Il avait perdu sa fille et sa femme à peine quelques heures plus tôt. Evidemment qu'il était désespéré ! Assez pour demander au Dr Shaw de l'aider à entrer en communication avec leurs fantômes. Assez pour prendre une drogue capable d'arrêter le cœur, avec l'espoir de pénétrer dans le royaume des esprits pour les retrouver. Cette facette de Devlin, je l'avais jusqu'alors à peine entraperçue. Après tout, nous avions peut-être davantage en commun que je ne l'avais d'abord cru.

— Que s'est-il passé ?

— Je me suis réveillé plus tard dans le cimetière de Chedathy, dit-il, fronçant les sourcils sur la flamme d'une bougie.

Je voulais le questionner sur son voyage de l'autre côté, sur l'effet de la poussière grise, mais une autre question s'empara de mes lèvres :

— Et Robert Fremont ? Tu l'as vu, lui aussi, cette nuit-là ?

— Non. Du moins, pas vivant. Il était déjà mort lorsque je suis revenu à moi. Une balle dans le dos.

— Mais tu ne l'as pas signalé. Les journaux ont dit que le corps avait été retrouvé le lendemain.

— Non, je ne l'ai pas signalé.

Il glissa un coup d'œil vers moi.

— Je ne suis pas en train de me trouver des excuses,

reprit-il. J'ai fait pas mal de choses, à ce moment-là, dont je ne suis pas très fier. Mais j'étais encore sous l'influence de cette drogue. J'agissais comme dans un rêve. Rien de ce que je voyais ou faisais ne semblait réel.

— Est-ce que tu as vu des… fantômes ?

Il se frotta les sourcils.

— Je ne suis pas certain de ce que j'ai vu. Tout était tellement incohérent et sans suite… Mais malgré ça, une part de moi a dû prendre conscience qu'après une dispute en public avec Robert Fremont, je n'avais pas franchement intérêt à être retrouvé au milieu du cimetière en compagnie de son cadavre.

— Donc tu es parti sans rien dire ?

— Je ne me souviens pas être parti. Ni même avoir pris la route pour rentrer à la maison. Mais je me suis réveillé le lendemain soir dans mon lit, ma voiture stationnée dans l'allée. Les douze heures antérieures avaient été complètement effacées de ma mémoire. Ethan m'a raconté plus tard que la police était venue dans l'après-midi. Ils étaient déjà au courant, pour l'altercation avec Robert. Quelqu'un m'avait entendu le menacer.

— Tu l'avais vraiment menacé ?

Il fixa les flammes d'un regard sinistre.

— Mariama m'avait laissé entendre un jour qu'elle pourrait partir. Etant donné que j'étais au courant de leur liaison, je n'ai eu aucun mal à comprendre. C'était surtout une façon de me provoquer, mais j'ai perdu mon sang-froid et me suis laissé emporter. Ce qui était exactement ce qu'elle attendait, d'ailleurs. Je leur ai dit, d'abord à elle, puis à Robert, que je me fichais pas mal de ce qu'ils faisaient ensemble, mais que s'ils essayaient de me prendre Shani, je les tuerais tous les deux.

— Oh… John !

Il ne tenta ni de s'excuser ni d'adoucir ses propos, et se contenta de hausser les épaules.

— Tu comprends mieux pourquoi les inspecteurs du comté de Beaufort sont venus frapper à ma porte.

L'histoire était sordide, et je n'avais vraiment pas envie d'en entendre davantage. C'était comme espionner par la lorgnette le passé de Devlin, et il ne me semblait pas juste de faire intrusion parmi ses souvenirs les plus douloureux et les plus intimes. Mais, d'un autre côté, je ne pouvais pas l'aider si je ne connaissais pas toute la vérité.

— Ils ne possédaient aucune preuve contre toi. Et Ethan t'avait fourni un alibi.

— En fait, il y avait bien une preuve. Une preuve tout ce qu'il y a de plus tangible, corrigea Devlin. Mais ils ne l'ont pas trouvée.

— Comment ça ?

— Les rapports balistiques ont révélé que Robert avait été tué avec un calibre 38. Mon arme de service était un Glock 9 millimètres. Mais je détenais aussi un.38 enregistré au nom de mon père. Je le gardais sous clé dans un tiroir de mon bureau, à la maison. Lorsque j'ai eu connaissance du rapport, je suis allé vérifier. Le tiroir était vide. Le revolver n'était plus là.

— Tu penses que c'est avec cette arme que Robert Fremont a été abattu ?

— J'en suis presque certain.

— Mais qui y avait accès ? Qui était au courant de l'endroit où tu le rangeais ?

— Mon grand-père le savait. Et Mariama, aussi.

— Mais elle est morte avant que Robert soit tué, remarquai-je. Et, de toute façon, si elle avait prévu de partir avec lui, pourquoi l'aurait-elle tué ?

— Elle a pu parler du revolver à quelqu'un d'autre.

— Comme qui ?

— Darius.

Un nouveau frisson courut le long de ma colonne vertébrale.

— Et pourquoi lui en aurait-elle parlé ?

— Ils étaient très proches. Comme peuvent l'être un frère et une sœur. Un beau jour, il a considéré que j'avais arraché Mariama à ce qu'il croyait être sa place. Dès lors, il s'est mis à me vouer une haine sans borne. Il voulait que Mariama retourne en Afrique avec lui, mais au lieu de cela, c'est à Charleston qu'elle a choisi de rester. Avec moi. C'est la seule fois qu'elle lui a tenu tête. C'était la femme le plus obstinée que j'aie jamais connue, mais Darius exerçait sur elle une sorte d'ascendant malsain. S'il lui a demandé le revolver, je suis sûr qu'elle a fini par le lui donner.

— Même en sachant qu'il prévoyait de tuer un innocent ?

— Oui.

Sa réponse directe me choqua. Comment avait-il pu rester si longtemps avec une femme d'une telle trempe ? Quel genre d'emprise pouvait-elle avoir sur lui ?

— Robert et moi savions tous deux que Darius rapportait de la poussière grise, reprit Devlin. Mais l'enquête était délicate, car personne ne voulait admettre l'existence même d'une telle drogue. Et aussi parce que Darius avait — et a toujours — des relations dans tous les milieux. Mais des gens mouraient de cette saleté, et nous étions déterminés à le faire tomber.

— Et malgré tout ça, tu as pris toi-même cette drogue dont tu savais qu'elle pouvait s'avérer mortelle.

— Oui.

La main sur le front, je m'évertuais à assimiler son histoire.

— Je t'avais prévenue, dit-il dans un murmure. Tu ne me connais pas. Tu ignores tout de mon passé.

J'en avais parfaitement conscience, et à mon grand regret.

— Je continue ou tu en as assez ?

J'acquiesçai d'un signe de tête.

— Nous étions sur le point de disposer de suffisamment de preuves pour procéder à une arrestation. Ce n'était plus qu'une question de temps. Darius a dû sentir le vent tourner, et il a élaboré un stratagème pour tuer Robert et me faire porter le chapeau. J'étais le bouc émissaire parfait. J'avais les moyens, le mobile et l'opportunité. Et, cette nuit-là, j'étais un pantin dont il tirait les ficelles.

— Mais… je ne comprends pas. Comment aurait-il pu prévoir que tu irais le voir ? Comment savait-il que Robert serait au cimetière de Chedathy juste au bon moment ? Le scénario est un peu simpliste.

— Pas si Darius a donné rendez-vous à Robert après m'y avoir trouvé.

— Est-ce que Darius savait déjà, pour Shani et Mariama ?

— Oui. Sinon, il aurait suspecté un guet-apens. Il ne m'aurait jamais donné la drogue.

— Donc, tu étais censé être retrouvé au milieu du cimetière, à proximité du cadavre de Robert, le sang imbibé de cette substance illicite.

— Oui, c'est ce que je crois.

— Mais le calibre 38 n'a pas été retrouvé dans le cimetière. Si Darius espérait te piéger, pourquoi n'a-t-il pas laissé l'arme ?

— Excellente question. Je suis certain qu'il l'a bel et bien laissée, mais que quelqu'un d'autre est venu au cimetière et l'a ramassée.

— Qui ?

— Je n'en suis pas sûr, mais j'ai toujours suspecté Tom Gerrity.

Je sentis mes yeux s'écarquiller sous l'effet de la surprise.

— *Gerrity* ?

— Il est venu me voir après le meurtre en me disant qu'il possédait la preuve que j'étais au cimetière, cette nuit-là, et qu'il avait les moyens de me rendre la vie impossible si je ne lui versais pas de l'argent.

— Il avait le revolver ?

— Il ne l'a pas dit explicitement, mais pendant les deux années qui ont suivi, personne ne s'est jamais manifesté.

— Et tu lui as payé ce qu'il te demandait ?

— Je lui ai dit qu'il bluffait. Gerrity touchait des pots-de-vin depuis le début de sa carrière. Il ne m'aurait pas fallu gratter beaucoup pour lui rendre la vie tout aussi impossible. Et il le savait pertinemment. Les choses en sont restées là jusqu'à ce que Darius refasse surface à Charleston.

— Et tu as décidé de te remettre à agir contre lui.

Devlin fixait invariablement la flamme d'une bougie.

— Tu m'as dit que tu avais suivi Gerrity jusqu'à une maison sur America Street, dit-il. Il espérait probablement passer un deal avec Darius.

— Je comprends maintenant pourquoi tu tenais tellement à remettre la main sur ce revolver. C'est ce que tu étais venu chercher, ce soir, j'imagine.

— Oui. Mais il était trop tard.

— Alors, d'après toi, qui a tué Gerrity ?

— Darius, bien sûr. Et probablement avec l'arme qu'il venait de lui acheter…

— Mais tu n'as pas vu le corps. Comment sais-tu qu'il a été tué par balle ?

— Une intuition.

Je lui jetai un coup d'œil effrayé.

— Si ce revolver refait surface maintenant, il pourra sans difficulté être relié au meurtre de Robert. Et si la police découvre d'abord que tu étais dans le cimetière la nuit du meurtre, ensuite que tu es entré par effraction dans le bureau de Gerrity le jour de son assassinat…

— Les moyens, le mobile et l'opportunité, répéta Devlin d'un air sinistre.

— Que comptes-tu faire ?

— Je dois retrouver ce revolver avant que le corps ne réapparaisse.

— Si c'est Darius qui l'a, ce ne sera pas facile. Aux dires d'Ethan, il a des protecteurs dans tout Charleston.

— Moi aussi, j'ai mes relations, dans cette ville, déclara Devlin en passant son pouce sur le médaillon en argent.

— C'est donc pour cette raison que tu ne voulais pas aller à l'hôpital, dis-je d'une voix lente.

— Avec un carreau cassé dans le bureau d'un homme

qui a été assassiné, le timing est plutôt mauvais pour me faire soigner une coupure au bras.

— Et c'est aussi pour ça que tu m'as dit de garder mes distances.

Il posa une main sur mon genou.

— Je ne voulais pas que Darius s'en prenne à toi pour m'atteindre.

— Il est déjà au courant, pour moi. Et nous n'avons aucun moyen de l'arrêter. Il a le pouvoir de s'inviter dans mes rêves.

— C'est ridicule ! protesta Devlin. Le seul pouvoir qu'il a est celui que tu lui accordes. Ne le laisse pas t'atteindre. Ne le laisse pas entrer.

— Je crois qu'il est trop tard, murmurai-je.

A ces mots, un coup de vent venu de nulle part souffla les bougies.

34

— Ce n'est qu'un courant d'air, dit Devlin. Quelqu'un a dû ouvrir la porte d'entrée.

Pétrifiée, je restai assise, tremblante dans la lumière de la lampe. Ce n'était pas qu'un courant d'air. Je sentais un frisson mortel s'insinuer jusque dans mes os. Darius était aux aguets. Ou était-ce Mariama ?

— Tu ne le sens pas ? murmurai-je.

— Sentir quoi ?

— Ce froid. Comme un souffle glacial.

— Je ne sens rien du tout.

Il mentait. Je le voyais dans ses yeux. Il savait que quelque chose était présent dans cette pièce avec nous. Mais il refusait de l'admettre, voilà tout.

Un énorme scarabée surgit alors sur le mur et disparut dans une large fissure.

— Certaines choses de ce monde ne s'expliquent pas, insistai-je. Je ne t'apprends rien, je crois. Sinon, pourquoi aurais-tu pris de la poussière grise ?

Il détourna le regard.

— Je te l'ai déjà dit. J'étais désespéré, ce soir-là. Fou de chagrin.

— Je crois que c'est ce dont tu essaies de te convaincre depuis très longtemps. Mais lorsque tu as perdu Shani, ta croyance dans le surnaturel a refait surface. Tu ne serais jamais allé trouver le Dr Shaw ou Darius, si une part de toi n'avait pas toujours cru que tu pouvais entrer en contact avec l'autre monde.

L'espace d'un instant, il sembla désarçonné, mais son masque impavide retomba aussitôt sur son visage.

— Pourquoi fais-tu ça ? demanda-t-il.

— Je dois te faire ouvrir les yeux.

— Ouvrir les yeux sur quoi ?

Je lui pris le médaillon des mains.

— Tu ne pourras pas gagner ta bataille contre Darius avec ça seulement. L'Ordre ne suffira pas à t'aider. Tu dois d'abord reconnaître ce dont Darius est capable, afin de t'en prémunir. De trouver un moyen de t'en protéger.

— Et de quoi le crois-tu capable exactement ?

— Je n'en ai aucune idée, mais quelque chose me dit que nous n'allons pas tarder à le savoir.

Isabel me raccompagna en voiture un peu plus tard. Clementine était déjà partie, et Devlin pensait qu'il était préférable que lui et moi ne soyons pas vus ensemble. Quant à mes arguments, ils n'eurent pas raison de son obstination. Pourtant, Darius était venu jusqu'à moi dans l'un de mes rêves. Il avait emprisonné ce scarabée dans un verre, sur le bureau de Gerrity, avec l'intention précise de me faire découvrir le corps, et il était même venu, ce soir, chez Isabel. J'en étais certaine. Même si j'ignorais quand et comment exactement, et ce qu'il cherchait au juste.

Ainsi, j'avais accepté l'offre d'Isabel de me ramener chez moi : acquiescer m'avait semblé plus facile qu'inventer une excuse crédible.

Nous roulâmes en silence pendant plusieurs minutes, jusqu'à ce que je trouve en moi le courage suffisant pour aborder le sujet de Devlin.

— Depuis combien de temps connaissez-vous John ?

Elle me lança un regard énigmatique.

— Lui et moi, ça remonte à loin…

— Ah oui ?

J'aurais aimé me détendre un peu en sa compagnie,

mais elle était beaucoup plus réservée que Clementine. Je me demandai même si sa façade cordiale ne cachait pas une certaine animosité à mon égard.

— Il a eu de la chance de pouvoir compter sur vous ce soir, observai-je.

— Je suis heureuse que toutes ces années de fac de médecine aient finalement servi à quelque chose.

— Pourquoi avez-vous laissé tomber vos études de médecine ?

Elle haussa les épaules.

— J'aime aider les gens, mais être médecin, ça n'était pas pour moi. Cela peut paraître bizarre, mais au bout d'un moment, j'ai fini par trouver l'exercice de la médecine trop restrictif. J'ai donc décidé de suivre les traces de ma grand-mère et de me lancer dans la chiromancie.

— Le grand écart…

— Pour moi, c'était la bonne décision. J'aurais été malheureuse en faisant un autre choix, et je suis bonne dans ce que je fais.

Elle se concentra sur la route, et j'en profitai pour étudier son profil. C'était une femme d'une grande beauté, mais une beauté paisible et lointaine, alors que celle de Mariama avait été fougueuse et exotique. Face à elles, je me faisais l'effet d'une minuscule souris grise. Je m'étais toujours vue comme une fille mignonne et tranquille. Une blonde discrète et souriante, aux yeux bleus et au teint frais. Certes, je faisais attention à ma ligne, et les longues heures de travail dans les cimetières me maintenaient en bonne condition physique, mais je n'avais rien d'extraordinaire comme elles. Sauf que je voyais les fantômes.

— Comment vous êtes-vous rencontrés ? demandai-je.

Elle réfléchit un moment avant de répondre.

— J'ai tué quelqu'un. John a été désigné sur l'affaire.

Je la fixai, médusée, cependant qu'une image se formait dans mon esprit. Ses mains, couvertes de sang, agrippées à un couteau dégoulinant de sang. Je sentis mes doigts se contracter sur les accoudoirs.

— Une rencontre… pas vraiment banale, fis-je remarquer.

— Pas vraiment le genre de scénario dont on rêve, convint-elle. Ç'a été une période très difficile pour ma famille. John a été une bénédiction. Je n'ose même pas imaginer ce qui se serait passé si un autre détective que lui avait été envoyé chez nous, ce soir-là.

— Que s'est-il passé ? Enfin… si je ne suis pas indiscrète ?

— Non, ça ne me dérange pas que vous sachiez. Je serais curieuse, moi aussi, à votre place.

Et quelle place !

— La « victime », si je puis dire, était le mari de Clementine. Soit je le tuais, soit c'était lui qui me tuait.

— Il était violent ?

— Pendant longtemps, nous n'avons rien vu. Clementine faisait tout pour le cacher et elle y parvenait très bien. Elle s'était mariée très jeune contre l'avis de toute la famille, et lorsque les choses ont commencé à mal tourner, elle a eu trop honte pour se tourner vers nous. Et puis ce fut l'escalade, jusqu'au jour où elle n'a plus eu d'autre choix que de le quitter. Seulement, il ne voulait rien entendre, et refusait de la laisser partir. Comme toujours. Au début, ç'a été des coups de fil et des e-mails. Puis il a commencé à venir à son travail et à la maison, laissant des petits mots à son attention, arrosés de son parfum.

— C'est pourquoi elle ne le porte plus.

— Malgré toutes nos précautions, il réussissait à s'introduire dans la maison, et même jusque dans sa chambre. La police ne pouvait rien faire, car il était assez malin pour ne jamais se faire prendre. Il connaissait par cœur nos habitudes, nos emplois du temps… Il savait même comment désactiver le système d'alarme. Et, peu à peu, les mots d'amour ont laissé place à des menaces.

Nous redoutions toutes que ça ne se termine mal. Et, bien sûr, c'est ce qui est arrivé.

Des paroles de Clementine me revinrent à la mémoire. Elle détestait l'idée que quelqu'un puisse revenir d'entre les morts. Pas étonnant que la notion même de fantôme la terrifie.

— A cette époque, nous habitions toutes les deux chez grand-mère, poursuivait Isabel. Un soir, en rentrant, je l'ai trouvé dans la maison. Il avait acculé ma sœur dans un coin et la menaçait avec un couteau, lui racontant qu'il l'aimait, qu'il était prêt à tout pour la reconquérir. Qu'il voulait seulement une seconde chance. Le discours habituel. En la voyant comme ça, aussi impuissante, sans défense, comme elle l'avait été pendant tout le temps de leur relation, j'ai eu un déclic. J'aurais pu appeler les secours ou même un voisin. Mais je savais que même si nous parvenions à l'arrêter cette fois-ci, il reviendrait. Il reviendrait encore et encore jusqu'à ce que l'un d'eux finisse mort. Alors j'ai attrapé le pistolet de mon grand-père et je lui ai tiré dessus.

— Mais c'était un cas de légitime défense, non ?

— Le problème, c'est que je n'ai pas été la seule à lui tirer dessus.

— Que voulez-vous dire ?

— Sur le coup, Clementine m'a pris le pistolet des mains et a vidé le chargeur sur lui. Je crois qu'en droit, l'expression exacte est « réaction disproportionnée », murmura Isabel.

J'avais le plus grand mal à concilier cette image éminemment brutale avec le charme tout en douceur de Clementine Perilloux.

— Mais vous avez dit que c'était vous qui l'aviez tué.

— Techniquement, il faudrait déterminer s'il est mort de la première balle ou des suivantes, dit-elle.

— Pourquoi me racontez-vous ça ? m'enquis-je, la main toujours cramponnée à l'accoudoir.

— Parce qu'il y a un lien entre John et ma famille… entre John et moi. Un lien éternel.

— Je… je vois.

Elle me considéra d'un regard empreint de défiance.

— Il s'est occupé de nous. Il a tout fait pour arranger la situation, et ma sœur a pu bénéficier de l'aide dont elle avait besoin. Il lui a fallu deux années de thérapie et d'internement, mais elle a fini par reprendre le cours de sa vie.

— D'internement ?

— Dans un hôpital psychiatrique.

— Je vois.

Je me souvins de mon petit déjeuner avec Clementine. Ses mais tremblantes, ses singulières hésitations, sa volonté d'être indépendante à tout prix. Tout cela prenait sens, à présent.

— Comment John a-t-il fait pour arranger la situation ?

— Malgré toutes les pressions dont il a fait l'objet, le procureur du district n'a engagé aucune poursuite. Je sais que c'est à John que nous le devons.

Un léger frisson me parcourut. Je n'aimais guère la tournure qu'avait prise la conversation, ou celle qu'elle n'allait pas tarder à prendre.

— Il est important que vous compreniez bien combien nous sommes proches, insista-t-elle.

A cet instant, il me sembla discerner dans son regard une pointe de ce qui ressemblait à s'y méprendre à la folie.

— Je ferais n'importe quoi pour lui, poursuivit-elle. Et si quelqu'un venait à s'en prendre à lui, je ne sais pas jusqu'où je serais capable d'aller…

Je ne répondis rien, de peur qu'elle ne s'emporte.

De nouveau, elle me toisa d'un regard pénétrant puis, au moment où je m'y attendais le moins, son expression se radoucit.

— Mais ce n'est que de l'amitié. Rien de plus. Je tenais à ce que vous le sachiez.

Je n'étais pas certaine de devoir la croire complètement,

mais il me sembla préférable de ne pas approfondir la question.

— Avez-vous connu Mariama ?

Elle puisa une profonde inspiration.

— C'était une femme extrêmement puissante et d'une incroyable beauté, mais diabolique jusqu'au bout des ongles.

— Diabolique, c'est un mot fort.

— Croyez-moi, je sais ce que je dis. Elle était tout à fait capable de se montrer absolument charmante lorsqu'elle en avait envie ou besoin, mais utiliser à son avantage la fragilité mentale d'une jeune fille ne lui faisait pas peur.

— Que voulez-vous dire ?

— Elle a entraîné Clementine dans ses petites manœuvres psychologiques. Après le drame, ma sœur s'est trouvée très vulnérable, comme vous pouvez l'imaginer, et elle adorait Shani. Elle n'avait pas conscience d'être manipulée. Enfin, sans entrer dans les détails, je dirai que Mariama a fait vivre à Devlin un véritable enfer.

— A cause de sa liaison avec Fremont ?

Elle se retourna, surprise.

— Vous êtes au courant ?

— C'est John qui me l'a dit.

Elle haussa les épaules.

— A ce moment-là, je crois que John n'en avait plus rien à faire. Il aurait été beaucoup mieux sans elle. Sa grande préoccupation, en revanche, c'était sa fille. Il vivait dans la crainte que Mariama s'enfuie en Afrique avec elle encore une fois, et qu'elle disparaisse pour de bon. Ou pire.

— Pire ?

— Pourquoi croyez-vous qu'il ne l'a pas quittée ? demanda Isabel en serrant ses mains sur le volant. Il redoutait qu'elle ne se venge sur Shani.

Je la dévisageai, incrédule.

— Sa propre fille ?

— Rien ni personne n'était sacré, aux yeux de Mariama.

Soit, mais sa propre enfant… L'idée me semblait inconcevable.

Aussitôt, je repensai à cette nuit, dans la maison de Devlin, lorsque Shani était apparue à mon côté. A l'instant même où Mariama avait tendu les bras, le petit fantôme avait disparu, comme si elle avait eu peur du spectre de sa mère.

— John tient beaucoup à vous, enchaîna Isabel. Je crois qu'il pourrait bien tomber amoureux. Si Mariama était toujours de ce monde, je m'inquiéterais pour votre sécurité. Je suis donc contente qu'elle ne soit plus des nôtres. Contente qu'elle ne puisse plus vous faire de mal, ni à vous ni à personne d'autre. Paix à son âme. Qu'elle demeure à jamais au fond de sa tombe.

Si seulement elle pouvait avoir raison… Mais un pressentiment me disait que Mariama morte était beaucoup plus dangereuse pour moi qu'elle ne l'aurait jamais été de son vivant.

A peine rentrée chez moi, je sentis cette froideur. Cet air glacial qui accompagne chaque visite des résidents de l'au-delà.

Je m'avançai prudemment dans le couloir, appelant Angus. Il rappliqua illico et, lorsque je me penchai pour lui donner une petite tape, je constatai que sa fourrure était hérissée de givre.

La lumière de la cuisine, que j'avais laissée allumée, parvenait jusque dans mon bureau, où la source de froid semblait se concentrer. Je fis un pas jusqu'à la porte, hésitant longuement avant de me décider à entrer.

Shani était assise en tailleur sur le sol de mon bureau — *au beau milieu de mon sanctuaire* —, nimbée d'une aura qui dispensait une étrange clarté.

— Tu veux bien m'aider ?

Cette fois, elle parlait à voix haute. J'en étais certaine.

Mais peut-être n'étais-je plus capable de discerner la réalité du monde qui hantait mon esprit.

Mes dents se mirent à claquer sous l'effet du froid qui me glaçait jusqu'aux os. Je me recroquevillai dans ma veste sans la quitter des yeux.

— Oui, je vais t'aider.

Elle me tendit une main, et je vis briller l'éclat d'un minuscule grenat qu'elle portait au doigt. Je reconnus la bague qu'elle avait déposée un jour dans mon jardin. Je l'avais rapportée jusqu'à sa tombe. Mon père m'avait dit que c'était la seule chose à faire pour s'en débarrasser. Et se débarrasser aussi de son fantôme.

Mais, manifestement, mon père s'était trompé.

Je m'agenouillai face à elle.

— Que dois-je faire ?

Déjà, elle commençait à s'effacer.

— Viens me chercher, dit-elle dans un écho, comme si elle parlait du fond d'un puits. Viens me chercher, Amelia.

A mon tour, je lui tendis une main. Elle fit glisser la bague sur son doigt et la déposa au creux de ma main. Puis elle disparut.

35

Le lendemain, je pris la route du sud en direction du comté de Beaufort, le petit grenat brillant à mon auriculaire. Malgré quelques heures de sommeil et une matinée passée à débroussailler les fourrés d'Oak Grove, je demeurais sous le choc de cette nouvelle prise de conscience. Shani avait trouvé un moyen de s'introduire dans ma maison. Le cœur dessiné dans le miroir de ma salle de bains avait été une première tentative. Et désormais, si elle était capable d'entrer, d'autres pourraient faire de même.

Depuis mon enfance, les sanctuaires avaient constitué ma seule et unique protection, et je les avais crus à toute épreuve. Ils avaient été mon unique refuge. Maintenant, c'en était fini. L'apparition de Shani avait fait voler en éclats mes dernières illusions, et désormais, sans les préceptes de mon père, sans l'asile d'un sanctuaire, plus aucun mur ne s'érigeait entre les fantômes et moi.

Mon seul espoir restait d'aider Shani avant qu'elle n'attire d'autres fantômes dans son sillage. Et le seul élément susceptible de me mener à la solution était la bague au grenat. Shani avait pris la peine de l'apporter de sa tombe et de la placer dans ma main. Il était donc logique que le point de départ de mes recherches soit le cimetière de Chedathy.

Mais, avant de me rendre au cimetière, j'avais d'autres choses à régler dans le comté de Beaufort. Shani n'était pas le seul fantôme à qui j'avais promis assistance. Robert Fremont se trouvait toujours quelque part dans la nature.

Pour je ne sais quelle raison, il avait décidé de prendre ses distances, mais il ne faisait aucun doute à mes yeux qu'il se montrerait tôt ou tard, à l'aube sur la Battery, ou adossé au capot de ma voiture à la sortie d'Oak Grove, et qu'il exigerait des réponses à ses questions.

Etait-il seulement au courant du meurtre de Tom Gerrity ? Etait-ce pour cette raison qu'il m'avait envoyée à l'agence du détective privé ? Il avait senti que je devais aller enquêter de ce côté. Peut-être avait-il eu une vision ou une prémonition ? Tout comme sa mémoire, la qualité de ses prophéties semblait aléatoire. Mais il était mort, après tout, ce qui devait impliquer une marge d'erreur.

C'est au bureau du coroner du comté de Beaufort que je fis ma première halte. Préoccupée par les événements de la veille, je n'avais pas eu le temps d'élaborer de stratégie précise pour gagner les bonnes grâces de Garland Finch. En revanche, j'avais en poche la carte de visite de Regina Sparks, et j'étais tout à fait disposée à la dégainer si les circonstances l'exigeaient, ainsi qu'un petit laïus sur l'accès public aux archives de Caroline du Sud. Mais, en réalité, tout ce que j'eus à faire fut de décliner mon identité.

— Amelia Gray…, répéta la femme rencognée derrière son comptoir.

Son chignon en choucroute était un spécimen du genre, et j'y aurais vu un gage évident d'avant-garde capillaire si je n'avais pas eu l'impression qu'elle affichait le même style depuis les années soixante.

— J'ai un mot pour vous quelque part, dit-elle en se grattant le crâne avec la pointe de son crayon.

Elle fouilla dans les papiers éparpillés sur son bureau, pour en tirer finalement une enveloppe en papier kraft revêtue d'un Post-it rose fluo.

— Ah ! Nous y voilà ! Vous venez chercher des rapports pour Regina Sparks, n'est-ce pas ? Garland m'a dit de vous donner tout ce dont vous auriez besoin.

— Merci, c'est très aimable, dis-je, soudain ragaillardie.

Finalement, la tâche s'annonçait nettement plus aisée que je ne l'avais imaginé.

La femme me lança un regard de reproche par-dessus ses lunettes.

— Vous n'auriez pas dû faire le déplacement exprès, vous savez. J'aurais pu vous envoyer les rapports par e-mail, au bureau du coroner de Charleston.

— J'avais des choses à faire dans les environs, de toute façon.

— Dans ce cas, c'est parfait. Tenez, dit-elle en me tendant l'enveloppe.

Je la pris avec réticence.

— Qu'est-ce que c'est ?

Elle haussa un sourcil soigneusement épilé.

— Les rapports. Eh bien, c'est pour ça que vous êtes là, non ? Jetez un coup d'œil et assurez-vous que tout y est avant de filer. Ce serait dommage de devoir revenir après avoir fait tous ces kilomètres.

— Mais comment avez-vous su ce dont j'avais besoin ?

— Eh bien, c'est Garland qui me l'a dit, expliqua-t-elle en me jaugeant avec curiosité. Est-ce qu'il y a un problème ?

— Non, c'est juste que… non.

J'ouvris l'enveloppe et en parcourus le contenu, m'arrêtant net à la lecture des noms. Maintenant, je comprenais. Regina avait deviné que l'ami auquel j'avais fait référence était Devlin. Les rapports d'autopsie qu'elle avait demandés étaient ceux de Shani et de Mariama.

— Je crois qu'il en manque un, dis-je. Regina n'a pas également mentionné celui d'un homme dénommé Robert Fremont ?

Je retins mon souffle, espérant ne pas avoir éveillé ses soupçons.

— Garland ne m'en a rien dit, mais j'imagine qu'il a dû oublier. Il n'est plus tout jeune, le pauvre. Malheureusement, celui qui réussira à le lui faire admettre n'est pas encore né.

Elle agita ses doigts sur son clavier.

— Robert Fremont, vous dites ? Pourquoi est-ce que ce nom me dit quelque chose ?

— C'est un policier de Charleston qui a été tué ici il y a deux ans.

— Ah oui, maintenant, ça me revient… Du nouveau sur son affaire ?

— Je ne sais pas. Regina ne m'en a pas parlé. Je suis juste censée récupérer les rapports post-mortem.

Elle scruta l'écran de son ordinateur.

— Je vous conseille de vous asseoir. Aujourd'hui, la connexion est aussi lente qu'un escargot rhumatisant. Attendez. Vous m'avez dit… F-r-e-e-m-o-n-t ?

— Avec un seul *e*.

— O.K. Attention, ça vient…

J'espérais qu'il ne lui faudrait pas solliciter l'accord du coroner avant de me délivrer le rapport ou, pire, vérifier auprès de Regina. Mais j'entendais déjà ronronner l'imprimante, et elle me tendit une page simple.

— Ce n'est que la version abrégée, dit-elle. Si Regina veut le rapport exhaustif, elle devra soumettre une demande écrite. Mais ça, elle le sait.

— Je suis certaine que cela lui suffira, dis-je en glissant la page avec les autres. Merci encore pour votre aide.

— Je vous en prie. Bonne journée.

Tournant les talons, je sortis de l'immeuble sans demander mon reste et grimpai dans ma voiture avant que quelqu'un ne me reconnaisse. Une fois dans mon 4x4, je parcourus les trois rapports en diagonale, puis les relus plus attentivement. Quelque chose me turlupinait, mais je n'arrivais pas à déterminer quoi exactement. Tout semblait correct. Rien ne sautait aux yeux. Je les replaçai donc dans l'enveloppe et les remisai pour le moment.

Le cimetière de Chedathy m'attendait — et Shani, aussi.

En chemin, je m'arrêtai sur le pont où la voiture de Mariama était passée par-dessus le rail de protection.

J'y étais déjà venue lorsque Shani m'était apparue dans mon jardin pour la première fois. Je m'étais dit que je pourrais trouver des réponses à l'endroit où elle avait rendu son dernier souffle. A cette époque, le cœur dessiné sur ma vitre et la bague au grenat avaient constitué nos seules communications. Maintenant, je savais qu'elle voulait que j'aille à sa recherche, et je redoutais ce que cela pourrait impliquer.

J'aurais été bien incapable de dire dans quel but j'étais revenue sur ce pont. Une impulsion venue de nulle part, et à laquelle je n'avais su résister. Quelque chose ou quelqu'un — mon instinct, l'univers ou mon guide spirituel — cherchait à influer sur mes actes. Une chose était sûre, ces impulsions n'intervenaient pas au hasard. Aux dires de Clementine, je devais accorder une attention toute particulière aux coïncidences, même apparemment anodines, qui pouvaient jalonner mon chemin.

Laissant ma voiture sur le bas-côté de la route, je gravis la déclivité qui menait à la glissière et, de là, observai l'eau qui s'écoulait mollement à mes pieds. C'était un jour sans vent, et les rayons du soleil me réchauffaient le visage. Le goût salé des eaux des marais se mêlait à l'odeur des pins de la forêt. Déjà, les feuillus parés de mille nuances de roux, de carmin et d'or, embrasaient le paysage à perte de vue.

L'endroit était empreint d'une morne quiétude. Je m'étais déjà fait la remarque, lors de ma première visite. Pourtant, je m'étais préparée à y trouver des vestiges de l'accident. Si une maison pouvait retenir les émotions de ses anciens résidents décédés, un lieu, même en plein air, pouvait retenir un ultime appel au secours.

Mais, cette fois encore, je n'entendis rien.

Dans ce décor paisible, ma conversation avec Isabel me revint à la mémoire. Devlin était resté avec Mariama parce qu'il avait peur pour Shani. Une situation insupportable, que j'avais peine à imaginer.

Avec son argent et son influence, il aurait pu poursuivre

Mariama en justice et prétendre à la garde exclusive. Et s'il l'avait obtenue, il aurait pu prendre toutes les précautions nécessaires, faire installer le meilleur système de sécurité, engager un garde du corps à temps plein. Cela dit, rien n'aurait pu barrer la route à Mariama si elle avait été assoiffée de vengeance. Et rien ne pouvait l'arrêter aujourd'hui.

Tirant mon téléphone de ma poche, je consultai ma boîte vocale, pour le cas où Devlin aurait essayé de m'appeler, mais le réseau était insuffisant. Alors que je m'attardais, contemplant le flux de l'eau, une voiture de patrouille du shérif du comté s'approcha doucement de moi.

Zut! songeai-je aussitôt. J'avais été démasquée. La secrétaire du coroner avait fini par découvrir le pot aux roses. Même si, techniquement, les rapports d'autopsie relevaient des archives publiques. Je n'avais rien commis d'assez répréhensible pour justifier une arrestation.

— Tout va bien ? demanda le conducteur à travers sa vitre baissée.

— Je profite du paysage, dis-je en affectant un air indifférent.

— J'ai pensé que vous aviez peut-être un problème de voiture.

Il hocha la tête en direction de mon téléphone.

— Vous n'aurez pas de réseau, ici. Il faut aller un peu plus loin sur la route.

Je me retournai et jetai un coup d'œil par-delà le pont.

— Et au-dessus de l'eau, sur le pont ?

— Non plus. Je suis tombé en rade d'essence il n'y a pas si longtemps, et j'ai dû attendre toute la matinée que quelqu'un vienne me dépanner. Il n'y a pas assez de relais, par ici. Vous êtes en pleine cambrousse, vous savez…

— Bon, merci d'avoir pris la peine de vous arrêter.

— Je ne traînerais pas trop, si j'étais vous. Ces marécages sont pleins de toxicos qui vendraient leur mère pour un shoot.

Réprimant un frisson, j'acquiesçai.

— Je tâcherai de m'en souvenir.

Sur quoi il s'éloigna tout doucement, tandis que j'essayais mon téléphone sur chaque berge avant de remonter en voiture. Assise au volant, le regard attaché à la glissière, je me remémorai l'accident tel qu'Ethan me l'avait raconté.

D'après lui, Mariama avait d'abord appelé les secours, puis Devlin, de l'intérieur de sa voiture entraînée au fond de la rivière. Mais comment avait-elle pu passer ces appels sans réseau ?

Un peu plus tard, je stationnai à l'arrière du cimetière de Chedathy, à l'endroit même où je m'étais garée lors de ma visite précédente. C'était le tout début de l'après-midi, mais le trémolo lugubre d'un plongeon huard suffit à me faire frissonner, tandis que je sautais le fossé gorgé d'eau saumâtre pour rejoindre le cimetière.

Dans la tradition gullah, les tombes étaient décorées de souvenirs personnels mélangés à toutes sortes de coquillages et de débris de poteries. Ici et là, un rayon de soleil perçait l'épaisse canopée, accrochait un éclat de miroir et renvoyait un reflet furtif, tel un esprit en fuite. J'adorais ces cimetières de bord de mer. Tous ces objets déposés sur les tumulus des sépultures, toutes ces lampes, ces réveils, ces fragments de porcelaine et de bouteilles de verre, rappelaient que la vie ne s'éteint pas avec la mort.

Agenouillée au pied de la tombe de Shani, j'en écartai les feuilles mortes pour découvrir le cœur en coquillages. La poupée de brocante que Devlin avait placée sur la sépulture avait été enlevée, probablement abîmée par les assauts du temps. Je retirai de mon doigt la bague au grenat et la plaçai à l'intérieur du cœur, exactement comme je l'avais fait quelques mois plus tôt. Puis je la recouvris de feuilles et attendis Shani.

Il n'était que 15 h 30, beaucoup trop tôt pour que son

fantôme apparaisse. Aussi décidai-je de faire une petite marche jusqu'à la maison d'Essie. Jamais je ne me serais permise de frapper chez elle sans la prévenir, mais si elle était assise sur la galerie de sa maison, je pourrais toujours m'arrêter pour lui dire bonjour. Et peut-être orienter la conversation vers Darius. En demeurant très prudente pour ne pas l'offenser avec mes questions. C'était son petit-fils, après tout…

Le soleil chauffait mes épaules tandis que j'arpentais le chemin de gravier en direction des maisons bardées de planches. Des oiseaux pépiaient dans les branches hautes, et des rires d'enfants éclataient çà et là. Tout était tranquille. Cependant, mon regard fut tout à coup attiré par l'une des maisons. Plusieurs hommes se tenaient autour d'un trou pratiqué dans un mur. Je m'arrêtai pour regarder. Un brancard drapé était lentement passé à travers le trou depuis l'intérieur. Des hommes postés de l'autre côté empoignèrent ses montants de leurs mains nues. Le drap couvrait un corps, cela ne faisait aucun doute. Un corbillard avait été avancé dans l'allée de terre battue, et des pleurs résonnaient de l'intérieur de la maison.

Tandis que j'observais cette scène surprenante, une jeune fille d'environ seize ans vint à ma rencontre. Elle portait un nourrisson dans ses bras et surveillait d'un œil un autre enfant qui gesticulait sur un tricycle. Tout comme moi, elle s'arrêta pour regarder la maison. Me tournant vers elle, je la saluai d'un signe de tête. Elle était grande et dégingandée, avec des pommettes hautes et des yeux noirs et lumineux. Elle me parut vaguement familière, sans que je réussisse toutefois à la remettre.

Tout en calant le bébé sur sa hanche, elle me dévisagea sans retenue.

— Vous le connaissiez, le vieux Fremont ?

Mon cuir chevelu se hérissa tandis que mon instinct me criait de me tenir plus que jamais sur mes gardes. Encore une de ces coïncidences apparemment anodines.

— M. Fremont ?

Elle fit un signe de tête en direction de la maison.

— Il est mort ce matin. Ils l'emmènent au funérarium pour le préparer.

— Je ne l'ai jamais rencontré, répondis-je. Mais j'ai connu un autre Fremont d'ici. Un certain Robert.

— Le flic ? C'était le petit-fils de M. Fremont.

Malgré la saison avancée et les températures fraîchissantes, elle portait des tongs avec son jean. Un bout d'ongle rose vif se découvrit sous ses ourlets effrangés.

— D'où connaissez-vous Robert ? demanda-t-elle.

— Nous nous sommes rencontrés à Charleston.

— C'était un ami à vous ?

— Oui, on peut dire ça… C'est terrible, ce qui lui est arrivé. Sa mort a dû être un coup dur pour la communauté.

— Maman dit que le vieux ne s'en est jamais remis.

Nous restâmes là un moment, à suivre en silence cette étrange procession.

— Pourquoi n'ont-ils pas sorti le corps par la porte ? demandai-je. Quelle est la signification de ce trou dans le mur ?

— C'est au cas où il reviendrait, répondit-elle avec un frisson. Une fois que le trou est refermé, son esprit ne pourra plus retrouver son chemin jusque dans la maison.

— Je vois.

Elle fit passer le bébé sur son autre bras. Tous les trois me fixèrent de leurs yeux sombres et luisants.

— Vous avez de la famille dans le coin ? demanda-t-elle d'un air sceptique.

— Non. J'étais juste venue visiter le cimetière de Chedathy.

Et tout à coup, sans que je sache comment, la mémoire me revint. Je savais où je l'avais vue.

— Je vous connais, dis-je alors. Vous vous appelez Tay-Tay.

Elle me lança un regard de travers.

— Personne ne m'appelle plus comme ça. Je m'appelle Tamira. Et eux deux, ce sont mes frères.

Elle fit doucement rebondir le plus jeune contre sa poitrine pour le faire taire.

— Lui, c'est James, et lui Marcus.

Je les saluai l'un après l'autre.

— Je m'appelle Amelia.

— D'où est-ce que vous me connaissez ? s'enquit-elle avec curiosité.

— Je suis passée un jour devant votre maison avec Essie et Rhapsody Goodwine. Vous étiez devant la porte.

Elle ouvrit des yeux ronds, et j'aurais juré y voir passer un éclair de frayeur. Elle héla une autre fille qui bavardait avec un groupe d'amis. celle-ci ne devait avoir qu'un an ou deux de moins que Tamira.

— Timberly ! Ramène tes fesses ici, et *grouille* !

La fille roula des yeux et murmura quelque chose à ses compagnons, puis approcha d'un pas nonchalant.

— Quoi ? demanda-t-elle avec maussaderie, tout en se penchant pour se gratter derrière le genou.

— Ramène le petit à la maison et donne-lui un biberon. Et prends Marcus avec toi.

— T'as qu'à le faire toi-même.

— Je ne peux pas, rétorqua Tamira avec autorité. Maintenant, fais ce que je te dis, sinon maman saura que tu as fait le mur l'autre soir pour aller retrouver ce fils de péquenot.

— Même pas cap' !

— Je vais me gêner, tiens ! Et ne réponds pas !

La fille empoigna le bébé et le cala sans ménagement sur sa hanche décharnée.

— Franchement, comptez pas sur moi pour faire des gosses ! lâcha-t-elle. C'est nul, les bébés… Ça gâche tout.

Sur quoi elle s'éloigna en traînant les pieds, Marcus dans son sillage. Tamira se retourna vers moi :

— Vous venez voir Mlle Essie ?

— Non. Comme je vous l'ai dit, je suis venue visiter le cimetière.

— Vous avez quelqu'un d'enterré là-bas ?

— En fait, je suis restauratrice de cimetières. J'entretiens les tombes, ajoutai-je sans plus de précision. Chedathy est l'un de mes préférés.

— Ce vieux trou ?

Elle se tourna dans le sens opposé de la route, en direction du cimetière.

— C'est là qu'ils vont enterrer M. Fremont, bien qu'ils aient refusé d'y mettre son petit-fils.

— Pourquoi ça ?

Malgré sa crainte initiale, elle semblait maintenant prendre plaisir à répondre à mes questions. Elle me toisa avec un air de délectation un rien suffisant.

— A cause du *wudu*.

— Du *wudu* ? Vous voulez dire de la magie ?

— De la magie *noire*.

Elle se pencha vers moi.

— Ils disent qu'elle était très puissante. Assez pour faire revenir certains morts. Sa famille avait peur qu'elle ne le laisse pas reposer en paix. Et ils ne voulaient pas non plus qu'il revienne. Alors, ils l'ont enterré ailleurs.

— Mais qui ne le laisserait pas reposer en paix ?

— Mariama Goodwine.

Plusieurs heures nous séparaient encore du crépuscule, mais je sentis un souffle glacial me courir dans le cou.

— Vous la connaissiez ? demandai-je.

— Je l'apercevais de temps en temps du côté de l'ossuaire. C'est là-bas qu'elle le retrouvait.

— Robert ?

Elle hocha la tête en signe d'acquiescement.

— Vous les avez vus ensemble ?

— Et pas qu'une fois. Vous voulez que je vous montre quelque chose ?

— Je… Bien sûr.

Elle me conduisit jusqu'au cimetière, marqua un temps d'arrêt devant l'arche qui en matérialisait l'entrée, et se signa brièvement. Puis nous nous enfonçâmes au cœur de Chedathy, qui paraissait somnoler sous la canopée.

— Vous voyez ça ? dit-elle en désignant une inscription gravée sur un tronc d'arbre. C'était là qu'ils se donnaient rendez-vous. Ils avaient sculpté ces initiales dans l'écorce. Mais ça, ça remonte à quand ils étaient gosses.

— Que signifie ce symbole ?

— Amour éternel.

Je repensai à l'histoire de Robert et de Mariama. Ils avaient été ensemble à l'adolescence. Il l'avait à la fois aimée et haïe, puis était parti à Charleston et avait découvert qu'il existait un monde en dehors de cette femme. Et malgré tout, il l'avait laissée revenir dans sa vie.

— Quand les avez-vous vus ici pour la dernière fois ?

— Le jour où il s'est fait tirer dessus. J'étais juste là-bas, derrière cet arbre, et j'ai entendu chaque mot de ce qu'ils se sont dits.

Je savais que je ne devais pas en demander davantage, mais j'étais comme envoûtée, submergée par une fascination morbide.

— Et qu'avez-vous entendu ?

Elle écarquilla les yeux et se mit à gesticuler de façon théâtrale.

— Elle le tenait par la chemise, comme ça, répondit Tamira en mimant la scène. Elle se cramponnait à lui des deux mains, le suppliait de prendre la fuite avec elle… Elle disait qu'il était le seul homme qu'elle ait jamais aimé et qu'elle ne voulait pas vivre sans lui. Il a éclaté de rire et lui a dit qu'elle n'avait jamais vraiment aimé personne, et que si elle revenait vers lui, c'était uniquement pour narguer son mari. Qu'ils avaient commis une erreur en se remettant ensemble, et que même s'il l'avait aimée, son travail était trop dangereux pour qu'il envisage d'avoir une famille. Il n'avait pas de place dans sa vie pour une femme, encore moins pour un enfant.

Elle acheva sa tirade avec un geste impérieux, tremblant d'émotion à l'évocation de ces souvenirs.

— Vous vous souvenez de tout ça ? demandai-je, sidérée.

— Je n'oublie jamais rien. Vous n'avez qu'à demander à Timberly.

— Je vous crois.

— Vous voulez savoir le plus flippant ?

Elle s'approcha, chuchotant d'un air conspirateur.

— Je crois que Mariama vient parfois dans mon sommeil pour me chercher des ennuis. Je suis la seule qui sache la vérité sur sa mort, et elle n'aime pas ça.

— Quelle vérité ?

Tamira jeta un coup d'œil par-dessus son épaule.

— Elle a dit à Robert qu'il s'en mordrait les doigts, s'il la quittait, et le lendemain, j'ai vu son corps ici même, à l'endroit exact où ils s'étaient parlé. Comme si elle lui avait jeté un sort ou je sais pas quoi…

— C'est *vous* qui l'avez trouvé ? demandai-je, étonnée.

Elle hocha fièrement la tête.

— Mais on lui a tiré dessus. Ça n'a pas pu être Mariama, puisqu'elle était déjà morte.

— Si elle est revenue en *bakulu*, elle a très bien pu contraindre quelqu'un à le faire pour elle. Les *bakulu* se servent des vivants pour en faire leurs esclaves.

— Tamira, écoutez-moi. Etiez-vous dans le cimetière, la nuit où Robert a été tué ? Avez-vous vu ce qui s'est passé ?

Ses yeux s'exorbitèrent soudain. Elle porta une main à sa gorge et ouvrit la bouche, mais aucun son n'en sortit. Je crus d'abord à un nouvel acte de sa mise en scène, mais mon regard suivit la trajectoire du sien.

Rhapsody Goodwine était campée entre deux tombes. Dans ce contexte fantasmagorique, la ressemblance avec son père Darius était si troublante qu'elle me donna la chair de poule. Elle leva un bras qu'elle pointa vers Tamira.

— Ferme ta bouche, Tay-Tay !

A mon côté, la jeune fille se mit soudain à étouffer.

36

Tamira s'effondra contre le tronc en suffoquant.

— Est-ce que ça va ? demandai-je, inquiète.

La crise se dissipa aussi vite qu'elle était arrivée. Cherchant son souffle, Tamira lança un regard furieux par-dessus mon épaule, en direction de Rhapsody.

— Reste où tu es, toi ! Tu m'entends ? Ne t'approche pas de moi !

Avec sa robe jaune pâle, ses bottines lacées et ses cheveux détachés qui encadraient un adorable visage, Rhapsody avait un air angélique.

Tamira battit en retraite à reculons, couvrant sa gorge des deux mains. Une fois parvenue à la limite des arbres, elle fit volte-face et détala à travers le cimetière, faisant claquer ses tongs dans la poussière.

Rhapsody éclata de rire.

— Regardez-la courir comme un lapin !

— Qu'est-ce que tu lui as fait ? demandai-je d'un ton accusateur.

— Rien, répondit-elle, haussant les épaules en toute innocence. C'est elle qui se l'est fait toute seule.

— Que veux-tu dire ?

— Vous étiez là. Vous avez bien vu. Est-ce que j'ai levé la main sur elle ?

« Le pouvoir de suggestion », avait dit Temple.

Je me souvins à quel point Tamira avait semblé intimidée, ce jour-là, lorsque Essie, Rhapsody et moi étions passées à pied. De toute évidence, pouvoir de l'esprit ou pas, la pauvre fille redoutait Rhapsody comme la mort.

— Tu te souviens de moi ? demandai-je.

— Vous êtes Amelia, répondit-elle du tac au tac. Mamie vous attend.

— Comment a-t-elle su que j'étais là ?

— C'est elle qui vous a envoyé chercher.

— Moi ? Mais comment ?

Elle ne répondit pas, se contenta de me prendre la main, et nous regagnâmes ensemble la sortie du cimetière. Sa peau chaude et douce exhalait un parfum de romarin et de linge séché au soleil. Elle avait hérité des pommettes de son père et de son regard numineux. Ses yeux, en revanche, n'étaient pas topaze mais verts. Cela étant, sa beauté n'en était pas moins saisissante, avec ses longues boucles brunes et son allure aérienne qui lui donnait l'air de flotter au-dessus de la route plutôt que de marcher. Elle me tenait la main comme pour se maintenir au sol, et son contact me troubla sans que je sache pourquoi. Etait-ce moi qui la retenait au sol ou elle qui me tenait prisonnière ?

Ridicule… Ce n'était qu'une adorable jeune fille, juste un peu comédienne et espiègle.

Elle s'était épanouie depuis ma dernière visite, et arborait déjà une beauté non dépourvue d'une certaine coquetterie, qui ne devait pas favoriser la tranquillité d'esprit de son arrière-grand-mère.

Tandis que nous marchions, elle se montra intarissable. L'épisode de Tamira était déjà pour elle un lointain souvenir. Moi, en revanche, je ne l'avais pas oublié. Que cette crise ait été ou non provoquée par Rhapsody, l'incident avait coupé court au récit de Tamira sur la nuit du meurtre de Robert Fremont.

En chemin, nous passâmes devant la maison du vieux Fremont. Le trou dans le mur avait déjà été comblé, empêchant le retour de l'esprit du défunt. Rhapsody s'arrêta un moment pour regarder le corbillard démarrer et partir.

— Tu le connaissais, M. Fremont ? demandai-je prudemment.

— Il avait l'habitude de s'asseoir sous son porche et de fumer la pipe. Parfois, je venais m'asseoir avec lui. J'aimais bien l'odeur de son tabac. Il me rappelait celle du Jean-le-Conquérant.

— J'en ai déjà entendu parler. C'est une racine, n'est-ce pas ?

Elle chercha dans sa poche et en tira un tubercule de couleur foncée à l'aspect de bois, qu'elle me mit dans la main. Avec hésitation, je le portai à mon nez. L'odeur rappelait celle du tabac à pipe aromatisé à la cerise, avec une note de muscade et de cannelle.

— Ça sert à quoi ?

— Son pouvoir est très puissant, dit-elle. Gardez-le dans votre poche. Il vous portera chance et vous protégera des mauvais tours.

— Merci. Voilà qui pourrait s'avérer utile.

Surtout face à certains illusionnistes professionnels…

— La dernière fois que je suis venue, tu m'as dit que ton papa était en Afrique. Est-ce qu'il est revenu ?

Elle me regarda en coulisse à travers ses longs cils.

— Pourquoi est-ce que ça vous intéresse ?

— Je suis juste curieuse. Tu m'avais dit que ta maison et tes amis à Atlanta te manquaient beaucoup…

— J'ai des amis ici, maintenant. Et puis j'ai mamie.

La jeune fille ne savait probablement même pas que son père était de retour à Charleston.

Lorsque nous atteignîmes la maisonnette, la brise se leva. J'entendis claquer les vêtements sur la corde à linge et tinter la cloche de porte installée sur le côté de la maison. Comme la dernière fois, Essie était assise sous le porche, recroquevillée sous ses carrés de patchwork, un châle au crochet jeté sur les épaules. Ses pieds reposaient sur un petit banc de bois, et j'aperçus le bout de ses baskets sous l'ourlet de sa jupe longue.

— Elle est là, mamie, annonça Rhapsody tandis que

nous montions les marches de la galerie. Je te l'ai amenée comme tu me l'as demandé.

La bouche close, les lèvres serrées, Essie me jaugea de la tête aux pieds avec réprobation.

— Assieds-toi, mon p'tit, ou ce satané vent va finir par t'emporter. Par tous les dieux du ciel, tu n'as que la peau sur les os…

Je m'assis sur la dernière marche, soudain assaillie des souvenirs de ma première visite. C'était sur cette même galerie que je m'étais évanouie, sous ce plafond peint de bleu pour éloigner les fantômes. Tout à coup, je l'avais senti peser sur moi avant de perdre connaissance. Plus tard, lorsque j'avais recouvré mes esprits, Essie m'avait révélé qu'un jour Devlin devrait faire un choix entre les vivants et les morts, et que Shani ne pourrait reposer en paix tant qu'il n'aurait pas trouvé la force de la laisser partir.

— Je vais faire du thé ? demanda Rhapsody à sa grand-mère. Avec des cookies, comme la dernière fois ?

— Je vous en prie, ne vous dérangez pas pour moi, objectai-je. Je ne peux pas rester longtemps.

— Alors je peux aller jouer, mamie ? S'il te plaît ? J'ai fini tous mes devoirs…

Essie interrogea le ciel du regard.

— Rentre avant la nuit, ordonna-t-elle. Ne m'oblige pas à venir te chercher comme l'autre soir.

— Juré !

Rhapsody m'adressa un sourire éclatant et charmeur, peut-être un brin mielleux.

— Vous pouvez peut-être rester pour le Ring Shout, lança-t-elle.

— Le Ring Shout ?

— C'est notre rituel, expliqua-t-elle. On danse en cercle et en criant.

— *Bouh !* s'écria Essie.

D'un signe du bras, elle lui intima l'ordre de débarrasser le plancher. Effrayée, Rhapsody fila sans demander son reste.

Lorsqu'elle fut partie, je me retournai vers Essie.

— Elle m'a dit que vous m'aviez envoyé chercher. Comment avez-vous su que j'étais là ?

— Cette petite a la langue trop légère, maugréa-t-elle en ignorant ma question.

— Savez-vous pour quelle raison je suis venue de Charleston jusqu'ici ?

Elle continua son ouvrage sans mot dire.

— Je suis là pour Shani.

— C'est elle qui t'a envoyée. Je te le dis.

— D'une certaine façon, oui.

— Moi aussi, j'ai rêvé de cette petite, confia Essie. Elle m'a tenue éveillée toute la nuit. Elle ne peut pas rester là. Et elle ne peut pas non plus avancer. Elle ne sait pas où est sa place. Elle a besoin d'aide.

— C'est pour ça que je suis là. Je suis prête à l'aider, mais je ne sais pas comment.

Essie leva sur moi un regard solennel et implorant.

— Dis-lui.

Je pris une courte inspiration.

— John, vous voulez dire ?

— Il ne peut pas la garder plus longtemps. Il est temps pour lui de la laisser s'en aller.

— Et s'il ne me croit pas ?

— Alors, à toi de le convaincre, car c'est *maintenant* ou jamais.

L'urgence de ces mots sonna comme un écho à ceux de Robert Fremont. Je me penchai vers elle, anxieuse :

— Pourquoi maintenant ?

— Les signes le disent. Voilà pourquoi.

A ces mots, elle attrapa ses ciseaux et coupa un fil. J'attendais qu'elle m'en dise plus, mais je me rendis compte qu'à ses yeux la conversation était terminée. J'aurais voulu lui poser des questions sur Darius, mais que pouvais-je décemment attendre de sa part ? Qu'elle me dise que son petit-fils était quelqu'un de foncièrement mauvais ? Qui plus est, je la soupçonnais, tout comme Rhapsody, de ne pas même savoir qu'il était de retour.

Assise face à elle, je demeurai un moment silencieuse, captivée par le mouvement régulier de son point, le jeu précis et cadencé de son aiguille et de son dé. Puis je me rendis compte qu'il était temps pour moi de retourner au cimetière.

Elle leva les yeux tandis que je me levais.

— Si tu vois Rhapsody, renvoie-la à la maison.

— Comptez sur moi.

Puis elle me dit quelque chose d'étrange :

— Les sorts peuvent être blancs ou noirs. Prends garde à qui tu accordes ta confiance. Et fais attention aux signes, mon p'tit. Et au temps qui passe.

37

« Fais attention aux signes, mon p'tit. Et au temps qui passe. »

Pendant le trajet jusqu'au cimetière, je retournai inlassablement dans ma tête le message énigmatique d'Essie. De quels signes parlait-elle ? De ces multiples synchronicités ? De cette succession de coïncidences chargées de sens qui me taraudaient depuis le soir où j'avais été attirée jusque dans le jardin de Clementine ? D'autres signes m'avaient peut-être échappé ? Mais comment le savoir ? Et comment étais-je censée faire attention au temps qui passe ?

« Les sorts peuvent être blancs ou noirs. Prends garde à qui tu accordes ta confiance. »

Tout compte fait, elle savait peut-être que Darius était de retour. Ce vague avertissement était-il sa façon à elle de me mettre en garde contre lui ?

La tête se mit à me tourner, et je sentis un mal de tête poindre. Tous ces avertissements obscurs, ces signes et ces rêves à répétition s'accumulaient dans mon cerveau éprouvé, et je me mis à regretter le temps où j'avais pour toute préoccupation celle d'éviter les fantômes. Cette époque était à jamais révolue, songeai-je avec crainte. Les règles de mon père avaient été brisées, mon sanctuaire envahi, mais l'heure n'était pas à s'apitoyer sur mon propre sort. Il restait encore un espoir de retrouver un jour un semblant de paix intérieure. Je devais pour cela retrouver le fantôme de Shani, et l'aider à trouver sa voie pour quitter le monde des vivants.

De nouveau, je franchis l'arche à l'entrée du cimetière et gagnai la tombe de Shani. Là, je m'assis à même la terre battue et attendis le crépuscule, non sans une certaine appréhension. Tous les cimetières n'étaient pas hantés, comme le prouvait l'absence d'esprits à Oak Grove. Mais malgré les mille et une précautions que prenait cette petite communauté en matière d'enterrements, j'étais certaine qu'une fois la nuit tombée Chedathy regorgerait d'entités de toutes sortes.

Un calme absolu régnait autour de la tombe de Shani. Le silence était si pur que je percevais un bourdonnement assourdi de voix dans le lointain. Tandis que le soleil plongeait derrière la crête des arbres, un groupe d'hommes équipés de pelles descendit l'allée centrale d'un pas solennel. L'inhumation du vieux Fremont devait être terminée. Aussitôt rejaillit dans ma mémoire le souvenir de la dernière demeure de Robert Fremont, au cimetière de Coffeeville, au nord de Charleston.

A en croire Tamira, c'était là-bas, à plus de cinquante kilomètres, que sa famille avait choisi de l'enterrer pour libérer son esprit de Mariama. Mais, malgré les kilomètres qui les séparaient, il n'avait jamais pu trouver le repos. A quoi ressemblaient les distances et le temps, de l'autre côté du voile ? Qui plus est, ce n'était pas Mariama qui troublait le sommeil de Robert, mais son meurtrier. Il devait être interpellé et traduit en justice.

Le jour déclinant, les températures chutèrent, et je ne tardai pas à grelotter. Je me pelotonnai dans ma veste, le menton sur les genoux, cependant que le jour touchait tranquillement à sa fin et que le crépuscule s'étirait depuis les marécages. L'horizon rougeoyant verdit peu à peu et, dans le vent naissant, les feuilles mortes se mirent à bruisser comme autant de minuscules clochettes. Un rythme singulier résonnait dans leur mélodie. Une énergie croissante qui accéléra les battements de mon cœur.

Une étrange psalmodie me parvint alors, au rythme d'une comptine. Je levai la tête et tendis l'oreille.

Le père Dicky Dilvor
Avait une femme en or
Il prit un gros gourdin
Pour lui briser les reins
Puis la vendit à un meunier
Mais le meunier n'en voulut guère
Il la jeta dans la rivière.

Intriguée, je me levai et suivis la comptine à l'oreille à travers le cimetière. Ce n'était pas Shani qui m'appelait, cependant. La voix était plus âgée et plus terrienne, dépourvue de cet écho métallique que prennent les sons dans l'au-delà. Mais l'intrusion de cette comptine, précisément dans le cimetière de Chedathy, ne pouvait être un hasard. C'était forcément un de ces signes auxquels Clementine et Essie m'avaient enjointe de prêter une attention toute particulière.

Avançant avec précaution, j'approchai de l'endroit où Tamira m'avait emmenée un peu plus tôt, et me glissai derrière le tronc d'où elle avait espionné Robert et Mariama. J'attendis, indécise. La comptine continuait. Au bout d'un moment, je risquai un coup d'œil de côté.

Assise sur le sol, Rhapsody fixait du regard une boîte de conserve tout en chantonnant. Tout autour d'elle s'étalait un assortiment de racines emballées dans des sacs de papier brun et une collection de minuscules pots remplis de poudres et d'herbes. Elle glissa l'une des fioles dans la poche de sa veste et replaça le reste dans la boîte, qu'elle referma à l'aide du couvercle. Puis elle se leva et poussa la boîte dans un creux du tronc, aussi profond que son bras le lui permit.

Et aussitôt, elle détala à toutes jambes, mais pas en direction de chez elle. Elle fila droit vers l'arrière du cimetière, où j'avais garé ma voiture. J'étais écartelée entre l'envie de la suivre et celle d'inspecter le contenu de cette boîte en étain. Je n'étais pas particulièrement fière d'espionner une enfant, mais le fait qu'elle ait chanté la comptine que Shani avait utilisée pour m'attirer dans le jardin de Clementine signifiait forcément quelque chose. C'était un indice, peut-être même un message du fantôme de Shani.

Je me ruai jusqu'à l'arbre et glissai mon bras dans la crevasse. Du bout des doigts, je sentis le métal anguleux et froid. La boîte en main, je m'agenouillai et soulevai le couvercle. La découverte de son contenu me coupa le souffle. Je n'étais pas experte en armes, mais j'étais à peu près certaine d'avoir retrouvé le calibre 38 de Devlin. Comment était-il arrivé dans les mains de Rhapsody ? Je n'en avais pas la moindre idée. De toute évidence, elle ne pouvait être impliquée ni de près ni de loin dans le meurtre de Fremont. Ce n'était qu'une enfant. Effrayée par cette découverte, je replaçai le couvercle sur la boîte, et la boîte dans le creux de l'arbre. Puis je me lançais à la recherche de Rhapsody.

Le crépuscule s'était épaissi, mais la lune n'était pas encore visible. J'apercevais sa fine silhouette en pointillés, slalomant parmi les troncs. Au loin s'éleva une étrange complainte accompagnée de percussions au rythme attrayant.

Quittant Chedathy, Rhapsody sauta le fossé et traversa la route pour disparaître dans les bois. J'attendis un instant, puis m'élançais sur ses pas.

La forêt était plongée dans une profonde pénombre. J'avais complètement perdu Rhapsody de vue. A défaut, je suivis la cadence de ces percussions à travers un épais rideau de lierre et de mousse espagnole. Le sol s'amollissait à mesure que j'approchais des marais et l'air se chargea de sel, de fumée et d'une senteur que je ne parvenais pas à identifier.

Soudain, les chants s'intensifièrent. La végétation serrée s'ouvrit sur une clairière. Une foule s'était réunie et frappait le sol à l'aide de bâtons et de perches, créant ainsi un tempo effréné. Au centre de la clairière, des danseurs se mouvaient autour du cercle en sens inverse des aiguilles d'une montre, tapant des pieds et des mains en cadence, poussant parfois des cris.

C'était une célébration joyeuse, et je n'avais aucune raison de me sentir menacée. Pourtant, je me sentis mal à l'aise. Non pas à cause du rituel, ni des bâtons ou des danseurs, mais à cause de ce qui rôdait au cœur de ces bois. Je sentais la froideur caractéristique de l'approche des esprits. Mais étaient-ils attirés par le rituel ou par moi ? Difficile à dire. Un peu par les deux, peut-être, car la synergie générée par la cérémonie était réellement stupéfiante.

Prise dans ce rythme entêtant qui avait fini par m'hypnotiser, je ne vis rien venir. Et, déjà, cette ombre immense était presque sur moi.

J'entendis le rossignol une fraction de seconde. Puis une fine poussière étincelante se déposa sur moi. Je tentai de retenir ma respiration, mais déjà je sentais la poudre me picoter la peau, et lorsque, n'en pouvant plus, je pris finalement une inspiration, je reconnus sur ma langue l'amertume d'un alcaloïde.

Les battements de mon cœur ralentirent et mes mouvements mollirent. Je ne ressentais ni peur ni douleur. J'étais enveloppée d'un épais duvet qui m'emplissait, jusqu'au plus profond de mon être, d'une quiétude onirique. Mes oreilles bourdonnaient d'une myriade de bruits. Au prix d'un effort intense, je parvins à discerner les frappements et les chants. Et, tout là-haut, dans les arbres, la sérénade du rossignol. Plus loin, l'éclat sonore d'un rire tonitruant. J'entendis même Essie appeler Rhapsody.

Ces sons n'étaient pas le produit de mon imagination. Ils étaient bien réels. Je n'étais ni victime d'une hallucination ni en proie à un délire. Mais quelque chose m'avait projetée dans un état paradoxal, car, en m'élevant au-dessus du sol, je vis mon corps étendu dans les fougères.

38

J'errais à la lisière de la foule, dansant au rythme de pulsations hypnotiques. Au départ, je craignis que l'on me demandât de partir, mais personne ne semblait me prêter la moindre attention. La cérémonie se poursuivait comme si de rien n'était, les percussions et les danses allant crescendo à mesure que l'on s'enfonçait dans la nuit.

Balayant du regard cette assemblée circulaire, je reconnus des visages familiers. Rhapsody avait rejoint les danseurs, frappant le sol de ses pieds nus en se contorsionnant, les bras tendus vers le ciel. De l'autre côté de la clairière, j'aperçus Layla se trémoussant au rythme de la musique. Sa présence me fit penser que Darius devait se trouver dans les parages, lui aussi, mais cette idée ne retint pas mon attention outre mesure. Je n'éprouvais aucune crainte, mais une excitation frémissante s'emparait de moi jusqu'au bout de mes terminaisons nerveuses.

A l'écart de l'épicentre de la fête, un feu de bois avait été allumé. Les participants gagnés par la fatigue quittaient le cercle pour s'y retrouver. Pendant que je fixais le foyer crépitant, l'image d'un couple s'embrassant se forma dans les flammes. Ils étaient nus et enlacés, leurs corps palpitant au rythme des percussions. Les cheveux de Mariama dévalaient en cascade sur son dos dénudé, dont la peau chatoyait dans la lumière du feu. Elle déploya ses doigts sur le cœur de Devlin, et il couvrit sa main de la sienne, mais je n'aurais su dire s'il cherchait à la repousser ou, au contraire, à la tirer vers lui.

Elle se tourna pour me regarder comme elle le faisait toujours dans mes rêves. Mais, cette fois, elle ne me lança ni son sourire charmeur ni ses invitations railleuses. A cet instant, je ne vis qu'un visage tordu de rage, et cette vision m'épouvanta plus que jamais, car ce n'était pas pour moi que j'avais peur. Cette fois, c'était pour Devlin.

Robert Fremont apparut à mon côté. Lui aussi plongea son regard dans les flammes.

— Vous les voyez, vous aussi, dis-je.

— Oui, je les vois.

— Elle ne le laissera jamais partir, n'est-ce pas ?

— Non. Sauf si vous trouvez un moyen de l'arrêter.

— Comment ?

Il se tourna vers moi. Les flammes dansaient dans les verres sombres de ses lunettes.

— Dites à Devlin ce qu'elle a fait.

— Que voulez-vous dire ?

— Vous le savez.

Oui, je le savais. L'évidence était là depuis le début, mais j'avais refusé de la voir. Je n'avais pas voulu croire qu'on puisse être capable d'une telle abomination, d'un acte de cruauté aussi inconcevable.

— Vous êtes venu ici voir Mariama, dis-je. C'était la veille du jour où on vous a tiré dessus, au cimetière de Chedathy. Et c'était son parfum que vous sentiez sur vos vêtements lorsque la mort vous a emporté.

— Oui.

— Vous vous êtes disputés. Vous lui avez dit que vous n'aviez pas de place dans votre vie pour une femme, et encore moins avec un enfant. Et, lorsqu'elle vous a quitté, elle a volontairement jeté sa voiture par-dessus ce rail de protection. Ethan Shaw m'a raconté qu'elle avait appelé à l'aide pendant que son véhicule sombrait dans la rivière. Mais c'est impossible, car il n'y a pas de réseau sur le pont ni sur les berges. C'est depuis le cimetière qu'elle a dû passer ces appels. Elle savait déjà ce qu'elle allait faire lorsqu'elle vous a quitté. Mais pourquoi est-ce que personne ne s'en est inquiété jusqu'à aujourd'hui ?

— Pourquoi un appel au secours devrait-il susciter des questions ? Tout le monde y a vu un tragique accident. Même John.

— Mais vous, vous saviez que ce n'était pas la vérité.

— Je la connaissais parfaitement, répondit-il d'une voix froide et distante. Elle n'était pas du genre à sacrifier sa propre vie. Elle avait l'intention de nager jusqu'à la rive et de laisser Shani derrière elle, mais sa ceinture de sécurité l'a piégée. Mariama a tenté de se débarrasser de son unique enfant, et maintenant, mère et fille sont liées l'une à l'autre pour l'éternité.

— Elle a pris sa fille à Devlin, murmurai-je. La seule et unique chose qui importait à ses yeux.

— Et maintenant, elle se sent menacée par vous, dit Fremont. Shani est son lien avec le monde des vivants, et vous êtes la seule qui puisse libérer cet enfant.

— Mais comment ?

— En convainquant John de la laisser partir.

— Je ne suis pas sûre de pouvoir faire ça.

— Personne, à commencer par Shani, ne trouvera la paix intérieure, si vous ne le faites pas.

Une silhouette filiforme émergea de la pénombre et s'avança vers moi, les yeux luisants comme deux topazes dans la lumière du feu.

— Que faites-vous ici ? demandai-je.

— Je suis venu vous voir.

— Est-ce que je suis morte ?

— Vous n'êtes pas morte. Pas encore.

— Mais vous m'avez jeté de la poussière grise au visage.

— Ce n'était rien qu'un sort inoffensif, dit-il. Ça, en revanche, c'est de la poussière grise.

Il tira une fiole de sa poche et je vis scintiller une fine poudre lorsqu'il me la tendit.

— Prenez-la, m'enjoignit-il. Vous en aurez besoin pour votre voyage.

J'aurais voulu lui demander ce que la poudre pourrait bien m'apporter dans un rêve, mais j'acceptai sans mot dire et glissai la fiole dans ma poche.

— Vous m'avez fait suivre, lançai-je. Pourquoi ?

Les topazes de ses yeux étincelèrent dans la nuit.

— A cause de ce que vous êtes. De la femme que vous êtes. Vous recelez un incroyable pouvoir inexploité, et vous ignorez comment l'utiliser. Mais vous n'allez pas tarder à comprendre. Je vous enseignerai tout.

— Et si je refuse ? Vous me tuerez tout comme vous avez tué Tom Gerrity ?

— Vous croyez vraiment que je l'ai tué, ce minable ? répondit-il d'un air amusé mêlé de dégoût. Pourquoi est-ce que je me donnerais la peine de tuer un homme aussi inconséquent ?

— Pour faire porter le chapeau à Devlin.

— Je n'ai que faire de John Devlin. Sauf s'il lui vient encore l'idée de se mettre en travers de mon chemin.

— Encore ?

— Il m'a pris une fois quelque chose qui m'était très précieux. Et maintenant, j'ai enfin trouvé un moyen de le récupérer.

Son regard passa par-dessus mon épaule. Je me retournai et trouvai Shani à la lisière des bois. Elle me tendit le bras, mais lorsque je me dirigeai vers elle, elle disparut brusquement.

Darius se pencha et approcha ses lèvres de mon oreille.

— Vous ne pouvez pas l'aider tant que vous êtes dans un rêve. Vous allez devoir faire la traversée. Je vous attendrai de l'autre côté.

39

J'entendis Devlin m'appeler et tournai lentement la tête dans la direction d'où semblait provenir le son. Clignant des yeux avec peine, je tentai de fixer sur lui mon regard. Il me dévisageait avec intensité, et ce n'est qu'au bout de quelques instants que je compris qu'il me secouait.

— Amelia ! Tu m'entends ?

— Oui, je t'entends… Comment as-tu su où me trouver ?

— C'est Essie qui m'a envoyé te chercher. Elle s'inquiétait pour toi.

— Tu as fait toute la route depuis Charleston pour venir me chercher ?

— J'étais déjà ici, dit-il. Nous nous sommes manqués de peu, chez Essie.

— Ah bon…

Je ne m'en étais pas rendu compte jusque-là, mais les martèlements et les danses avaient cessé. Les bois étaient plongés dans un silence complet, et j'étais étendue au sol, sur le dos, face à la voûte des arbres.

— Tu l'as entendu ? demandai-je à Devlin.

— Entendu quoi ?

— Le rossignol. Il se met toujours à chanter lorsque Darius est là.

Sa voix se durcit.

— Tu as vu Darius ?

— Il m'a soufflé de la poudre dans le visage, puis il est venu à moi dans un rêve. Tu crois qu'il l'a ramené d'Afrique, le rossignol ?

— Ce n'est qu'un de ses tours, dont il a le secret. Viens là, dit-il en me prenant le bras. Tu peux t'asseoir ?

Je fis une timide tentative, mais les arbres se mirent à tournoyer, et je dus reprendre ma position allongée.

— Encore un petit moment…

— Pourquoi es-tu venue ici ?

— J'essayais de savoir qui a tué Robert Fremont.

— Mais pourquoi ?

— Je… je ne veux pas que tu portes la responsabilité de son meurtre.

— Ça, c'est mon problème.

— Mais je peux t'aider, dis-je avec une soudaine excitation. J'ai retrouvé ton revolver.

— Quoi ?

— Ecoute-moi… J'ai vu Rhapsody retirer une boîte d'un trou dans un tronc. Il y avait un revolver à l'intérieur. Je n'y connais pas grand-chose en armes, mais je parierais que c'était le tien.

— Sauf si tu étais en plein rêve, fit-il remarquer d'une voix singulière.

— Non, c'était avant que Darius n'arrive. Je m'en souviens très clairement.

— Et où est cet arbre ?

— Dans le cimetière. Je peux t'y emmener, si tu veux.

Il m'aida à me relever.

— Tu crois que tu es en mesure de marcher ?

Je fis un pas chancelant, et il m'accueillit dans ses bras.

— Peu importe. Je vais te porter.

J'enfouis mon visage dans son épaule sans protester.

— Tu es fort. Plus fort que tu ne le parais.

— C'est toi qui es très légère. Tu as perdu du poids, depuis le printemps dernier.

— C'est parce que je suis hantée.

— Hanté par quoi ? demanda-t-il d'une voix radoucie.

— Par toi.

Je l'entendis prendre une courte inspiration, mais il ne dit pas un mot jusqu'à ce que nous atteignions la route, où ma voiture était garée. Puis il me reposa délicatement au sol.

— Et maintenant, c'est par où ?

Je désignai du doigt le labyrinthe de pierres tombales à l'arrière du cimetière.

— Par là-bas.

Une légère brise ébrouait les feuillages tandis que nous cheminions en silence le long de l'allée. Mais nous n'étions pas seuls. Des fantômes erraient dans la nuit. Je perçus une présence glaciale dans notre dos, mais refusai de regarder en arrière. Devlin était là, et sa présence endiguait ma peur.

Nous arrivâmes à l'arbre et je plongeai mon bras dans le creux pour attraper la boîte du bout des doigts. Mais le trou était vide.

— Il était là tout à l'heure. Rhapsody a dû le déplacer.

— Je ne comprends toujours pas comment mon arme a pu se retrouver entre ses mains, objecta Devlin. Si toutefois c'est bien la mienne.

— J'y ai réfléchi. Elle devait se trouver dans le cimetière ce soir-là et a dû découvrir le corps par hasard. Peut-être a-t-elle suspecté Darius d'être l'auteur du meurtre. Elle aura ramassé le revolver pour le protéger.

— Tu es sûre qu'elle ne t'a pas vue la suivre ?

— Je ne crois pas, non.

— Il faudra que je lui parle, dit Devlin. Mais d'abord, je te ramène chez toi. Tu y seras plus en sécurité.

— Et si elle se débarrasse du revolver pendant que tu es parti ? Ou si elle le donne à Darius ?

— Elle l'a sûrement déjà fait, à l'heure qu'il est.

— Tu devrais quand même aller lui parler. Tu n'as pas besoin de me ramener à la maison. Je n'ai pas peur. Pas lorsque je suis avec toi.

— Peu importe. J'ai assez peur pour nous deux.

Pourtant, à mes yeux, il n'avait pas l'air effrayé du tout.

Nous retournâmes à la voiture et il m'ouvrit la portière. Malgré les événements qui s'étaient succédé dans la journée, je fus prise d'une irrépressible envie de l'embrasser. Inconsciemment, je savais que cette pulsion n'était pas tout à fait innocente. C'était une façon de revendiquer ma place, au cas où Mariama rôderait dans les environs. Ce qui n'était pas vraiment judicieux, car je n'avais toujours aucune idée de la manière dont elle était capable de s'en prendre à moi. A nous deux.

— Et ta voiture ? demandai-je.

— Je viendrai la chercher plus tard. Tu ne peux pas conduire jusque chez toi dans ton état. Et, de toute façon, je ne te laisserai pas seule tant que je ne saurai pas ce que Darius a en tête.

Il contourna la voiture et monta de l'autre côté. Tournant la tête, j'étudiai son profil.

— Il fait froid, dis-je. Tu le sens ?

— Je vais mettre le chauffage.

— C'est inutile. Ça ne changera rien.

Tout en fixant la route, il fronça les sourcils.

— Pourquoi dis-tu ça ?

Parce que c'est d'elle que vient le froid.

Je jetai un coup d'œil vers la banquette arrière. Le regard sombre de Shani croisa le mien tandis qu'elle portait à ses lèvres un doigt minuscule.

Lorsque nous arrivâmes chez moi, Shani avait disparu depuis un moment, mais j'étais encore grelottante. Devlin me fit couler un bain brûlant, et lorsqu'il amorça un mouvement pour quitter la salle de bains, je lui pris la main et l'attirai vers moi. Le regard enfiévré, les paupières à demi closes, il me déshabilla et me fit glisser dans l'eau. Je n'aurais su dire si c'était le résultat de tout ce qui s'était passé, ou l'influence persistante de la drogue de Darius, mais à cet instant précis, ma nudité ne m'inspirait aucune gêne ni honte. Et je ne me sentis même pas rougir lorsqu'il s'agenouilla contre la baignoire et plongea sa main dans l'eau.

Un peu plus tard, nous nous étendîmes sur le lit, et je me pelotonnai au creux de ses bras.

— Ça va mieux ? demanda-t-il.

— Oui.

— Mais tu trembles.

— Pas de froid.

Ses bras se serrèrent autour de moi.

— Tu vas t'enfuir, cette fois ?

— Je n'en ai pas envie, mais je n'aurai peut-être pas le choix.

A ces mots, je le fixai intensément.

— Elle fera tout ce qu'elle pourra pour nous séparer.

— Qui ?

— Mariama.

Il ne fit pas un geste, mais je sentis une distance s'insinuer entre nous.

— Mariama est morte.

— Mais elle est toujours là. Tu le sais. Tu as senti ce courant d'air dans ta maison. Et elle aussi, tu l'as sentie. Elle n'est pas partie, et Shani non plus.

Je sentis son corps se tendre d'un seul bloc.

— Mais de quoi parles-tu, enfin ? Elles sont mortes. Elles ne peuvent pas revenir. Je le sais mieux que personne.

— Et pourtant, elles sont toujours là. Je les ai vues.

— Ce devait être un rêve ou une hallucination, objecta-t-il sèchement. Rien de plus.

— John…

— Tais-toi, coupa-t-il avant de tourner la tête.

Je m'étendis sur le dos, le regard fixé au plafond. Plus que tout, je voulais aider Shani à poursuivre son chemin, mais Devlin n'était pas prêt à entendre la vérité. Il n'était pas prêt non plus à la laisser partir. Peut-être ne le serait-il jamais.

J'ouvris l'œil sur une profonde obscurité. Devlin était toujours étendu sur les couvertures. Lovée dans ses bras, j'étais blottie contre lui. J'aurais voulu rester là, au creux de son épaule, pour toujours, mais j'avais encore dans la bouche l'amertume de la drogue de Darius. Aussi, je me levai et filai à la salle de bains pour me brosser les dents. En revenant dans la chambre, je sentis tout de suite la froideur glaciale qui avait envahi la pièce. La lune filtrait à travers la fenêtre et je distinguais clairement Devlin dans la lumière pâle. Une lueur spectrale flottait au-dessus de lui. Tout comme Shani, Mariama avait trouvé un moyen de violer mon sanctuaire, mais n'y était pas encore parvenue.

Je dus faire un bruit sans m'en rendre compte, car son regard parcourut brusquement la chambre et, à ma vue, une explosion de rage lui insuffla l'énergie qui lui manquait pour apparaître complètement.

Elle se retourna vivement vers Devlin et se pencha sur lui, pressant ses lèvres de glace sur les siennes.

Transie d'effroi, je restai là, pétrifiée, tandis qu'elle vidait Devlin de ses forces de vie. Mais, soudain, il me sembla qu'elle se nourrissait aussi de ma peur. N'écoutant que mon courage, je pris une profonde inspiration et rassemblai ma volonté pour faire écran à ma peur.

A ma grande surprise, elle s'effaça aussitôt. Etait-il si facile de se débarrasser d'elle ? Ou avais-je seulement imaginé son apparition ?

J'avançai jusqu'à Devlin et posai une main sur sa poitrine. Son cœur battait calmement contre ma paume. Soudain, il se redressa dans le lit, m'attrapa vivement et me fixa avec intensité, sans pourtant sembler me voir. Peut-être était-il encore à demi endormi ? Ou Mariama était-elle encore dans son esprit ?

— Tout va bien. C'est moi. Amelia.

Il couvrit ma main de la sienne, mais je n'aurais su dire s'il voulait la tirer vers lui ou au contraire la repousser.

— John ?

Il me lança un regard ardent qui me fit frissonner. Lentement, il enlaça ses doigts aux miens tout en repliant mon bras dans mon dos. Puis il glissa sa main libre sur mes seins et parcourut mon ventre. Lorsqu'il descendit entre mes cuisses, je m'entendis prendre une tremblante inspiration. Il me retenait délicatement. J'aurais pu me soustraire à sa prise, mais je n'en avais aucune envie. Si jamais Mariama errait toujours dans la pénombre, une partie perverse de moi voulait qu'elle voie de ses yeux combien Devlin me désirait.

Il se leva pour retirer ses vêtements, et je me levai avec lui, fis glisser sa chemise sur ses épaules et dégrafai la boucle de sa ceinture. En temps normal, j'aurais hésité, mais j'étais maintenant enhardie, et quelque chose que Darius m'avait dit en rêve me revint à l'esprit. « Vous recelez un incroyable pouvoir inexploité, et vous ignorez comment l'utiliser. »

Devlin et moi étions maintenant tout à fait nus, face à face dans le clair de lune. Il me caressa les cheveux, les fit courir entre ses doigts, puis, de ses deux mains, me prit le cou et m'attira vers lui. Nous nous embrassâmes longuement. Mon désir se fit bientôt presque insupportable. Je me mis à trembler de tous mes membres et, pourtant, jamais je ne m'étais sentie aussi maîtresse de mon destin. Ma main le chercha, le trouva, le réclama. Il poussa un gémissement rauque dans ma bouche.

— N'arrête pas, murmura-t-il.

Je n'avais aucune intention d'arrêter. En fait, je ne faisais que commencer. Je n'étais pas vraiment une novice au lit, mais je n'étais pas non plus une experte. Et pourtant, je savais exactement où aller chercher son plaisir. Un titillement de langue, un mot susurré entre mes lèvres, et il était à moi.

J'aurais juré sentir l'haleine glaciale de Mariama contre mon cou, le contact métallique de sa peau sur ma main, me guidant tandis que je m'agenouillais face à lui. Mais lorsque je jetai un coup d'œil par-dessus mon épaule, ce ne fut pas son visage spectral que je vis dans le miroir, mais le mien. Le regard luisant, les lèvres recourbées dans un sourire énigmatique.

— Oui, regarde-toi, murmura Devlin, interceptant mon regard dans le miroir. Regarde ce que tu me fais.

Lentement, je me relevai. Glissant contre son corps, j'enroulai mes bras autour de son cou et attirai sa bouche contre la mienne.

Il eut un mouvement de recul et scruta mon visage.

— Tu es différente, ce soir…

— Vraiment ?

— Tu es flamboyante. C'est comme si tu avais éveillé quelque chose d'endormi en toi.

— Ou peut-être que je suis juste…

— Quoi ?

Amoureuse ?

Mais le courage me manqua, et ce mot resta bloqué dans ma gorge.

— Peut-être que je te veux, tout simplement.

Ses yeux s'embrasèrent.

— Alors, viens…

Les vitres s'étaient couvertes de buée, tamisant le clair de lune. Si les fantômes nous épiaient, je ne les vis pas. Mon attention tout entière s'était concentrée sur Devlin et sur ce feu ardent qui bouillonnait en moi.

Nous nous allongeâmes sur le lit, et je me hissai sur lui. Il me saisit les hanches, m'arrima à lui et, dans un mouvement voluptueux et fluide, nous trouvâmes notre rythme.

Telle l'oscillation paisible de la houle, je m'élevai, me cabrai et m'enfonçai au creux de ses reins, tendant le cou pour l'embrasser. Sa langue avide enveloppa la mienne avec fougue tandis qu'il se redressait, calant mes jambes autour de sa taille. Ce changement de position créa une nouvelle friction, une nouvelle pression et, aux premières ondes de plaisir, un cri s'étouffa dans ma gorge sous l'effet de la surprise.

Puis une déferlante m'engloutit tout entière, et j'entendis

Devlin gémir mon nom tandis que, les paupières closes, je m'agrippais à lui.

Lorsque je me réveillai, le lit était vide et je partis à sa recherche. Devlin était assis sur la terrasse, baigné du clair de lune, les yeux rivés sur la balançoire qui oscillait doucement. Le mouvement régulier semblait l'hypnotiser. Je regardai, moi aussi, captivée par les cheveux ondoyants de Shani et sa robe gonflée par la brise, tandis qu'elle étirait les jambes dans l'air immobile.

Je m'assis à côté de Devlin, mais il ne leva pas les yeux. Prostré, il gardait le regard braqué sur la planchette de la balançoire.

— Depuis combien de temps es-tu là, dehors ? demandai-je.

Il ne me répondit pas.

— Est-ce que tu vas bien ?

— Il n'y a pas de vent.

Il se tourna vers moi, et mon pouls s'accéléra en découvrant l'expression de son visage figé.

— Il n'y a pas de vent, répéta-t-il.

— Je sais.

— Alors explique-moi comment c'est possible, dit-il d'une voix étouffée.

Je lui pris la main, m'attendant à ce qu'il me repousse, mais, au contraire, il s'y agrippa. Sa peau était glaciale. Il était manifestement là depuis longtemps, dans la froideur de la nuit.

— Tu le sais, dis-je doucement. Tu as bien senti ces courants d'air inexpliqués dans ta maison.

Il se renfrogna.

— C'est une vieille maison.

— Tu as remarqué ces coins froids. Et, probablement, des sauts de tension électrique. Des sons et des odeurs inexpliqués.

— C'est impossible !

Sa colère était plus que compréhensible. Je le forçais tout à coup à affronter une épouvantable vérité qu'il s'était appliqué à ignorer pendant des mois.

— Elles sont toujours là, John.

Il ferma les yeux en réprimant un frisson.

— Shani est sur la balançoire, mais tu le sais, non ? Elle porte une petite robe bleue avec un ruban dans les cheveux.

Devlin me dévisagea avec horreur.

— Elle a été enterrée dans une robe bleue. Comment peux-tu le savoir ?

— Parce que je la vois. Je vois les fantômes. C'est un don que j'ai hérité de mon père. Depuis le tout premier soir où je t'ai rencontré sur la Battery, Shani n'a cessé d'être à ton côté. Elle essaie de te dire quelque chose, mais tu ne l'entends pas. Tu ne la vois pas.

— Mon Dieu ! s'exclama-t-il à mi-voix en portant ses mains à son visage.

La gorge nouée, je déglutis avec peine.

— Ton chagrin et ta culpabilité l'ont retenue prisonnière sur terre, mais il est temps pour elle de poursuivre son chemin. Tu dois la laisser partir.

J'aperçus dans l'herbe l'éclat de la bague de Shani, la même que celle que j'avais replacée sur sa tombe. Elle avait dû la déposer là pour que je la trouve, car elle savait que son père exigerait des preuves. Je la ramassai et la déposai au creux de la main de Devlin.

— Est-ce que ce n'est pas sa bague ?

Il examina le grenat étincelant, puis referma ses doigts sur la pierre précieuse.

— Où as-tu trouvé ça ?

— Elle me l'a apportée. C'est sa façon de communiquer avec moi.

Il prit une inspiration saccadée.

— Je lui ai offert cette bague pour son anniversaire. Elle l'avait à son doigt quand…

— Je sais. Mais réfléchis : à part d'elle, de qui aurais-je pu l'obtenir ? Par deux fois, je l'ai rapportée sur sa tombe, et deux fois, elle me l'a rendue.

— C'est impossible, répéta-t-il.

Le mouvement de la balançoire cessa et, soudain, Shani était là, à son côté. Elle posa sa main de fantôme sur la joue de son père.

— Tu ne la sens pas ? Concentre-toi.

Il ferma de nouveau les yeux et leva une main vers son visage.

— Tes doigts touchent sa main.

Une brèche s'ouvrit sur ses traits durcis, et j'entendis un son pathétique monter dans sa gorge.

— Shani…

— Elle est là, John. Elle a toujours été là.

Comme un homme qui se noie, il avala une goulée d'air.

— Je sens un parfum de jasmin…

— Oui. C'est elle.

Shani s'agenouilla et posa sa tête sur les genoux de John. Instinctivement, il porta sa main à sa jambe.

— Ce qui lui est arrivé n'était pas ta faute, lui dis-je. Elle veut que tu le saches.

Le moment n'était pas le bienvenu pour lui révéler ce que Mariama avait fait. Cet instant avec Shani était trop précieux pour lui être ravi.

— J'aurais dû la protéger.

Le tourment qui vibrait dans sa voix me déchira le cœur.

— J'aurais dû être là pour la sauver.

— L'heure est venue d'en finir avec ta culpabilité. Tu dois lâcher prise pour laisser Shani partir. Mais une part d'elle sera toujours avec toi. Elle aura toujours une place unique dans ton cœur. Elle a besoin de savoir que tout ira bien sans elle. Elle a besoin de savoir qu'elle peut partir sans inquiétude.

Il ouvrit la main et Shani attrapa la bague. Le grenat scintilla dans un rayon de lune tandis qu'elle le glissait à son petit doigt. Devlin regardait médusé, hébété. Il ne voyait pas Shani, bien sûr, mais il voyait la bague flotter au-dessus de sa paume.

— Shani…, murmura-t-il.

Elle prit sa main, puis saisit la mienne. Je ne pus m'empêcher de frissonner à son contact de glace.

— J'ai peur, me dit-elle.

— De quoi as-tu peur ?

— Le monsieur méchant ne voudra jamais me laisser partir. Il ne me laissera pas quitter le lieu sombre. Tu m'aideras ?

— Oui.

— Promis ?

— Oui, je te le promets.

J'abandonnai Devlin sur la terrasse. Il avait besoin d'être seul, et, de mon côté, j'avais besoin de réfléchir à la façon dont je pourrais aider Shani. Darius m'avait dit que, pour l'aider, je devrais passer de l'autre côté.

Mais comment savoir que ce n'était pas encore une de ses ruses ?

Je filai à la salle de bains et fouillai les poches de mon jean. Je n'avais fait qu'en rêver, mais la fiole de poussière grise était bien là. Darius avait dû la glisser dans ma poche à un moment ou un autre. Bizarrement, je n'étais pas surprise le moins du monde de l'y trouver. Il me l'avait donnée pour une raison précise, et ne s'en était pas caché. Et une fois que j'aurais traversé, il m'attendrait de l'autre côté.

J'emportai la fiole dans la cuisine et, tandis que j'examinais le contenu du petit récipient de verre, les paroles de Darius résonnèrent dans mon esprit. « Elle arrête le cœur, et les gens meurent. »

Mais de quelle autre façon pouvais-je franchir le voile avec l'espoir, même minime, d'en revenir ? Par quel autre moyen pouvais-je tenir ma promesse et venir en aide à Shani ?

J'en saupoudrai une infime quantité sur le revers de ma main et la portai à mon nez. Je perçus une vague odeur, mais rien de désagréable, et j'inhalai la poussière avant de changer d'avis.

Au départ, j'eus l'impression qu'il ne se passait rien. Ni ralentissement du rythme cardiaque, ni baisse de tension, aucune sensation de léthargie... Heureusement, j'eus la présence d'esprit de m'allonger au sol, car une fraction de seconde plus tard, une lumière aveuglante explosait dans mon cerveau.

Mes oreilles se mirent à bourdonner, une intense vibration se déploya dans ma poitrine, puis, lentement, j'ouvris les yeux, comme émergeant d'un profond sommeil. Où étais-je ? Je n'en avais pas la moindre idée. Pourtant, en regardant alentour, je ressentis une étrange familiarité. L'air et le ciel avaient la couleur du crépuscule, et j'aperçus des volutes de brouillard dans le lointain. Devant moi, une arche s'ouvrait sur un immense cimetière où s'alignaient à perte de vue des rangées de statues et de monuments. Non, tout compte fait, ce n'étaient pas des statues mais des silhouettes de défunts. J'étais dans le Gris, cet espace nébuleux entre la Lumière et les Ténèbres.

Darius Goodwine apparut à mon côté et m'adressa un signe du bras en direction du cimetière.

— Pour passer le portail et entrer dans le royaume des morts, vous devez avoir un guide, dit-il.

Darius était bien la dernière personne à qui j'aurais fait confiance pour me guider où que ce soit. Mais à ce moment précis, ma principale préoccupation était de retrouver Shani.

— Vous savez pourquoi je suis ici, lui lançai-je. Où est-elle ?

Il amorça quelques pas en direction du cimetière.

— Ici, dit-il, avant de disparaître derrière le portail.

Je le suivis dans un monde encore plus gris, où des

légions de défunts me toisaient de leurs regards de glace. Je reconnus de nombreux fantômes de mon passé, à la fois récent et plus ancien. D'abord une longue file de membres de la famille Asher. Puis Freya, ma mère biologique. La famille de mon père était là, elle aussi. J'aurais voulu parler avec tous mes ancêtres, mais l'avertissement d'Essie résonna dans mon esprit. « Attention au temps… »

En m'approchant de l'arrière du cimetière, le gris devint nuit d'encre, et une épaisse forêt se dressa devant moi.

— C'est là que vous la trouverez, dit Darius.

— Comment le savez-vous ?

— Ecoutez.

Lui et moi interrogeâmes le silence, et j'entendis les accords timides d'une comptine. Shani me guidait vers elle.

Je me retournai vers Darius.

— Vous venez avec moi ?

— C'est ici que prend fin notre voyage ensemble. Vous devrez faire le reste du trajet toute seule.

— Pourquoi ?

Il esquissa un sourire et se fondit dans le brouillard.

Je me mis en route vers la forêt, mais une femme apparut sur le sentier, face à moi. Elle avait un air familier. *Encore un ancêtre*, pensai-je. Elle ne semblait pas vieille, mais ses cheveux étaient aussi blancs que du coton, et son visage était dépourvu d'yeux.

Mon regard plongea dans ces cavités vides, et un frisson me parcourut le dos.

— Qui êtes-vous ?

— Je m'appelle Amelia Gray, dit-elle.

Je faillis m'étouffer.

— C'est impossible. *Je* suis Amelia Gray.

— Ce que vous êtes, je l'ai été, dit-elle. Ce que je suis, vous le serez un jour.

Sa prophétie me laissa toute tremblante.

— Je dois trouver une enfant, lui dis-je. Son nom est Shani. L'avez-vous vue ? Je crois qu'elle se cache peut-être dans ces bois.

— N'allez pas dans les Ténèbres. Vous ne trouverez jamais votre chemin à temps. C'est justement ce qu'il veut.

— Qui ?

— Cet homme. Celui qui est si grand. Il vous veut du mal. Lui et la femme. Elle cherche à rester dans le royaume des vivants, et vous êtes son vaisseau.

Je me souvins alors de la description que le Dr Shaw m'avait faite de la poussière grise. « Après un certain laps de temps, l'enveloppe physique ne peut plus être ressuscitée. La coquille corporelle se fane et meurt. Dans certains cas, elle est habitée par un autre esprit. »

Etait-ce pour cette raison qu'on m'avait attirée de l'autre côté du voile ? Pour que le fantôme de Mariama puisse envahir mon corps ?

— Retournez d'où vous venez, poursuivit la femme.

— Je ne peux pas. Pas avant d'avoir aidé cet enfant à retrouver son…

— Chut ! coupa-t-elle en inclinant la tête. Vous l'entendez ?

A mon tour, je tendis l'oreille. Je n'entendis rien. Rien, sauf un lointain bruissement similaire à un essaim d'abeilles.

— Ça grouille de partout, dit-elle.

— Des abeilles ?

— Des fantômes.

Sur ces mots, elle disparut.

En dépit de ses mises en garde, je laissai le Gris derrière moi et m'enfonçai dans les bois. Dans les Ténèbres. Des ombres fuyantes jalonnaient mon chemin, des créatures furtives de l'au-delà, tapies derrière les buissons. Je continuai d'avancer, sans relâche, finissant par craindre que la femme sans yeux n'ait eu raison. Je pourrais bien ne jamais retrouver mon chemin à temps. Déjà, je sentais mon enveloppe corporelle peser, mais je décidai de l'ignorer et continuai de progresser. La comptine s'était tue. Et si j'avais été délibérément emmenée dans la direction opposée de Shani ?

Succombant au désespoir, je criai son nom dans la nuit, lorsque, soudain, je l'entraperçus à travers les arbres.

— Amelia ! Viens me chercher !

— Où es-tu ?

— Par ici !

Guidée par sa voix, je me ruai dans les fourrés. Elle m'attendait dans une clairière, mais elle n'était pas seule. Une silhouette longiligne se dessinait au-dessus d'elle. Un masque noir lui dissimulait le visage. Sa main hérissée d'ongles acérés, semblables à des serres, retenait le poignet de Shani.

— Lâchez-la, lançai-je. Laissez-la partir.

— Il est trop tard, répondit la silhouette d'un ton narquois. Le temps est écoulé.

Il traîna Shani dans les bois et je me lançai à leur poursuite, faisant fi de ma peur. Nous parvînmes à une autre clairière, illuminée de torches. D'une certaine façon, je savais que cet endroit n'était ni le paradis ni l'enfer. Nous n'étions ni dans la Lumière ni dans les Ténèbres, mais dans un royaume de ma propre invention. Et si c'était moi qui avais créé ce monde, c'est que je pouvais aussi le contrôler.

— Viens, Shani.

La créature la serra de plus belle. Shani laissa échapper un gémissement.

Je m'agenouillai et lui tendis la main.

— Je sais ce que tu as essayé de dire à ton père. Je sais ce qui s'est réellement passé ce jour-là, ce que ta mère t'a fait… Mais elle ne peut plus te faire de mal, maintenant. Je ne la laisserai pas faire. S'il te plaît, viens avec moi.

Elle me tendit la main, et lorsque nos doigts se touchèrent, la créature s'évanouit dans la noirceur du brouillard.

Je pris Shani dans mes bras et la tins ainsi un long moment.

— Je t'emmène dans un endroit sûr, lui murmurai-je. Dans un endroit merveilleux.

L'odeur de jasmin flotta vers nous tandis que nous émergions des bois. Le parfum nous guida jusqu'à un jardin où Robert Fremont nous attendait.

— Que faites-vous là ? lui demandai-je. Vous ne pouvez pas venir avec elle. Nous n'avons pas encore trouvé votre assassin.

Son regard se posa sur Shani.

— Ça n'a pas d'importance. Ça n'en a jamais eu.

Et, d'un coup, je compris.

— Parce que ce n'était pas pour cette raison que vous étiez retenu sur terre. En fait, c'était elle que vous attendiez.

— Je ne le savais pas, répondit-il avec émerveillement. Je ne l'ai jamais su jusqu'à maintenant.

Le souvenir des rapports d'autopsie que j'avais lus dans ma voiture me revint à l'esprit. Si j'avais prêté attention aux signes, les groupes sanguins m'auraient révélé la vérité. Shani était la fille de Robert Fremont.

Et Devlin ? songeai-je. Mon pauvre Devlin… Il ne saura jamais la vérité. Pas de moi, en tout cas. Mariama lui avait déjà pris Shani une première fois. Jamais je ne serais celle qui la lui prendrait une seconde fois.

Le soleil apparaissait au-dessus du mur qui ceignait le jardin. Si éblouissant que je ne pouvais le regarder de face. Mais Shani et Robert s'éloignaient déjà vers le portail. Shani hésita et jeta un coup d'œil par-dessus son épaule. Robert avait déjà disparu, mais elle flotta un instant devant le portail, un doigt sur les lèvres.

Je sentis une présence et me retournai.

Devlin était là, à mon côté.

— C'est impossible. Tu ne *peux* pas être là, lui dis-je, sous le choc. A moins que tu sois…

Il m'adressa un regard empreint de tristesse.

— Non, murmurai-je. Je ne te laisserai pas…

— Tu dois rentrer, dit-il. Tu es presque à court de temps.

— Je refuse de rentrer. Pas sans toi. Je t'en prie, rentre avec moi.

— Je ne peux pas.

Son regard dériva jusqu'au portail, où Shani attendait encore.

40

Une secousse me réveilla, telle une puissante décharge d'adrénaline. J'ouvris les yeux en suffoquant. J'aurais juré avoir vu Mariama penchée au-dessus de moi, mais il était trop tard pour elle. Etendue sur le sol de ma cuisine, j'avais repris possession de mon corps. Devlin était face contre terre, à côté de moi. Il était très pâle, inanimé.

Je tentai de tendre un bras vers lui, mais j'avais si froid que j'en étais incapable. Impuissante, je le regardai, tremblante et misérable.

Une ombre se faufila dans la cuisine. Jetant un coup d'œil circulaire, je m'attendais à trouver Darius Goodwine ou le fantôme de Mariama, mais, à ma grande surprise, ce fut Ethan Shaw qui se découvrit à mon regard.

Il me toisa avec défiance.

— Ç'aurait été tellement plus facile si tu n'étais pas revenue.

— Qu'est-ce que tu as fait ? chuchotai-je.

— Ce que j'avais à faire. Il s'apprêtait à me la prendre et à partir avec elle.

— John ? demandai-je, hébétée.

— Robert Fremont. J'ai entendu Mariama au téléphone, ce jour-là, une fois que John a quitté la maison en claquant la porte. Elle projetait de partir en Afrique avec Fremont. Je ne pouvais pas laisser faire ça. Je ne supportais pas l'idée de ne plus jamais la revoir.

Un revolver s'agitait dans sa main. Etait-ce le même que celui que j'avais trouvé dans le creux de l'arbre ? Le calibre 38 de Devlin ? Ethan m'avait-il suivie jusqu'au cimetière de Chedathy ?

Discrètement, je tentai de m'approcher de Devlin, centimètre par centimètre. Si seulement j'avais pu le toucher…

— Tu étais au courant, pour le revolver que John gardait dans son bureau, n'est-ce pas ?

— Mariama me l'avait montré, un jour. Elle avait même insinué qu'une fois Devlin éliminé, son argent serait à elle et qu'elle serait libre de le dépenser à sa guise avec celui qu'elle aimait vraiment. Alors, je me suis dit que celui-là, c'était moi.

Sa main se mit à trembler. Aurait-il le cran de tirer sur moi de sang-froid ? Après tout, il avait déjà tué Robert Fremont, et probablement Tom Gerrity. Et maintenant, Devlin était étendu, sans vie, à côté de moi.

— J'avais passé une partie de la journée avec John, ce jour-là, expliqua-t-il. Mais je te l'ai déjà raconté. Mariama et lui s'étaient violemment disputés, et il avait prévu de rester quelques jours chez un ami à Sullivan Island, le temps de faire le point. Je savais qu'il serait seul là-bas, sans aucun alibi. Alors, je suis allé chez elle, j'ai pris le revolver, et ensuite j'ai appelé Robert et je lui ai demandé de me retrouver au cimetière de Chedathy. J'ai prétendu détenir des informations sur Darius Goodwine.

— Et là, tu lui as tendu un piège. Tu lui as tiré dans le dos avec l'arme de Devlin. Mais Mariama était déjà morte.

— Je l'ignorais jusqu'à ce que mon père m'appelle. Mais il était déjà trop tard.

Je repensai à Rhapsody. La pauvre enfant avait caché le revolver durant tout ce temps, croyant que le meurtrier était son père.

— Mais pourquoi as-tu fourni un alibi à John pour cette nuit-là, si tu voulais lui faire porter le chapeau ?

— Lorsque la police est allée chez lui, j'ai paniqué. Et ça te paraîtra peut-être étrange, mais puisque Mariama était morte, je ne voyais plus aucun intérêt à le faire souffrir. Il était mon ami.

— Et malgré tout, tu lui as tiré dessus.

— Lorsqu'il a décidé de se lancer de nouveau aux trousses de Darius, j'ai compris qu'il finirait tôt ou tard par découvrir la vérité. Il avait déjà des doutes sur cet alibi que je lui avais fourni.

Je jetai un coup d'œil sur le corps immobile de Devlin.

— Je t'en prie, appelle les secours. Il n'est peut-être pas trop tard pour le sauver.

— Tu sais très bien que je ne peux pas faire ça.

— Alors dis-moi pourquoi tu as tué Gerrity.

— Il faisait chanter mon père depuis des années. Il prétendait détenir la preuve que mon père avait tué ma mère. C'étaient des foutaises, évidemment. Mais mon père l'a payé, d'abord pour sauvegarder sa réputation. Et peut-être aussi parce qu'il savait ce que j'avais fait.

— Quoi ? C'est toi qui l'as tuée ?

— Tu n'as aucune idée du calvaire que ça a pu être pour nous tous. La regarder souffrir toutes ces années… Mariama m'a aidé. Elle savait exactement comment procéder pour n'éveiller aucun soupçon. C'est à ce moment-là que j'ai compris qu'elle m'aimait vraiment.

— Et maintenant, tu vas me tuer, moi aussi.

Ce disant, je parvins du bout des doigts à toucher la main de Devlin. D'horreur, mes yeux se fermèrent. Il était si froid…

— Et quelle sera ton excuse, cette fois-ci ? lui demandai-je. Mariama n'est pas là. Tu ne pourras pas lui faire porter la responsabilité.

— N'en sois pas si sûre.

Il se tourna, et je vis un rictus se dessiner sur son visage. Ou était-ce celui de Mariama ? Etait-il encore sous son emprise ?

Un léger mouvement de la porte de derrière attira mon attention. Je ne voyais pas qui était là, mais je sentis son parfum envoûtant. Isabel Perilloux s'insinua dans mon champ de vision, un doigt sur les lèvres. La voix de Clementine résonna depuis la porte d'entrée.

— Amelia ! Vous êtes là ? Grand-mère a fait un rêve. Elle a pensé que je ferais mieux de passer voir si tout allait bien.

Les synchronicités, pensai-je. Ces deux femmes avaient été amenées dans ma vie pour une raison précise.

Ethan se redressa et tourna la tête en direction de la voix de Clementine. C'était le moment ou jamais. Je saisis le revolver de Devlin dans son étui et, lorsque Ethan tourna le dos, je fis feu sans hésiter.

Abasourdie par mon acte, je restai étendue là, en état de choc, tandis qu'Isabel s'agenouillait au-dessus d'Ethan. L'instant suivant, ses mains étaient couvertes de son sang.

41

J'étais restée jour et nuit au chevet de Devlin, à lui tenir la main, à prier pour qu'il revienne. Mais la tentation de rester avec Shani dut être trop forte, car il ne montra aucun signe de réveil.

Au troisième jour, je venais de m'assoupir lorsque je sentis une présence étrangère dans la chambre. J'ouvris les yeux et trouvai Darius Goodwine planté dans l'embrasure de la porte.

— Je sais ce que vous avez essayé de faire, dis-je. Vous avez utilisé Shani pour m'attirer de l'autre côté du voile, afin que Mariama puisse prendre ma place dans mon enveloppe corporelle.

— Vous êtes très forte, dit-il avec une sorte d'admiration résignée. Beaucoup plus forte que Mariama.

A cet instant précis, je me sentais tout sauf forte. J'étais parfaitement impuissante.

— Vous avez dit que je disposais de pouvoirs inexploités. Montrez-moi comment m'en servir pour le faire revenir…, suppliai-je.

— Le retour des morts ne se fait jamais sans conséquences inattendues.

— Tout ce que je veux, c'est qu'il revienne.

Levant la tête, je regardai alentour. J'étais seule dans la chambre avec Devlin.

L'instant suivant, ses paupières papillonnèrent et il ouvrit les yeux.

— Amelia ?

— Oui, c'est moi. Bienvenue parmi nous, lui murmurai-je à l'oreille, le cœur palpitant tandis que je pesais, avec une pointe d'angoisse, les « conséquences inattendues » que Darius m'avait promises.

Epilogue

Devlin sortit de l'hôpital deux semaines plus tard. Il allait lui falloir des mois de rééducation mais, à l'aide d'une canne, il arrivait déjà à se déplacer. Son état de santé, en revanche, ne lui avait pas permis d'assister aux funérailles d'Ethan Shaw. Moi-même, j'y étais seulement allée par égard pour le Dr Shaw. Sa santé se détériorait rapidement, son âme sombrant dans une sphère où il lui était impossible d'intégrer la portée des actes de son fils. C'était peut-être mieux ainsi, songeai-je, même si ses conseils allaient me manquer. J'étais passée le voir chez lui, quelque temps auparavant. Layla avait été remplacée. Peut-être avait-elle disparu avec Darius ? Quant à ce dernier, je ne l'avais pas revu et n'avais pas entendu parler de lui depuis ce jour à l'hôpital. Et encore, je n'étais toujours pas certaine que sa visite ait été bien réelle. Je me plaisais à croire que Devlin était revenu de son plein gré et par sa seule volonté, sans conséquences indésirables. Mais quelquefois, lorsque je me réveillais en pleine nuit, à côté de lui, mon esprit dérivait vers un abîme obscur et grouillant de questions. Et s'il avait rapporté quelque chose de l'autre côté ? Et si, moi, j'avais rapporté quelque chose ?

Shani avait poursuivi sa route. Et Robert Fremont avec elle. Même Mariama avait disparu de la circulation. Devlin était affranchi de ses fantômes, et j'aimais penser que nous allions être enfin ensemble. Mais quelque chose me tourmentait. Des paroles sibyllines résonnaient dans mon esprit et me hantaient. « Ce que vous êtes, je l'ai été. Ce que je suis, vous le serez un jour. »

Tout en regardant Devlin s'agenouiller au pied de la tombe de Shani, je repensai à la prophétie de cette femme dépourvue d'yeux.

« Je m'appelle Amelia Gray », avait-elle dit.

Un vent frais s'insinua à travers les arbres et me fit frissonner. Comme Devlin se relevait, je le rejoignis. Il me prit dans ses bras, et je me fondis en lui. Il était mon sanctuaire, à présent. Mon seul havre de paix.

Main dans la main, nous passâmes l'arche du cimetière, tandis que le soleil rayonnait à travers la canopée.

A paraître le 1er janvier

Best-Sellers n°627 • suspense

Mystère en eaux profondes - Heather Graham

Un luxueux cargo englouti depuis plus d'un siècle au fond du lac Michigan. A son bord, un somptueux trésor : le sarcophage sacré d'un grand prêtre égyptien…

Les malédictions, l'agent Kate Sokolov n'y croit pas. Alors, quand on la charge d'enquêter sur une série de meurtres ayant tous un lien avec l'épave du Jerry McGuen – un galion échoué dans les eaux glaciales du lac Michigan – et qui seraient, selon la rumeur, l'œuvre d'un fantôme, elle se fait la promesse de mettre un terme aux agissements du tueur au plus vite. Elle qui possède le don si particulier de communiquer avec les morts, est en effet bien placée pour savoir que ces assassinats n'ont en aucun cas été commis par un revenant. Un avis partagé par Will Chan, un expert du FBI qu'on lui a assigné comme partenaire sur cette affaire et qui trouble Kate au plus haut point. Car, en plus de faire preuve à son égard d'une horripilante arrogance, il lui révèle bientôt avoir le même don qu'elle…

Best-Sellers n°628 • suspense

La marque écarlate - Virna DePaul

L'embaumeur. Carrie s'est fait la promesse d'arrêter ce psychopathe qui, depuis deux ans, embaume le corps de jeunes femmes encore vivantes et envoie des photos de son œuvre à la police, comme s'il s'agissait de trophées. Si elle veut avant tout empêcher le meurtrier de frapper de nouveau, pour Carrie, l'enjeu est aussi personnel. C'est son premier cas de tueur en série, et l'occasion qu'elle attendait de faire ses preuves dans l'univers si masculin de la brigade spéciale d'investigation de San Francisco. Même si cela signifie aussi, hélas, qu'elle va devoir travailler avec l'agent Jase Tyler. Un homme qu'elle a toutes les raisons de détester – n'a-t-il pas émis des doutes sur sa capacité à diriger l'enquête ? – mais dont la seule présence éveille en elle un désir profond, brut et incontrôlable...

Best-Sellers n°629 • suspense

Au cœur de la vengeance - B. J. Daniels

Ginny, la petite sœur qu'il adorait, gisant morte dans un fossé…

Depuis onze ans, Rylan West est hanté par cette image terrible, insoutenable. Et, depuis onze ans, il n'a qu'une obsession : tuer Carson Grant, l'homme qui – il en est persuadé – est l'assassin de sa sœur. Aujourd'hui, enfin, il tient sa vengeance. Car Carson vient de refaire surface à Beartooth, le petit village ancré au cœur du Montana où ils ont grandi…

Mais c'est alors que Destry Grant, la jeune fille fougueuse et terriblement attachante dont il était fou amoureux avant le drame, lui apprend, bouleversée, qu'une nouvelle preuve vient d'être découverte. Il faut la croire, répète-t-elle, quand elle affirme que son frère est innocent. Et, si Rylan accepte son aide, elle est prête à reprendre l'enquête avec lui pour découvrir qui est vraiment le meurtrier de Ginny…

Best-Sellers n°630 • érotique
Le secret - Megan Hart

Les regards lourds de désir d'un inconnu dans un bar, les caresses fiévreuses échangées à la hâte, le plaisir vite pris, et vite oublié… Jusqu'où Elle Kavanagh est-elle prête à se perdre ?

Pour fuir son passé et son terrible secret, Elle Kavanagh s'est jetée à corps perdu dans des aventures sans lendemain, multipliant les rencontres furtives et dénuées de sentiments avec des inconnus qu'elle ne revoit jamais. Mais l'irruption de Dan Stewart dans sa vie va tout changer. Pour la première fois, un homme qui lui plaît pourtant de manière insensée refuse le corps qu'elle lui offre. Et lui annonce qu'il ne couchera avec elle que si elle accepte de le revoir. Même si ce n'est que pour du sexe…

Best-Sellers n°631 • historique
Conquise par un gentleman - Kasey Michaels

Londres, 1816

Depuis qu'elle a appris la mort de son fiancé à Waterloo, Lydia pensait qu'elle ne pourrait plus jamais aimer. Son grand amour était tombé au champ d'honneur, et tous ses espoirs avec lui. Recluse dans la demeure familiale d'Ashurst Hall, elle mène depuis ce drame une existence paisible, égayée par le prévenant Tanner, le meilleur ami de son défunt fiancé, qui a juré de veiller sur elle. Mais contre toute attente — et surtout contre toute morale — elle sent monter un trouble de plus en plus fort pour ce confident si attentif, et si séduisant. Se pourrait-il qu'elle nourrisse des sentiments à l'égard d'un homme qui était comme un frère pour son fiancé ? N'est-ce pas une trahison envers la mémoire de ce dernier ? Et Tanner, est-ce seulement par devoir qu'il lui accorde tous ces moments d'intimité, qui les rapprochent au fil des jours ? Elle doit absolument réprimer ses émotions, Lydia le sait : même si son désir était partagé, rien ne pourrait arriver entre eux. Car Tanner est fiancé à une autre...

Best-Sellers n°632 • thriller
L'automne meurtrier - Andrea Ellison

Par une sombre soirée d'octobre, le lieutenant Taylor Jackson est appelée sur plusieurs scènes de crime dans un quartier chic de Nashville. Sur place, elle découvre les corps sans vie de sept adolescents, marqués de symboles occultes. Une vision d'horreur qui obsède Taylor, partagée entre colère et angoisse à l'idée que le tueur puisse frapper de nouveau. Elle doit agir vite, très vite. Mais aussi avec prudence, car le meurtrier est manifestement aussi incontrôlable qu'imprévisible. Or, Taylor a beau se concentrer de toutes ses forces sur le peu d'indices dont elle dispose – les dessins mystiques laissés sur les corps des victimes –, l'enquête piétine.

Déterminée, elle plonge alors dans les ténèbres de cette affaire macabre. Au risque de voir son équilibre menacé, malgré le soutien que lui apporte Jack Baldwin, le brillant profileur du FBI avec qui elle est fiancée. Car c'est le prix à payer pour comprendre comment un être machiavélique, animé d'une rage débridée, en arrive à commettre de telles atrocités. Et, pour trouver le tueur, elle devra d'abord s'en approcher…

Composé et édité par HARLEQUIN

Achevé d'imprimer en octobre 2014

BRODARD & TAUPIN

La Flèche
Dépôt légal : novembre 2014

Pour l'éditeur, le principe est d'utiliser des papiers composés de fibres naturelles, renouvelables, recyclables, et fabriquées à partir de bois issus de forêts qui adoptent un système d'aménagement durable. En outre, l'éditeur attend de ses fournisseurs de papier qu'ils s'inscrivent dans une démarche de certification environnementale reconnue.

Imprimé en France